Aliens auf Urlaubsreise

Friedrich S. Plechinger

von Friedrich Severin Plechinger

Production and publishing:

BoD – Books on Demand,

Norderstedt

ISBN Nr: 9783759737021

Inhaltsverzeichnis:

Vorwort

Nach einer kurzen Pause, wurde es für mich wieder Zeit zu schreiben, oder Dank des Lap Tops, zu tippen, denn ruhelos wie ich mal bin wäre mein Leben sonst langweilig. Natürlich entstand dabei die Frage, was ich dieses mal aufs Papier setzen sollte und ja, das Mittelalter, die Zeitspanne in den Sechzigern und Siebzigern, sowie die Gegenwart, hatte ich bereits für meine Romane und meiner Biographie in Anspruch genommen. Blieb eine Reise in die Zukunft, vermischt mit der Gegenwart, somit übrig. Die Idee entstand während meines Aufenthaltes in Luxembourg, wo ich ab und zu in einem Hotel residiere und ich meine Freizeit eben zum schreiben nutze. Ein guter luxemburger Freund, namens Patrick Gafron, der in Kurzform „Patosh" genannt wird und nebenbei einer meiner Leser ist, motivierte mich, bei einer der diversen Kneipenaufenthalte, etwas neues zu schreiben und ja, da wir öfters über UFOs, sattgefundene und nicht stattgefundene Mondlandungen sprachen, entschied ich mich für einen Science Fiction Thriller und da Patrick ein guter Zuhörer ist, nenne ich den Hauptdarsteller in diesem Thriller Patosh. Das „c" in Patosh habe ich absichtlich ausgelassen, da ich dieses Buch auch in englisher Sprache erscheinen lassen will und das „c" im Patosh dadurch nicht reingehört. Stellt sich nun die Frage, wem ich dieses Buch widmen werde. An erster Stelle stehen meine treuen Leser, sowie Patrick Gafron (Patosh) und alle neuzukommenden Lesern, die Gefallen an dieser Reise finden werden.

Alles was in diesem Thriller erzählt wird, entspricht NICHT der Wahrheit und alle darin vorkommenden Charakteren sind frei erfunden. Inn diesem Falle ebenso Patosh, der nichts mit meinen eigentlichen Kumpel Patosh aus Luxembourg zu tun hat.

Noch etwas zum Schluß für alle Dudenfanatiker. Ich verwende immer noch gerne das „Scharfe S" (ß). Also bitte nicht ärgern. Auch wird wiederholt Telepathie oder das Wort „telepathisch" verwendet. Dies ist so beabsichtigt.

Viel Spaß beim Lesen.

Euer

Friedrich S. Plechinger

Ein Tag in Lontzen.

Lautes Donnern, verursacht durch zwei tief fliegende Kampfjets, brachte die Hunde in einem kleinen Dorf, nah an der deutsch-belgischen Grenze, zum Bellen und die Bürger dieses Dorfes namens Lontzen, eilten aus den Häusern, um nachzuspähen was da eigentlich vorging. Die Hunde schauten gen Himmel und mehr Kampfjets der belgischen Luftwaffe schossen wie Pfeile an den Dächern der Häuser vorbei. Zig finger zeigten nach oben als sie es alle sahen. Elliptische Lichter bewegten sich in Zickzackmuster und mit einer nie vorhergesehenen Geschwindigkeit von links nach rechts und dann von oben nach unten. Manche schauten mit Faszination zu, doch andere konnte man die Panik aus den Gesichtern herauslesen und als diese Lichter plötzlich verschwanden, kehrte die übliche Totenstille ein. Nicht jedoch für lange. Sie, die es alle sahen, trafen sich bei Patosch (Kürzel für Patrick auf französisch), der eine Kneipe führte in diesem sonst sehr ruhigen Dorf und der Raum stand kurz vorm Bersten, als sich mehr und mehr durch die enge Kneipentür zwangen. Alle Tische waren innerhalb von Minuten belegt und die, die nicht das Glück hatten einen Stuhl zu erhaschen, standen verteilt im Saal. Lärm und Zigarettenrauch füllten den Raum, denn Patosch hielt nichts von den sonst über die Welt verhängten Rauchverbote. Seiner Meinung nach stand es jedem frei die Todesart auszuwählen, ob durch Nikotin, Alkohol, Cholesterol oder durch eine ständig nörgelnde Ehefrau, die einem das Leben, zumindest bei ihm, zur Hölle machen konnte. Patosch stand am Zapfhahn und das Bier floss in den den Krügen wie selten zuvor.

"Noch fünf Stella und vier Orval Patosch!" rief Georgette, eine zugezogene Kellnerin aus der westlicheren Zone Belgiens.

"Kommt sofort!" strahlte ein überglücklicher Wirt, denn der Rubel rollte wie sonst nie an diesem besagtem Tag.

"Was sagst Du zu den Lichtern von vorhin Patosch?" stellte einer der vielen Landwirte des Dorfes die Frage, der direkt an der Theke stand und in die Menge schaute.

"Was willst Du hören Gerome? Von mir aus können diese Lichter täglich auftauchen, wenn es mir solch einen Profit einbringt…"

"Ja, aber was waren diese Lichter? Ich habe so etwas nie gesehen in all den Jahren, die ich auf den Feldern verbrachte und den Acker mit den Traktor Pflügte…"

"Das Ende der Welt ist nah!" schrie plötzlich eine dickere Frau aus der Ecke

"Ach halt den Mund Francine!" schrie eine andere lachend.

"Mehr Bier…" schrie ein älterer Bürger des Dorfes und hielt die rechte Hand hoch, um sich bemerkbar zu machen und der Lärm dauerte bis in den tiefen Nachtstunden, bis Patosch die Nase voll hatte und den letzten Gast, kurz vor Mitternacht, aus dem Wirtshaus mit dem Namen " À la cruche dòr " (Zum goldenen Krug) hinaus bewegte. "Nur noch einen Patosch…"

"Nein, nein Thibault jetzt ab nach Hause. Morgen ist auch noch ein Tag." Und mit einem sanften Stoß schob der Wirt den hartnäckigen Gast durch die Tür und verschloß diese sofort. Ein Schreck durchfuhr ihn, als er sich umdrehte und den Saustall erblickte. Vollgefüllte Aschenbecher, leere und halbvolle Gläser und Krüge auf den Tischen. Manche stehend, andere umgekippt. Teller mit angenagten Hühnerknochen und sonstige Speiseresten. Doch noch unangenehmer war das knirschende Geräusch unter seinen Schuhen und als er auf dem Boden schaute, bemerkte er Glassplitter von zerbrochenen Gläsern, verursacht durch einen überhöhten Alkoholkonsum manches Gastes und dessen Konsequenz.

"Ach Du Scheiße." Flüsterte Patosch fluchend.

"Heute nicht. Ich mach morgen sauber." Sagte er zu sich gähnend und verschwand in das Schlafgemach, das sich auf dem ersten Stock des Hauses befand. Todmüde zog er sich seinen Pyjama an, schritt in das Badezimmer und putzte sich die Zähne und als er sich so in den Spiegel ansah, frug er sich was es mit den Lichtern, die jeder im Dorf sah, auf sich hatte. Elliptisch waren sie und veränderten ständig ihre Lage. Mal schwebten sie in horizontal, dann aber stelle sich das Licht vertikal und schoss hin und her wie einer dieser Gummibälle, die man als Kind hatte. Er trank Wasser aus dem Wasserhahn, gurgelte kurz und spukte den Schaum in das Becken und als er keinen Handtuch fand, strich er sich einfach den rechten Ärmel über dem Mund.

Schnarchend lag sie da, die Ehefrau mit Namen Camille. Einst die Schönheit des Dorfes und die Tochter des lokalen Gendarme und jetzt ein Albtraum von einem Walross, das nur ständig schimpfte und nörgelte. "Patosch mach dies, Patosch mach das…" als ob er nicht genug zu tun hätte mit all den Einkäufen und Vorbereitungen. Sie vegetierte nur dahin, zu schwerfällig, um überhaupt produktiv im Haushalt oder in der Kneipe beizutragen.

"Oh Ihr Lichter, was immer ihr auch gewesen seid. Kommt wieder und nehmt mich mit." dachte er zu sich leise.

Währenddessen lief zweihundertdreizehn Millionen Kilometer von der Erde entfernt, ein anderes Szenario ab. Auf Venus um genau zu sein. Alles harmonierte in göttlicher Präzision und die dort Ansässigen, wir würden sie Aliens oder Außerirdische nennen, verbrachten sorgen- und gefühlsfrei ihr "Dasein" einfach nur deswegen, da sie den Erdling, also uns, um tausenden von Jahren voraus waren. Sie unterschieden sich im Aussehen und waren nicht gerade als schön zu bezeichnen, doch das selbe würden Sie von uns denken, sollten sie uns zum ersten mal erblicken, was sie aber bereits vor mehreren Millionen Jahren taten. Ihre Sprache ist die Telepathie, ihre Nahrung aus einer anderen Welt und Ihre Philosophie ist die bedingungslose Nächstenliebe sowie der unermüdliche Dienst and anderen. Sie befanden sich, evolutionär, in einer anderen Dichte und waren den Erdling, um tausenden von Jahren voraus. Keine Kriege, keine Religion, keine Regierungen, keine Steuern und keine verlogenen Medien konnten ihr Leben vergiften. Es gab keinen Chef, keine Präsidenten, keinen König oder Kaiser. Es gab einen Rat, der sich ständig beriet doch immer unter den telepathischen Augen der Mitbewohner und das Transfer der so ermittelten Daten jeglicher Korrespondenz, wurde auf dieser Weise übertragen. Sie hatten auch keinen Namen. Man sah sich nur an und der Austausch von Gedanken und der Kommunikation begann. Wozu brauchte man auch einen Namen, wenn jeder gleichgestellt ist? Ihre Fortpflanzung lief ebenso telepathisch ab. Hielt man sich für kompatibel, wurde die Paarung so abgewickelt und nach nur einer Woche, erhielt man einen kosmischen, außerirdischen Wonneproppen. Was die Venusianer (so nennen wir, der einfachheitshalber, diese Wesen aus Venus) aber am meisten lieben, ist es zu verreisen. Dazu benötigen sie nur einen telepathischen Antrag zu erstellen und wenn genehmigt, durften sie sich ein Raumschiff ihrer Wahl aussuchen. Natürlich nur ausgeliehen. Wie bei einer, uns üblich vorkommenden, Autovermietung. Ohne Bezahlung, denn Geld, oder sonstige Devisen, existierten nicht auf Venus. Und so beginnt unsere Geschichte.

Die Familie aus einen anderen Planeten

Auf Venus gibt es keine Gebäude oder Häuser wie wir es gewöhnt sind, sondern telepathisch eingerichtete und eingebildete Wohnräume, wenn man es so beschreiben will. Keine Mauern und keine Wände, die anfassbar oder fühlbar sind. Man erlebt dort alles im Geist und im Bewusstsein, jedoch kann man sich es so einrichten, wie man es haben will ohne die Verbindung zu den Familienmitglieder einzuschränken. Der Vater mag im selben Moment in einer von ihn eingebildeten Wohnstätte sich aufhalten und sich mit dem Sohn unterhalten, der sich in eine ganz andere eingebildete Umgebung befindet als der Vater und doch sind sie nah beieinander. Man müsste sich das so vorstellen. Der Vater, der ein Liebhaber von Büchern und alten Artefakten ist, hat sich im Bewusstsein, eine private Mischung aus einer Bücherei und einem kleine Museum eingebildet und in diesem Moment wohnt er in solch einem Raum, während der Sohn im gleichem Moment, eine Eisdiele sich einbildet, was es auf Venus aber nicht gibt. Die Unterhaltung zwischen Vater und Sohn findet trotzdem telepathisch ab. Genauso kann sich die Mutter ihren Wohnraum je nach Geschmack sich einbilden etc. etc. Dies nur als Beispiel.

An einem dieser Venustage (Die Venusianer benutzen keine Zeiteinheit oder einen Kalender, denn wie gesagt, sie sind uns um tausenden von Jahren voraus), beschloß der Vater einer dreiköpfigen Venusianerfamilie, sich auf einer kosmischen Urlaubsreise zu begeben und besprach es mit der kompatiblen

Einheit, wir würden sie Ehefrau nennen, und den daraus resultierenden Sprössling, in diesem Fall den Sohn.

"Wohin sollen wir dieses mal verreisen meine Lieben? Letztes mal waren wir mit Orakium (Pluto) und Mastonius (Mercur) nicht sehr zufrieden." Sagte der venusianische Vater.

"Ja, mein Kompatibler und das Essen war auf beide Planeten geradezu ungenießbar. Ich hatte furchtbare Blähungen von all dem Mangaria Salat. (Ein Gemüse, worüber es sich nicht lohnt weiter einzugehen)."

"Stimmt, aber ich habe dort viele Freundschaften schließen können. Mir hat es sehr gut gefallen und der Mangaria Salat war lecker. Ich hätte nie genug davon essen können." Meinte der Sohn.

"Ach mein kleiner Ableger. Du musst noch viel lernen, aber ja, es ist schön dass Du Freundschaften auf beiden Palneten geschlossen hast. Für deine kosmische Entwicklung ist dies geradezu unverzichtbar. Trotzdem, der Mangaria Salat war diesmal enttäuschend und allzu viel davon ziemlich ungesund. Also? Wohin sollen wir uns dieses mal begeben?" frug der Vater, nennen wir ihn, der einfachheitshalber, Jonathan.

"Oh, oh, wie wärs auf einen der vielen Monden von Corantio (Saturn)?

Der Mond mit den Namen Sorio hat einen tollen Abenteuerpark und meine Freunde werden ebenso dort sein. Ein telepathischer Anruf genügt. Bitte Papa, bitte Mama!"

Auch hier wurde die irdische Titulierung für die Eltern ausgewählt, um den Leser nicht allzu verwirren, denn wer kann schon mit den kosmischen etwas anfangen? Das würde uns nämlich "telepathisch" in den Wahn treiben, dieses Buch nicht lesbar machen und meine Leserschaft verärgern. Aus diesem Grunde nennen wir also den Venusianer Buben Fred und die kosmische Mutti, Martha in dieser Geschichte. Den Vater hatten wir bereits Jonathan genannt.

"Corantio, hmm? Gute Idee Fred, Was meinst Du Martha? Wäre mal etwas neues und unser Junge macht mich bereits telepathisch wahnsinnig mit seinen traurigen Augen."

"Corantio. Ja, warum nicht. Meine Schwester Sybilla (Kompatible zu Martha) war bereits dort und erzählte von einer sehr entspannenden SPA Anlage. Ich könnte eine telepathische massage gut gebrauchen. Und du, mein Gemahl (telepathisch kompatibel auserwählter) könntest dort deine Soranafähigkeiten verbessern (Kosmisches Golfspiel)."

"In der Tat, das könnte ich Martha." Strahlte Jonathan telepathisch, denn die Gesichtszüge dieser Außerirdischen bewegten sich keinen Millimeter und sie würden bei jeden, erdenklichen Pokerspiel gewinnen auf unseren Planeten namens Erde, da sie über einen unergründlichen Pokerface verfügten.

"Ich würde jedoch vorschlagen mehrere Stops einzulegen." Meinte Vater Jonathan fröhlich.

"Exosauro zum Beispiel, verfügt über ein unendlichen Archiv an Wissen und eine große Bildungsdatenbank. Wenn nicht die größte. Da könnte doch unser kleiner Schatz sich mit all den

Daten vollstopfen und mehr über die Geschichte des Universum erfahren…"

"Ach nein, wie langweilig…."

"Fred! Höre auf deinen Vater. Du sollst deinen Spaß auf Corantio haben, aber Bildung ist Grundbedingung mein kosmischer Engel." überzeugte Martha den trotzköpfigen Sohn.

"Macht auch bestimmt Spaß. Eine Bildungsreise mit Spiel und Spannung. Ich bin dafür." Meinte Jonathan.

"Und was noch? Welche Planeten sollen wir noch besuchen?" frug Fred gelangweilt, denn kein Kind geht freiwillig in die Schule. Noch weniger während einer Urlaubsreise..

"Sybilla erzählte mir von einem Planeten namens Erde. So zumindest nennen es die Außerirdischen, die drauf wohnen. Wir kennen es als "Terrarion". Soll ziemlich wild darauf zugegangen sein und sie hatte ihren Heidenspaß. Ihr Raumschiff wurde, von das was sie da unten hatten, auch Kampfjets genannt, verfolgt und gejagt und Sybilla gewann immer bei diesem Spiel…"

"MARTHA?" mahnte Jonathan plötzlich ernst. Denk an den Jungen. Er verdient die Wahrheit zu erfahren über "Terrarion". Was Dort unten abläuft ist kein Spiel und die Einwohner sind störrisch und zurückgeblieben. Sie haben sich kaum weiterentwickelt. Kampfjets. Das ich nicht lache. Steckengeblieben sind sie."

"Oh Ja, oh ja. Das klingt nach Spaß!" frohlockte Fred, der nur das Spiel darin sah.

"Darf ich auch das Raumschiff führen auf Terrarion und "Fangen" spielen mit den Erdlingen?

Jonathan gab darauf klackende Geräusche von sich, was ein NEIN bedeutete.

"Nein Fred. Terrarion ist ein gefährlicher Ort und doch ist es der schönste Planet im ganzen Universum. Die Bewohner dieses Planeten verfügen über Emotionen, sie sind furchtvoll, unkommunikativ und nicht bereit sich geistig zu öffnen, um ein besseres Miteinander und Füreinander mit anderen Spezies zu ermöglichen. Alles was sie wollen ist Macht und unser Wissen damit sie sich bereichern und dabei gerät ihr Planet mehr und mehr in Gefahr. Es war anders vor tausenden von Jahren, denn damals waren die Menschen, so nennt sich die Rasse auf Terrarion, aufmerksamer, offener und bereit von uns zu lernen. Auch dankbar für das Wissen, das wir ihnen gaben. Wir halfen ihnen eine Zivilisation zu gründen, die sich aus Liebe und Zusammenhalt aufbaute. Wir halfen beim Bau von Monumenten, die auch unsere Anwesenheit dort erleichterte. Doch wir hatten eines nicht bedacht und bekommen diesen Fehler heute noch zu spüren."

Martha wusste wovon Jonathan sprach, doch der kleine Fred hatte dieses Wissen nicht in seiner telephatischen Datenbank gespeichert.

"Welchen Fehler Papa?"

"Einen Fehler der im ganzen Universum einzigartig ist mein Junge und nur auf diesem Planeten vorkommt. Es ist bekannt unter den Namen Gier, Macht, Geld, Neid, Eifersucht,

16

Missgunst, Furcht und das schlimmste von allen nennt sich Hass. Mit einem Wort, "Übel". Unsere Vorfahren hatten diese Eigenschaften vollständig außer Acht gelassen, teilweise auch aus Naivität, denn wie gesagt, auch wir mussten uns evolutionär weiterentwickeln. Die Menschen dort haben eine Zeitrechnung, die wir nicht verwenden und so, um der Einfachheit halber, benutzen wir hier für diesen Beispiel ihre Einheit. Dies fing vor Millionen ihrer Jahre an, doch die Hochblüte unserer Arbeit auf Terrarion, entstand vor 8000 irdischer Jahren. Sie, die Menschen, waren sehr primitiv, doch so hilflos sie auch waren, waren sie unschuldig und liebevoll ebenso."

"Unschuldig? Was bedeutet das Papa!" frug Fred neugierig.

"Nun. Dies kann ich so nicht erklären Sohn und deswegen wäre eine Reise auf Exosauro, vor Terrarion, sehr empfehlenswert, denn dort kannst du auf telepathischer Weise alle Daten erhalten, verarbeiten und verstehen. Eine weitere gefährliche Eigenschaft über die sie verfügen, nennt sich Emotion. Ich könnte all dies im Schnellverlauf auf Dich übertragen, doch um es wirklich zu verstehen, muss man es selbst erlebt haben."

Fred gab klackende Geräusche von sich, die bei uns auf der Erde als ein bejahendes Kopfnicken zu verstehen sind.

"Sollen wir es also so einplanen? Corantio zuerst, dann Exosauro und schließlich Terrarion? Vorschläge sind willkommen." frug Jonathan in die Runde.

"Fangen wir doch zuerst mit den weitentferntesten Planeten an. Exosauro. Dort kann sich Fred mit Wissen vollpumpen. Danach

Corantio für die verdiente Erholung und zuletzt Terrarion, um das Beste für den Schluss zu bewahren."

Marthas Vorschlag machte Sinn und man stimmte zu und Jonathan kümmerte sich sofort um die Reservierung eines Raumschiffes. Telepathisch versteht sich.

"Hallo? Ja, hier Jonathan. Ich wollte mich über eine Reservierung bezüglich eines Raumschiffes erkundigen…".

"Ja…für drei Personen. Mit Ziel Exosauro, Corantio und Terrarion….was? Ob ich über eine Sondergenehmigung für Terrarion verfüge? Nein, warum?..Aha…Aha…Aha. Ok! Kann ich das mit der Reservierung beantragen? Na das ist ja fantastisch! Welches Modell? Was schlagt ihr vor? Das Orion Deluxe?…nein, den hatte ich schon. Dem geht immer schnell die Puste aus. Galaxia Supreme? Was kann das Ding? Aha…Aha…Aha…den nehmen wir. Wann es losgehen soll? Ja von uns aus sofort! Fantastisch. Ihr bringt den Raumschiff also rüber? Ausgezeichnet."

Men in Black

Zurück auf der Erde lief es nicht so entspannt zu, denn Patosch bekam sonderbaren Besuch. Er war nicht der Einzige in Lontzen, denn jeder und das waren viele, die den Raumschiff oder die Raumschiffe an diesem besagten Tag sahen, wurden behelligt. Männer in schwarzen Anzügen und dunkler Sonnenbrille, die an einem Klischee aus den Sechzigern erinnerten, erschienen wie Geister.

"Was soll Ich? schrie Patosh einen dieser sonderbaren Männern an.

"Ich soll das Gesehene verleugnen und nie wieder davon sprechen? Seid Ihr eigentlich noch zu retten? Das ganze Dorf hat es gesehen und wahrscheinlich die Dörfer in der Umgebung ebenso. Wir sind nicht in Hollywood ihr Hornochsen und da wir gerade dabei sind, was ist das für ein Akzent den ihr da verwendet? Ist weder Englisch noch Amerikanisch. Wüsste ich es nicht besser, würde ich eher auf einen slawischen meinen Kopf verwetten."

"Nein, wir sind keine Slawen und woher wir kommen spielt hier keine Rolle. Sie vergessen alles und geben keine Interviews, sonst können Sie den Laden hier schließen…." Meinte einer der Beiden frech.

"Wißt Ihr was Ihr Arschlöcher? Macht das Ihr hier rauskommt bevor ich meine Flinte hole und Euch mehrere Löcher in euren luftleeren Schädel verpasse. Dies hier ist Europa und nicht

Hollywood. Ihr könnt nicht hunderten von Bürgern das Maul versiegeln. Ich habe das Raumschiff gesehen und damit basta. Jetzt verpisst Euch bevor ich mich vergesse!" schrie Patosch außer sich.

"Das war nicht das letzte Wort Herr…..wie heißen Sie eigentlich?"

"Napoleon und jetzt raus hier."

Verärgert jedoch nicht auf den Wutausbruch weiter eingehend, verließen die zwei Männer den "Goldenen Krug" und Patosh folgte sie bis zur Tür. Doch als er sie noch hinterherschaute, bemerkte er, daß sie nicht die einzigen Männer in dunklen Anzügen waren. Draußen liefen mehr von dieser Sorte herum. Es mußten sich um die fünfzig handeln. Kopfschüttelnd verschloß er die Tür und brummte Flüche vor sich hin. In einer Stunde mußte er das Wirtshaus wieder öffnen. Den Verstand, nach diesem Zwischenfall, unter Kontrolle zu bringen, war nicht einfach für ihn, denn immer wieder mußte er sich gedanklich die Drohung anhören: „…sonst können Sie den Laden hier schließen…Wie können diese Fremde und Nichtbelgier es wagen hier in diesem seinem Land solche Drohungen auszusprechen? Waren die Nazis nicht das beste Beispiel dafür, wie sich das anfühlt? Die neuen Weltmächte machten hier nichts anderes. Invasionen, Öl und Mineralien stehlen und ihre falsche Demokratie einen aufzwingen." fluchte Patosch weiter vor sich hin und bemerkte nicht, wie schnell die Stunde verging.

Alle Tische waren sauber und nur der Boden mußte einmal durchgewischt werden und als er seinen Gedankengängen folgte und weiter wischte, schlich Ehefrau, Camille, an ihm vorbei.

"Ich gehe zum Friseur. Kann dauern." sagte sie. Patosch aber reagierte nicht, denn seit langem hatte er ihr nicht mehr zu sagen. Diese Ehe bestand nur noch aus wirtschaftlichen Gründen, denn Haus und Hof durch eine Scheidung zu verlieren, dafür hatte er die Kraft nicht mehr mit fünfzig. Neu anzufangen nach all den Jahren, war für ihn keine Option. Lieber Augen zu und durch als sich auf der Straße wieder zu finden, denn das Scheidungsgesetz in Belgien war nicht allzu Männerfreundlcih.

Die ersten Gäste betraten die Kneipe und der Raum füllte sich mit Lärm und Zigarettenrauch innerhalb von Minuten und Patosch fühlte sichtlich die Spannung und den Ärger, verursacht durch das Auftauchen dieser unfreundlichen Herren in dunklen Anzügen an diesem Tag.

"Ich soll den Mund halten, sonst würde man das Stipendium meines Sohnes sperren. Ist das zu fassen? Was bilden sich diese Deppen ein?" reklamierte Gerome, einen Glas Pastis in seiner rechten Hand zitternd haltend.

"Mich haben sie mit dem Entzug meiner Taxi-Lizenz bedroht. Ich denke jetzt reichts mit dieser Volksverarschung. Die eigene Regierung haßt uns, da sie solche Maßnahmen durch Dritte erlaubt. Da hätten die Deutschen gleich hier bleiben können. Die waren zumindest Europäer."

21

"Sind sie noch du Idiot!" meinte Gerome.

"Ich sag ja nur. Wo ist da noch der Unterschied?"

"Nehmt das alles nicht so ernst. Alles nur leere Drohungen."
Versuchte Patosch die Männer zu beruhigen, doch dies erschien
keine leichte Aufgabe zu werden. Auch die Damen des Dorfes
unterhielten sich laut und beschwerend untereinander, doch das
Bier und der Wein floß weiterhin in Strömen, wie am Tag wo die
UFOs gesichtet wurden. Die UFO Sichtungen brachten jedoch
ein weiteres Problem mit sich. Die Sensation. Jetzt strömten
nämlich UFO-Fanatisten und sogenannte Experten, wie bei einer
Pilgerschaft, nach Lontzen ein und auch sie fanden Patosch`s
Kneipe.Viel zu laut für den Geschmack der eigentlichen Bürger
Lontzens verhielten sie sich. Wirtschaftlich gesehen, war es ein
Segen für Patosch, denn jetzt konnte er auch Zimmer auf seinen
Bauernhof vermieten, daß drei Kilometer entfernt und leer
stand. Er hatte keine Tiere oder Traktoren dort. Es wurde nach
dem Tod seiner Tante an ihm weitervererbt und nun bat sich
diese Gelegenheit an, Zimmer and diese UFO-Pilger zu
vermieten und die Preise würden "salzig" sein. Ohne es zu
wollen, wurde Patosch, über Nacht, fast wohlhabend und schlau
wie er war, wußte er wie die Einnahmen zu verbuchen waren, so
daß seine Frau nichts davon mitbekam. Auf ein brüsseler
Privatkonto überwies er den größten Anteil dieser Einnahmen
diskret und sicher. Hatte sie Fragen gestellt, so waren die
notwendigen Ausgaben daran Schuld, daß nichts auf dem
eigentlichen, gemeinsamen Konto am Ende übrig blieb. Warum
mit jemanden die Einnahmen teilen, der einen nicht mehr liebt
und respektiert und sich nur auf die Faule legt?

Sie verschwand, ohne ein Wort an Patosch zu verlieren, als sie von ihrem Frisörbesuch zurück kam. Ihm tat es nicht mehr weh, trotz der Tatsache, daß sie einmal glücklich und verliebt zusammen waren und sie schön und gertenschlank. Doch dann wurde sie schwanger und das Baby starb bei der Geburt. Die Welt ging unter für Beide. Sie litt jedoch am meisten und sie hatte es bis zum heutigen Tag nicht verarbeiten können. Auch gab sie ihm, Patosch, die Schuld dafür, da er ein Säufer war und er sie mit seinen kranken Säufergenen befüllt hatte. Seitdem trank Patosch nicht mehr, denn Frauen können eines am besten. Männer mit Schuldgefühlen beladen, bis nur zwei Optionen übrig bleiben. Man geht mit diesen Schuldgefühlen ein, oder man löst sich von ihnen und dadurch auch von der Ehefrau. Scheidung ist nur eine Konsequenz, die Patosch, aus vorher genannten Gründen, nicht eingegangen war und wenn einer glaubte diese Ehe wäre noch zu retten, der täuschte sich gewaltig. Liebe wechselte zu Hass und damit war die Sache erledigt. Doch weiter im eigentlichem Text. Die UFO- Pilger wurden, nichtsdestotrotz, nach einer Weile lästig für alle, denn sie hinterließen Müll und blockierten Parkplätze. Das Dorf, das nur achthundert Bewohner hatte, wurde jetzt mit knappen dreitausend zum bersten gebracht. Die Dorfspolizei konnte nicht mit den damit verursachten Problemen Herr der Lage werden und auch für Patosch wurde es zuviel, denn konnte er einst um Mitternacht die Kneipe schließen, verschob sich dieses Privileg um zwei Stunden später. Er war erschöpft und trotz der erzeugten Profite, verfluchte er die UFO Fantasten.

Dann die ständigen Belästigungen durch das Militär und die Polizei und dabei war die UFO- Angelegenheit für die Dorfbewohner bereits in Vergessenheit geraten, wären sie nicht immer und immer wieder mit diesem Ärgernis konfrontiert worden. Die Rettung kam endlich als Anweisung, die aus höchster Stelle, direkt vom Brüsseler Presidentialamt, zu all den Polizei und Militärdienststellen verteilt wurde. Diese Sache mußte ein für allemal vom Tisch und ein Ende gesetzt werden. Die Medien erhielten einen bedingslosen Verbot über den Fall weiter zu berichten und die "UFOLOGEN" wurden aus dem Dorf, mehr oder weniger freundlich, vertrieben. Für Patosch und die Bewohner traf wieder Ruhe ein und die alte Gewohnheit machte sich, wie eine langersehnte Befreiung, breit. Man sprach nie wieder davon. Was Patosch nun brauchte, war Urlaub. Fliegen wollte er nicht denn er hatte Flugangst und mit dem Zug verreisen kam ebenso nicht in Frage, denn er hasste Menschenmassen, im Zug wie im Bahnhof. Also kam nur ein Autourlaub in Frage. Wohin aber fahren? Eine Rundreise um Südfrankreich, Portugal und Spanien wäre nicht schlecht, dachte er sich. Man könnte auf dem Weg anhalten, Restaurants besuchen und schlafen wo man wollte. Sein alter Peugeot würde solch eine Reise nicht mehr überstehen und so nahm er sich das Telefonbuch und suchte und suchte, bis er das fand was er wollte. Er nahm den Hörer, wählte die Nummer und als sich eine menschliche Stimme meldete, war er angenehm überrascht, denn mit einem Automaten sprechen, wollte er nicht.

"Wenn Sie englisch bevorzugen, drücken sie die Zwei, wenn sie einen Kurzurlaub buchen wollen drücken sie die Drei…etc, etc."

"Montfort, wie kann ich Ihnen helfen?" meldete sich die Stimme auf der anderen Seite.

"Bonjour. Ich heiße Patrick Van de Brog. Ich würde gern einen Wohnmobil bei Ihnen mieten."

"Das wäre kein Problem Herr Van de Brog. Haben sie etwas Bestimmtes im Sinn?"

"Etwas kleines. Für Zwei Wochen. Vielleicht einen Mercedes Sprint als Beispiel…"

"Wir hätten so etwas. Aber kein Mercedes. Einen Montana, wäre das OK?"

"Hmm…Ich hatte schon mal so Einen. War nicht sehr zufrieden damit. Hätten sie etwas anderes?" frug Patosch.

"Einen Citroen mit Hymerauflage. Platz für Zwei, Kühlschank, Spüle, zwei Schränke und eine Minidusche…"

"Das geht in Ordnung. Was würde das kosten?"

"Zwei Wochen sagten Sie? Darf ich fragen wohin es geht?"

"Warum?"

"Damit ich eine ungefähre Gesamtkilometerzahl errechnen kann. Die ersten 1500 Kilometer wären frei, jeder weitere Kilometer kostet vierzig cents."

Patosch überlegte und gab die Angaben weiter, die der Vermieter brauchte. Am Ende waren es dreitausend Kilometer, die zusammengerechnet wurden.

"Somit kämen wir zusammengerechnet auf 1996,-- Euro, inklusive Versicherung Herr Van de Borg."

"Das geht in Ordnung. Schicken Sie mir alles über Email und ich werde fest buchen." Beendete Patosch das Gespräch befriedigt. Ihn würden keine Zehn Pferde zurückhalten, denn was er brauchte war Abstand und Zeit mit sich selbst. Zeit um über alles nachzudenken, was er alles falsch gemacht hatte, was er alles verpaßt hatte, warum er seine Zeit nicht mit Jemanden verbrachte, die ihm wirklich liebte und die froh war, daß es ihm gab und ihm keine Schuldgefühle verursachte, wie es Camille tat. Eines wurde ihm in diesem Moment bewußt. So konnte er nich weitermachen. Er verdiente Besseres und wenn Gott ihn nicht half, dann vielleicht Jemand aus einer anderen Welt, der mehr Macht hatte als Gott. Doch zuerst wollte er die Reise fest buchen und einfach verschwinden.

Außerirdische machen Urlaub

Familie "Kompatibel" (Nennen wir sie mal so) begab sich zum Raumschiffvermieter und zogen kleinere Koffer auf Rädern hinter sich, die der erdlichen Koffern sehr gleichten. Das Eigenartige war nur, daß Familie Kompatibel, nackt wie Gott (oder wer auch immer) sie erschuf beim Vermieter erschienen und man fragte sich, was sie wohl in ihren Koffern mitschleppten. Der Raumschiffvermieter begrüßte sie freundlich und zeigte Jonathan, worauf es mit auf Galaxia Supreme Fahrzeug ankam.

"Hier der Schwerkraftkompensator. Bitte nur auf Terrarion und das kurz vor der Landung verwenden. Der Magnetfeldumwandler besticht durch seine Einfachkeit und über die Redundanz die es verfügt. Sechszehn Stück sind installiert. Besonders stolz jedoch sind wir auf den Flextransformator."

"Ach. Und was kann der?" frug Jonathan neugierig.

"Es macht das Raumschiff unsichtbar, sollte es von verängstigten Terrariern bemerkt und verfolgt werden. Eine unangenehme Angelegenheit, wenn dies passiert, da diese Spezie zu einer der unterentwickelsten im Universum zählt und alles was dort fremd erscheint als feindlich kategorisiert wird. Am besten den Schalter auf "AUTOMATIC" stehen lassen."

"Ist es so wie man es erzählt?" frug Martha den Vermieter.

"Was wird denn erzäht gnädige Frau?"

"Nun, daß es gefährlich werden könnte auf Terrarion."

"Sagen wir es mal so. Es ist auf gar keinen Fall langweilig und sollte man Bewohner finden, die für das Neue offen sind, dann ist es die beste Reise und der beste Urlaub den man je gemacht hat. Kann ich aus Erfahrung sagen. Und gut daß wir das ansprechen, denn ich werde eine Mappe mitgeben, die sie sich vor der Reise inprolatieren sollten (telepathisch studieren auf venusianisch). Dies gilt nicht für Corantio und Exosauro…"

"Das ist selbstredend." Meinte Jonathan trocken, denn er wollte die Einweisung auf das Schiff beschleunigen und nicht unnötig das Briefing in die Länge ziehen. Martha überraschte dieses Verhalten, denn so kannte sie Jonathan nicht.

"Kann dieses Schiff, im Notfall, auch automatisch die Rettungseinheit aktivieren, so daß wir nicht gestrandet irgendwo vergessen werden?"

"Jedes unserer Raumschiffe verfügt über einen "Homer". Wenn er nicht automatisch ausgelöst wird, so kann es ebenso manuell aktiviert werden. Es befindet sich genau hier, unter den Steuerpult."

"Wie schnell ist es? Dies ist die letzte Frage und dann wollen wor schon los."

" 9 Skal!"

"Dais sehr imposant. Vielen Dank für die Einweisung. Wir wollen los." Drang Jonathan und Martha verschlug es die Sparache, denn er erschien ihr total fremd in diesem

Augenblick. Ein Verhalten daß auf Venus überhaupt nicht auffiel und ihr doch besorgniserregend erschien.

Der Agent verließ das Schiff und verabschiedete sich mit einem üblichen Klackern. Der Eingang des Raumschiffes verschloß sich lautlos und blitzschnell verschwand die Galxia Supreme mitsamt ET-Inhalt.

"Corantio, wir kommen!" klackerte der kleine Fred und Martha freute sich mit ihm emotionslos und doch galaktisch gerührt. Jonathan saß am "Steuer" und presste mit seinen Langen, schmalen und knochigen Fingern auf irgendwelche Knöpfe herum, wahrscheinlich am kosmischen Navi und als alles eingegeben wurde, entspannte sich auch er. Corantio war nur 13 menschliche Lichtjahre entfernt und mit "9 Scal" würde die Reise kurz erscheinen. Wie gesagt, Aliens haben keine Zeitrechnung und somit kein Zeitgefühl, jedoch ist die Scal-Messung notwendig, um das Specktrumportal richtig zu treffen, um schneller in eine andere Dimension zu gelangen.

"Ich habe Hunger!" meinte Kleinfred.

"Was? Jetzt schon?" rief Martha mütterlich.

"Ich packe den Mangaria Salat schon mal aus…"

"Haben wir nicht anderes? Keine Milky Way Riegel?"

Der Leser sollte wissen, daß die kosmischen Milky Way Riegel zwar den selben Namen tragen wie die der erdlichen,

jedoch nichts miteinander zu tun haben und daß die Namensgebung "Milky Way" rein zufällig ist.

"Nein Fred. Zuviel davon ist ungesund und du stopfst Dich jedesmal voll mit diesem ungesunden Kram. Ich frag mich wie die Kinder auf Terrarion sich ernähren. Wahrscheinlich vernünftiger."

Ein Irrtum, den Mama Martha sehr bald erfahren würde.

Auf Corantio gab es ebenso Hotels wie auf der Erde, jedoch unterschieden sie sich, verständlicher Wesie, erheblich und weil die Räume dieser Etablissements auf der Erde durch Steinwände getrennt werden, war dies auf Corantio nicht der Fall. Der Raum hatte durchsichtige und unsichtbare Wände sowie Böden und Decken und man konnte den Kosmos betrachten, so als ob man sich draußen im Raum aufhalten würde und doch war die Privatsphäre bewahrt, denn die Gäste konnten sich nicht sehen, nicht einmal telepathisch, außer Familienmitglieder, die gemeinsam reisten und zusammengehörten. Kleinfred hatte einen Heidenspaß und Jonathan spielte Sorana bei jeder sich ergebenden Gelegenheit. Dieses außerirdische Golfspiel besaß die Eigenschaft, wie auf der Erde, eine Kugel in einem Loch versetzen zu müssen, nur musste die Kugel ein Loch auf einer der vielen umgebenen und unbewohnten Monde treffen, für die das Spiel ausgelegt wurde. Die Kugel besaß eine Art GPS und dadurch konnte man feststellen, wo genau sich die Kugel befand. Traf es einen der Löcher, bekam man einen beglückwünschenden Ton zugesendet und einen Mangaria Salat Coupon für einen der angelegten Restaurants auf Corantio. Jonathan spielte so gut in desen Tagen, daß er bereits über etliche Coupons verfügte und einem der Mangaria Salat aus den Ohren hing. Sor erging es auch den kleinen Fred, der neue Freunde fand und mit ihne alles erdenkliche Spielte. Auch sie fanden den Mangaria Salat inzwischen zum kotzen und wollte eher den Lavastaub der umgebenen Hügel fressen als noch einen violetten Blatt dieses Gemüses in sich stopfen. Als alle die Nase voll von Corantio hatten, wurde Exosauro als nächstes Ziel angepeilt. Drei Spektrumportale mussten dafür durchgedrungen werden, da dieser Planet um etliche Lichtjahre, (erdlicher Messung) von Venus und von Corantio entfernt war. Auf Corantio erfuhr man auch, warum diese kosmische Familie Reisekoffer mitschleppte. Wie die meisten Erdenbürger, liebten die Venusianer Souveniers und so war es verständlich, daß sie dafür ein Behältnis benötigten.

"Ich denke wir müssten zwei zusätzliche Koffer auf Exosauro besorgen, sonst haben wir kein Platz für die Souveniers aus Terrarion." Meinte Martha.

"Keine Sorge. Auf Exosauro gibt es ja außer Wissen, nichts Lohnendes was man mitnehmen könnte." Protestierte Fred.

"Dafür wirst Du schlauer mein Sohn." Meinte Jonathan.

"Wozu? Ich bin schon schlau…"

"Man kann nie genug Wissen aneignen Fred und Du verfügst nicht über den Wissen, das Dich zur nächsten Dichte, während deiner Entwicklung, führen wird. Du bist noch weit davon entfernt." Sagte Martha bestimmt.

Fred war nicht überzeugt und gab einen nicht ganz verständlich klackenden Geräusch von sich.

"Da. Wir erreichen das Erste Portal. Was für ein Stau…" rief Jonathan.

"Scheint das jeder Urlaub nimmt. Und schau woher sie überall herkommen. Is das nicht das Raumschiff unserer benachbarten Kompatiblen?" frug Martha entzückt.

"Tatsächlich, Hubert, Sonia und die kleine Tamara. Wer weiß wo es ihnen verschlägt."

(Die Namen, oben, sind frei erfunden, um nicht die weit komplizierteren Namen wie z. B.: X//&((((verwenden zu müssen.)

"Ich hoffe nicht auf Exosauro. Würde meinen Urlaub nur verderben wenn diese Klugscheißerin Tamara…"

"FRED!!! Was ist in Dich gefahren Junge? Solche Gedanken verwenden wir nicht auf Venus und ja, nimm Dir ein Beispiel an Tamara. Sie war schon viermal auf Exosauro und hat sich erhebliches Wissen aneignen können. Wie gerne hätte ich sie als zukünftige Schwiegertochter." meinte Martha, doch auch Jonathan verbündete sich mit seinem Sohn gedanklich, als Martha dies sagte.

"Was? Du stimmst nicht mit mir überein mein Gemahl?"

"Wieso hast Du Dich in meinen Gedanken eingehängt? Das tut man nicht." protestierte Jonathan.

"Verzeih, Du hast recht." Entschuldigte sich Martha.

"Wir müssen den Jungen seinen freien Willen lassen Liebste. Diest ist und bleibt venusianisches Recht und ich weiß nicht ob Tamara kompatibel sein wird. Das soll Fred selbst erfahren dürfen."

"Du hast recht Jonathan. Irgend etwas stört mir die Sinne. Schon seit der Raumschiffvermietung. Wir alle benehmen uns sonderbar seitdem."

Auch Jonathan mußte dies feststellen. Der seelische Ausgleich, sollten Außerirdische über solch Seele verfügen, war unausgeglichen und dies ließ sich an der Qualität der Unterhaltungsweise zeigen. Rabiater und teilweise irrationaler als sonst auf Venus.

"Reich mir den Vibescanner Sohn. Mal sehen was der anzeigt, denn auch ich stelle diese Veränderung fest." Sagte Jonathan nicht ganz sicher, ob der Scanner was brachte. Fred reichte ihn den Vibescanner und Jonathan ließ den gesamten Innenraum des Raumschiffes scannen. Als er fertig war, ließ er das Ergebnis auswerten und tatsächlich zeigte der Scanner etwas unreguleres an. Jonathan versuchte aus den Ergebnissen schlau zu werden, doch der Scanner meldete "Zugriff Verweigert". Dies machte Jonathan stutzig, da es auf Venus keine Geheimnisse gab. Was sollte das also? Er konnte sich kein Bild daraus machen und leiß die Sache bei sich beruhen.

"Was sagt der Scanner?" frug Martha.

"Nichts."

Martha beließ es ebenso dabei und die Reise setzte sich fort, als das erste Portal durchquert wurde.

Das nächste, im diesem Falle der zweite Portal, war nun das Ziel und Jonathan gab Vollgas. Scal 9 zeigte sich auf den kosmischen Tacho und der Galaxia Supreme hielt was es versprach.

Jonathan überholte sogar das Schiff der Nachbarn und Fred konnte einen kaum sichtliches Grinsen nicht inne halten.

"Bye Bye Tamara." Dachte er sich leise und Martha drehte sich um zu ihm.

 Fred gefiel es garnicht, und verhielt sich ruhig während des gesamten Fluges. Martha fühlte sich schuldig, doch am Ende war sie eben nur eine Frau und sehr um das Wohl der kosmischen Familie bedacht. Sie wußte wohl, daß sie kein Recht hatte sich telepathisch in die Gedankengänge der Familie einzumischen. Sie holte einen Milky Way Riegel von irgendwo her und reichte es den kleinen Fred. Er bedankte sich und alles war vergessen. Bald wurde auch das zweite Spektrumportal durchquert und das dritte war nicht mehr weit davon entfernt. Kurz vor dem dritten Portal, reduzierte Jonathan die Scalzahl auf 5 und endlich wurde auch der Planet Exosauro erreicht. Die Familie stieg aus dem Raumschiff aus und Papa-Alien streckte sich, da ihm die Knochen weh taten. Ja, auch Außerirdeische haben die selben Gebrechen wie die Erdenbürger, nur Diese kommen sehr viel später in Erscheinung, da sich das Altern um Jahrhunderte, nach menschlicher Zeitrechnung, verschiebt. Fred half beim Ausladen der Koffer und Martha verhandelte mit der Empfangsdame der Hotelanlage die Registrierung. Hier unterschieden sich die Zimmer zu derer auf Corantio,

denn hier gab es feste Wände und die Anlage erinnerte an einer der vielen Motels, die in den Vereinigten Statten sich verbreiteten, nur gepflegter.

"Ich leg mich hin. Bin erschöpft." Meinte Jonathan, doch Martha wollte die Anlage durchkämmen und vielleicht sich einer SPA hinterziehen. Fred wollte nur neue Freunde suchen und mit ihnen den üblichen Unsinn anstellen, wie auf Corantio. Sehr wurde er enttäuscht, als er keine Kinder fand und Martha ihn in einer der Studienplätze lieferte, damit sie in Ruhe sich der Massagen und der dampfenden Wohltaten der Geysiere unterzog. Fred war entsetzt. Hunderte von Kindern saßen vor Bildschirmen und inprolatierten (Studierten) vor sich hin. Hier waren sie also. Kein Wunder traf er sie draußen nicht an.

"Ah. Du mußt Fred sein." rief ein Exosaurer freundlich und wies den kleinen Alien zu seinem Bildschirm. All die anderen Kinder beachteten ihn nicht, denn sie waren telepathisch lahmgelegt während des Studiums.

"Dies ist dein Platz mein Junge."

"Was muss ich tun?"

"Einfach in den Zirkel schauen und " Ich bin Fred " rufen. Das ist alles." lächelte der Einweiser dessen Lächeln sich zeigen ließ im Gegensatz zu den Venusianer.

Fred tat wie angewiesen und war eine Microsekunde später ebenso telepathisch lahmgelegt. Wie ein Film strömten Daten, Bilder, Videos, kosmische Hieroglyphen und vieles mehr durch seinen kleinen Kopf, so als ob er über mehrere Memory Sticks verfügte, die trillionen von giga-bites aufnehmen konnten. Trotzdem war er seiner Sinne voll bewußt und konnte endlich, nochmals telepathisch, sich mit den anderen unterhalten, während all dieses Wissen übertragen wurde. Nur bewegen konnte er sich nicht und das war so vom System eingerichtet, damit keiner dieser galaktischen Kinder sich verpissen konnten und auf Abenteuer aus waren, was an sich auch zur Bildung gehörte.

"Wie heisst Du?"

"Fred, und Du?"

"Rudolf. Bist Du gerade angekommen?"

"Ja. Was kann man hier sonst tun als zu sitzen und sich den Kram einführen lassen?"

"Nichts. Ist aber entspannend. Wirst schon sehen."

"He. Hallo zusammen. Ich bin Karin. Bin auch gerade eingelogged worden. Cool das Ganze nicht wahr?"

"Hallo Karin. Ich brauch noch ein wenig, um mich einzugewöhnen." rief Fred.

"Wenigstens kennen sie keinen Mangaria Salat hier auf Exosauro!" rief Rudolf frohlockend.

"Da irrt ihr Euch!" kam plötzlich aus einer Ecke.

"Wer spricht da?" frugen Karin und Rudolf fast gleichzeitig.

"Ich heiße Tamara. Ich war schon vier mal hier und der Mangaria Salat wird eingeflogen. Also keine Chance sich dieser Qual zu entledigen."

Fred zog es den Teppich unter den Füßen weg, gedanklich, auch wenn es auf Venus keine Teppiche gab. Sie hatte er total vergessen und um eine gute Mine zum bösen Spiel zu liefern, grüßte er sie höflich.

"Tamara, Du hier und nicht auf Varalios (Das galaktische Hollywood). Freut mich Dich hier anzutreffen."

"Du hast schon mal besser gelogen Fred." Sagte sie nur.

Alle lachten und Fred fühlte sich blamiert.

"Nicht OK Tamara. Keine Gedankenlesung. Es ist verboten ohne vorheriger Absprache!"

"Nicht auf Exosauro und Verbote gibt es im Universum nicht. Nur Freier Wille. Solltest Du wissen." Schoß Tamara zurück, so daß alle plötzlich telepathisch still gelegt wurden. Fred wusste, daß er keine Emotionen besaß, so wie die Erdlinge auf Terrarion es taten, doch Tamara erweckte in ihm Frequenzschwankungen, die er nicht als angenehm empfand und er Diese unbedingt aus seinem System löschen wollte. Sie wuchsen zusammen auf Venus auf, doch eines war klar. Kompatibel waren sie nicht und würden es niemals sein.

"Was sind das hier für störende Schwingungen, die ich da registriere?" ermahnte der observierende Mentor ohne eine Regung zu zeigen.

"Macht weiter ohne Unterbrechung, sonst müßt Ihr alles wiederholen."

"Blos nicht!" dachten Einige.

"Dachte ich mir und Fred hat Recht. Ohne vorherige Absprache darf nicht in fremde Gedanken eingegriffen werden und ja, wir haben auch Verbote Tamara und das solltest Du wisssen. Jetzt weitermachen sonst knallts!"

Alle vertieften sich sofort in den Wissensupload ohne sich je wieder telepathisch ablenken zu lassen.

"Was war das für ein Einbruch? ...sonst knallts....habe ich noch nie gehört. Komischer Kerl dieser Observierender." Dachte sich Fred klamheimlich, doch nichts entging den Mentor.

"Ich weiß darüber bescheid, daß Du und deine Eltern nach Terrarion weiterreisen werdet. Ich war selbst dort und habe für den Hohen Rat geforscht und glaube mir, ich kam verändert zurück. Paß also auf und versuche den Menschen, so nennen sie sich, nicht zu lang zu erforschen und am besten alles aus der Entfernung betrachten, sonst übertragen sich ihre Gewohnheiten auf dich und die sind schwer wieder loszuwerden. Glaube mir, diese willst nicht in deinem System speichern." Sagte der Mentor, der sich trotzdem in Freds Gedanken eingelogt hatte ohne vorheriger Absprache. Das Gute war, daß er das in einer Weise tat, ohne es die Anderen wissen zu lassen. Fred wollte mehr wissen, aber der Menteor drang ihm, sich nicht vom Studium ablenken zu lassen.

"Alles was Du wissen mußt, kannst Du in den Datenübertragungen finden. So, und jetzt wird nicht weiter gestört." Und mit diesen Worten verließ er den Raum. Fred machte weiter und ließ sich nicht merh ablenken und nachdem er mit all den Wissen sich mächtig gemacht hatte, suchte er in seinem Repertoire die Daten für Terrarion und ihren Bewohnern aus. Ohne Zweifel, faszinierte es ihm, was er so über diesen Planeten und die darauf wohnenden "Menschen" erfuhr. Ja, sie waren zurückgeblieben im Vergleich zu dem Rest des Universums, aber das machte sie noch interessanter und facettenreicher, denn sie mußten ihr Gehirn verwenden und den Verstand aktivieren. Das war für Fred wie ein Raumschiff mit der Kurbel anzuwerfen. Und wie waren sie von Emotionen meistens gesteuert. Es wunderte ihn immer mehr, wie diese Spezies sich überhaupt auf diesem Planet behaupten konnte. Dann aber kam was kommen mußte. Die negative Seite und dies entsetzte ihm telepathisch, obwohl man das mit Erdlingsworten nicht beschreiben sollte, denn wie gesagt, die Venusianer hatten weder Emotionen noch Mitleid oder Mitgefühl. Sie hatten Logik und das war alles. Natürlich war Vernunft ein Hauptbestand und nur das zählte. Gut und Böse war für Venusianer nicht vorhanden, wie es auf der Erde war, denn Gut und Böse gab es im Universum nicht. Es gab bedingungslose Liebe und das Pflichtbewustsein dem Universum zu dienen, so das es harmonisch und heilend weiter funktioniert. Was aber Fred in seinen Studien feststellte, machte keinen Sinn. Diese Machtgier, diese Kontrollsucht und das unersättliche Verlangen nach Devisen nur um sich mit allen möglichen Mist zu belasten, amüsierte ihn, brachte ihm gar zum kosmischen Kichern. "Wie Doof ist das denn?" schoß es ihm in dem galaktischem Schädel. Doch er spürte plötzlich diesen instinktiven Drang diese Erde und ihre darauf wohnenden "Schafe" zu retten. Ja, ich weiß. Es gibt keine Schafe auf Venus, jedoch Ihr wißt schon was ich meine. Er war einfach nur begeistert darüber, daß nichts auf der Erde so ablief wie auf Venus, Exosauro oder Corantio und wahrscheinlich auch nicht wie auf dem Rest des Weltraums. Für ihn erschien diese Erde, so wie sie genannt wird, wie ein Abenteuer- oder Freizietpark, wo die Pflicht es zu retten sogar noch Spaß machen würde. Und was alles sie so an sich tragen, was sie Kleider nennen. Kein wunder ist der Zustand dieses

Planeten nicht auf dem besten Stand mit alle den Chemikalien um acht milliarden Menschen die Wäsche zu waschen. Auch Aliens müssen schlafen und Fred fielen die Augen zu nach all dem Studium und der Forschung. Er freute sich schon auf Terrarion.

Patosch unterwegs

Während hunderte von Lichtjahren entfernt Aliens sich für den Urlaub auf der Erde vorbereiteten, fuhr der Erdling Patosch mit einem gemieteten Wohnmobil in südlicher Richtung. Er begab sich aber nicht alleine auf dieser Reise, denn er nahm seinen Hund mit, der sich ständig um seine Frau Camille aufhalten mußte, obwohl Patosch es immer ahnte, wie sehr der Rüde lieber bei ihm bleiben wollte. Patosch strahlte einfach eine bessere Stimmung aus und das spürte der Hund. Bei Camille wäre er eingegangen, hätte Patosch ihn nicht mitgenommen. "Mr. Gonzales" hieß der Jack-Russel Chihuahua Mischling und "Mr. Gonzales" liebte Patosch über alles, denn bei ihm konnte er immer ein Stück Wurst ergaunern, während Camille alles selber verzehrte und den Hund, beim Kauen, quälte und nichts von ihrem Butterbrot abgab. Mr. Gonzales war kein Schnorrer, doch eine Geste des Teilens galt für ihn als Zeichen, daß er zum Rudel Van de Brog dazu gehörte. Camille sah das aber nie so. So waren Beide bestens gelaunt auf dieser spontan angesetzten Reise und zügig fuhr der Kämper an Paris vorbei in Richtung Lyon. Patosch hatte die Reise einen Tag zuvor plantechnisch umgemodelt und wollte einen Umweg fahren, um gewisse Städte auf dem Weg zu erkunden. Er liebte die französische Geschichte auch wenn er mit Leib und Seele Belgier war, doch schon als Kind las er leidenschaftlich Bücher, die mit Rittern und Burgen zu tun hatten.

"Mr. Gonzales" schien diese Leidenschaft zu teilen, da er überall, ohne zu klagen, mitlief und dort wo er nicht reindurfte, auch brav draußen auf seinen Herrchen wartete. Alle liebten diesen Hund und wollten ihn ständig streicheln, was er auch zuließ und das entzückte Patosch.

In Lyon, legten die Beiden eine Pause ein. Man fand problemlos einen Campingplatz mit freundlichen Menschen und mit Wasser- und Stromanschluß für den Camper. Man begrüßte sich gegenseitig freundlich, als man sich, beim Einkaufen in den kleinen Supermarkt traf. Auch Mr. Gonzales wurde von anderen Hunden auf dem Campingplatz begrüßt, untereinander schnüffelnd ohne sich gegenseitig anzukläffen. Weder Größe, noch Geschlecht oder Rasse störte die Harmonie zwischen den Vierbeinern und so schloß auch Mr. Gonzales schnell Freundschaften an. Patosch fühlte sich so wohl wie schon lang nicht mehr und kaufte zwei Flaschen roten Bordeaux, etwas Schinken und Briekäse, sowie sechs Eier und zwei Flaschen Wasser für das Abendessen ein. Ein kleines Schwätzchen mit der Kassiererin über dies und jenes, brachte Patosch up to date, bezüglich den Campingplatzgerüchten auf die er überhaupt kein Interesse zeigte, jedoch der Höflichkeitshalber er verständnisvoll nickte und sich endlich von dem Getratsche abwenden konnte. Zurück zum Camper angelangt, baute Patosch drei Campingstühle und einen Tisch auf. Ein Stuhl hätte zwar gereicht, sollte aber Jemand dazu sitzen wollen, um sich einer mehr vernünftigeren Unterhatung anzuschließen, so brauchte Patosch nur auf den Stuhl zu zeigen.

Mr. Gonzales war zwischenzeitlich erschöpft, denn die kleinen Beine marschierten viel auf dieser kurzen Strecke. Für jeden Schritt eines größeren Hundes, mußte er drei vollbringen. Er war so müde, daß er nicht einmal ein Stück Mortadella annehmen wollte und nur dem ständigem Drängen seines Herren wegen, es endlich auffraß, damit er Ruhe bekam. Das Baguette wurde mit einem eher stumpfen Brotmesser in zwei Teilen geschnitten und reichlich mit Butter beschmiert bevor der Schinken sich drauf betten durfte und mit einem Korkenzieher wurde die Flasche Bordaux mit einem lauten "Plopp" geöffnet. Genüßlich roch Patosch daran und wartete es nicht ab. Er goß sich das Glass voll und trank einen kräftigen Schluck daraus.

"Ahhhh. Der ist nicht schlecht Mr. Gonzales, was?"

Doch Mr. Gonzales befand sich bereits in seinen tiefen Träumen und träumte von der Pudeldame auf Platz 43. Arrogant war sie ja, doch einen Chihuahua mit Jack-Russell-Genen, konnte nicht einmal so eine Schönheit lange widerstehen. Patosch biß kräftig in das beschmierte Brot hinein und spülte die zerkaute Masse mit dem roten Bordeaux hinunter und ließ die Geschmacksknospen den Rest erledigen. Was für eine Wohltat. Das Klingeln seines Handies ließ ihm kalt. Er war im Urlaub und hatte es nur vergessen auszuschalten. Ein Blick auf dem Display genügte. Es war Camille. Wahrscheinlich wollte sie wissen, wie es ihm einfiele mir nichts dir nichts und ohne etwas zu sagen einfach wegzufahren und die Kneipe zu schließen. Hätte er das Gespräch angenommen, so wäre der Wein zu Essig geworden und so schaltete er das Handy aus. Er lehnte seinen Kopf zurück und schaute gen Nachthimmel der Wolkenlos und Sternenreich war und eine Sternschnuppe, die von Rechts nach

Links schoß, erweckte seine Aufmerksamkeit doch er wünschte sich nichts, denn gerade in diesem Moment hatte er Alles. Doch was wenn es keine Sternschnuppe war, sondern einer solcher Raumschiffe, wie damals in Lontzen? Was solls. Die heutige Nacht war schön wie es selten zuvor und das Universum ihm wohlgesinnt. Er gönnte sich noch einen Schluck des köstlichen Weines und ließ sich in diesem "Moment" eintauchen. Ein Moment ohne Trubel, ohne Rauch- und Alkoholaroma, ohne Rechnungen, Steuern und Einkäufen. Ohne Bankbesuche, um fällige Darlehen neu zu ordnen. Nein, diese Nacht fühlte er sich so frei wie nie und er verstand plötzlich was Reichtum eigentlich bedeutete. Nichts zu besitzen außer die Natur, den Sternenhimmel und einen guten Kammeraden namens Mr. Gonzales an der Seite. Das war alles was er brauchte. Nach der zweiten Flasche schlief er endlich auf den Campingstuhl ein und nur das Bellen seines Hundes brachte ihn wieder auf die Beine.

"Was ist los Mr. Gonzales? Was kläffst du hier rum?"

Doch alles was der Hund wissen wollte war, ob sein Herrchen noch lebte, denn trotz seines Schnarchens der halb Lyon aufweckte, machte Patosch nicht eine einzige Bewegung und das bekam das Herrchen zu spüren sobald er vom Stuhl aufstand und sich streckte. Die Knochen taten weh und der Geruch im Mund schmeckte bitter und faulig. Was Patosch nun brauchte war Kaffe und davon viel. Ein Aspirin wäre ebenso von Vorteil gewesen, doch die kleine Reiseapotheke hatte er zu Hause, in Lontzen, liegen gelassen. Mr. Gonzales bekam zwischenzeitlich liebevoll sein Frühstück zugereicht und die Welt war wieder in Ordnung.

"Suchen wir eine Apotheke mein Freund. Papi braucht Aspirin und Alka Selzer. Mal sehen. Vielleicht gibt es hier am Campingplatz eine kleine Apotheke." Patosch und Mr. Gonzales trotteten die Anlage entlang, doch weit und breit fanden sie keine Apotheke und alles was der kleine Supermarkt anzubieten hatte waren Tabletten, die bei Patosch nie Wirkung zeigten und eher Menschen mit Plazebo Effekt halfen.

"Merde!" fluchte er leise vor sich hin. Sein Kopf drohte zu platzen, so sehr hatte der Bordeaux ihn zu schaffen gemacht und dabei trank er nichts anderes. Auf dem Rückweg zum Camper, rannte plötzlich der kleine Hund davon und bellte sich die Seele aus.

"Mr. Gonzales..hiergeblieben…Mr. Gonzales!" Doch weg war er und nun durfte Patosch nach ihm suchen. Nach circa 500 metern fand er ihn auch und zwar auf dem Rücken des Pudels von Platz 43, mit der Zunge weit heraushängend rammelnd und die Pudelbesitzerin laut schimpfend, doch Mr. Gonzales merkte nichts mehr und die Pudeldame ließ es unverschämter weise gewähren.

"Ist das ihr Hund Monsieur?" Schrie die Frau auf Patosch ein.

"Kommt drauf an." meinte Patosch nur lachend und gewissermaßen Stolz auf seinen kleinen Don Juan, der sich einfach das nahm was er wollte. Er folgte nur den natürlichen Instinkt.

"Ja tun sie etwas!" schrie die Dame weiter.

"Was soll ich tun? Würden Sie sich stören lassen wollen?"

"Also das ist doch die Höhe. Was erlauben Sie sich denn?"

"Haben sie einen Wasserschlauch irgendwo angeschlossen?"

"Ja, ich hole es." Sagte sie nur und rannte los.

"Na dann spritzen Sie los, wenn sie ihren Pudel vor diesem Sünder befreien wollen, Sie Spielverderber."

Die Frau sarrte Patosch nur zornig an und presste am Hahn des Gardena Systems, das am Ende des Schlauches angeschlossen war. Doch kein Wasser kam.

"Haben Sie auch den Haupthahn aufgedreht?"

"Helfen Sie mir doch Sie Flegel!" brüllte die Frau, doch Patosch zuckte nur mit den Achseln, lief zum Wasserhahn und drehte es auf. Es war jedoch zu spät, denn Mr. Gonzales ließ sich zufrieden auf den Rücken fallen. Er bekam was er wollte. Ein Stelldichein mit der Hundeschönheit aus seinen Träumen.

"Jetzt brauche Sie den Schlauch auch nicht mehr." meinte Patosch, doch die Frau, so wütend sie noch war, spritzte einfach drauf los und traf die beiden Hunde. Sie hatte es besonders auf Mr. Gonzales abgesehen so das Patosch ihr den Schlauch aus der Hand riß und schrie.

"Jetzt reichts Gnädigste. Sie haben wohl nicht alle Tassen im Schrank."

"Ach ja? Wenn Jenevieve trächtig sein sollte, dann zeige ich Sie an."

"Ach ja? Ihre Hündin hat es sich doch gefallen lassen."

"Ihr Männer seid doch alle gleich. Ihr wollt nur das Eine."

Patosch lachte nur noch mehr, denn diese Frau erschien ihm jenseits von Gut und Böse.

"Natürlich. Wir Männer sind alle Schweine und ihr macht die Beine weiterhin breit, aber bleibt unschuldig. Es sind Hunde Madame. Merken Sie überhaupt noch was? Sie folgen ihren Instinkt und seien Sie mal ehrlich, wären wir mehr wie diese Hunde, hätten wir weniger Kriege. Ihr Köter ist nicht schwanger. Mr. Gonzales is kastriert, aber er rammelt noch gerne. Er denkt er sei noch ein vollbestückter Rüde, der arme Kerl. Jedoch bin ich glücklich darüber, daß er anscheinend seinen Spaß hatte. So, und jetzt lassen Sie mich meinen Hund nehmen und hier verschwinden."

Die Frau starrte ihn entsetzt an und suchte nach Worten, die ihr aber weg blieben. Solch ein Flegel ist ihr noch nie über den Weg gelaufen und noch nie hatte es jemand gewagt in einem solchen Ton mit ihr zu reden. Mit einem Pfiff befahl Patosch seinen Hund sich in Bewegung zu setzen, der schwerfällig und mit runterhängenden Kopf, Schritt mit seinem Herrchen behielt. Die Nummer 43 glänzte aus einem am Baum angenagelten Schild und markierte damit den Parkplatz dieser sehr aufgebrachten Dame.

"Ach, dürfte ich Sie noch um etwas bitten Gnädigste. Hätten Sie zufällig zwei Aspirin für mich?"

Wie ferngesteuert lief die Dame zu ihrem Wohnmobil und kam kurze Zeit später, sprachlos, mit zwei Aspirintabletten zurück.

"Ich bedanke mich. Und nochmals bitte ich um Entschuldigung für die Unverschämtheit meines Mr. Gonzales. Er ist mir einfach davongetürmt."

"Nochmals? Sie haben Sich jetzt esrt entschuldigt, nachdem ich mich bemüht hatte ihnen die zwei Aspirintabletten zu bringen. Was solls. Ich denke ich habe etwas überreagiert. Jenevieve ist sonst nicht so zugänglich gegenüber Rüden. Ihr Mr. Gonzalez weiß mit Hundedamen anscheinend umzugehen."

"Ich wußte es ebensowenig, daß er solch ein Herzensbrecher ist. Ich muß schon sagen….Danke jedenfalls und schönen Tag noch."

Mit einem Lächeln drehte sich Patosch um und ging, ohne weiter nachzudenken, seines Weges. Sie schaute ihn noch lange nach, bevor auch sie sich in ihren Wohnwagen zuückzog und die Tür hinter sich schloss.

"Mr. Gonzales. Keine Wurst für Dich heute Abend. Schäm Dich."

Doch der Hund schaute ihn mit diesen Kulleraugen an und wußte, daß Patosch nicht das Herz hatte, ihm die Wurst zu verwehren. Auch Patosch spürte die Gedanken seines Hundes und lachte.

Die Beiden waren nicht in Eile und blieben noch weitere zwei Tage auf dem Campingplatz, da Patosch es nicht übers Herz brachte, seinen Mr. Gonzales von den neuerlangten Freunden zu trennen und was solls? Im Urlaub nimmt man sich Zeit. Sie machten ausgiebige Spaziergänge und durchforsteten die Gegend. Auch fuhr Patosch zweimal nach Lyon um Museen zu besuchen, doch dort ließ er Mr. Gonzales im Wohnwagen warten, mit den Fenstern leicht geöffnet natürlich. Die Wiedersehensfreude war daür immer wieder schön.

"So mein Freund. Pappi hat Dir was schönes mitgebracht und das bekommst du erst am Campingplatz."

Eine Stunde später fuhr das Wohnmobil durch die Einfahrt und ein entgegenkommender kleinerer Camper versperrte ihm fast den Weg. Er wollte losschreien, doch bemerkte er die Pudelbesitzerdame am Steuer und ihr Hund am Beifahrersitz sitzend. Ein surreales Bild, dass ihm in ein leichtes Entsetzen versetzte.

"Bon jour Madame. Na? Geht`s in die Stadt?" rief er ihr durch das geöffnete Fenster zu.

"Nein. Wir fahren weiter in den Süden. Mal sehen wo uns die Straße führen wird Monsieur."

"Ich wünsche Ihnen und ihren Liebling eine gute Fahrt. Wer weiß, vielleicht führt uns der Weg wieder…."

"Ich glaube eher nicht. Bon jour Monsieur!" unterbrach sie ihm mit hochgespitzter Nase und fuhr weiter, den Außenspiegel fast abreißend.

"Na sowas?" Dachte sich Patosch "Ich dachte wir hatten uns vertragen, aber wer kann schon die Frauen verstehen, nicht wahr Mr Gonzales?" Doch Mr Gonzales war es am Ende egal.

Patosh parkte den Camper und der üblichen Stelle und bemerkte einen neuen Nachbarn. Ein Zelt stand auf Platz 23 und eine sonderbare Frau mit schwer zu schätzendem Alter richtete sich ein. Ihr Haar grünlichblau gefärbt, ihr Mund mit schwarzem Lippenstifft beschmiert und Fingernägel, die von einem Vampir hätten stammen können und ebenfalls schwarz lackiert waren."

"Good morning Monsieur...OH I am terribly sorry....Ich habe mich hoffentlich nicht auf ihrem Platz breit gemacht. Ich habe mir das Zelt an der Rezeption ausgeliehen, da ich als Trämperin unterwegs bin. Was für ein hübscher Hund. Wie heißt er?

"Mr. Gonzales heißt er und nein. Sie stören nicht. Sie befinden sich auf Platz 23 und ich auf 22. Alles OK Madame."

Die Engländerin, stellte Patosh fest, lachte laut auf, als sie den Namen hörte.

"Nein wie funny...hahaha...Gonzales, wie originell."

"Kommen Sie doch rein. Ich mach uns einen Kaffe." Bot Patosch an und sie akzeptierte ohne Umschweife.

"Ich heisse Patrick Van de Brogg." sagte er, ihr die Hand reichend.

"Ich bin Mary. Mary Mitchell aus England."

"Angenehm. Zucker und Milch?"

"Yes please." Rief sie und irgend etwas rührte sich bei Patosch, denn diese Frau war so anders wie die Fauen aus Lotzen und überhaupt nicht vergleichbar mit Camille, die verglichen zu dieser Mary hier, ein Eisberg war. Ein fetter, kalter Eisberg. Mary aber, strahlte erfrischend fröhliches von ihr.

"Wie lange sind sie schon hier?"

"Oh ich bin per Anhalter den ganzen Weg aus England hierher gereist und bin erst vor einer Stunde hier angekommen. Ich finde diese Art zu reisen einfach viel spannender."

"Ist das nicht gefährlich?" frug Patosh leicht verwundert.

"NO, not at all. Ich quatsche den Fahrern meistens die Ohren voll und sie sind froh mich am Ziel wieder losgeworden zu sein."

Beide lachten laut auf und schauten sich an.

"Wo waren wir…ach ja…Sie reisen per Anhalter. Also Sie meinen es ist nicht gefährlich?"

"Lassen wir das Sietzen, Patrick, ich bin einfach nur Mary und das "Sie" ist hinderlich. Ja, manchmal ist es gefährlich, doch Pfefferspray und meine Fingernägel, haben mir ab und zu geholfen mich aus unangenehmen Situationen zu befreien. Kam aber bisher selten vor. Hast Du auch einen Wein? Rot wäre vorteilhaft?" frug Sie lächelnd.

"Äh…. ja, natürlich. Hat der Kaffe nicht geschmeckt?"

"Doch, er war vorzüglich, doch ich mag unsere Unterhaltung und ein Wein bricht das Eis besser als Kaffe."

"In der tat, Mary, in der Tat." Rief Patosh, dabei den Wein in einer der Regalen suchend.

"Ah, da haben wir ihn. Einen Pommerol aus 2018. Na dann wollen wir mal." Mit einem lauten PLOP entkorkte Patosh die

Flasche und goß zwei Gläser mit der roten Köstlichkeit ein. Sie stießen an und schauten sich in die Augen.

Der Mascara an Mary`s Augenlider hätten Patosh früher Furcht eingeführt, doch an Mary waren sie durch den hervorstechenden, schwarzen Ton eher als "SEXY" zu bezeichnen, denn es brachte ihre Augen intensiver zum Vorschein, die Kastanienbraun waren und eine Wärme abgaben, die Patosh zum wanken brachte. Sie bemerkte es und mußte frech lächeln.

"Nun, Pat. Erzähle etwas von Dir."

"Von mir? Übrigens, mein Spitzname ist Patosh…"

"Nicht möglich. Klingt so, wie soll ich sagen, erniedrigend ja fast beleidigend." meinte Mary und verzog ihr Gesicht, als ob sie einen Löffel Essig verschluckt hätte.

"Nein, nein. Bei uns in Belgien und auch in Frankreich ist er ganz gewöhnlich, aber Pat geht auch."

"Ich nenne dich Pat und Gonzales nenne ich Gonzi. Darf ich das?"

"Natürlich. Gonzi. Warum nicht?"

"Also schieß los Pat. Bist Du verheiratet? Hast Du Kinder? Bist Du Rentner oder flüchtest Du gar, vielleicht von der Polizei oder von einer Geliebten?" drängte Mary sich einen kräftigen Schluck Pommerol einflößend.

"Nein, nein. Ich bin nicht auf der Flucht, nur auf Urlaub. So interessant ist mein Leben nicht Mary und ja, ich bin unglücklich verheiratet. So gesehen bin ich doch auf der Flucht und zwar vor ihr. Ich besitze eine Kneipe in einer kleinen Stadt in Belgien namens Lontzen. Es reicht zum Leben, nix besonderes. Ich muße einfach mal raus, besonders durch die Geschehnisse der letzten Zeit."

"Welche Geschehnisse? Klingt spannend und übrigens, ich finde Dich und dein Leben interessant."

"Ach, ich kann es nicht erzählen. Du würdest mich für verrückt erklären und ich möchte auch nicht darüber reden. Ich verstehe was um mich geschieht nicht mehr und spüre eine Veränderung auf uns zukommen, wo ich nicht weiß ob sie gut oder schlecht ist. Laß uns einfach den Wein genießen. Hast Du Lust auf Kalbsleber mit Zwiebeln und Kartoffelpüree?"

"Ja. Klingt gut und ich habe Hunger."

"Gut, dann fang schon mal mit dem Zweibelschneiden an." lächelte Patosh ihr zu und reichte ihr ein Brett, ein Messer und zwei große Zwiebeln. Verwirrt durch diese plötzliche Spontanität, nickte sie nur bejahend und fing die Zwiebeln an zu schälen. Ohne Zweifel hatte sie so etwas vorher noch nie getan, denn sie stellte sich ungeschickt an. Patosh schüttelte lächelnd den Kopf und amüsierte sich über ihren Verlust der eigenen Überschätzung und ihrer vorgetäuschten Selbstsicherheit. Wahrscheinlich war sie eine verwöhnte Göre aus einer reichen Familie und riß von zu Hause aus, um das Leben außerhalb eines goldenen Käfigs zu entdecken.

"Na dann? Ich weiß nichts von Dir. Leg los. Erzähle." drängte Patosh fast befehlend.

Er war kein Gentleman im gewöhnlichem Sinne, sondern geradeaus, dadurch ehrlich und transparent und der Damenwelt schüchtern und mit Abstand zugeneigt.

"Was machts Du nur mit der armen Zwiebel mein Kind." Rief Patosh entsetzt als er sah, wie sie sich fast in die Finger schnitt.

"Nein, nicht so, sondern so. Siehst du?" und dabei faßten sich ihre Hände an und sein Herz geriet zum bersten. Alles um ihn erschien bunt und hell und er erlebte eine Liebe, die nicht aus dieser Welt war. Keine sexuelle, sondern eine pure, wahre, menschliche und würde er an Gott glauben, göttliche Liebe. Geschockt von diesen Gefühlen, ließ er ihre Hände los und entschuldgte sich, so als ob er ewtas schlimmes getan hätte. Mary war jedoch verwirrt.

"Wofür soll ich Dir vergeben Pat?" lachte sie laut.

"Du sollst mir zeigen wie ich es richtig mache. Ich will es lernen."

"Wir kennen uns kaum und ich behandle dich nicht gastlich. Verzeih mir. Laß mir die Zwiebeln schneiden." Bat er beschämt.

"Nein. Ich schneide sie, denn es macht mir Spaß. Du bist ein guter Knochen Pat." Und als sie das sagte, hörte sogar Mr. Gonzales auf zu spielen bei dem Wort "Knochen". Patosh ließ sie weiterschneiden und würzte in der Zwischenzeit die Kalbsleber.

"Etwas Salz und Pfeffer und in der Pfanne Estragon und Salbei mit Butter anschwitzen lassen. So mache ich es in der Kneipe für meine Gäste."

"Klingt köstlich. Was ist mit den Kartoffeln? Die brauchen zwanzig Minuten zum Kochen?" meinte Mary besorgt, denn die Butter war bereits am dünsten.

"Keine Sorge. Die Kartoffeln hatte ich bereits gestern vorgekocht. Etwas heiße Milch, warme Butter und auch hier Salz, Pfeffer und etwas Muskat und schon paßt das Timing. So. Reiche mir die Zwiebeln Mary….Danke Dir."

In der Pfanne zischte und qualmte es und der erste Duft roch etwas penetrant, doch mit der Zeit entstand ein herrliches Aroma, besonders als Patosch einen Becher gefüllt mit Chardonay über die brutzelnde Leber ergoß. Nochmals zischte es in den engen Raum und beide, Mary und Patosh, merkten nicht, wie schnell die Zeit verging. Sie aßen und tranken und erzählten sich Geschichten und Patosh stellte verwundert fest, wie richtig er mit seiner Vermutung lag. Sie kam aus gutem Haus und war wohlhabend, doch ihr Leben langweilte sie. Sie war unverheiratet und mitte dreißig. An sich zu alt, um sich wie ein gotisches Monster zu schminken und hippiehaft herumzulaufen, doch trotz all dieser Maskerade, hatte sie etwas an sich, das Patosh`s Herz höher schlagen ließ. Er konnte sich nicht satt an ihr sehen, doch er mußte Haltung bewahren, denn er war um etliche Jahre älter.

"Ich soll eines Tages alles erben, aber ich will nicht das Daddy abkratzt. Er ist so ein toller Typ, verstehst Du? Nicht so ein spießiger Lord, der bei uns ein und aus geht. Klar, Daddy ist ebenso ein Lord, aber eben anders. Ich liebe ihn sehr und will sein Erbe nicht. Er soll steinalt werden." Sagte Mary seufzend. Patosh fand sie rührend und lächelte und war erstaunt wieviel dieses schlanke Mädchen essen konnte, denn die Kalbsleber reichte nicht aus. Der Käse musste noch aus dem Kühlschrank und ebenso der Puddingbecher.

"Mein Gott Mary. Du bist völlig ausgehungert." meinte Patosh lachend.

"Ich habe seit Tagen nichts gegessen. Mein Geldbeutel hatte ich in einer dieser Autobahntankstellen liegengelassen und als ich es bemerkte, war ich bereits in Lyon. Ich konnte nichts mehr einkaufen und die Kreditkarte ließ ich telefonisch sperren."

"Ruf doch deinen Daddy an. Er kann Dir bestimmt helfen."

"Das will ich nicht. Ich will diese Prüfung meines eigenen Überleben auch ohne American Express oder Visa Card bestehen. Es muß auch ohne gehen."

"Respekt. Wie geht es für Dich dann weiter? Was ist dein nächstes Ziel?" frug Patosh neugierig.

"Ich reise dorthin, wo es Dir und Gonzi ebenso hinzieht. Ich fahre mit Euch mit und leiste Euch gesellschaft."

Wer sich am meisten darüber freute, war Mr Gonzales. Er mochte sie und bellte drauf los und Patosh drehte den Kopf.

"Shshhh Mr. Gonzales. Genug jetzt!" schrie er verwirrt

"Ich weiß nicht Mary. Wir kennen uns nicht gut genug und…"

"Ach papperlapap. Die Sache ist entschieden und es steht zwei zu null. Wir haben Dich überstimmt." Lachte sie laut.

Keine Zweifel bestanden mehr darüber, welch starke Wesen diese Mary besaß und wäre sie nicht so erfrischend und voller Leben gewesen, hätte Patosh sie wahrscheinlich bereits hinausgeworfen, wie er es mit seinen besoffenen Gästen manchmal tat. Doch Mary war nicht einer dieser Gäste. Etwas betrunken war sie ja, doch nicht so, daß sie die Kontrolle verlor. Patosh nickte und sagte:

"Also gut. Willkommen an Bord Mary. Doch ich habe Regeln. Du beteiligst Dich an den Arbeiten die anfallen werden. Putzen, Bügeln und solche Sachen einverstanden?"

"Ich kann auch kochen…" rief sie begeisternd.

"Naahhh. Ihr Engländer laßt lieber die Finger davon. Daß machen wir Belgier schon besser. Ich bin übrigens gelernter Koch."

"Oh. Ein echter Chef in einem Campingwagen."

"Chef würde ich mich nicht nennen, jedoch kann ich kochen und Du siehst nicht nach einer Köchin aus. So, Jetzt wird hier aufgeräumt und dann wird geschlafen. Die Klappbank wird dein Bett sein." sagte Patosh ernst.

"Jawohl Chef!" rief Mary lachend und war sichtlich froh, ein neues Heim gefunden zu haben auf ihrer Quest.

Die Aliens kommen

Unsere Alienfamilie, die sich für die Weiterreise auf Terrarion inzwischen vorbereitete und sich darauf mächtig freute, erhielt eine telepathische Nachricht vom hohen Rat auf Venus.

"Jonathan, Martha, Fred! Seid gegrüßt. Wir verstehen ihr verweilt noch auf Exosauro?"

"Ja, das tun wir. Wir sind dabei die Koordinaten für den Flug in das Navigationssytem einzuspeichern und dann geht es los."

"Warum verwendet Ihr nicht die bereits vorhandenen?" frug das Hohe Rat.

"Wir haben überall im Bordcomputer gesucht, doch es schien gelöscht worden zu sein. Wir geben es neu ein."

"Tut das nicht. Ich habe einen Grund warum ich Euch benachrichtige. Euer Raumschiff wurde von einem Venusianer dafür benutzt, um von Venus zu flüchten. Die Flüchtige ist meine Tochter gewesen und ich habe eine dringliche Bitte an Euch, wenn ihr auf Terrarion ankommt. Sucht sie. Benutzt euren Urlaub dort, um sie auffindig zu machen, denn sie darf nicht auf Terrarion verweilen. Sie ist ein Mitglied des Hohen Rates hier auf Venus und darf die Gewohnheiten dieses "Urlaubs-Planeten" nicht annehmen. Sie muß zurück und Eure Aufgabe wird sein sie zu suchen und uns über ihre aktuelle Positon zu berichten. Wir erledigen den Rest.

Ich sende Euch ihre Angaben und die Liste ihrer zur Zeit bekannten erdlichen Erscheinung. Programiert die Liste in euren Vybe scanner ein, denn ich denke sie wird ihr Aussehen ständig verändern. Ist der Auftrag verstanden?"

"Wir haben verstanden Hoher Rat."

"Gut meine treuen Freunde. Unser Segen wird Euch begleiten. Die Datei für Terrarion wurde übrigens von uns gelöscht, damit wir die Flucht, im Hohen Rat, telepathisch nachverfolgen konnten. Ich gebe Euch ihre Fluchtroute so wieder zurück, wie sie es verwendet hat und möchte, daß ihr Diese genau nachverfogt. Genießt den Aufenthalt auf Terrarion und laßt Euch nicht vom Wege leiten."

Das Gespräch wurde beendet und die neue Route in das Sytem eingespeichert.

"Na wer sagt`s denn. Das Abenteuer beginnt mit einem Auftrag." rief Jonathan und Martha und Fred waren außer sich vor Spannung, obwohl solche Gefühlsausbrüche für Venusianer nicht existieren. Zumindest nicht in unserem erdlichen Sinne.

"Einstiegstreppe eingefahren und verriegelt..cheked...Magnetfeldtransformator auf volle Stufe...checked.....Fusionsumwandler auf halbe Stufe checked...Familie an bord...checked. Na dann, los gehts." Jonathan ließ das Raumschiff vertikal aufsteigen bis die Anzeigen des Fusionsumwandler die volle Kraft genehmigten und als die dafür notwendigen Symbole auf dem display erschienen, stellte Jonathen den Fusionsumwandlerhebel auf volle Stufe und die "GALAXIA SUPREME" verschwand.

Man fragt sich, warum sie das Schiff nicht telepathisch steuern konnten. Das können sie, jedoch nicht auf Mietraumschiffen. Eine telepathische Steuerung waren nur auf Schiffe möglich, die der Konföderation zugehörten, denn der Hohe Rat war der Einzige, der diese Schiffe pilotieren durfte. Welch ein Glück, daß die flüchtige Tochter nicht solch einen Schiff für ihre Schandtat verwendete, obwohl es auf Venus solch ein Begriff nicht im Vokabular existierte.

"Terrarion ist nur 26 Lichtjahre entfernt (irdische Messung der Einfachheitshalber)" meinte Jonathan und nahm etwas Fahrt zurück.

"Was gibt es zu essen?" frug Fred, der hungrig war und die Entfernung zu Terrarion nicht interessierte.

"Ich habe Exoschleimpaste, Rotvrilsalat und Raborautesandwiches." rief Martha entzückt.

"YYAACHHH. Dann lieber Mangaria Salat und den mag ich bereits nicht." Protestierte Fred.

"Sag doch was mein Kompatibler!" Martha bat Jonathan um Hilfe.

"Also Fred, höre auf deine Mutter. Das geht so nicht weiter. Du bist in letzter Zeit überhaupt nicht kompatibel mein Freund und das ist nicht akzeptabel. Dann nimm Dir was aus den Automaten…"

"Das Zeug schmeckt aber nicht…"

"Ich will nichts mehr hören. Seit dem Aufenthalt auf Exosauro bist Du unerträglich geworden. Was ist blos los mit Dir?"

"Vielleicht sollte ich mit dem Vybe-Scanner mal einen Scan abnehmen. Nicht daß Du uns krank wirst" meinte Martha besorgt.

"Ach was. Ich will einfach wieder das Essen, was wir auf Venus aßen. Was würde ich nur für eine Matesawurst geben. Der Vybe Scan ist überflüssig Mama."

Doch Martha ließ sich nicht abwenden und nahm sich das Scanning vor.

"Siehe da. Unser sohn hat kompatibilitäts Empfängnis gebildet. Wer ist es? Tamara? Ich habe Euch nämlich auf Exosauro beobachtet. Ich bin überzeugt, daß Tamara dich für kompatibel findet."

"Blos nicht." schrie Fred entsetzt, obwohl er seine inneren Frequenzen nicht mehr ganz verstand. Sollte was dran sein? Warum wurden dann die Signale nicht verstanden, die zwischen Tamara und ihm entstanden?

"Soso. Unser Baby wird nun zum Mann." rief Jonathan amüsiert.

Fred geriet in Fassungslosigkeit und sein Klackern wurde lauter und lauter, bis Martha ihn an der Schulter berührte, wo sich der Ausgleichsnerv befand und Fred beruhigte sich wieder. Um nicht weiter darüber zu sprechen oder aufzufallen, nahm er sich eine Raborautesandwhich. Martha setzte sich neben ihren Kompatiblen hin und eine Art telepathisches Knutschen entstand zwischen ihr und Jonathan.

"Nicht jetzt Liebste. Ich muß mich konzentrieren und der Kleine könnte etwas bemerken."

"Ach woher. Ich habe ihn schlafen gelegt." Meinte sie lächelnd.

"Du Unverbesserliche. Du darfst das doch garnicht. Der Ausgleichsnerv ist nicht dafür gedacht…"

"Beruhige Dich mein Gemahl, oder soll ich Dich ebenfalls am Ausgleichsnerv fassen?"

"Was würde ich dafür geben meine Sternschnuppe." und da der Autopilot eingeschaltet war (Ja. Diese Entwicklung ist tausende von Jahren alt), ließ sich Jonathan von seiner kompatiblen Frau telepathisch in einem Orgasmuskonzert bezirpzen. Sie saß frontal auf ihm drauf und verdeckte somit das Navigationsdisplay und ein Klackern begann, der die Transistoren zum Glühen brachten. Nur eine Redensart, denn natürlich gab es keine Transistoren an Bord.

"Das war herrlich mein kosmischer Engel. So. Ich muß aber jetzt weiter navigieren." Meinte Jonathan.

"Tu das."

Einige Exoschleimpasten und Raborautensandwhiches später, denn galaktisches Liebe machen macht hungrig, kam Martha auf dem Vybe Scanner zurück.

"Kein Wunder, daß wir damals beim ersten Scan, solche Unregelmäßigkeiten registrierten, weißt Du noch? Auf unserer Fahrt nach Exosauro?" sagte Martha.

"Ja, ich kann mich noch erinnern. Auch an die Meldung: Zugriff nicht erlaubt. Worauf willst Du hinaus mein Liebling?" frug Jonathan nun neugierig.

"Was ist, wenn wir ein Hologram mit den Daten, die uns gegeben wurden, ablaufen lassen, um uns ein besseres Bild über der Flüchtigen machen zu können." frug Martha gespannt.

"Ich finde das für eine ausgezeichnete Idee und um einiges hilfreicher als nur die Route nachzuverfolgen. Meinst Du, Du könntest ein Hologram so bewerkstelligen, daß wir es nicht telepathisch sehen können, sondern es auf einer dieser Bildschirme übertragen ? So fühle ich mich sicherer und weniger beobachtet." Bemerkte Jonathan zurecht.

"Das kann ich machen und zwar so, daß es nicht anderweitig übertragbar ist und nicht für Dritte zugänglich."

"Klingt fast etwas verräterisch, jedoch ist es allein unser Auftrag und wer weiß was hinter dieser Flucht steckt. Schließlich wollen wir nicht von jemanden in der Durchführung sabotiert werden."

"Gib mir den Vybe Scanner mein Liebster."

Jonathan reichte ihr den Scanner und sie fing mit irer Arbeit an. Das ganze Inneleben der Galaxia Supreme wurde abgetastet und dabei jagte Martha telepathisch die von dem Hohen Rat mitgegebenen Daten ein. Sie hatte nun einen Hologramprogram in den Scanner gespeichert.

"So. Hologram ist fertig. Ich stecke den Chip in das leerstehende Bildschirm ein."

"Gut gemacht Martha. Laß ablaufen." Bat Jonathan und drehte sich mit seinem Sessel zum Bildschirm. Martha saß dabei auf seinem Schoß und beide betrachteten diesen Film. Die erste Szene war der von einer weiblichen Aliengestallt, die es eilig hatte und sich noch etwas unbeholfen in den Raumschiff umsah. Sie faßte die Innenwand an und wie durch Zauberkraft, leuchteten alle Instrumente und das Schiff began zu leben. Sie benutzte Telepathie und da sie ein Mitglied des Hohen Rates war, konnte sie dieses Raumschiff auf diese Weise zum fliegen bringen und steuern.

"Nach Terrarion über den Saronto Gürtel. Volle Fusionsumwandlung…Jetzt!" sagte die Flüchtende.

Jonathan und Martha schauten weiter und waren totstill dabei, gespannt was als nächstes kommt.

"Eintrag im Logbuch des Hohen Rats. Ich, KLTXK, kompatible Tochter des KLTXG, habe den Beschluß gefaßt, diesen Planet, den wir Terrarion nennen, anzufliegen, dort zu landen und zu erforschen. Die besonderen Verhaltensweisen der Bewohner, die sich Mensch nennen, haben diesen Planeten in die Gefahrenstufe einer unwiederbringlichen Selbstzerstörung gebracht und da unser Hoher Rat nicht auf meine Bitten weiter eingegangen ist etwas für den Einhalt dieses galaktischen Völkermordes zu unternehmen, werde ich es sein, der etwas dagegen unternehmen wird. Zu Sitzen, zu beobachten und nichts weiter zu unternehmen, bis dann schließlich eine Konfrontation entstehen würde, die weitere planetarische Interventionen verursachen könnten zwischen Konföderierten anderer Galaxien, Venus und schließlich Terrarion, bringt das

Gleichgewicht des Universums zum schwanken. Wir müssen diesen Planeten wieder bewohnen als wir es schon einst taten und diese Spezies gründeten, um sie zu führen, da sie dabei sind geradewegs sich selbst zu vernichten. Diese Geheimniskrämerei zwischen den Hohen Rat und den Militärzugehörigen Terrarions muß aufhören und wir uns den Rest der Bevölkerung sichtlich machen. Die Lüge unserer Nichtexistenz kauft keiner mehr ab, denn zu oft wurden unsere Schiffe bereits gesichtet, auch von denjenigen, die wir nicht auf unserer Liste hatten. Ich weiß, liebster Vater, daß wir uns nicht einmischen dürfen, jedoch sollte dieser Planet namens Erde aus dem Galaktischen Atlas entfernt werden, wird der gesamte Kreislauf dieses Sonnensystems gefährdet. Sucht mich bitte nicht und laßt mich etwas sinvolles für das Universum tun. Seht mich als Reisenden an. Einer von vielen, die Zurückgekehrt sind. Meine Liebe ist Dir gewiß mein Vater.

Deine Tochter KLTXK

 Martha und Jonathan schauten sich an und klackerten telepathisch.

"Ich denke, nun wissen wir es warum Sie es tat." Meinte Martha weniger enthusiastisch und fast enttäuscht, denn sie erwartete mehr.

"Ich weiß nicht Martha. Diese Flucht erscheint mir nicht als das Ausreißen eines Teenagers von Zuhause, um die Welt zu retten. Meine Intuition sagt mir, daß etwas anderes dahinter steckt. Das Ganze ist mir zu simple. Hätte sie keinen Eintrag im Logbuch eingetragen, so wäre ich deiner Meinung, denn wenn Jemand die Welt retten will, stellt er, oder sie, seine Absicht nicht offen durch einen Eintrag in das Logbuch dar, da die ganze Sicherheitsstaffel losgeschickt werden würde, um sie zu finden und da wer weiß was sie alles dabei anstellen könnte auf solch einen Alleingang. Nein, nein, meine Sternschnuppe, ich rieche da einen faulen Fisch (Es gibt, laut Nasa, keine Fische auf Venus), denn der Hohe Rat hat uns allein den Auftrag erteilt. Warum würde der Hohe Rat das tun? Es benötigt einen unauffälligen Beobachter und der sind wir. Sie ist ebenso mit einem Auftrag unterwegs und ich denke, es ist keine Flucht."

"Du meinst es soll nur so aussehen als ob das der Streich eines Teenagers ist? Du bist ein Genie mein Kompatibler."

"Ich weiß. Die Sache hat nur einen Haken. Der Hohe Rat hat uns drum gebeten sie ausfindig zu machen und ihre Position anzugeben, um sie wieder nach Hause zu bringen. Das würde eine Mission doch stören, meinst Du nicht?"

"Aber wenn das Ganze so sein soll, wie Du es sagst, ist vielleicht diese Bemerkung ebenso eine Entschuldigung, oder Täuschung, damit wir es glauben sollen, daß der Hohe Rat nichts mit dieser Sache zu tun hat."

"Stimmt. Wir sind ein gutes Team mein Mondmäuschen. Vielleicht bilde ich mir aber das auch alles nur ein und es ist doch so wie es der Eintrag sagt. Ich muß mir meine Sinne wieder etwas defragmentieren lassen. Die Reise ist doch anstrengender als ich geglaubt habe."

Terrarion erschien inzwischen auf dem Display und es kam immer näher. Die Galaxia Supreme wurde so programmiert, um eine Landung in einem See zu vollbringen und das bei Nacht, wenn alle Erdlinge schlafen. Man entschied sich für den Büttgenbacher See in Ostbelgien. Warum? Die Antwort war in das Hologramm zu finden, denn dort befand sich ebenso das Raumschiff des Flüchtlings. Die Problematik bestand nur darin, daß Jonathan und Familie, hier auf Terrarion nie zuvor gewesen sind und wie der Spruch schon sagt: "Aller Anfang ist schwer". Breit und tief genug war der See und das Schiff konnte sich, wie ein Oktopus, den Gegebenheiten anpassen. Doch eine Landung in einem See, war etwas Neues für Jonathan und er hätte sich zuvor vielleicht im Simulator einweisen lassen sollen bei der Vermietung. Nun ist es zu spät darüber den Kopf zu zerbrechen, da dieser fremde Planet, der so einmalig in allen möglichen Farben vor sich her leuchtete, die Alienfamile in ihrem Bann zog und dabei die Aufmerksamkeit etwas zu wünschen übrig ließ.

"Ich glaube wir sind zu schnell Liebster." rief Martha etwas besorgt, doch Jonathan klackerte ein "Ich werde das Kind schon schaukeln." Die Galaxia Supreme durchbrach inzwischen die Atmosphäre, Stratosphäre, die Troposphäre und jeglichen Luftraum dieser Erde.

Derweil erschien ihr Raumschiff auf einem Radarschirm, stationiert auf einem Militärstützpunkt.

"Was it das Herr Hauptmann?" schrie ein Leutnant der Schwedischen Luftüberwachung nervös, als er auf seinem Radar ein Echo erkannte, doch so schnell das Echo erschien, verschwand es wieder.

"Wahrscheinlich nur so ein Scheinecho Leutnant. Weitermachen."

Das selbe geschah im dänischem, deutschem, niederländischem und schließlich belgischem Luftraum. Der Leutnant in Schweden konnte jedoch einen sogenannten Snapshot erstellen und was er davon ablas, ließ ihm das Blut in den Adern gefrieren. "38 km Höhe und 35,000 kilometer pro Stunde schnell. Das ist keiner von den Unsrigen." dachte der Leutnant zu sich, entschied gegen die Behauptung des Hauptmanns und beschloß diesen Snapshot zu speichern sowie zu drucken. Natürlich so, daß sein Vorgesetzter es nicht bemerkte.

"Ich denke wirklich Du bist zu schnell Jonathan." Schrie inzwischen Martha und auch Fred machte sich langsam Sorgen. Jonathan reagierte endlich auf Grund der frequentalen Resonanz in der Stimme der Gattin, die auch bei ihm das Blut zum gefrieren brachte und reduzierte die Fahrt. Doch es war ein wenig zu spät, denn obwohl der Anflug, das Schiff genau in die eingegebenen Koordinaten zusteuerte, krachte das UFO mit überhöhter Geschwindkeit in den See hinein.

"Nur gut, das wir angeschnallt waren, nicht war?" meinte Jonathan scherzend.

"Welche Gurte denn Du Scherzbold. Wir haben Gravitationsdämpfer falls Du es nicht wissen solltest." Bemerkte Martha etwas zickig und genervt, was an sich nicht hätte sein sollen, denn wie gesagt, Emotionen gab es nicht auf Venus. Sie befanden sich jedoch nun auf diesem Planeten namens Erde und sofort nach dem Eintauchen in den Büttgenbacher See, veränderte sich ihre DNA im Bezug auf den Standort. Sie nahmen Menschliches Aussehen an und entwickelten entsprechende Nebenwirkungen, die sie nicht erklären konnten.

"Die Galaxia Supreme ist Schrott. Wie sollen wir jemals hier wieder rauskommen Jonathan?"

"Wir haben ein anderes Problem. Nehmt alles mit was wir für das Überleben benötigen, inklusive den Vybe Scanner und nichts wie raus hier. Wir haben ein Leck und das Wasser wird uns ertränken sollten wir hier nich schnellstens verschwinden." befahl Jonathan und sie verließen das Schiff durch eine Evakuierungsluke, die sich glücklicher weise oberhalb des Schiffs befand. Auch bewieß sich der Vorsprung der Venusianer verglichen zu den Menschen auf der Erde. Sie konnten unter Wasser atmen und ihre Lungen wie Schwimmwesten aufblasen. Sobald sie das Oberwasser erreichten, schwammen sie zum nächstgelegenen Ufer. Jeder für sich.

"Wir sind nackt. Laut Reiseführer laufen die Menschen hier in Gewändern angezogen herum. Gut daß deine Cousine uns ihre Anziehsachen, die sie auf ihrem letzten Urlaub hier eingekauft hatte, ausgeliehen hat. Auch gut, daß wir etwas in deiner Größe dabei haben Fred."

"Das sind Mädchensachen." protestierte Fred

"Wo liegt das Problem mein Junge?" frug Jonathan verwundert.

"Hallo? Ich stehe als menschlicher Junge vor Euch. Meint Ihr nicht das könne auffallen mich in Mädchenkleider herumlaufen zu lassen?"

"Stimmt. Martha, gib mir den Geschlechtsumwandler."

Martha reichte ihm das kleine Gerät und ruckzuck war Fred ein Mädchen.

"HEY!!!"

"Nur bis wir dir die richtige Kleidung besorgt haben Fred, jetzt stell Dich nicht so an."

Sie zogen sich hinter einem Gebüsch an und bewegten sich Richtung Straße. Natürlich viel der gesteuerte Absturz auf, denn die halbe Bundesstraße war überflutet mit Wasser und hunderten von Fischen, die nach Atmung schnappten."

"Wir dürfen nichts töten Jonathan…"

"Jaja, schon gut!" und schon waren die Fische wieder in den See. Telepathisch zurück ins Wasser befördert.

"Schnell, wir müssen hier verschwinden."

"Warum müsen wir das Papa? Wir sehen doch jetzt wie sie aus."

"Ja schon Fred. Nur ich muss mich erst einmal in meinen Archiv vertiefen und sehen, wie weiter zu verfahren ist."

Jeder Venusianer, sowie die meisten Alien des Universums, verfügen über einen Seelenarchiv mit einem automatischen Überlebensprocedere für fremde Planeten. Man könnte es auch Überlebensinstinkt nennen. Nachdem Jonathan seinen Archiv befragt hatte, eignete er sich die englische Sprache an und suchte einen Hotel auf. Das nächste Hotel befand sich jedoch 23 Km entfernt, in einer Kleinstadt namens, ja, richtig erraten, Lontzen.

"Wir müssen ein Taxi irgendwo anhalten." Meinte Jonathan und nach einen 2 km Marsch, kam ein Taxi ihnen entgegen. Jonathan streckte die rechte Hand aus und hielt das Fahrzeug an, das rein zufällig erschien, denn auf einer Bundesstraße ist das Glück eines zu finden recht gering.

"Wohin solls gehen?" frug der Taxifahrer.

"Zum Ochsen Hotel in Lontzen."

"Na dann steigt mal ein. Geht per Taxometer, ist das OK?"

"Ja, natürlich."

Als sie etwa drei kilometer weit gefahren sind, erschrak der Fahrer nicht schlecht, als er die Wassermasse auf der Straße bemerkte.

"Ja was im Gottesnamen ist hier passiert?"

Im selben Moment kamen ihnen zig Polizei- und Feuerwehrfahrzeuge entgegen, die an der befluteten Stelle anhielten und diese Absperrten. Welch ein Glück, daß das Taxi vorher noch an ihnen vorbeifuhr, sonst wäre die Alien Familie in die Bredulie geraten.

"Hast Du auch nicht vergessen den Raumschiff auf unsichtbar zu stellen?" frug Martha, so als ob man frug ob man nicht vergessen hätte den Herd abzustellen bevor man irgendwo ging.

"Habe ich. Laß mal den Vybe Scanner diverse Devisen herstellen für Terrarion Martha. Ich denke hier muß man mit Scheinen bezahlen. Stand so im Reiseführer."

Martha tippte nur Devisen ein und der Vybe Scanner frug wie hoch der Betrag sein soll. Martha druckte einfach auf einen Symbol und fünfhundert Euro in diverser Stückelung erschienen ihr auf dem Schoß. Der Vybe Scanner reagierte auf Standort

Modus, egal auf wechen Planeten man sich befand. Auf Exosauro waren die Devisen in Kristallen festgelegt, auf Corantio auf Edelsteine und auf anderen Planeten könnten es Edelmetalle sein. Je nach Wunsch konnte der Vybe Scanner diese Devisen herstellen, sobald der Standort Modus registriert hatte, wo und auf welchem Planeten sie sich befanden. Eine dreiviertel Stunde später kamen sie erschöpft in Lontzen an. Jonathan bezahlte den Taxifahrer den erwünschten Betrag genau auf den Cent und eingeschnappt fuhr der Fahrer davon.

"Schon eine eigenartige Spezies diese Menschen." Meinte Martha.

Da standen sie nun vor dem Eingang des Hotels, was ein besseres Gasthaus war und eine Konkurenz zu Patosh`s Goldenen Krug darstellte, nur das Patosh keine Zimmer vermietete. Etwas schwankend und unsicher betraten die Familie das Hotel und mußten sich als englische Touristen hergeben. Aber warum gerade in Lontzen, wo nichts los ist, das wäre schwer zu erklären gewesen, denn keine Touristen verirrten sich hier, außer die UFO- Freaks. Die waren aber lange wieder weg. Der eigentliche Grund war nur für die Familie aus Venus zu wissen, denn nicht weit landete das andere UFO, des Flüchtlings.

"Was kann ich für Sie tun Monsieur?"

"Ich hätte gern ein Zimmer für drei Venu…verzeihung, Personen."

"Wieviele Nächte?"

"Zwei Nächte bitte."

"Haustiere?"

"Wie meinen?"

"Ob Sie Haustiere mitbringen. Hund oder Katze, das kostet extra."

"Nein, keine Haustiere."

"Macht 60,-- Euro pro Nacht inklusive Frühstück und WIFI. Unterschreiben Sie hier. Zimmer 314."

Jonathan nahm den Stift, und wusste nicht genau was damit anzustellen. Telepathisch frug er ins seinem Archiv nach, der ihm zeigte, wie damit zu verfahren sei und mit einem Schwung malte er etwas, das wie eine Unterschrift aussah.

"Ach so. Hatte ich fast vergessen. Einen Pass oder irgenwelche Identifikation wie Führerschein bräuchte ich noch. Von einer Person reicht." Sagte der Rezeptionist grinsend.

Und wieder mußte der Vybe Scanner heimlich eingesetzt werden, damit Jonathan einen englischen Reisepaß bekam.

"Engländer seid ihr. Na dann. Ihr Akzent klingt aber nicht gerade Englisch." Meinte der Mann hinter der Theke.

"Er ist walisich. Kaum für die Engländer selbst zu verstehen." Sagte Jonathan wie aus der Pistole geschossen.

"Kenn ich. Dieses Problem haben wir hier in Belgien auch. Flämisch, Valonisch und sogar Deutsch wird gesprochen nicht allzuweit von hier. Schönen Aufenthalt. Ach ja. Frühstück ist von sechs bis zehn uhr."

"Wir bedanken uns." Rief Jonathan ohne zu lächeln, denn er konnte seine Lippe irgendwie nicht auf "Erde" umstellen und so blieben sie auf venusianisch verriegelt. Im Zimmer, das eher einer Fernfahrerabsteige glich und wo sich die Tapeten an den Ecken lössten, packte die Alienfamilie ihre Sachen aus den mitgebrachten Koffern aus, die wie am Anfang schon erwähnt, die der irdischen glichen.

"Na das ist noch einmal gut gegangen. Wir müssen uns einen echten englischen Akzent aneignen. Walisisch ist anscheinend nicht das richtige." Meinte Jonathan.

"Ja welchen willst Du?" frug Martha.

"Laß mal die Akzentmuster abfahren und vielleicht finden wir etwas passendes."

Mehrere Beispiele wurden am Vybe Scanner abgerufen und am Ende wurde der aus Birmingham ausgesucht.

"Der gefällt mir. Einen Namen bräuchten wir noch."

"Was steht auf dem Paß?" frug Fred und erstaunte mit dieser Idee seinen Vater positiv.

"Schau an. Die Bildung auf Exosauro hat doch etwas gebracht." Sagte Jonathan stolz.

"Jonathan Basil Wilson steht drauf." Rief der Alienvater lachend, da er nach einem Kraut, beim Mittelnamen, genannt wurde. "Diese Engländer. Gut das ich nicht Petersilie als Mittelnamen trage."

"Wir sind ab sofort die Wilsons." freute sich Martha.

"Es ist schon alles spannend hier trotz dieser eigenartigen Spezies. Nicht gerade freundlich und doch irgendwie lustig sind sie."

"Ich kann mich nur deiner Meinung anschließen Martha."

"Wie kommen wir aber je wieder nach Hause? Unser Schiff ist zerstört und…."

"Bitte reden wor nicht darüber. Laß uns doch einfach erst einmal darüber schlafen. Uns wird schon etwas einfallen." Sagte Jonathan gähnend und schlief sofort ein.

Patosh und Mary

Bei Patosh hat sich die Reise inzwischen zu einem ganz anderen Abenteuer entwickelt wie vorher geplant oder gar vorgestellt, denn jetzt hatte er eine Reisepartnerin an seiner Seite. Mary Mitchell, so angeblich heißt die Dame und da sie ihre Handtasche mitsamt Geldbeutel irgendwo liegengelassen hatte, fehlten natürlich auch die Reisedokumente.

"Wir fahren erstmal nach Perpignan, kaufen dort Sachen ein, denn Du brauchst Kleidung und Unterwäsche. Du bist mir schon eine. Wie kann man so hippiehaft herumreisen?" schüttelte Patosh unverständlich den Kopf.

"Ich habe Unterwäsche im Rucksack und außerdem kann ich Diese beim nächsten Halt waschen." flüsterte Mary etwas schüchtern.

"Egal, einkaufen müssen wir. Auch Lebensmittel. Danach gehts westwärts nach Carcassonne und dort machen wir eine zweitägige Pause. Ich möchte die Burganlage sehen. Was Du solange machst ist mir egal. Merke Dir nur den Parkplatz und dort treffen wir uns wieder, bevor wir zum Campingplatz fahren und uns einquartieren."

"Ich mag Burgen. Ich kann doch einfach mit Dir herumlaufen und auf Gonzi aufpassen." Meinte Mary und Patosh fand die Idee gut.

In Perpignan angekommen, hielt sich Patosh strickt an seinem Plan und kaufte Kleidung, Unterwäsche, Zahnpasta, Handtuch, Duschgel etc. für Mary ein und die beiden hatten sogar Spaß dabei. Kindlich albarn verhielt sie sich und Patosh war immer wieder entzückt von ihrer Frische und ihrer jugendlichen Albernheit. Dann kauften sie frische Lebensmitel in der localen Markthalle ein, wo ein Tumult herrschte mit schreienden Fisch- und Gemüsehändlern und Mary war von der ganze Show hellauf begeistert. So etwas hatte sie noch nie gesehen und auch hier konnte Patosh ein väterliches Lächeln nicht verstecken.

"Kaufst Du bitte von der Salami da und auch von dem Käse dort? Ach und Baguettes. Viele Baguettes…"

"Jaja schon gut Mary. Mach ich alles. Das muß aber auch gegessen werden, denn ich mags nicht, wenn Lebensmittel im Kühlschrank verschimmelt oder schlecht wird. Wir brauchen auch Fleisch, dann können wir am nächsten Campingplatz grillen."

"Au ja, grillen." rief Mary begeistert und Gonzi hinterherschleifend, obwohl Hunde nicht erlaubt waren in den Markthallen. Doch Gonzi fühlte sich wohl in den Trubel und es störte ihm nicht im geringsten, das tausende von Füßen sich vor ihm im Zickzack bewegten denn er wich diese geschickt aus.

"He da. Hier durfen keine Hunde rein." Schrie ein Metzger von ein einem Stand aus.

"Wenn sie aufhören zu motzen, kauf ich auch Fleisch bei Ihnen ein." rief Patosh zurück.

"Ja wenn das so ist, dann habe ich den Köter nicht gesehen. Was darfs den sein?"

Patosh mochte diesen Metzger nicht. Fett war er, doch um Ärger zu vermeiden, kaufte er bei ihm ein, denn er hatte auch gutes Fleisch im Angebot.

"Vier Kottlets, vier Grillwürste, zwei von den Florintener, 200 gramm Salami und wenn Sie noch einen Suppenknochen hätten wäre das Alles."

Der Metzger wog und packte das Fleisch ein, holte einen Suppenknochen aus der Vetrine und auch ein Stück Wurst für Gonzi.

"Macht 56,--Euro genau und hier ein kleines Stück Wurst für ihren Waldi."

"Gonzi heißt er." protestierte Mary, doch Patosh mischte sich genervt ein.

"Eigentlich heißt er ....ach was solls." Patosh zahlte und ärgerte sich über die gepfefferten Preise, da im Belgien Fleisch entscheidend billiger war.

"Was für Preise. Wie können sich die Menschen hier überhaupt noch etwas leisten? Laß uns den Käse, die Kartoffeln, den Salat, und die Tomaten holen und das Wars."

"Auch Gurken bitte schön." bat Mary.

"Ja das auch im Gottes Namen."

"Gott? Brauchst Du etwa seine Erlaubnis?"

Patosh schaute sie ungläubig an und mußte los lachen.

"Du bringst mich noch um Mary….ach ich habe schon lange nicht mehr so gelacht. Komm laß uns den Rest noch einkaufen und dann raus hier. Ich bekomme furchtbare Rückenschmerzen von dem ganzen Laufen."

Als sie alle Besorgungen eingekauft hatten, liefen sie zum Parkplatz, wo das Wohnmobil stand und Patosh merkte, wie zwei Jugendliche sich am Türschloß ran machten. Mit einem lauten Schrei, ließ er die Einkausbeutel auf dem Boden fallen und rannte auf die zwei Einbrecher zu. Natürlich rannte auch Mr Gonzales knurrend und bellend hinterher, denn auch er wußte, was da anscheinend vor sich ging. Die Einbrecher ließen sich jedoch nicht einschüchtern, zumindest nicht sofort und wagten es sogar Patosh anzugreifen, doch zwei Faustschläge reichten, um den Ersten am Boden zu schlagen und der Zweite rannte lieber davon und Mr Gonzales noch am Hosenbein hängend.

"Lassen Sie mich bitte gehen. Keine Polizei sonst wird mein Vater mich totschlagen." Rief der Eine, der am Boden lag.

"Soll er Du Flegel. Anstatt sich eine Arbeit zu suchen klaut ihr lieber die Sachen von hart arbeitenden Leuten. Du gehörst eingesperrt mein Bübchen."

"Pat. Wenn Du die Polizei rufst, dann bekomme vielleicht auch ich ärger. Ich habe keine Dokumente." meinte Mary.

"Was? Ach so, ja." Patosh ließ den Jungen laufen und schrie noch ein paar Flüche hinterher und Mr. Gonzales kam mit runterhängender Zunge und mit einem zufriedenen Blick zurück.

"Den haben wir´s aber gezeigt, was Boss?" wollte er am liebsten rufen, wäre er der menschlichen Sprache mächtig, doch die erste war Mary, die ihm streichelte und sagte:

"Ja mein Kleiner. Du bist in der Tat ein Held und denen hast Du es gezeigt. Hast Du gut gemacht Gonzi."

Gonzi, wie er von Mary liebevoll genannt wurde, schaute sie nur perplex an, ließ sich aber die Streicheleinheiten sehr gefallen.

"Kommt. Steigt ein ihr Zwei. Wir haben noch ein paar Kilometer vor uns."

Als alles in den Kühlschrank und in den Schränken verstaut wurde, fuhren sie wieder los und verließen Perpignan. Patosh bevorzugte die Landstraße. Sie fuhren and den Katharerruinen von Peryperthuse und Queribus vorbei. Anhalten wollte er dort nicht und als Mary ihn fragte warum, wurde Patosh melancholisch und erzählte ihr die Geschichte der Katharer, doch wurde er von Mary unterbrochen die, die Katharergeschichte bereits kannte.

"Der Albigenserkreuzzug von 1209-1229 von Papst Innozenz den dritten befohlen. Tausende wurde durch ihn auf dem Scheiterhaufen verbrannt. Ich kann mir das bildlich gerade vor mir sehen, was da ablief. Wie furchtbar." Und Mary schlug sich die Hände vors Gesicht und Tränen liefen ihr die Augen hinunter. "Was seid Ihr Menschen nur für Bestien." Schrie sie plötzlich und erkannte sofort ihren Fopas.

"Hey, hey, hey. Nur langsam meine Dame. Du kennst Dich geschichtlich aber sehr gut aus meine Liebe und was heißt hier Bestien? Du bist ja auch ein Mensch. Beruhige Dich wieder

Mary…was geht blos in deinem Kopf ab frage ich mich." Versuchte Patosh sie wieder zu beruhigen.

"Verzeih mir Pat."

"Da gibt`s nichts zu verzeihen. Es war eine furchtbare Zeit und ich bin froh, daß ich in diesem Jahrhundert lebe, Aber erzähl. Wie kommt es, daß Du Dich so gut geschichtlich auskennst?"

Mary versuchte darauf eine Antwort zu finden und antwortete.

"Oxford."

"Oxford was?"

"Ich habe in Oxford Geschichte und Politik studiert."

"Wozu?"

"Ach Pat. Du stellst aber auch manchmal Fragen. Ich wollte Journalistin werden…."

"Journalistin? Ja, diesen Job kann ich mir wirklich gut bei Dir vorstellen."

"Ja? Danke Dir." sagte Mary lächelnd.

"Mit dem Plappermaul, ist das der richtige Job für Dich."

"Ach Mensch!" Mary shlug mit ihrer kleinen Faust auf Patosh`s Schulter und lachte.

Sie ließen die Burgen mit ihrer traurigen Geschichte hinter sich zurück und erblickten vor sich diese rauhe, natürliche und herrliche Landschaft, die sich so einnehmend an den Füßen der Pyrenäen ausstreckte und wenn es nach Mary ginge, hätte die

Fahrt noch Tage ohne anzuhalten dauern können. Mit einer Tüte Kartoffelchips in der einen Hand und ein Salamibaguette in der anderen, genoß sie was sie vor sich sah. Laut schlürfend sog sie nebenbei an den Strohhalm, der in der Coladose steckte, daß sogar Patosh sich zu ihr umdrehte. Ihre großen, braunen Augen strahlten nur Liebe und Freude aus und ihm wurde es warm ums Herz. Er wollte schon immer Kinder haben, doch Camille hatte, nach dem Tod Ihres Baby, das Leben links liegen gelassen und jeden Versuch, den Patosh ihr anbot es noch einml zu versuchen, abgelehnt. Wie gerne hätte er so jemanden wie Mary als Tochter, doch das Leben hatte andere Pläne für ihn. Die jüngste war Mary auch nicht mehr mit ihren 37, doch ihr Äußeres könnte jeden beirren und Sie für 22 oder 23 Jahren alt halten. Auch ihr Wesen war sehr verspielt und jugendlich, Patosh bließ dieses Gedanken davon und rief.

"Wir sind da."

"Was? Aber wir sind gerade wenige Stunden erst los gefahren."

"Schau nach vorn Mary. Dies ist Carcassonne." und Patosh zeigte mit dem Finger auf die Burganlage. Eine im Mittelalter ummauerte und befestigte Stadt. Jetzt sah sie es auch und der Strohhalm fiel ihr aus dem geöffneten Mund.

"Wir suchen uns ein Parkplatz und laufen mal dadurch." sagte Patosh. Mary räumte alles im Wohnmobil auf und hinterließ eine saubere Wohnung auf Rädern und mit quietschenden Bremsen hielt der Camper schließlich an.

"Hast Du Gonzi an der Leine, Mary?"

"Ja:"

Patosh verschloß die Tür und man lief den Eingang dieser
mittelalterlichen Stadt entgegen. Die Straßen waren mit
Pflastersteinen aus besager Zeit belegt. Touristen wo das Auge
nur hinsah und Sprachen, die man sonst nie hörte. Andere
Hunde waren ebenso an der Leine und so kläffte man sich
gegenseitig an. Mr. Gonzales am lautesten natürlich, denn der
Spruch gilt: "je kleiner der Hund, desto hysterischer sein
Wesen." Doch Patosh hatte eher diese Eigenschaft bei Menschen
festgestellt und nicht bei den Vierbeinern. Autos versuchten sich
den schmalen Straßen anzupassen und durchzufahren, doch die
Touristen verlangsamten ihr Tempo. Sie versuchten wohl ihre
Läden zu erreichen, oder sie waren nur Lieferanten, die noch
mehr Souveniers und Kitsch anlieferten. Amerikaner, Japaner,
Chinesen, sie alle wurden von einem Reiseführer geleitet, der
einen Regenschirm umgekehrt nach oben gerichtet hielt mit
einer Kennung daran geklebt, damit die Gruppe nicht verloren
ging. Patosh hatte seine Pentax um den Hals und nahm sich Zeit
beim aufnehmen seiner Bilder und Mary stöberte sich durch zig
Geschäfte mit ihren verführerischen Waren. Gewürze hier,
Weihrauch dort, Rosenkreuze, Katharerkreuze, Ritterrüstungen,
Templerfahnen, Bücher, Ziegenkäse, verschiedene Öle und
vieles, vieles mehr, doch wer die Wahl hat, hat die Qual und sie
konnte sich nicht entscheiden was sie kaufen sollte. Sie
entschied sich schließlich für ein Fläschen Yasminparfüm, der
ziemlich stark roch. Nach Stunden des Herumlaufens, des
Fotografierens und des Shoppens, fanden sie einen Caffe, wo
man raussitzen konnte, um sich eine Erfischung zu gönnen.
Mary nahm sich einen Tee und Patosh einen viertelchen,

eiskalten Chably. Es war eine Wohltat und die Sonne schien, was den ganzen Flair um das mehrfache verschönerte. Gonzi war erschöpft und suchte sich Schatten unter dem Tisch.

Der nächste Campingpaltz war nur drei Kilometer entfernt und da Patosh`s Beine sowie sein Rücken schmerzten, zahlte er die Zeche und man begab sich zurück zum Wohnmobil. Diesmal sah man keine Teenager, die versuchten einzubrechen. Alle man an bord und ab ging die Fahrt. Sie fanden den Campingplatz und sie hatten Glück, denn nur drei Plätze waren noch frei. Mary half Patosh mit dem anschließen des Wasserschlauches, des Toiletten Abflussrohres und mit der Stromversorgung durch einen Elektrokabel. Gonzi schnüffelte herum und nahm die Fährte verschiedener Hundedamen auf und siehe da, ein Duft kam ihm sehr bekannt vor. Der Pudel war hier. Ohne das jemand etwas bemerkte, machte sich Gonzi auf dem Weg und suchte seine alte Freundin, die er auch fand und bald ging das Geschrei am Platz los.

"Komisch, die Stimme kenn ich." rief Patosh und wollte nicht das ahnen, was ihm bildlich vorschwebte.

"Wo ist Mr. Gonzales?" rief er und schaute Mary vorwurfsvoll an. Sie schaute zurück und zuckte nur mit den Schultern.

"Folgen wir den Schrei. Ich kenne die Dame." und als sie an den Schauplatz der Tragödie ankamen, war Mr. Gonzales immer noch an der Pudeldame zu Gange.

"SIEEEEE!!!!"

"Das selbe kann ich von Ihnen sagen gnädige Frau. Verfolgen Sie mich etwa?" schrie Patosh sie an und ein verbaler Streit began, so daß mehrere Personen den Schauplatz umgaben und sich einen ablachten.

"Nehmen sie Ihre Töhle von meiner Jenevieve Sie Unhold."

"Was wollen Sie für den Pudel haben? Ich kaufe es Ihnen ab. Kein Hund sollte die Qual erleiden unnter Ihrer Knechtschaft zu leben. Und nennen Sie Gonzi nicht Töhle Sie Spinatwachtel Sie!"

Patosh`s Kopf färbte sich rot und seien Adern verdickten sich auf der Stirn, während die Pudelbesitzerin weiterhin auf ihn, in extrem hohem Sopran, einschrie. Ja, das Spektakel glich einer dramatischen Oper und Mary schaute nur fasziniert zu. Keiner bemerkte wie Gonzi und Jenevieve inzwischen mit ihrer Leidenschaft fertig urden und ebenso das ganzen Schauspiel verwundert beobachteten. Wenn einer es nicht besser wußte, so schien Gonzi, AKA Mr. Gonzales, folgendes zu denken: "Menschen, was für eine Spezie!"

Patosh schnappte sich Mr. Gonzales und schimpfte auf ihn ein. Etwas, das Patosh nie zuvor getan hatte, bis Mary eingriff und ihn zum Schweigen brachte. Patosh warf wütend, seinen Hund zu Boden und lief davon, während Mary den noch vor Angst zitternden Hund an der Leine nahm und versuchte mit dem Davonlaufenden Schritt zu halten.

"Pat. Lauf langsam. Was soll das?" rief Mary ihm hinterher, doch ihr Abstand wurde immer größer und Patosh verschwand aus ihrem Blickfeld. Am Wohnwagen angekommen, stellte sie ebenso seine Abwesenheit fest, jedoch war sie zu erschöpft, um nach ihm zu suchen und entschied sich im Wohnwagen zu bleiben, Tee zu trinken und abzuwarten. Stunden vergingen doch vom Patosh war nichts zu sehen und zu hören und als die Nacht einbrach, legte sich Mary auf der Klappcouch hin und schlief ein. Geweckt wurde sie am frühen Morgen, als Gonzi anfing zu knurren und Jemand draußen anscheinend mit dem Gleichgewicht zu kämpfen hatte, denn man konnte den Campingtisch sowie andere Gegenstände umfallen hören. Es war Patosh, der aber nicht reinkam, sondern versuchte sich in einem der Stühle hinzusetzten. Er war stinkbesoffen und als er es endlich geschafft hatte sich in einem Campingstuhl hineinzuwerfen, kippte sein Kopf nach hinten und er schnarchte los. Welch ein Glück, daß es draußen noch warm war. Gonzi wollte raus zu ihm, doch Mary ließ es nicht zu.

"Wir lassen ihn erst mal ausschlafen Gonzi." Gonzi gab nur ein mitleidendes Geräusch von sich und fühlte sich schuldig.

Stunden vergingen, bis Patosh entschied, sich in den Wohnwagen zu begeben. Torkelnd und schmollend bestieg er die kleinen Stufen und stütze sich am Türrahmen.

"Ich will mich entschuldigen. Ich war nur sauer, da ich ehrlich gesagt Frauen niemals verstehen werde und ich eine unerklärliche Abneigung gegenüber dieses Geschlecht entwickle, was ich nicht will. Jedoch habe ich mit Frauen niemals Glück gehabt in meinem Leben und werde ständig von ihnen behandelt, als ob ich die Lepra hätte. Respektlos, anmaßend, arrogant und überheblich erscheinen sie mir und ich werde von Tag zu Tag einsamer. Alles was ich will ist etwas

Liebe, Zärtlichkeit und Zuneigung. Verlange ich etwa zuviel? Was waren wir nur verliebt am Anfang Camille und Ich und als unser Babysohn dann noch starb, durchlebe ich seitdem eine Hölle. Ich hätte mich sofort scheiden lassen sollen, doch dieser beschissener Mitleid, der mich von innen auffrißt und mich von einem neuen Glück zurückhält, macht mich wahnsinnig. Ich will einfach eine zweite Chance, doch ich bekomme sie nicht. Ich werde nur angemotzt, benutzt und abgezockt. Ich habe die Schnauze so gestrichen voll von diesem snobischem Monster und doch gebe ich die Hoffnung nicht auf. Es tut mir leid Mary. Du warst ein frischer Wind für meine Seele und manchmal dachte ich, du seist vom Himmel zu mir geschickt worden, um mir wieder Hoffnung zu geben. Doch dem ist nicht so. Anstatt mich zu unterstützen, hast Du mich noch angeschrien. Ich will das Du gehst. Nimm den Hund mit und laßt mich allein. Ich habe keine Lust auf falsche Freunde, Haustiere und andere Enttäuschungen, die mich nur auslachen. Ich will alleine Sein. Nimm deine Sachen und verschwinde. Du wirst bestimmt eine andere Fahrgelegenheit finden. Vielleicht nimmt Dich die Pudelhexe mit und Mr. Gonzales kann den frisierten Pudel durchpoppen bis die Lockenwickler explodieren, was geht mich das noch an. Ich brauche niemand also geht….GEHT!"

Ohne ein Wort weiter zu sagen, packte Mary ihre Sachen ein und verließ den Wohnwagen. Den Hund nahm sie aber nicht mit, da sie wußte, es würde ihn zerstören.

"Paß auf deinen Herrchen auf Gonzi. Er braucht Dich jetzt mehr denn je." Flüsterte sie den Hund zu, streichelte noch ein letztes mal über das Köpfchen und ging. Patosh schaute nicht einmal nach ihr zurück, sondern schleppte sich, besoffen wie er noch war, zu seinem Bett und ließ sich einfach drauf fallen. Er wollte nichts mehr wissen und Tränen liefen ihm die Backen runter als er schließlich einschlief.

Aliens kennen keinen Streß

In Lontzen, begab sich unsere Alien Familie zwischenzeitlich zum Frühstück. Sie waren sich der Erdennahrung nicht kundig und auch das innere Seelenarchiv konnte, was den Geschmäckern der Speisen auf diesem Planeten betraf, keine zufriedenstellenden Antworten liefern.

"Wie schmecken wohl Rühr- oder Spiegeleier? Oder gebratener Speck? Anscheinend lieben die Menschen diese Nahrung ganz besonders zum Frühstück. Ich denke wir werden es gleich feststellen." sagte Jonathan, als sie sich in die Lobby begaben und der Rezeptionist den Weg zum Speiseraum einfach nur mit dem Finger deutete.

"Was für eine unfreundliche Kreatur." Beschwerte sich Martha, doch sie entschuldigte sich sofort und wunderte sich, daß sie sich plötzlich über solch eine Belanglosigkeit aufregte. Ja, ja unsere liebe Erde. Es ist gerade so als ob die Luft, die wir eintamen nicht nur aus Stickstoff, Wasserstoff und Sauerstoff besteht, sondern ebenso mit anderen Schweinereien, die die Laune der sich darauf befindlichen Bewohnern erheblich manipulieren können. Sogar der, der Außerirdischen. Die Familie nahm an einem Tisch platz und wurden mit einer freundlichen Bedienung überrascht.

"Guten Morgen Madame, guten Morgen Monsieur und auch Ihnen junger Mann wünsche ich einen guten Morgen."

"Ach, es gibt doch noch freundliche Wesen auf diesem Planeten." meinte Jonathan und dieses Mal konnte er sogar sarkastisch grinsen ohne sich verkrampfen zu müssen.

"Wieso, wir sind doch alle freundlich hier." antwortete das Mädchen überrascht.

"Aber nicht der da." Fred zeigte in Richtung Rezeption und die Bedienung mußte herzlich Lachen.

"Ach der! Das ist Rene. Der ist immer so, aber glauben Sie mir, er ist ansonsten Harmlos wie ein Lamm. Er redet einfach nicht gerne."

"Gut zu wissen." meinte Martha nur. "Kommen wir zur Sache. Was empfehlen Sie uns zu frühstücken?"

"Nun das kommt darauf an Madame. Normalerweise empfehlen wir das "American Breakfast". Rührei, Speck, Kartoffelrösti und mexikanische Bohnen. Da Sie aber Engländer sind, dem Akzent nach zu urteilen, empfehle ich das "English Breakfast". Zwei Spiegeleier. Speck, zwei Würste, baked beans, black pudding, gegrillte Tomaten und Toast. Dann gibt es den "Continental Breakfast". Zwei Brötchen, zwei Croisssants, butter und Erdbeermarmelade und für die nicht so hungringen Corn Flakes mit Milch. Auf Wunsch kann ich auch Joghurt und Früchte bringen."

"Bringen Sie uns bitte von jedem eines und wir prüfen uns durch." Sagte Jonathan mit einem sehr verdächtigen Lächeln, das sogar das Mädchen irgendwie vulgär vorkam.

"Natürlich. Wollen Sie Kaffe oder Tee und Orangensaft dazu?"

"Ja. Bringen Sie uns einfach alles."

Jonathan hatte noch an seinen Gesichtszügen zu üben, denn die Grimassen, die er zog, waren nicht ausgereift für die Erde und könnten falsche Signale senden. Währenddessen bracht das Mädchen das Frühstück und die Schweinerei began, denn zum ersten Mal wurde dieses Besteck, was aus Gabel, Messer und Telöffel bestand, verwendet. Einige Experimente später jedoch, hatte man den dreh herausgefunden und siehe da, es schmeckte ausgezeichnet.

"Köstlich. Ich hätte nicht gedacht, daß es so gut schmeckt. Und diese lustigen Farben. Gelb, Weiss und Rot. Wenn ich an unser Essen nur denke. Alles nur grau." sagte Martha begeistert.

"In der Tat Liebes. Es schmeckt vorzüglich. Was meinst Du Fred?"

Doch Fred war tief in seine Spiegeleier eingetaucht und sog einen Streifen Speck, oder auch Bacon, ein. Es sah aus auf ihrem Tisch wie bei Hempels unterm Sofa und auch die anderen Gäste schauten sie entsetzt und angewidert an. Jonathan jedoch setzte seinen Repertoir an Lächeln ein, was für noch mehr Aufregung sorgte. Der Alien Familie störte es nicht, denn hier auf diesem Tisch wurde geforscht und das Schlürfen und Schmatzen gehörte dazu.

"Diese Baked Beans erinnern mich ein wenig an Oprasoschleim. Meinst Du nicht Jonathan?"

"Hmm. Ich dachte eher an Kambariut Püree."

Sie experementierten an ihren Frühstück herum, bis die Bedienung ankam und sie freundlich darauf hinweisen mußte, daß es bereits viertel nach zehn war und daß der Speisesaal verlassen werden sollte. Ab zwölf Uhr wäre es wieder, für das Mittagessen, geöffnet.

"Ah Mittagessen…" doch bevor Jonathan noch etwas sagen konnte, bekam er einen telepathischen Anruf vom Hohen Rat und während sie den Tisch räumten und in die Lobby liefen, ging das Gespräch weiter.

"Ja, ich habe verstanden. Ich werde einen Automobil mieten und die Suche fortsetzen. Übrigens, unser Raumsschiff ist schwer beschädigt und ich denke wir können damit nicht mehr zurückkehren."

"Wir sprechen darüber, wenn Ihr meine Tochter gefunden habt. Ihr könnt ihren Raumschiff für die Rückkehr verwenden."

"Ich mede mich sobald ich was weiß." und schon war die Unterhaltung beendet. Jonathan ließ sich einen Taxi kommen lassen, der die Familie zur Autovermietung brachte, und zwar die einzige Vermietung in der Stadt. Sie mieteten einen Volkswagen Passat und Jonathan hatte sofort den dreh raus. Führerschein und Kreditkarte wurden vom Vybe-Scanner produziert und vorgelegt und nachdem Jonathan den Mietvertrag unterzeichnete, nahm alles seinen Lauf. Im Hotel zurückgekehrt, packten sie ihre Sachen aber mit der gelassenen Ruhe eines Hummers, denn Aliens kennen keinen Streß.

"Wir werden einfach die Route verfolgen wie in den Hologram programmiert." schlug Martha vor und Jonathan stimmte zu.

"Was bleibt auch anderes übrig?"

"Aber bevor wir gehen, laß uns die Kneipe dort aufsuchen. Die sieht lustig aus. Und was für ein entzückender Name. Der Goldene Krug."

"Was willst Du dort Jonathan?" frug Martha.

"Laut Reiseführer gibt es ein Getränk, das nennt sich Bier. Na? Wie wärs? Schließlich haben wir Urlaub."

Martha konnte keinen Wunsch Jonathan`s verwehren, denn sie hätte ihn auch so nicht aufhalten können. Das war gegen die Regel des freien Willens und gegen den darf man nicht verstoßen. So nickte sie bejahend. Sie fanden die Kneipe geöffnet, obwohl Patosh sie geschlossen hatte für die Zeit seiner Betriebsferien. Camille jedoch, öffnete es wieder, rein aus Wut und Rache dafür, daß Patosh sie einfach zurückließ ohne ein Wort zu hinterlassen. Ihr weibliches Ego war verletzt und wehe dem Mann, der dieses Ego zum glühen bringt, denn egal ob Camille ihn liebte oder auch nicht, sie war eine egoistische und selbstgefällige Kreatur. Die Einnahmen hatte sie sich in ihrer Tasche, ohne Beleg, eingekrallt. Der Goldene Krug war jedoch nicht so voll wie sonst, denn Patosh brachte Spannung und Laune in den Laden, Camille tat das nicht. Ihre rauhe und ungastliche Art, verscheuchte eher die Kunden.

"Guten Tag, ein Tisch für drei bitte." Rief Jonathan als er reinkam und die Familie wurde mit einem leisen Gelächter begrüßt.

"Setzt Euch irgendwo hin wo es frei ist." brüllte Camille hinter der Theke.

Die Alien Familie wurde angegafft, nicht weil sie Außerirdische waren, denn das konnte man nicht mehr erkennen, sondern wegen dem starken englischen Akzent, oder besser gesagt, den aus Birmingham und auch wegen ihrer Kleidung. Hätte man es nicht besser gewußt, so lebte diese Familie noch in den Sechzigern. Camille näherte sich ihren Tisch mit einer glimmenden Zigarette im Mundwinkel und die lange Asche fiel auf dem Weg zum Tisch, auf Boden. Martha schaute sie regungslos an und wollte am liebsten nur noch weg.

"Was darf ich bringen?" frug sie mehr oder weniger freundlich.

"Drei Bier bitte." sagte Jonathan.

"Wie alt ist der Kleine? Ich darf kein Bier an Kindern ausschenken, oder ist er achtzehn?"

"Was hätten Sie den für ein Kind zum trinken?"

"Cola, Fanta, Sprite, Mineralwasser."

"Fangen wir mit Cola an und dann sehen wir weiter."

"Welches Bier möchtet Ihr denn? Stella Artoise, Orval, Jubile, Heineken?"

"Fangen wir mit Stella Artoise an." Sagte Jonathan mit einem Grinsen der noch der Übung bedurfte.

"Wow. Scheint ihr habt noch was vor, wenn ihr mit Stella anfangen wollt. Na von mir aus."

"Ich mag die Atmosphäre hier nicht Jonathan. Laß uns nach dem Bier gehen."

"Geduld Liebste. Verhalten wir uns einfach wie sie und schmiegen uns ein. Sind sie unfreundlich, so sind wir es auch. Ganz einfach."

"Na endlich wird es aufregend." Meinte Fred. "Ich langweile mich noch zu Tode."

"Keine sorge mein Junge. Du wirst noch deinen Spaß bekommen. Laß uns telepathisch die Gespräche dieser Gäste aufzeichnen und hören was sie sagen."

"Aber das ist gegen den freien Willen Gesetz." Protestierte Martha.

"Papperlapapp. Wir haben einen Auftrag und somit ist es kein Verstoß."

"Au ja. Das wird lustig." rief Fred händereibend.

"Aber egal was ihr hört, oder was sie sagen, Ihr müßt Euch zurückhalten, OK?" warnte Jonathan.

"OK." Riefen Martha und Fred belustigt und freuten sich auf dieses Spiel, das nun folgen würde.

Die Gäste saßen an verschiedenen Tischen und am lautesten redete Gerome, der neben Clautilde und Jean saß. Alle drei waren Landwirte aus der Umgebung und trafen sich fast täglich, nach der Arbeit im Goldenen Krug. An den anderen Tischen saßen Guilomme, Robert, seine Frau Matilde, sowie

Jaques und Katrine. Die meisten waren Rentner und hatten nichts mehr zu tu als herumzuhängen und zu lästern, doch das Lästern kann gefährlich werden, wenn es an den falschen Ohren gerät.

"Was sind das für welche, und ihre Kleidung? Engländer eben." Sagte Gerome.

"Ein eigenartiges Touristenpack. Scheinen Geld zu haben. Meinte Jean."

"Guckt mal die Frau an. Elegant und Steiff wie eine Pompadöse." flüsterte Clautilde. Als Martha dies telepathisch mitbekam begann sie zu klackern, doch Jonathan hielt ihre Hand und beruhigte sie wieder. Nichts wurde über Fred gesagt, denn über Kindern lästert man nicht. Er kann ja nichts dafür solche Eltern zu haben, die ihm wie einen konservativen Schuljungen anziehen.

"Ich Frage mich wo Patosh nur ist. Seine Alte, macht keinen Spaß hier und ebenso nicht die Preise. Für das Bier jetzt drei Euro zu verlangen ist allerhand. Zwei war immer OK, aber drei….nein, nein Monsieurs. Das geht einfach zu weit." sagte Guilomme.

"In der Tat. Patosh war immer ein guter Mann gewesen. Den Touristen mehr abzuknöpfen ist in Ordnung, aber der Stammkundschaft, nein. Patosh war immer uns gegenüber anständig. Diese scheiß UFOs, haben uns den Mist eingebracht. Die tausende UFO-Freaks und die Presse hat uns einiges eingebrockt. Camille, diese alte Echse, hat natürlich die Einahmen damals mitbekommen und jetzt behandelt sie uns wie

Touristen. Wir, die hier geboren sind und wahrscheinlich auch begraben werden." meinte Jaques.

Jonathan frug sich was sie mit Patosh, UFOs und UFO-Freaks meinten und frug bei seinen Seelenarchiv nach und als er die Antwort bekam wurde er hellhörig. Gut, Patosh ist ein Abkürzel für Patrick, das war nun klar, aber UFO bedutete automatisch, daß diese Stadt von Außerirdischen besucht wurde und dies war in der Tat spannend. Sie hörten weiter zu und machten sich telepathische Notizen.

"Vor zwei Tagen erst wurde wieder ein UFO gesichtet, Manche behaupten er ist in den Butgenbacher See gestürzt. Die Bundesstraße war überflutet." sagte Robere.

"Der muß über uns gerade sprechen." Dachte sich Jonathan, Martha anschauend und sie nickte zustimmend.

"Und? Ist die Polizei zugange und sucht nach diesem Raumschiff?" frug Katrine.

"Nein. Natürlich nicht. Ist ja alles nur Hirngespinst. Die Polizei tut nichts auf Befehl von ganz Oben und unsere Steuergelder werden woanders verschwendet. Keine Taucher oder sonstige Einheiten, die den See durchkämmen. Man hält uns für blöd. Für besoffene Rentner, die weiße Mäuse gesehen haben. Ist schon ein dicker Hund sowas."

Die Gäste, die an diesem Tisch saßen, schüttelten nur den Kopf, während die Landwirte am anderen Tisch weiter für sich daher flüsterten.

"Ich habe noch ein Stück Metall von dem Raumschiff, der von den Jägern gejagt wurde. Es fiel auf meinem Acker keine drei Meter von meinem Traktor." flüsterte Gerome.

"Hast Du es der Polizei gegeben?" frug Clautilde.

"Quatsch. Was glaubst Du wieviel Geld mir dieses Teil einbringen wird? Einen Dreck werde ich der Polizei geben. Ist ja auch auf meinen Acker gefallen und nicht auf der Polizeiwache." Danach folgte ein lautes Gelächter und Gerome bestellte noch eine Runde.

"Drei Orval Camille."

"Kommt sofort."

"Was glaubts wieviel dieses Blechteil wert ist? Vielleicht ist es Radioaktiv verseucht?" meinte Jaques zurecht.

"Bei mir funktioniert noch alles, nicht war Clautilde? Ich habe keine Schäden bei mir feststellen können. Ich habe keine Ahnung wieviel das Teil Wert ist. Schade, daß unsere Jäger nicht den ganzen UFO abgeschossen haben. Er ist ja davongekommen."

"Wie meinst Du abgeschossen? Haben die Irren tatsächlich auf dem dem Raumschiff geschossen? Mein Gott. Was wären die Konsequenzen gewesen hätten sie es getroffen. Einen Krieg mit Außerirdischen hätten wir bekommen."

"Natürlich haben sie drauf geschossen Jaques. Ich habe es mit eigenen Augen gesehen. Wie sonst ist dieses Teil heruntergefallen? Ich habe die Kugeln abprallen gesehen und wenn ich mit dem Metalldetekotr den Acker durchkämmen würde, so würde ich ebenso die Projektile finden."

"Ach Gerome. Du spinnst wie immer. Was ist, wenn einer der F-16 einen Blechteil verloren hat und nicht das Raumschiff? Laß uns das Teil anschauen und ich kann Dir mit zuverlässiger Sicherheit sagen um was für ein Teil es sich handeln wird." Rief Guilomme vom anderen Tisch, der das Gespräch mitbekommen hatte.

"Steck deine Nase in deinem Bierglas Guilomme. Diese Metalplatte zeige ich niemanden. Nur denjenigen, der es mir abkaufen wird bekommt es zu sehen." rief Gerome leicht genervt zurück.

"Du bist nur ein Dummschwätzer Gerome."

"Ach Ja? Wie wärs wenn ich Dir die Fresse poliere, dann würdest nicht mehr solche waghalsige Beleidigungen anderen zuwerfen."

"HEY ihr zwei. Schluß damit sonst schmeiße ich Euch raus." drohte Camille.

Jonathan fand das alles sehr interessant, denn ein Teil des Holograms fehlte. Könnte der Angriff der Jäger vielleicht aus irgend einem Grund nicht mehr aufgezeichnet werden können kurz vor der Landung der Flüchtigen, oder handelte es sich um einen ganz andere Raumschiff? Um dies feststellen zu können, mußte Jonathan an dieser Metallplatte herankommen. Doch wie? Stehlen durfte er es nicht, da solche ein Wesenszug nicht in der DNA der Venusianer zu finden war, also mußte er es von Gerome abkaufen."

"Monsieur. Verzeihen Sie mir, wenn ich mich einmische, aber ich würde Ihnen die Metallplatte abkaufen. Nennen Sie mir einen Preis."

Es wurde totenstill im Raum und Jonathan wurde von oben bis unten begafft, doch Jonathan stand aufrecht und dieses Mal mit einem gelungenen Lächeln.

"Na? was ist? Wie wärs mit fünftausend Euro? Ich bin solch ein UFO-Freak, wie ihr es nennt und deswegen sind wir hier eingereist. Wir sind UFO-Touristen."

Gerome stand von seinem Tisch auf und schritt der Alien Familie zu.

"Darf ich mich zu Ihnen setzen?" frug Gerome etwas eingeschüchtert.

"Ja aber natürlich. Setzen Sie sich. Was hätten Sie gern zu trinken." bestand Jonathan gentlemanhaft und gab Camille ein Zeichen für eine andere Runde an Getränken. Camille schaute ihn nur mit einem abscheulichen Blick an und dachte sich: "Was für ein Angeber."

"Sie wollen wirklich diese Metallplatte kaufen?" frug Gerome unsicher.

"Ja, das möchte ich. Vorausgesetzt es gehört zu dem erwähnten Raumschiff, den sie vorhin beschrieben haben. Wann war das genau. Der Vorfall meine ich."

"Habe ich so laut darüber gesprochen, daß Sie alles mitbekommen haben? Clautilde, meine Frau, hat schon recht.

Diskret bin ich gerade nicht. Das geschah vor einigen Monaten. Vielleicht vier oder fünf...."

"Sieben waren es." schrie Guilomme vom anderem Tisch.

"Ich sagte misch Dich nicht ein." Schrie Gerome zurück.

"Wann könnten wir diese Platte untersuchen? Ich würde Cash mitbringen. Entsprechen 5000,-Euro ihren Vorstellungen?"

"Oh ja. Natürlich. Darf ihren Namen erfahren?" frug Gerome.

"Natürlich. Ich bin Jonathan Basil Wilson und das sind meine Frau Martha und Frederik Wilson."

"Angenehm die Herrschaften. Wie wäre es mit gleich sofort? Ich habe Zeit." drang Gerome, die 5000,-Euro bereits in seinen Händen sah. Soviel hätte er nämlich nicht erwartet und wäre mit 500,-Euro froh gewsen, was sehr viel Geld für ihn bereits bedeutete.

"Nach dieser Runde wären wir soweit, doch lassen wir uns noch das Bier genießen." meinte Jonathan gelassen.

Gerome leerte sein Bier aus und wischte sich den Mund mit dem Ärmel seine alten Jacke. Fred hatte drei Cola, zwei Fanta und zwei Sprites und rülpste herum wie ein unerzogener Junge, doch er fand es spaßig und lachte sich einen Dabei. Auf Venus wurde nicht gefurzt oder gerülpst, denn die Ernährung dort, war verglichen zu dieser hier, langweilig, pfad und zu gesund. Auf der Erde schmeckte ziemlich alles und das Essen erzeugte sogar lustige Töne. Martha war bereits beschwipst und konnte ein albarnes Kichern nicht unter Kontrolle halten. Jonathan zahlte die Zeche und gab ein gutes Trinkgeld, denn der Besuch hatte sich gelohnt und nicht nur für Gerome. Er folgte Gerome´s alten Renault Clio so circa 3 Kilomter weit, bis man eine Hofeinfahrt durchfahren mußte. Ein altes, fast verfallendes Haus machte sich vor ihnen sichtbar und mehere Scheunen, gefüllt mit muhenden Kühen, quitschenden Schweinen und gackernden Hühner, die frei herum liefen, versetzten sie im Staunen und besonders Fred konnte die Kinnlade nicht mehr schließen. Er fand es einfach zu faszinierend.

"Darf ich mir das Alles anschauen?" frug er den Bauern.

"Ja natürlich. Such Dir ein Huhn aus. Ein Geschenk des Hauses." Gerome hielt sich jedoch inne und suchte selbst das Huhn für Fred aus, nicht das Bursche sich noch eine gute Legehenne einheimste.

"Hier. Sie ist deins."

"WAS??? EHRLICH??" rief Fred begeistert.

"Ist im Preis inbegriffen." grinste Gerome denn die Henne, namens Georgette, legte seit langem keine Eier mehr.

"Sie heißt Georgette."

Fred nahm sie vorsichtig an und streichelte das mit Milben befallene Federvieh liebevoll.

"Aber das wäre doch nicht nötig gewesen!" meinte Martha entzückt mit einem Schluckauf, denn die Biere gährten in ihrem Magen und gaben gurgelnde und knurrende Geräusche von sich.

"So. Zeigen Sie mir die Metallplatte guter Mann, denn ich bin mir sicher, Sie wollen zurück zur Kneipe und zu ihrer Frau

Clautilde." sagte Jonathan ein wenig ungeduldig, was für einen Venusianer außergewöhnlich ist. Doch die Erde hat, wie gesagt, ihre eigene Methoden mit ihren Bewohnern umzugehen und für die verbleibende "Urlaubszeit" gehörte die Alien Familie dazu. Gerome schritt zu einer Scheune und bat die anderen ihm zu folgen. Er zog an einer verstaubten, grünen Plane, die eine alte Kiste verdeckte und öffnete die zwei Schlösser, die mit einem metallischen "Plop" den Deckel der Selbigen öffneten. In einem Sacktuch gewickelt befand sich die Platte und Jonathan, sowie auch die anderen zwei, konnten eine unglaubliche Energie spüren, die aus der Platte strahlte. Die Menschen konnten diese Energie nicht spüren, denn sie haben eine gewisse universelle Reife nicht erreicht. Ein Zeichen dafür, wie sehr sie unterentwickelt waren, im Vergleich zu den Außerirdischen, die im Universum verstreut sind. Sie wären im selben Entwicklungsstand gewesen, hätten sie vor tausenden von Jahren die Lehren ihrer kosmischen Besucher befolgt, stattdessen wurden die Lehren ignoriert und man entschied sich für das Materielle, die nur kurzlebige Lebensqualitäten mit einbrachte. Hätten sie jedoch die mehr oder weniger gutgemeinten Lehren befolgt, so wären sie in einer anderen Schicht übergegangen, die ihr SEIN, um ein tausendfaches verbessert hätte. Man entschied für Türe C, wo der Hauptgewinn eine Spülmaschine und ein Jahresbedarf an Seife entsprach, wenn man es auf sarkastischer Weise diese menschliche Fehlentscheidung beschreiben will. Gerome reichte die Metallplatte Jonathan vorsichtig zu, der mit stechenden Augen die Inschrift der Platte leise vorlas. Es war ein anderes Schiff und nicht das der Flüchtigen. Auch war es nicht ein Raumschiff der Venusianer, sondern einer anderen Spezies zugehörig. Eine

Spezies, die zwar der Konföderation bekannt ist, der aber ihr nicht zugehörte und auf eine unangenehme Weise im Universum auffiel für ihre selbsteigennützige Missionen. Sie gehörte dem Orion-Clan an, eine von der Konföderation unter Beobachtung stehende Spezies. Nicht allzugroß, doch mit der sogennaten Hell`s Angels Rocker Bande auf der Erde zu vergleichen, aber eben kosmisch. Jonathan nahm die Metallplatte an sich, zahlte den versprochenen Betrag, nahm Martha, Fred und nun auch Georgette das Huhn in den Wagen und fuhr los, ohne einen Blick nach hinten zu richten.

"Wo fahren wir mein Kompatibler?"

"Nach Lyon."

Patosh und die Pyrenäen

Das Letzte von Carcassonne, konnte Patosh in den Rückspiegel seines Wohnmobils erkennen, immer kleiner werdend, bis dieser Burgkoloß von einer Stadt vollständig verschwand. Sein Kopf schmerzte und alles an was er denken konnte, war Mary. Sein Herz klopfte wie in seinen Teenagerzeiten, als er fünfzehn war und die junge Francine ihn, in der Schule, den Kopf verdrehte. In Francine war er damals richtig verliebt und wegen ihr ist er auch im letzten Schuljahr sitzengeblieben. Die Prügel seines Vaters konnte er noch während dieser Gedanken spüren. Francine jedoch hatte Augen für jemand ganz anderen. Einen Großkotz, der die jüngeren Schüler transalierte und erpreßte. Heute ist er Polizist in Lontzen und mit Francine verheiratet. Beide in den Jahren gekommen, fett und am Existenzminimum lebend und nicht zu vergessen, Stammgäste des Goldenen Krugs. Er, Patosh, war nur dieses eine mal richtig verliebt gewesen und dann kam Camille. Es war nicht das Gleiche, doch eine liebende Energie bestand trotzdem zwischen ihm und Camille. Patosh hatte nicht viele Frauen in seinem Leben. Einige Durchlauferhitzer, wie er es nannte, darunter ein paar Nutten aus der Umgebung, doch dies geschah zwischen den Zeiten von Francine und Camille. So gesehen war sein Leben nicht erfüllt, was die Liebe und dessen Erfahrungen betraf. Dann kam Mary in seinem Leben und er durchging eine Illusion, die ihm innerlich auffraß. Seine Schüchternheit war immer schon ein Klotz am Bein gewesen, doch so wurde er erzogen.

Spießig, katholisch und furchtvoll. Wo sie wohl sei? Dachte er zu sich und öffnete sich eine Cola während der Fahrt mit ungewissem Ziel und Mr. Gonzales am Beifahrersitz liegend, der seinen Herrchen alles verzieh. Hunde sind eben was sie sind. Lebewesen voller Liebe und Gnade gegenüber ihren Meistern.

"Wo sollen wir nur hinfahren Gonzi?" frug er den Mischling, der kurz zu ihm aufsah, jedoch den Kopf wieder niederlegte, da er keine Ahnung hatte was Patosh in diesem Moment von ihm wollte. Dachte Mr. Gonzales vielleicht an die Pudeldame Jenevieve und durchging die selbe Hölle wie Patosh? Wer wußte das schon. Patosh verließ die Autobahn und entschied sich die Landstraße über die Pyrenäen zu befahren, denn schließlich wollte er auch die Umgebung genießen und die magischen Berge, die viel zu erzählen hätten, könnten sie sprechen. Die Berge aber sprachen ständig und nur die Würdigen konnten das Gesagte hören. Kleine Dörfer, alte Klöster und Serpentinen strichen an den Wohnwagen vorbei und es fing an zu regnen. Ja es donnerte sogar und Blitze schlugen in der Entfernung ein. Der Horizont färbte sich dunkel sowie das Tageslicht, trotz des frühen Morgens.

"Das sient nicht gut aus mein Freund und jetzt hagelts auch noch." flüsterte Patosh, nicht wissend ob das was er sagte ihm galt oder Gonzi. In letzter Zeit führte er einige Selbstgespräche. Das Prasseln wurde stärker und bedrohlicher und Patosh suchte eine Stelle, wo er sicher vom diesem Hagelniederschlag parken konnte und er dankte dem Himmel, denn eine bedachte Unterführung, die einst eine Brücke gewesen sein konnte, gab ihnen Schutz.

Es war höchste Zeit gewesen, da Patosh mit entsetzten Augen feststellte, wie groß die Hagelkörner inzwischen wurden und von Körnern konnte nicht mehr die Rede sein. Es waren Eier aus festem, hartem Eis. Plötzlich schlug ein Blitz keine hundert Meter wet ein und Gonzi fing furchtvoll zu jaulen an.

"Es ist alles gut Hund. Wir sind in Sicherheit." Tröstete ihn Patosh liebevoll.

Nach einer halben Stunde hörte der Spuck auf und Patosh fuhr weiter, doch die Straßen, die mit dem Geröll, verursacht durch die Schlammlavinen, belegt waren, machten Diese schwer befahrbar und Bauern aus der Umgebung halfen der Polizei die Erd- und Steinmassen auf die Seite zu schieben. Mit Schleichtempo gings weiter und Patosh fluchte. Er hätte doch die Autobahn bis nach Biaritz nehmen sollen und dort dann in südlicher Richtung weiterfahren. Jetzt hatte er den Schlamassel. Auch wurde es plötzlich kalt, da er sich auf 3000 Meter über den Meeresspiegel befand, doch ein Zurück kam nicht in Frage und endlich befand er sich wieder auf einer Landstraße, die einigermaßen sauber und befahrbar sich darstellte. Auch schien die Sonne wieder und als er sein Fenster öffnete, konnte er sogar die Vögel zwitschern hören. Ein Paradies öffnete sich vor ihm und offenbarte eine Aussicht die einem das Herz zerbersten konnte. Er hielt kurz vor der spanischen Grenze an und atmete diese unglaublich frische und unverseuchte Bergluft ein und er spürte diese Energie, die dieser Berg auf ihn austrahlten und zum lächeln brachte.

"Wenn es einen Gott gibt, dann wohnt er hier." Hörte er sich selbst im seinem Innern sagen und Gonzi war voll und ganz seiner Meinung, als er alles was vor ihn stand und lag durchschnüffelte und mit seinem Urin markierte. Patosh erblickte eine Klosterruine keine hundert Meter enfernt. Er stieg ind den Wohnmobil ein, nahm zwei belegte Brote aus den Kühlschrank sowie eine Dose Bier und nahm Diese dann mit zur Klosterruine, wo er einen Steinblock fand und sich draufsetzte. Diese Aussicht machte ihn hungrig und ließ ihm alles vergessen, was ihn vor einer Stunde noch bedrückte. Sein Verstand war leer und die Sorgen gelöscht. Eine Eidechse, die sich auf einer der zerbröckleten Säulen befand und ihren Kopf auf und ab bewegte, fiel ihn auf und Spinnennetze hingen an Pflanzen, und Farnen noch naß vom Morgentau. Auf dem Stein neben ihm stand sogar eine Inschrift die eintausend Jahr alt hätte sein können. Schwer zu lesen zwar, doch Patosh konnte, das Wort Albrechtinus ausmachen und daneben war ein Kreuz eingekratzt, das an einem Templerkreuz erinnerte. Ohne Zweifel hatte dieses Kloster einiges zu erzählen, doch Patosh fühlte sich nicht würdig, um diese Nachricht entziffern zu können. Das Bier war ausgetrunken, das Brot gegessen. Zeit um weiterzufahren. Nächstes Ziel, Bilbao.

Fünfzig Kilometer weiter, veränderte sich die Landschaft drastisch, denn sie erreichten Spanien in den Mittagsstunden. Patosh machte jedoch weder in Bilbao noch in Santander halt. Er wollte, solange er noch fit zum fahren war, La Coruna erreichen, um dort für zwei Tage diese Stadt, mit all den Fischrestaurants und den Botegas von denen er nur durch das Fernsehen sah und hörte und ihm zum Träumen brachten, da er

Fischspeisen über alles liebte, zu durchforsten. Das Autoradio lief auf hochturen und Patosh sang manchen Song mit und auch Gonzi war bestens gelaunt und ließ sich die Zunge durch den Fahrtwind flattern, als er den Kopf aus den geöffneten Fenster steckte. In den Abendstunden erreichten sie La Coruna und schlugen das Lager in einem nahgelegenen Campingplatz auf, wo hunderte von Touristen sich dort breit machten. Patosh bestellte sich einen Taxi, klugerweise ahnend, daß er keinen Parkplatz am Hafen mit den monströßem Fahrzeug finden würde. Auch wollte er Wein zum Fisch trinken und mit betrunkenem Kopf zu fahren wäre keine gute idee gewesen. Gonzi war jedoch müde und wollte einfach nur schlafen und das Ließ Patosh, fast erleichternd zu. Und so beagb sich unser Freund, in den nächtlichen Abendstunden, zum Hafen und entschied sich für ein kleines, aber gemütliches Restaurant. Von Gambas al Ajillo, bis zum Oktopus Salat und Austern, gespüllt mit einem Viertelchen Weißwein aus der Gegend, ließ er sich diese Vorspeisen in sich zelebrieren. Es folgten gegrillte Prupunias und Doraden und sein Herz fing zu singen an, als eine Paella-Schale gebracht wurde, die er mit noch einer Flasche Wein niederspülte. Das war für ihm Urlaub und weit weg war seiner Kneipe mit all den negativen Nebenwirkungen, die er täglich zu spüren bekam. Eine Garnele blieb ihm fast im Halse stecken, als er plötzlich Mary erblickte, die Seite an Seite mit dieser schrecklichen Frau herumlief und die ihm das Leben auf jedem Campingplatz zur Hölle machte. Auch sie hatte den Pudel nicht bei sich und jetzt, zum ersten mal, war er froh, daß er Gonzi nicht mitnahm. Der Abend wäre verdorben gewesen, denn er hätte Mary erkannt und sofort losgebellt. Welche Verräterin, dachte er sich. Frauen kann man nicht trauen und er fühlte diesen Stich in seinem Herzen, nach alldem was er für sie getan hatte. Ja, es erschien zunächst als nicht viel, doch sie hatte Probleme und er nahm sie auf und ließ sie an seinem Leben Teil haben und jetzt das. Patosh hob die Speisekarte höher und betrachtete die Beiden. "Hoffentlich laufen sie weiter und kommen nicht auf die Idee diesen Lokal zu wählen." dachte er sich und er hatte Glück. Sie liefen weiter und der Abend, der sich so schön entwickelte, verwandelte sich in einem Albtraum. Er hoffte nur, daß sie sich auf einen anderen Campingplatz aufhielten. Nicht auszudenken, sollten sie sich auf den Selbigen aufhalten. Ihm kam das alles plötzlich sehr verdächtig vor, denn er glaubte nicht an Zufälle. Was lief denn da ab? Seine Fantasie spielte ihm nie einen Streich und seine Intuition bewahrte ihn schon immer vor auftretenden Problemen. Es war nun das dritte mal, daß sie sich begegneten und er frug sich, ob diese Pudelbesitzerin ihn schon seit Lyon folgte. Er bestellte die Rechnung, zahlte und entschied sich ihnen zu folgen.

Die Menschenmassen erdrückten ihn, doch er hielt gut bei der Verfolgung der beiden Frauen mit und blieb nur stehen, wenn plötzlich eine von den Damen selbst stehen blieb und sich umdrehte. Sie gingen weiter, verglichen die Speisekarten mehrerer Restaurants und hielten bei manchen Ständen an, um Souvenirs zu betrachten. Soweit konnte er nichts verdächtiges feststellen und es sah so aus, als ob Mary sich dieser Frau nur anschloß, um als Anhalterin auf ihrer Reise mitgenommen zu werden. Doch für Manche sieht das Auge nur das was es sehen will. Patosh beruhigte sich zwar etwas und war innerlich erleichtert, daß anscheinend nichts anderes zwischen den Beiden ablief. Wie sehr er sich täuschte erfuhr er, als Mary und ihre Begleiterin eine Tappas Bar betraten und direkt an einem der

Fenster des Lokals platz nahmen. Sein Verstand war kurz davor sich zu verabschieden, als er sah, wie die Pudelbesitzerin sich plötzlich nach vorne beugte und Mary leideschaftlich küßte und er, Patosh, aus dem Staunen nicht mehr raus kam. "Nein!" schrie er, denn er wollte es nicht glauben und zum Glück konnten es die beiden Frauen nicht hören. Dann fing es noch zu regnen an. Ein Sommerregen, der sich plötzlich aus dem Nichts entwickelte und die heißen Pflastersteine, durch seine Kühle, zum dampfen brachte. Die Menschen fingen zu rennen an, um ein trockenen Platz zu finden, nicht aber Patosh. Er stand da und schaute weiter durch das Fenster. Das Wasser lief ihm den Körper hinunter, so als ob er unter einer Dusche stünde. Die Kleidung klebte an seiner Haut und er hoffte, daß ein Blitz ihn treffen würde. Ihm wollte das Essen wieder hochkommen, das er vor einer halben Stunde noch genoß und teuer für bezahlte, doch er riß sich zusammen und entschied sich für die Vernunft, denn woher nahm er sich das Recht, Mary zu verurteilen? Sie war eine Fremde und besaß die Freiheit des freien Willens und durfte sich ihre Freunde selbst aussuchen, denn schließlich hatte er, Patosh, sie fortgejagt. Woher kam plötzlich dieser Drang der Besitzergreifung? Ja, er wollte sie besitzen, doch das wäre falsch. Was geht eigentlich in den Kopf eines Mannes vor, wenn er sich verliebt? Wohl nicht dasselbe wie bei einer Frau anscheinend, oder vielleicht doch? Er drehte sich und lief zurück zum Taxistand, um zurück zum Campingplatz gebracht zu werden. Hoffentlich hatte Mr. Gonzales wenigstens ruhig schlafen können in seiner Abwesenheit.

"Al camping del Valle de San Sebastian por favor."

"Si Senor."

Es hörte auf zu regnen und die Straßen füllten sich wieder mit Menschen, die wie Krebse aus ihren Verstecken herauskrochen. Das Erste, das er machen würde ist ein Aspirin zu sich zu nehmen und dann sich ausschlafen, doch er verbesserte sich sofort, denn Mr. Gonzales mußte noch eine kleine Runde an der Leine geführt werden, schließlich hatte er ihn für Stunden allein gelassen. Das Taxi hielt vor der Einfahrt an und Patosh zahlte den erwünschten Betrag.

"Wow, 35,- Euro für eine sechs Kilometer lange Strecke. Ganz schön gepfeffert die Preise Amigo."

Doch "Amigo" verstand kein französisch und sagte nur: "Muchas gracias. Asta luego." und fur los. Zum Wohnmobil waren es circa zweihundert Meter zu laufen und die Nacht offenbarte ein Sternenhimmel, der sonst so einen nicht erschien. Die Milchstarße war hell und klar zu sehen und das Orion Sternenbild gut zu erkennen, so auch der kleine und der große Wagen. Die frische Luft, die er einatmete, würde vielleicht das Aspirin ersetzen können, da er sich besser fühlte und sein Kopf nicht mehr so pochte wie am Hafen. Als er sich seinen Wohnmobil näherte, hörte er bereits Mr. Gonzales bellen, der leidenschaftlich auf Patosh wartete und ihn, wahrscheinlich bereits am Eingangstor, wahrnahm. Hächelnd und jubelnd begrüßte er seinen Meister und Patosh freute sich ebenso seinen treuen Freund wieder zu sehen.

"So mein Freund. Ich hole nur die Leine, aber keine Angst, du darfts frei herumstreunen." und der Mischling ließ es sich nicht zweimal sagen. Patosh schloß die Tür ab und folgte seinen Hund, der überall seine Nase hinsteckte, um zu erkunden, was es neues gab in diesem Campingplatz. Es mußte bereits 22:00 Uhr gewesen sein, als Mr. Gonzales etwas witterte. Etwas, das ihn bekannt vorkam. Etwas was sein Herrechen zur Weißglut bringen würde, jedoch würde sich Mr. Gonzales an diesem Abend benehmen und Prioritäten setzen, denn er fühlte Patosh`s Kummer. Nein, heute wird er selbstlos und unbestechlich an den besagten Parkplatz vorbeilaufen und so tun als ob nichts wäre und er hatte Erfolg, denn Patosh bemerkte den Wohnwagen nicht, dessen Besitzerin noch in den Hafen von La Coruna sich vergnügte.

Patosh wachte am nächsten Morgen früh auf und entschied eine anständige Dusche einzunehmen und der Campingplatz hatte einen großen Duschraum für die Campinggäste nicht weit vom Swimming Pool entfernt. Er zeigte den Bademeister seinen Plastikarmband und suchte sich in der Umkleidekabine einen Spind aus. In nur der Badehose gekleidet schritt er zum Duschraum, wo andere Männer sich wuschen und unter dem heißen Wasserstrahl standen. Patosh fühlte sich sofort wohl und ließ den heißen Wasserfall über sich ergießen. Das Haarshampoo brannte ein wenig in den Augen, doch es war ein kleiner Preis zu zahlen, um endlich nicht in der winzigen Dusche des Campers stehen zu müssen. Als er fertig wurde, trocknete er sich ab, verabschiedete sich vom freundlichen Bademeister und ging seines Weges zurück zum Wohnmobil.

"Hallo Pat. Wie geht es Dir?" rief eine weibliche Stimme hinter ihm. Eine Stimme, die er gut kannte und sein Herz vibrieren ließ. Er drehte sich langsam um und erkannte Mary, die anscheinend ebenso aus der Frauenumkleidekabine kam.

"Du hier?, Das beduetet, daß die Pudelschabracke auch hier ist. Mir geht es gut."

"Wir haben Dich gestern am Hafen gesehen, doch ich wollte Dich nicht stören. Auch habe ich Dich gesehen, wie Du unterm Regen standst. Bitte Pat. Laß mich wieder bei Dir sein. Ich kann nicht mehr mit ihr weiter reisen. Sie hat mich rausgeworfen, da ich mich nicht für ihre Triebe bereit erklärt habe. Bitte Pat...." bettelte sie und dicke Tränen kullerten ihren Backen hinunter.

Patosh war Patosh und er nahm sie wieder auf. Nicht weil er verliebt in sie war, sondern weil er ein Mensch durch und durch. Er konnte keinen leiden sehen und so sagte er zu. Mary sprang vor Freude und umarmte ihn. Ein Kuß entwich ihren Lippen und berührten die Seinen, was ihm das Blut zum kochen brachte.

"Ich nehme Dich mit, jedoch werde ich Dir die Wahrheit erzählen. Du mußt wissen, daß ich mich in Dich verliebt habe und ich kein Versteckspiel mehr spielen will. Du mußt nicht das selbe für mich fühlen und mach Dir keine Sorgen. Ich werde zu keiner Zeit handgreiflich oder Dich auf irgend einer Art belästigen Mary. Du solltest es nur wissen."

Sie schaute ihn lächelnd an und sagte nur: "Danke Pat. Ich habe es zur Kenntnis genommen." und dann lachte sie vor Freude.

"Wo sind deine Sachen?" frug Patosh.

"Hinter deinen Wohnwagen. Seit gestern Nacht schon. Ich habe sie dort hingestellt als du schliefst."

"Aber Mr. Gonzales mußte Dich doch gewittert haben."

"Hat er aber nicht."

Patosh mußte ebenso lachen, denn sie war schon etwas besonderes, seine Mary. Voller mysteriöser Geheimnisse und eine Energie, die einem sofort in ihren Bann zog. Sie liefen Hand in Hand zum Wohnwagen und als der Mischling sie erkannte und bereits vom weiten sah, wedelte das Schwänzchen wie ein Scheibenwischer auf Hochstellung.

"Gonzi, mein Held!"

Aliens auf Spurensuche

In der Zwischenzeit erreichte unsere Alien Familie zwar Lyon, doch Diese hatte den Flüchtling um eine knappe Woche verpaßt, was Jonathan zwar nicht aus der Ruhe brachte, ihn jedoch innerlich frustrierte und nicht widersprüchlicher zu erklären ist. Ein Gefühl der ihn völlig unlogisch erschien und ihn nicht gefiel. So erging es auch Martha. Fred war das Ganze gleichgültig, denn er spielte mit der Henne Georgette, die siehe da, plötzlich wieder Eier legte. Der Hohe Rat auf Venus erhielt Jonathans Bericht über die gefundene und gekaufte Metallplatte und dies wurde zur Kenntnis genommen mit dem Vermerk, jede Orionspezies zu scannen, die sie begegneten und die Daten zum Hauptquartier des Hohen Rates zu übertragen. Diese Spezies war auch den Venusianern schon seit tausenden von Jahren ein Dorn im Auge gewesen, denn sie schlichen sich in das Wesen einer jeder vorkommenden Fremdspezies, auch der der Menschen, um diese zu manipulieren und nicht gerade zum Guten. Sie erziehen die schwachen Charakteren zu Egoisten, Vorteilergreifenden, Ausbeutenden, Selbstsüchtigen und zum Schluß zu Schwerkriminellen. Man könnte sagen, jeder der heute in den höchsten Position sitzt, ist von dieser Orionspezies beeinflußt worden, so daß diese Wesen keine Liebe, keine Leidenschaft, keine Mitleid und kein Erbarmen empfinden. Ein Preis den man bezahlen muß, um Milliardär zu werden und die Welt zu kontrollieren.

Es ist bis heute mit Schrecken zu erkennen, wie käuflich die meisten Wesen sind und besonders die, des Planeten namens Erde.

"Sie war eindeutig hier und nach dem Vybe Scanner ist sie in Begleitung. Ich kann von hier aus leider keinen Hologramm erstellen, was natürlich die Sachlage erschweren wird." sagte Jonathan etwas irritiert. "Wie ist das nur möglich?"

"Vergiß nicht, sie ein Mitglied des Hohen Rates und somit fähig ihre Aura nach belieben ein- und auszuschalten. Ich hatte mich auch vor der Reise auf Terrarion gewundert, wieso sie nicht ihre Aura ausgeschaltet hatte. Wahrscheinlich war sie zu diesem Zeitpunkt sehr in Eile und nachlässig. So gesehen widerspricht es deine Theorie, daß sie eventuell auf geheime Mission unterwegs ist. Es sieht mehr und mehr so aus, als ob diese Flucht aus persönlichen und ernstgemeinten Gründen unternommen wurde. Wir werden es vielleicht nie erfahren." antwortete Martha.

"Du könntest Recht haben meine Kompatible. Aber wir lassen uns nicht von Spekulationen beeinflussen. Genießen wir erstmal Lyon und vielleicht erfahren wir mehr, telepathisch."

Auf dem Weg nach Lyon, hielten Sie an einer Tankstelle an, da sie einen sogenannten kosmischen Wink mit dem Zaunpfahl erhielten, wenn man es so nennen möchte. Dort fanden sie auch eine Spur des Flüchtlings in Form einer billigen Brieftasche mit Reisedokumente darin, die man auf Terrarion, oder auch Erde, benötigt, jedoch kein Geld.

Es lag direkt unter dem Getränkeregal vor der Kasse. Sie befragten den Tankwart, der sich an einer sehr eigenartigen Frau erinnerte, die nicht aus dieser Welt erschien. Sie bezahlte ihn mit Kristallen, die wertvoll aussahen, er Jedoch Diese nirgendswo veräußern konnte, da diese Kristallsorte auf keiner erdlichen Edelsteinliste stand und manchen Fachmann Kopfzerbrechen bereitete. Jonathan kaufte darauf hin die Kristalle vom Tankwart ab. Es mußte sich, um die der Flüchtigen handeln, denn diese Kristalle kamen nur auf Venus vor und es war ebenso sehr Riskant damit zu bezahlen, aber wahrscheinlich hatte sie die Brieftasche in diesem Moment nicht finden können und wollte nur die Waren mitnehmen. Es handelte sich um zwei Beutel Chips und zwei Cola Zero Flaschen. Wenn der Tankwart gewusst hätte, wie wertvoll diese Kristalle waren, er würde die Tankstelle schließen und in den frühen Ruhestand eintreten. Das Alles geschah bevor sie Lyon erreichten. Sie blieben in der Stadt zwei Tage und bummelten sich durch Markthallen, engen Straßen, Einkaufshäuser, alte Kirchen und Klöster und schließlich durch einen Friedhof, dessen Besuch nur der, der Forschungszwecke diente. An den frischen Gräbern konnten sie noch Seelenschwingungen erfassen, aber wahrscheinlich nur ein Resthauch der Verblichenen, bevor Diese in die nächste "Schicht" aufstiegen, oder sich freiwillig wieder als "Reisende", um Dienst am Nächsten zu leisten, meldeten, denn Ja, dies war ein Teil der Lebensaufgabe eines jeden Wesens. Hatte er dafür kein Verlangen, so kam er in die nächste "Dichte", wo die Seele um eine Stufe höher "upgraded" wurde, wenn man so will.

War der Verblichene ein Orionmanipulierter, so wurde er entweder in die "Kreuzfahrer" oder "Orion" Sippe eingegliedert. Sein Auftrag wäre gewesen, auf diverse Planete zu reisen, um die dortlebenden Spezies negativ zu manipulieren. obwohl es im Universum das Positive und das Negative so wie wir es verstehen, nie bestand. Hier, sammelte Jonathan Daten für den Hohen Rat ein, doch viele Daten waren es nicht. Um genau zu sein, waren es zwei.

Jonathan suchte sich danach ein Restaurant, denn Fred bekam, wie immer, hunger. Es war jedoch nicht einfach ein Restaurant zu finden, der eine Familie mit einer Henne an der Leine zuließ und Fred steckte schließlich Georgette in seinem Rucksack so daß ihr Kopf heraushing. Er fand die Menschen einfach nur "DOOF". Georgette jedoch liebte es in den Rucksack gesteckt und getragen zu werden, denn sie gackerte zufrieden. Endlich fanden sie ein Lokal, der mehr oder weniger, über einer höheren Toleranzskala verfügte.

"Spaghetti Bolognese für den jungen Mann, Chateau Brion für Madame und ein Halbes Hähnchen für Monsieur. Lassen sie es aber ihre Henne nicht sehen sonst, Oh LaLa. Bon Appetite." sagte der Ober belustigt und ging zum nächsten Tisch. Die Alien Familie ließ es sich schmecken und ja, sie brauchten noch einiges an Übung bezüglich der Handhabung ihres Bestecks. Natürlich war es unvermeidlich, daß sie den anderen Gästen auffielen. Manche lachten und manche fanden es empörend, doch sie ließen sich nicht stören und schmatzten und schlürften an ihre Speisen mit Genuß. Das Hemd und die Krawatte mit Bratensoße beschmiert, hatte etwas abstraktes an sich und nun war das Desert dran.

Kaffe und noch mehr Wein wurde getrunken und sogar Fred trank davon und das Erstaunen der Belegschaft sowie, der anderen Gäste, hörte nicht auf.

"Herr Ober, die Rechnung!" rief Jonathan schließlich. Für den Ober erschien dieser Ruf, wie eine göttliche Erlösung, um endlich diese Barbaren vom Tisch zu bekommen, was ihm aber wieder beschwichtigte, war das Trinkgeld.

"Oh Monsieur, das wäre doch nicht nötig gewesen.."

"Doch, doch junger Mann, Wir haben es hier sehr genossen und wir kommen wieder. Verlassen Sie sich drauf." sagte Jonathan arrogant, als ob er zur Noblesse Oblige gehörte. Diese Vorwarnung ließ den Ober schlucken, doch bei solch einen Trinkgeld wären sie immer Willkommen. Als die Familie mitsamt Georgette den Lokal verließen, drehte sich der Ober um und schaute zu den Gästen. "Jawohl, ich hoffe sie kommen wieder ihr Geizhälse, nur um Euch zu ärgern." dachte er sich, da die Meisten von ihnen keinen Cent als Trinkgeld hinterließen.

Die Alien Familie mußte eine Entscheidung treffen, denn die zwei Tage waren um. Wohin jetzt?

"Ich bekomme telepathisch kein Signal Liebes. Es ist so, als ob sie von der Bildfläche für immer verschwunden wäre…."

"Ich hab sie. Sie ist in Richtung, Perpignan, dann Carcassonne gefahren."

"Woher weißt Du es Martha?"

"Weibliche Intuition mein Gemahl."

"Versuchen wir es bitte mit Logik." bat Jonathan.

"Ganz einfach. Sie hat ihre Aura wieder eingeschaltet."

"Was? Tatsächlich. Schnell, wir müßen ein Hologramm ertellen bevor sie es wieder ausschaltet." schrie Jonathan aufgeregt. Ein Verhalten, das er nie auf Venus zeigen würde. Diese Erde ist beängstigend stellte er mehr und mehr fest.

"Schon geschehen. Wir müssen uns beeilen. Ich habe ihre Spur bis nach La Coruna in Spanien aufzeichnen können."

"Dann laß uns keine Zeit verschwenden und uns sofort auf dem Weg machen."

"Wäre es nicht besser einen Wohnwagen zu mieten? Wer weiß wohin diese Reise führen wird und das Auto hat keinen Platz mehr für all die Souvenirs, die wir gekauft haben."

Gesagt, getan. Der Passat wurde bei einer in Lyon stationierten Autovermietungen mit einem Wohnmobil umgetauscht und die Fahrt, mit direktem Ziel, La Coruna, aufgenommen. Auch hier wurden nach circa sechs Stunden, die Pyrenäen überquert, doch Jonathan machte keine Umwege und nahm die kürzeste Strecke. So schön die Aussicht auch war, es durfte keine Zeit verloren werden.

"Weißt Du wo sie sich befinden mein kosmischer Engel?"

"Auf einem Campingplatz namens San Sebastian."

"Sehr gut. Ich denke wir könnten morgen früh schaffen dort zu sein."

"Was ist mit schlafen Jonathan? Du mußt Dich ausruhen."

Wir wechseln uns einfach ab. Geh Du und leg Dich hin. Ich rufe Dich nach sechs Stunden wieder Liebes. Ist das OK?"

"OK". Ein Wort das auf Venus nicht existierte, doch laut Seelenarchiv ein Wort der milliardenfach pro Tag auf der Erde verwendet wird und so nahm es Jonathan ebenso an. Martha nickte bejahend und ging nach hinten zum schlafen und Fred leistete seinen Vater, am Beifahrersitz, gesellschaft.

"Wo ist Georgette Sohn?"

"Sie schläft und dabei legt sie Eier. Wie lustig."

"Ist das überhaupt möglich Fred?"

"Anscheinend. Hat etwas mit Liebe zu tun. Sie hat uns akzeptiert und aus Freude darüber, legt sie Eier. Was für ein Huhn." lachte Fred, der seine Henne ebenso liebte. Nach circa fünf Stunden Fahrt, fielen Jonathans Augen zu und Fred schrie sich die Seele aus dem Leib.

"VORSICHT."

Rechtzeitig konnte Jonathan das Lenkrad nach rechts drehen und hielt an den Seitenstreifen an.

"Weck deine Mutter auf...."

"Sie ist schon wach, weil Du sie vom Bett geworfen hast." flüsterte Fred.

"Auweia."

"Das müßen wir aber nochmal üben." kam von hinten und Sekunden später saß Martha am Steuer. Jonathan ließ sich auf dem Bett fallen und schlief sofort ein und auch Fred wurde müde und tat das gleiche.

Die Nacht brach ein und die Straßen auf den Pyrenäen waren schlecht und kaum beleuchtet und so wurde die Fahrt für Martha etwas fordernd, doch sie hielt durch und am frühen Morgen erreichten sie La Coruna. Jonathan brachte ihr eine Tasse Kaffe, was sie reichlich eingekauft hatte, damit ein Restbestand auch nach Venus mitgebracht werden konnte, denn Kaffe gab es dort nicht.

"Wir sind tatsächlich hier und dort rechts ist der Campingplatz."

Der Camper fuhr langsam durch die Einfahrt rein und hielt vor der Rezeption, wo man sich einzutragen hatte. Sie hatten Glück, da sie einen Parkplatz fanden nur drei Stellen entfernt von der Flüchtigen. So das Hologramm. Martha beherrschte den Camper meisterhaft und parkte das lange Gefährt problemlos rückwärts ein, was Jonathan zu einem Lächeln brachte.

"Du bist die Beste mein Schatz." sagte er.

"So? Meinst Du?"

Als sie sich eingerichtet haben, wollten sie einen Spaziergang durch den Campingplatz machen, um die Flüchtige zu finden und zu erkennen. Sie hatten nur das kosmische Bild von ihr und nicht das der menschlichen Version, die sie hier auf Erden angenommen hatte, also mußte das Ganze telepathisch insofern ablaufen, damit es die Flüchtige nicht mitbekommt, sonst würde sie ihre Aura sofort ausschalten. Sie mußten ebenso einen Snapshot bewerkstelligen, bevor sie es merkt, daß man sie gefunden hat. Gerogette hatte bereits die volle Aufmerksamkeit von Mr. Gonzales erweckt, denn Gonzi bellte sich die Seele aus dem Leib drei Wohnwagen weiter.

"Gonzi, was ist mit Dir Du verrückter Hund? Fluchte Patosh vom Bett aus und ja, Mary lag neben ihm. Nackt und glücklich. Was war inzwischen mit den Beiden passiert, was wir nicht mitbekommen haben? Der Wein war schuld und sie über beide Ohren verliebt. Doch zurück zu Gonzi. Wie gesagt er bellte und bellte und zwang Patosh vom Bett aufzustehen und einen Handtuch um den Unterleib umzuhängen. Als er durch die Frontscheibe durchsah, mußte er herzhaft lachen, denn er hatte noch nie im Leben eine Henne an der Leine gesehen.

"Was sind das für Welche?" dachte er sich kopfschüttelnd und ging zurück ins Bett, wo Mary noch auf dem Bauch lag und schlief.

"Was war denn?" frug sie verschlafen.

"Unsere neue Nachbarschaft. Ein komisches Paar mit Kind und einem Huhn. Die laufen gerade spazieren und das Huhn führen sie an der Leine. Was ist blos mit dieser Welt passiert?"

"Mit der Welt ist alles in Ordnung Patosh. Ihr Menschen seid es...." und sie bemerkte sofort den Foppas.

"Wir Menschen? Ja schon, da hast mit vielen Recht, aber das ist das zweite Mal, wo Du Dich nicht als Mensch einbeziehst. Sollte ich mir Sorgen machen Mary? Du bist doch ein Mensch, oder nicht?"

"Natürlich mein Liebster und wilder Hengst. Was für eine Nacht. Du hast mich unmenschlich beritten."

"Ach ja? Wie wärs mit noch einer Sonderbehandlung?" stichelte Patosh und keine drei Sekunden später waren sie wieder zugange. Patosh glaubte sein Glück nicht und brachte das Wohnmobil heftig zum schaukeln und Mary stöhnte und schrie sich einen ab, daß mancher am Campingplatz neidig wurde.

Derweil kaufte die Alien Familie Lebensmittel ein in den kleinen Markt innerhalb des Geländes, und Fred und Georgette mußten draußen warten, denn Haustiere waren hier verboten. Als alle Besorgungen erledigt wurden, schritt die Familie zurück zum Camper und als sie sich Patosh`s Wohnmobil näherten, sah auch Mary was für ein komisches Paar da draußen an ihren Wohnwagen vorbeilief. Das Huhn brachte sie lauthals zum lachen, so daß der Kaffe aus der Tasse flog. Doch was war das? Ein allarmierendes Gefühl durchfuhr ihr Körper. Die Alien Familie war bereits an ihren Camper angekommen, aber eines konnten sie nicht. Ihre Aura aus oder einschalten wie die des Hohen Rates es konnten. Mary wußte sofort, daß sie entdeckt wurde und eine unbekannte Panik entstand in ihr.

"Wir müssen hier sofort weg Pat. Ich bitte Dich."

"Was? Warum? Wir haben es doch gut hier." doch nicht nur Mary, sondern auch Gonzi bestätigte Mary`s Besorgnis mit lautem Bellen. Patosh, frisch verliebt wie er war, enttäuschte seine langersuchte Prinzessin nicht und packte alles zusammen was einzupacken war und fuhr los.

Neus Ziel?

"Santiago de Campostella."

Santiago de Campostella

Als alles schlief, schlich sich ein Wohnwagen, nachts, aus dem San Sebastian Campingplatz raus. Patosh fuhr so langsam wie möglich, damit man die Kieselsteine, die unter den Reifen knisterten, nicht akustisch mitbekam. Bezahlt hatten sie als sie sich eincheckten, somit entstand kein Schuldgefühl. Auch waren zwei Kameras am Tor installiert, die sämtliche Ein- und Ausfahrten registrierten. Erst am Tor schaltete Patosh das Licht seines Fahrzeuges ein und fuhr nun etwas schneller los. Mary schaltete bereits vor dieser erneuten ungeplanten Flucht ihre Aura aus, denn ja, sie war die Flüchtige.

"Würdest DU mir bitte erklären, was diese Panikattacke bedeutet und warum wir wie Kriminelle flüchten müssen?"

"Ach Pat, du würdest es mir eh nicht glauben und vielleicht mit mir schluß machen, nachdem ich es Dir erzähle."

"Versuche es. Du solltest mir vertrauen, auch wenn wir uns nicht allzu lange kennen. Mir ist es egal was Du angerichtet hast und auch ein Mord würde ich, zwar mit besorgtem Gefühl, schlucken."

"Nein Pat. Ich habe nichts schlimmes getan. Verbrechen ausüben liegt nicht in meiner DNA. Ich bin auf der Flucht und will nicht zurück nach Hause und diese komische Leute mit ihrer Henne, die suchen mich, um mich zurückzuholen."

"Wozu brauche sie dazu die Henne? Ist das ihre Geheimwaffe oder gar eine getarnte Drohne?" frug Pat sarkastisch wie er es immer in seiner Kneipe einst tat, doch Mary lachte sich, bei diesem Vergleich, die Seele aus.

"Du machst mich fertig Pat. Wo holst Du solchen Sarkasmus nur her? Die Sache mit der Henne kann ich Dir nicht erklären, doch mein Gefühl hatte mich nie getäuscht."

"Und was ist mit dem Jungen? Ist er auch Tarnung, damit sie als liebende Familie angesehen werden? Also ein Kind in solch einer Angelegenheit zu verwenden, das geht entschieden zu weit. Das kann es nicht sein."

"Ist es auch nicht. Es handelt sich um eine nette Familie auf Urlaub, die unterwegs einen Auftrag von ihren Vorgesetzten erhielten. Mich zu finden und zurückzubringen."

"Wohin zurückbringen und woher weißt Du, daß sie eine nette Familie sind? Du verwirrst mich und ich bekomme das Gefühl nicht los, das Du mich anlügst. Was soll das?"

"Ich belüge Dich nicht, ich sage nur nicht alles aus Sicherheitsgründen und auch weil Du mir es nicht glauben würdest und mich zum Teufel danach schickst, auch wenn ich nicht an den Teufel glaube."

"Soll es mit uns beiden funktionieren, darf es keine Geheimnisse geben Ich akzeptiere keinen Bullshit. Habe ich nie. Also? Raus mit der Sprache."

"Kannst Du bis La Campostella warten? Ich verspreche Dir, ich erzähle Dir Alles, jedoch dazu mußt Du dich vorbereiten und dies kannst Du nur machen, wenn absolut nichts um uns passiert. Keine Bewegung, kein Licht und keine Geräusche. "Santiago" ist nicht weit und die Zwei Stunden kannst Du noch warten."

"OK. Dann machen wir es so." sagte Patosh mit einen mulmigen Gefühl im Bauch, der ihn an die Geistesanwesenheit Marys zweifeln ließ. Eine sehr surreale Situation entstand während der Fahrt und kein Wort wurde mehr gesprochen. In Santiago de Campostella waren alle Campingplätze voll. Pseudopilger, die nicht den langen Weg zu Fuß auf sich nahmen und lieber diese Pilgerstätte des heiligen Jacobus nach einem Grill und paar dosen Bier besuchten, blockierten Monate vorraus die Plätze. Ohne Reservierung ging hier nix. Was nun? Das Einzige, das sie machen konnten war, auf einer Autobahntankstelle zu fahren und dort auf einen Parkplatz zu nächtigen, obwohl es bestimmt laut zugehen würde. Mary war mit dieser Option nicht einverstanden. Zehn kilometer südlich wäre, laut Karte, ein keines Dorf und dort befand sich ein Kloster. Vielleicht könnte man für ein kleines Engelt am Hof dieses Klosters übernächtigen.

"Was solls. Auf zehn Kilometer mehr oder weniger kommt es nicht mehr an. Fahren wir hin und versuchen es." meinte Patosh achselzuckend. Dort angekommen, klingelten sie am Tor des Kloster und eine Stimme erklang in spanisch.   Mary, denn wie sollte es auch anders sein, antwortete auf der selben Sprache und siehe da, für Geld hatte anscheinend auch der liebe Gott was übrig, denn das Tor öffnete sich und sie fuhren in den Hof hinein.

Begrüßt wurden sie von Domenikaner Mönchen und der Prior, keine fünfzig Jahre alt, begrüßte sie ebenso freundlich. Mary, die wie ein Punk, mit all den schwarzen Fingernägeln und den schwarzen Lippenstift aussah, beeindruckte den Prior nicht. Er hatte alles bereits gesehen in seinem Leben und nichts konnte ihm schocken. Als Missionar in Zentral Afrika hatte er gelernt, das es nicht nach dem Aussehen eines Menschens ankam, sondern nach dem Herzen. Auch hatte er Dienst geleistet in Santiago de Campostella und Mary war Eine unter Tausenden, die solch ein Make Up benutzte. Nein, ihn konnte nichts schocken.

"Ja natürlich können Sie hier Übernachten. Dort, wo ich hinzeige, gibt es einen Wasseranschluß und eine Steckdose. Sollten Sie jedoch die Toilette verwenden wollen, bitte ich Sie die hinter den Schuppen dort zu verwenden. Keine Sorge, es ist eine richtige Toilette. Wir haben keinen Abflußtank, also leeren sie nicht den Toilettenbehälter des Wohnmobils irgendwo im Gelände."

"Natürlich nicht Prior. Was schulden wir Ihnen für ihre Freundlichkeit und Gastfreundschaft."

"Sie schulden uns nichts. Sollten Sie freiwillig eine Spenden geben wollen, so wären wir dankbar."

"Natürlich, sind hundert Euro recht?" frug Patosh.

"Gott wird Euch danken meine Kinder. Machen Sie es sich bequem." Und mit diesen Worten verließ der Prior die Stelle, wo der Wohnwagen stand.

"Hier sind wir ebenso von unseren Verfolgern sicher Pat. Ich danke Dir für dein Verständnis."

"Ich wäre bereit...."

"Warten wir bis die Nacht einbricht. Denn wir brauchen die Dunkelheit."

"Ich meinte nicht das mein Liebling." sagte Patosh in einer Art und Weise die unmißverständlicher nicht hätte sein können.

"Aber Pat. Dies ist eine heiliger Ort." erwiderte Mary mit einem noch zweidutigeren Grinsen. Minuten später waren beide im Bett und den Rest können wir uns ausdenken. Wenn Patosh nur wüßte mit wem er es trieb und in welcher heißen Tasse Kaffe er seinen Keks tunkte, metaphorisch gemeint. Er mußte seine rechte Hand über ihrem Mund legen, denn sie schrie, was ihn noch mehr antörnte.

"Hoffentlich hat es keiner bemerkt, sagte sie schließlich nach dem sie fertig wurden.

"Das glaub ich nicht. Und wenn, der Beichtstuhl ist nicht weit entfernt."

Mary lachte sich einen. Zwar hörten die Mönche es nicht wie sie es trieben, doch sie sahen wie schwer der Wohnwagen hinten am Hof schaukelte und das bestimmt nicht wegen der Erdkrümmung.

Die Nacht brach ein und somit auch die Dunkelheit.

"Ich wäre soweit." sagte Mary leise und Patosh nickte. Er bemerkte diese Furcht, die sich in ihm ausbreitete. Was wird sie ihm nun erzählen und warum diese Methoden dafür anwenden. Dieses Ungewisse machte ihn unsicher und nervös.

"Setz dich hin mein Liebling, schließe die Augen und denke an nichts. Bleib locker und wenn Du meine Hände an deine Schläfen spürst, rühre Dich nicht. Laß einfach alles einfließen und akzeptiere es."

Dies machte Patosh nur noch nervöser, doch er wollte diese Beziehung mehr als alles in der Welt und so gab er sich hin. Mary legte alle zehn Finger ihrer Hände auf Patoshs linken und rechten Schläfe und sagte:

"Entspann Dich Pat und sage kein Wort."

Patosh fühlte plötzlich etwas warmes durch seinen Venen fließen. Eine nie dagewesene Energie, die ihm mit Bildern befüllte. Sein Verstand, sein Bewustsein und sein Unterbewustsein wurden auf "Snooze Mode" gesetzt, damit der Fluß an Informationen, durch die menschliche Geistesschwäche, nicht blockiert wird. Es war so als Schleusentore geöffnet wurden und Wassermassen ihn ertränkten. Er wollte sich wehren, konnte aber nicht und auch wenn dieses plötzliche Gefühl von Wärme und Liebe auf Todeskampf umschwang, er ließ es geschehen. Er wollte schreien, er wollte weinen, er wollte flehen, doch nichts ging. Gelähmt und überwältigt von dem was in ihm geschah, wußte er nun, daß Mary ein tiefes Geheimnis in sich trug und er dieses Geheimnis nicht unbedingt wissen wollte.

Nicht wissend, wie lang dieses Ritual ablief, mußte Patosh sich erstmal hinlegen, nachdem Mary ihre Hände von ihm nahm. Jetzt konnte er schreien, jetzt konnte er weinen und wimmern, jedoch nicht weil er gequält wurde, sondern weil er solch eine universelle Liebe nicht für möglich gehalten hätte, die er während dem Procedere erleben mußte und ihm bewußt werden ließ, wie schlecht die Menschen mit sich und diesem Planeten umgingen. Wie verstört alles einem erschien und wie unwichtig alles ist. Man kann Milliarden oder auch nichts besitzen. Am Ende ist der Besitzlose der glücklichere. Was ihm mehr schockte war die Gier der Menschen auf seinem Planeten. Alles was mit Geld, Gold, Besitz und Macht zu tun hatte, zog den Menschen an, wie Kuhscheiße es mit den Fliegen tat. Er weinte, da er nun wußte, wie weit verfehlt die Menschen ihr Dasein fristeten und wieviel sie an Wissen und Verständnis aufgegeben hatten für Geld und Gold, anstatt mit den Energien der Natur und des Universums zu arbeiten. Die, die reich waren, hatten sich selbst versklavt und die Seele dem Teufel verkauft, denn nachts konnten sie nicht schlafen vor Angst, wer alles an ihr Vermögen ran wollte. Patosh sah auch wie unnötig die Menschen an Kriegen starben, egal ob Zivilisten oder Soldaten. Er bekam auch eine Art Film vorgeführt, wie die Erde ausgesehen hätte, wenn die Menschen so lebten wie es die Natur vorsah und wie die Erde sich nun in Selbstzerstörung Modus befand, da sie mit den Undank dieser Kreaturen, trotz all der ihnen gewidmeten Liebe und den natürlichen Überfluß, nicht mehr umgehen konnte. Die Erde schrie nach Hilfe und die kam von den anderen

Palneten in Form regulärer Besuche Außerirdischer. Die Menschen wurden Jahrtausende von den Wenigen, die sich Elitäre nennen und nannten, belogen, ausgebeutet, ausgeblutet und dann für nichts weiter als ein Almosen, weggeworfen. Patosh fühlte sich schuldig. Schuldig einer dieser Kreaturen zu sein, obwohl er zu den unschuldigsten dieser Rasse gehörte. Mary ließ ihm weinen und wartete ab. Als Patosh sich beruhigte und seine Tränen mit den Ärmeln abwischte, schaute er Mary an, die weder Mitleid noch Erbarmen zeigte. Ihr Gesicht regte sich überhaupt nicht.

"Es tut mir so leid Mary. Ich weis zwar trotzdem immer noch nicht wer Du bist, jedoch hast Du mir die Augen geöffnet."

"Das war nur ein Vorspiel mein Schatz. Jetzt kommt meine Geschichte. Ich erzähle Sie Dir."

Wir haben sie verloren

Groß war die Überraschung, als Fred von dem Morgenspaziergang mit Georgette zurückkehrte und hysterisch seinen Eltern Bericht erstattete.

"Sie sind weg, sie sind weg….." rief Fred Luft schnappend.

"Wer ist weg?" frug Jonathan Zeitung lesend und Kaffe schlürfend, ohne einen Blick Fred zu würdigen.

"Na die Flüchtige und ihr Companion. Der Wohnwagen steht nicht mehr dort und ein anderer hat den Platz belegt."

Jetzt erst reagierte Jonathan und auch Martha schaute ihren Sohn entsetzt an.

"So ein Mist aber auch." rief Jonathan die Zeitung auf dem Tisch knallend. Tag für Tag übernahmen diese drei die Züge der Terrianern, oder auch Menschen, den jetzt wurde ebenso geflucht.

"Jonathan! Was ist in Dich gefahren? Also wenn wir wieder zu Hause sind, solltest Du dich einer Seelenreinigung unterziehen. Was sind das nur für Gewohnheiten?" empörte sich Martha.

"Ach sei still. Es läuft hier alles aus dem Ruder auf diesem Planeten. Nichts ist koordiniert, nichts harmoniert und da soll man nicht fluchen. Und weißt Du was Schätzelein? Vielleicht will ich gar nicht mehr zurück. Es gefällt mir auf der Erde hier sehr gut. Das Essen schmeckt, das Campen macht hier Spaß und vor allem Dingen, wir sind diesen Idioten dermaßen weit voraus, daß wir es hier sehr weit bringen könnten. Ich bin im Urlaub und der Hohe Rat kann mich am Arsch lecken!" beendete Jonathan

"Schätzelein? Ich denke ich werde ohnmächtig." hauchte Martha ungläubig von dem was sie da hörte.

"Au ja. Das wäre geil." freute sich Fred.

"Geil? Du nun auch Brutus?" Martha konnte es nicht glauben. Sie haben auf Venus alles und diese zwei Kompatible werden von Tag zu Tag unkompatibler.

"Das kommt überhaupt nicht in Frage. Wir haben ein Zuhause und einen Auftrag. Reißt Euch zusammen."

"Du weißt wo das Raumschiff "geparkt" liegt mein Engel. Wenn Du nicht mitziehst, dann adieu." Schlürfte Jonathan an den Kaffe während er das sagte. Fred fand es nun etwas übertrieben und sagte "Papa nein. Wenn die Mama nicht bleibt, dann bleib ich auch nicht."

"Papa? Mama? Was habe ich nur falsch gemacht. Ihr seid keine Venusianer mehr."

"Stimmt!" meinte Jonathan lächelnd. "Und es macht Spaß keiner zu sein. Jetzt verstehe ich warum es viele "Traveller" oder auch "Reisende" gibt. Sie wollen nach Tod wieder zurück um Dienst zu tun, weil es hier mehr Spaß macht. In der Tat. Dieser Planet muß gerettet werden und ich Stimme mit der Flüchtigen überein. Also laß den Vybe Scanner stecken und genieß deinen Urlaub wie ich es tue."

"Nur schade, daß wir nicht fähig sind unsere Aura auszuschalten wie der Hohe Rat es kann. Sie können uns täglich telepathisch auf den Sack gehen…Oh mein Gott. Habe ich gerade das gesagt?" rief Martha geschockt.

"Ja, das hast Du und auch "Oh mein Gott". Wellcome to the Club mein Liebchen."

"Hör auf mich zu beleidigen Jonathan. Ich bin weder dein Liebchen noch dein Schätzchen."

"Au Backe. So sieht also eine Erdenehe aus. Eine nervige Ehefrau, die nur nörgelt und nörgelt. Hol mir lieber noch zwei Brötchen und beruhige Dich Frau." Übertrieb nun Jonathan und bekam es schmerzlich zu spüren, denn Martha nahm dem dicksten Band eines Buches, das vom Verleiher als Requisit im Wohnwagen zur Standarddekoration gehörte und warf es Jonathan auf dem Kopf. Titel: "Die heilige Bibel". Ein Streit entstand, der sogar den Hohen Rat auf Venus die Aufmerksamkeit erregte.

"Jonathan? Was geht da vor?"

"Geht uns einfach nicht mehr auf dem Sack, verstanden? Wir machen Urlaub. Auftrag beendet und übrigens. Wir haben sie verloren. Sieht zu wie ihr sie selbst findet. Bye, Bye Amigo." Und Jonathan stoppte die telepathische Kommunikation mit einem sehr verräterischen Lachen.

"Sie könnten uns hoch biemen und in einem Seelenreinigungs Planeten schicken." Flüsterte Martha entsetzt.

"Das werden sie nicht tun, denn sie würden gegen jeden Gesetz verstoßen. Der freie Wille. Schon vergessen?"

"Ach Jonathan. Was tust Du nur? Wir können nicht auf diesem Planeten bleiben." sagte Martha, Jonathans Kopfwunde dabei mit einem Wattebällchen abtupfend.

"Laß mich Dir eine Frage stellen. Gefällt es Dir hier auf dieser Erde?"

"Das tut es Jonathan. Sehr. Aber wir haben Verpflichtungen."

"Papperlapapp. Haben wir nicht. Laß uns bitte hier bleiben und ein neues Leben anfangen. Es macht einfach viel mehr Spaß hier zu sein. All die leckeren Weine, Biere, Schnäpse und die Speisen. Meine Güte diese Speisen. Ja, die Menschen sind total verrückt hier und sie brauchen dringendst Hilfe. Laß uns sie helfen wie es die Flüchtige will und uns hier niederlassen."

"Aber der Hohe Rat…."

"Ich sag Dir was Liebste. Ruf sie telepathisch an und sage ihnen, daß wir bleiben, um hier Dienst zu tun. Sag einfach daß diese Idioten hier Hilfe brauchen. Nicht unbedingt in diesem Ton, aber Du verstehst was ich meine. Ich will mit denen nicht mehr sprechen, sonst könnten sie mich noch umstellen und das will ich nicht. Ich will hier bleiben."

Martha verstand nichts mehr, aber ja, Jonathan hatte recht. Dieser Planet mit all diesen wunderschönen Farben und die verrückten Bewohnern, reizte auch ihr Verlangen auf der Erde zu residieren und daß nicht seit Jonathan es vorschlug, sondern fast von Anfang an. So stimmte sie zu und alle drei schrien vor Freude. Sie blieben auf dem Campingplatz eine ganze Woche, bevor sie weiterfuhren und ja, Martha sprach mit dem Hohen Rat, aber wie auch auf der Erde, mußte alles auch auf Venus besprochen werden. Sie würden mit einer Antwort zurück kommen. Derweil bereitete Jonathan einen Programm für sein neues Leben, als venusianischer Mensch, vor. Er würde ein Institut gründen, der auf akademischer Weise, die Menschen zu einem besseren Leben verhelfen und sie dabei Aufklären soll, wie falsch sie all diese tausenden von Jahren gelebt haben, nachdem die Transition geschah. Soll heißen, nachdem die Menschen die Außerirdischen von der Erde weg geschickt haben und sich für einen materiellen und konsumorientierten Leben entschieden. Reichtum und Besitz hatte schon immer die Menschheit bestochen und verführt und nur die Ärmsten der Armen verfügten noch über einen Rest einer antiken Eigenschaft, die sie "Menschlichkeit" nannten. Dieses Institut wird nicht einer dieser betrügerische WELLBEING SCAMS sein, denn er wird es als Studium reklamieren und dieses Fach an den Universitäten anbieten. Auch Martha fand die Idee ihres Mannes gut und sie würde ihm unterstützen.

In der Zwischenzeit, begab sich der andere Wohnwagen wieder auf dem Weg und bedauerlicher Weise, verzichteten sie Santiago de Campostella einen Besuch zu widmen. Mary wollte eine Begegnung mit den drei Venusianern, oder auch Landsleuten, um jeden Preis vermeiden. Sie hatte nichts gegen die Henne, denn sie war nur ein Opfer und auch wenn Georgette in guten, liebenden Händen war, so hatte sie keinen Kontakt zu anderen Hennen, um sich sozial zu erfreuen und ihr Gackern wurde weniger und weniger. Eier jedoch legte sie noch. Patosh war glücklich eine neue Liebe gefunden zu haben und beauftragte seinen Anwalt in Lontzen, die Scheidung zwischen ihm und Camille vorzubereiten. Besser gesagt, Patosh reichte die Scheidung telefonisch ein. Mary war außer sich vor Freude, denn für sie war es ein Liebesbeweis, doch für Camille leider nur noch einen weiteren Dolchstoß in ihr Herz. Sie erhielt ein Schreiben per post und als sie den Brief vom Anwalt las, starb alles in ihr ein zweites mal. Doch sie verstand den Grund nur zu gut. Sie hatte ihn jahrelang seelisch gequält und das wußte sie, da er vor ihren Augen litt. Oft dachte sie daran einen Neuanfang mit ihm zu versuchen, doch sie konnte es nicht. Als das Baby starb, starb auch er, Patosh in ihrem Herzen. Wer versteht schon die Frauen. Stolz wie Camille war, zeigte sie Patosh gegenüber in diesem Fall Größe. Sie schrieb seinen Anwalt, daß der Scheidungsantrag zur Kenntnis genommen wurde und daß sie damit einverstanden war. Sie möchte nur ihren Anteil der Kneipe auf ihren Bankkonto überwiesen haben und Patosh könnte sein Leben wieder vom neuen gründen. Auch würde sie, während seiner Abwesenheit, die Kneipe "Zum goldenen Krug" schließen und zu ihrer Mutter nach Antwerpen ziehen. Patosh war mit allem einverstanden und wozu Protest einlegen? Die Hälfte der Kneipe gehörte Camille und ihren Anteil, das 42.000,- Euros betrug, würde er mit der Bank besprechen und eventuell einen neuen Kredit aufnehmen. Warum mehr Rechtsanwälte einschalten, wenn einer es kann? Hauptsache dieser Alptraum nahm ein Ende.

In Salamanca, Spanien, erhielt Patosh einen DIN A 4 Umschlag per Post gesendet. Es waren die Scheidungspapiere. Mary und er lasen die zehn Seiten und er, Patosh unterschrieb am Ende mit zittrigen Händen und Tränen in den Augen. Kalt ließ ihm die Sache nicht, doch mit etwas Glück würde die Ehe innerhalb eines Monats geschieden sein und dies mit weniger Trubel als erwartet. Natürlich hatte er Schuldgefühle und fühlte eine erstickende Traurigkeit, doch was nicht mehr zu retten war, half einem nicht weiter. Er machte sich ebenso Sorgen um die Kneipe und wußte nicht ob er Diese verkaufen sollte, doch Mary empfahl mit einer Entscheidung, nach diesem Urlaub, zu warten, denn schließlich würde sie jetzt an seinem Leben teilhaben.

"Du schuldest mir noch deine verbale Geschichte und hast dich lang genug davor gedrückt. Ich will sie jetzt hören. Die telepathische ist zur Kenntnis genommen, jedoch solltest Du jetzt dein Versprechen einhalten. Ich bin ganz Ohr."

"Haben wir noch eine Flasche Rotwein? Die werden wir nähmlich brauchen mein Liebling."

Patosh holte darauf einen Bordaux aus dem Schrank und entkorkte es. Plastikbecher mußten es ebenso tun, da keine Gläser von der Vermietung hinterlassen wurden.

"Du stammst aus Lontzen, nicht wahr Pat?" frug sie ihn mit ruhigen Augen.

"Ja. Dort geboren, aber sterben kann ich auch wo anders als in Lontzen."

"Ihr habt vor einiger Zeit, in Lontzen, eigenartige Sichtungen erlebt stimmts? Ihr nennt sie UFO-Sichtungen, liege ich da richtig?"

"Das tust Du Mary und ja, so kann man diese Erlebnisse nennen. Warum?"

"Diese UFOs, oder auch Raumschiffe, kommen schon seit tausenden von Jahren auf eurem Planeten. Manche zu erforschen, andere um zu prüfen und es gibt noch die Urlauber. Ja, das Universum liebt euer Planet, da es so abwechslungsreich und farbig ist und man ist sehr bemüht, daß euer Planet immer erhalten bleibt. Die Erde ist so wunderbar, daß viele aus anderen Planeten sogar hier Urlaub machen. Wir sind unter Euch und ihr merkt es nicht, weil wir die Fähigkeit haben unsere molekulare Struktur zu verändern, um Euer Aussehen anzunehmen, wenn dies für nötig empfunden wird. Auch können wir sämtliche Sprachen, die ihr hier spricht, schnell übernehmen um zu kommunizieren...."

"Du sagst ständig wir. Also bist Du ebenso eine Außerirdische?"

"Ja Pat. Das bin ich." sagte Mary sanft.

Bei Patosh jedoch gefror das Blut in den Venen. Er hatte es also die ganze Zeit mit einer Außerirdischen getrieben.   Ja, dies waren seine ersten Gedanken, denn er konnte es sich nicht vorstellen, wie sie aussehen würde, sollte sie ihre wahre Gestallt offenbaren. Was würde dann vor ihm stehen? Er konnte sich kein Bild machen und das verunsicherte ihn.

"Ich komme aus den Planeten, den Ihr Venus nennt und wir haben keine Namen. Wir haben auch keine Zahlen oder Buchstaben im unserem Alphabet sondern Symbole. Meine Symbole, um eine Art Kennung zu erhalten, ist mit euren Buchstaben so zu vergleichen: KLTXK was natürlich keinen Sinn macht. Mary ist der Name, den ich mir ausgesucht habe nach meiner Landung und ich denke dieser Name gefällt Dir auch."

Patosh nickte nur nervös und wollte mehr hören.

"Die "UFOs", die ihr damals in Lontzen gesehen habt, waren weder Urlauber, noch Forscher oder Prüfer. Das war ein Suchkommando, um mich wieder zu finden und zurück auf Venus zu bringen, denn ich bin von dort geflohen. Mein kompatibler Erzeuger, Ihr würdet ihn Vater nennen, ist ein Mitglied des Hohen Rates, der ich ebenso zugehöre. Wir sind friedlich und verstehe mich richtig Pat, wir haben keine Religionen, denn wir halten Diese für überflüssig und sehr gefährlich, jedoch benutze ich dieses Wort, um es verständlicher zu machen. Also unsere Religion oder auch Glaube, baut sich auf bedingungslose Liebe und ein Zusammenleben mit dem Universum auf. Das Universum ist unsere Natur und unsere Essenz. Bei uns gibt es keine Gier, keinen Hass, keine Bedürfnisse außer zu dienen. Mit Dienen meine ich, Euch und andere Planetarien mit auftretenden Schwierigkeiten zu Helfen. Das Problem mit Euch jedoch ist, Ihr habt einen Zustand erreicht wo man Euch nicht mehr helfen kann, da Eure Regierungen unsere Ratschläge nicht befolgen. Sie wollen nur unser Wissen für militärische Zwecke verwenden, alles andere ist ihnen egal. Energieprobleme, Umweltprobleme, Hungersnot,

Erziehung etc., das alles interessiert diesen Damen und Herren nicht und warum? Sie wurden von der Orion Sippe auf Eigennutz manipuliert und dadurch wurden sie mächtig und kontrollieren jetzt diesen Planeten. Sie wurden zum Abschaum des Universum und zu euren Meistern, denn ihr seid nichts anderes als Sklaven. Eure Energieprobleme sollen nicht gelöst werden, solange man davon finanziell profitieren und man für sich eine Machtposition aufbauen kann. Ihr hättet schon seit hunderten von Jahren das Erdöl nicht gebraucht und ebenso kein Gas, doch Öl und Gas sind verkäuflich, nicht aber unsere planetarische Quantum-Energie, die ist nämlich für umsonst und somit nicht profitabel. Eure Umweltsituation steht kurz vor dem Kippen. Abholzung der Urwälder im Amazona, Afrika und Asien zerstört die Balance und den natürlichen Ausgleich. Tiere werden gezwungen neue Habitats zu suchen und werden von ihren Territorien vertrieben. Ozeane werden dermaßem beschmutz und ausgefischt, so das Wale, Schildkröten und andere nicht mehr in den Ozeanen navigieren können und schließlich auf fremde Strände eingehen, geschweige Nahrung finden, denn die Sushi-Teller müssen ja mit rohem Fisch aufgestockt werden. Euro Forschung dient nur bedingt zum Wohle eurer Spezies. Sie dient eher der Farmaceutikaindustrie und wie entsetzlich sind die Verarschungen mit eurem "Comet" Virus und mit eurem Impfstoff, der eher tötet als schützt. Ihr werdet im großen Stil ermordet. Ich könnte mehr erzähle, was hinter verschlossenen Gardinen bei Euch abgeht, aber dafür würden wir hier Jahre sitzen, also lassen wir es dabei. Eure Angelegenheit hier auf Erden ist so schlimm geworden, das wir kurz davor stehen Euch aufzugeben.

Man dreht Euch im Universum den Rücken zu. Ich aber gebe nicht auf und bin deswegen von Venus geflohen. Ich bin eine Flüchtige und ein Mitglied des Hohen Rats. Meine Abwesenheit ist gefährlich, da es ein Verstoß unserer Gesetze ist. Die Einmischung in fremde Welten ist nicht erlaubt und die Manipulierung des freien Willens ebenso nicht. Wir dürfen nur beratend unterstützen. Dies gesagt, die Menschen nehmen unseren Rat nicht an..."

"Moment. Ein kleiner Teil von Menschen Mary. Die Meisten würden ihr letztes Hemd dafür geben, um geholfen zu werden." protestierte Patosh energisch.

"Vielleicht. Ihr tut ja nichts, um diese Oppression zu bekämpfen. Ihr tut nichts, um Euch von den Ketten zu lösen die Euch die Luft zum atmen nimmt. Ihr müsst diese Monster, die sich Elite , oder Cabal nennt, beseitigen..."

"Hoppla. Ich dachte Ihr seid friedliebend etc."

"Wir schon, denn wir befinden uns bereits in der siebten Schicht des Lebenszyklus, ihr aber schwebt noch in der dritten herum und verfügt über diese Nebenwirkungen der Gewalt. Auch wir befanden uns, vor 75000 Jahren, in Eurer dritten Dichte, doch alle 25000 Jahre wird man erhoben oder auch nicht. Je nachdem wie wir uns vor der Ernte benommen und entwickelt haben. Wir nennen unsere Beförderung "Ernte" denn wir sind nichts anderes als die Saat des Universums.

Ihr jedoch, seit weit davon entfernt und wenn ihr nicht aufpasst, rutscht ihr in der zweiten Schicht zurück. Der, der Tiere. Ihr müßt was tun, wenn ihr die Beförderung erleben und euren Planeten retten wollt. Beseitigt das Übel, der Euch regiert und kontrolliert und beseitigt die Orion Manipulierten. Ich kehre nicht zurück. Ich bleibe hier und tue mein Äußerstes um zu dienen und zu helfen. Euer Planet verfügt ebenso die Eigenschaft, fremde Wesen, die zulange hier auf der Erde residieren, umzupolen. Man verliert zwar nichts an Wissen und der kulturellen Reife, man eignet sich aber eure Sitten wieder an, die nicht wünschenswert und schwer wieder zu beseitigen sind. Hier geht es allein um **Euren Planet** namens Erde. Ihr bewohnt es, so müßt ihr es schützen und richtig verwalten, denn nichts anderes ist es. Ich liebe Dich Pat und möchte bei Dir bleiben. Du sollst aber wissen, daß ich keiner eurer Spezies bin. Kannst Du damit leben und vor allem, läßt Du mir meine Aufgabe bewerkstelligen?"

"Das kann ich Mary, denn ich liebe Dich auch. Ja, ich möchte Dich sogar bei dieser schweren Aufgabe unterstützen so gut ich kann."

Mary sah Patosh dankbar an und sie umarmten sich fest. Sie verspürte ein Schmerz und eine Traurigkeit, die sie zuvor nicht kannte jedoch davon wußte. Eine Nebenwirkung der Menschlichkeit der dritten Dichte. In der siebten Schicht gibt es solche Gefühle nicht mehr. Man erkennt die Hilfsbedürftigen und man hilft Diesen ohne Eigennutz, Emotionen oder Dankesforderung.

Es ist die Nebenwirkung der bedingungslose Liebe. Mary jedoch, war bereits einige Zeit auf der Erde und mit Patosh an ihrer Seite, der manchmal fluchte und erfüllt von Emotionen war, steckte sie sich auf diesem Weg an. Doch was war mit unserer anderen Familie? Jonathan, Martha und Fred?

Der Hohe Rat ist nicht erfreut.

Während Jonathan, Martha und Fred sich noch in Santiago de
Campostella aufhielten und sie sich köstlich amüsierten, fand
auf Venus eine außerordentliche Sitzung statt. Der Hohe Rat war
sozusagen "Not amused", mit dem Verhalten einiger ihrer
Bürger. Das Verschwinden der eigenen Tochter des
Ratsvorsitzenden, wurde für nicht akzeptabel erklärt und ebenso
nicht der Wunsch der anderen Partei sich für immer auf der Erde
niederzulassen. Ja wo käme man denn hin, wenn mann mir
nichts dir nichts einfach Venus den Rücken zukehrt mit all dem
Wissen, der Weisheit und die Fähigkeiten, die weit über der
Vorstellungskraft der Menschen geht. Chaos im Universum
stand dadurch kurz vor der Pforte jeglicher Vernunft. Ja, man
will den Menschen helfen und beraten, aber nur wenn sie es
selbst wollen. Die Sache aufzuzwingen stand und wird niemals
in der Agenda eines Venusianers stehen. Man entschied sich die
Urlauber wieder zur Vernunft zu bringen, jedoch die Flüchtige,
wenn nötig, mit härteren Mitteln zurückzuholen. Jonathan
erhielt tägliche Bitten des Hohen Rates Vernunft anzunehmen
und zurückzukehren nachdem der Urlaub beendet ist, doch
Jonathan schaltete auf Stur und antwortete nicht. Er sog am Pool
an seiner Pinia Collada und winkte Martha und Fred, die im
Becken schwammen, zu. Georgette befand sich auf einer Wiese
des Campingplatzes und pickte an Würmern und Käfern herum.
Das ging dann doch zu weit und der Hohe Rat beschloß mit
einer sofortigen Zusendung von drei Raumschiffen und
zusätzliches Suchpersonal.

Die Jonathan Famile wäre leicht zu finden gewesen, denn sie
hatten limitierte Fähigkeitn in Sachen Aura-Ausschaltung, doch
KLTXK war ein anderes Thema. Sie verfügte über das vollste
Programm eines Venusianers. Es befanden sich vier Venusianer
pro Raumschiff, somit zwölf aliens, die nun gen Terrarion
zusteuerten, die wir Erde nennen und da man den momentanen
Standort der Alien Famile kannte, machte man keine
Umschweife. Die genausten Koordinaten wurden im UFO Navi,
wenn man so will, eingegeben und wäre man auf Autopilot den
ganzen Weg geschaltet gewesen, so würden die drei UFOs ind
den Swimming-Pool landen, was natürlich, bezüglich der Größe
nicht möglich gewesen wäre. Georgettes Wiese würde es auch
tun. Martha hatte plötzlich eine Intuition und sie verließ den
Pool sofort. Fred bekam ebenso eigenartige Schwingungen und
Jonathan ebenso. Diese Schwingungen brachten nichts gutes
und geistesgegenwärtig trafen sie die richtige Entscheidung von
Santiago de Campostella zu verschwinden, aber wohin? Auch
Mary bekam diese Schwingungen mit und sie wußte sofort, daß
ein Suchkommando in verstärkter Anzahl geschickt wurde, um
sie zu holen.

"Wir müssen sofort hier weg." rief sie befehlend so da Patoshs
Kaffe aus der Tasse flog.

"Warum?"

"Sie sind hinter mir her, darum. Ich bekomme ebenso
eigenartige, telepathische Hologramme. Kannst Du Dich noch
an die Henne und ihre Besitzer erinnern Pat?"

"Nicht in der Reihenfolge, nein. Ich kann mich an einer Familie erinnern, die eine Henne spazieren führte…"

"Ich habe keine Zeit für deine Witze Pat. Zieh dir eine Hose an, pack den Schlauch und den Stromkabel ein und nichts wie weg hier. Ich meine es ernst."

"Ok, OK. Bin schon dabei. Wieviel Zeit haben wir noch?"

"Vielleicht drei bis vier Stunden. Nicht mehr. Sie befinden sich noch 450,000 km vom Mond entfernnt."

"Woher weißt Du das Alles?"

"Würdest Du eh nicht verstehen mein Schatz. Los jetzt!"

Patosh packte alles ein und sie verließen Salamanca. Neues Ziel, Sevilla. Wie es der Zufall so wollte, war das ebenso das Ziel der Alien Familie, die jedoch eine andere Strecke befuhr. Über Portugal sollte die Reise nach Sevilla führen und bei den Allmächtigen, sämtliche Radarfallen auf der Autobahn wurden ausgelöst, denn Jonathan gab Gas und die Strafzettel könnte die Autovermietung über der selbsterstellten Kreditkarte begleichen. Nur Schade, daß diese Kreditkarte aus einer Bank entstand, die nicht existierte. Ja, die Einnahmen und Ausgaben wurden digitalisiert vorgetragen und virtuel bezahlt, jedoch nicht realistisch, sondern eben nur virtuel. Der Autovermieter bekam dann eine positive Bescheinigung auch wenn es nicht stimmte. Man könnte es Betrug nennen, doch Jonathan wollte davon nichts wissen. Fliehen und dabei die Landschaft genießen, was für ihn ein Abenteuerurlaub. Der Wagen voll mit Bier, Wein, Brot, Käse und Schinken bepackt wurde nur zum Tanken verlassen.

Danach gings weiter und da man jetzt den Entschluß gefasst hatte nicht mehr nach Venus zurückzukehren, konnte man den eingekauften Kaffe verbrauchen, der eigentlich für Venus gedacht war. Die Sonne schien und brannte heiß und Martha überlegte sich eine Option, um sich anderweitig, durch eine DNA Täuschung, zu tarnen. Würde dies gelingen, käme dies einer Aura-Ausschaltung gleich und ein Finden erschwert. Doch Martha mußte sich beeilen, denn das Suchkommando hatte ihre Flucht registriert und ihre Position in den UFO Navi eingegeben. Ja ich weiß, ich hätte einen besseren Namen als UFO Navi aussuchen sollen, doch was solls. Bordkomputer klingt langweilig.

"Wie weit bist Du Martha? Hast Du eine Lösung gefunden?"

"Stehe kurz davor. Dränge nicht Jonathan und fahre lieber aufmerksamer. Hundertfünfzig Sachen mit einem Wohnmobil ist nicht gerade sicher, weißt Du?"

"Sag einfach bescheid und wende es sofort an."

"In Ordnung."

Jonathan schaltete das Radio ein, um etwas von der irdischen Musik zu hören, jedoch strahlten alle Sender plötzlich Eilmeldungen.

"Drei UFOs wurden über Südfrankreich gesichtet die in Formationsflug über die Pyrenäen nach Spanien flogen. Hunderte haben es gesehen meine Damen und Herren und ein Verleugnen würde nur die Unseriösität unserer Regierung beweisen oder auch ihre Furcht, wer weiß das schon. Nach mehreren Befragungen von Zeugen, glichen sie silbrige Frisbies, die ihre Position zackenförmig verändern konnten und ja, unsere Armee de L`Àire (Luftwaffe) wurde auf die Probe gestellt, da Jäger des Typs Mirage 2000 bei der Jagd beobachtet wurden. Welche Lügen werden wir morgen von den Regierungsämtern zu hören bekommen, denn Wetterballone könen so in dieser Form nicht fliegen und warum sollten Mirage Jäger Ballone jagen? Aber wie das so ist meine lieben Damen und Herren. Der Premier Minister wird in diesem Moment an einer rekonstruierten Entschuldigung arbeiten müssen. Bleiben wir gespannt. Und jetzt weiter mit Musik auf RADIO 24, bla, bla,...."

"Ich habe eine Methode gefunden." Schrie Martha laut auf und lachte.

"Wird es verwendet?"

"Ja Jonathan. Du kannst langsamer fahren. Ich habe Gerogettes DNA in den Vybe Scanner verwendet und somit sind wir alle Hühner."

Jonathan erstickte vor lachen und auch Fred konnte die Tränen nicht zurückhalten und endlich konnte Jonathan vom Pedal ein wenig runtertreten, denn die Schaukelei im hohen Tempo kann auch Aliens zum Kotzen bringen.

"Ich bin Müde mein Engel. Übernehme bitte für vier Stunden. Ich muß mich hinlegen."

Das tat Martha gern, da sie sich bereits gelangweilt hatte und statt Bier und Wein während der Fahrt zu tinken, trank sie lieber Kaffe.

Jonathan mochte keinen Kaffe, doch vertrug er das zehnfache an Alkohol als ein Mensch es konnte und somit war seine Tolleranz in Sachen Trunkenheit auch bei einem Alkoholtest nie überschritten. Fred saß nun neben seiner kompatiblen Mutter und hielt die Henne fest.

"Mama? Meinst Du nicht man würde sich wundern vier Hühner mit Tempo hundertzwanzig auf der Autobahn zu registrieren?" frug Fred berechtigt.

"Keine Sorge mein Liebling. Ich habe alles im Griff. Wir befinden uns noch auf der selben Wiese, wo Georgette nach Würmern suchte. Ich habe es so eingerichtet. Ich habe unsere Position auf "Freeze" gestellt mit den Koordinaten der Wiese."

"Freeze?" fragte Fred konfus. Martha lachte nur albarn und antwortete

"Ich weiß. Je länger ich hier bin, desto mehr menschliche Slogans verwende ich. Schon blöd. Freeze heißt frieren. Unsere Position ist auf der selben Stelle in den Suchscanner der Suchenden "eingefroren" als wir verschwanden. Nur diesmal sind wir eben Hühner." Lachte Martha nicht wissend, ob sie zum Bier umsatteln sollte.

"Ach ich verstehe es jetzt. Du bist genial Mamy."

"Danke Dir Fred."

Beide Wohnwägen hatten ein Ziel und wenn man diese Reise der Beiden auf einem Bildschirm verfolgen würde, hatte die

Alien Familie die größere Strecke zu hinterlegen. Portugal war ein Umweg, jedoch ein schöner.

Jonathan fuhr im Zick Zack seine Route entlang. Erst Porto, dann Tomar, es folgte Lissabon und schließlich Beja, Faro und Huelva und von dort nahm er nicht die direkte Inlandsstrecke nach Sevilla, sondern er fuhr die Küste entlang nach Cadiz und schließlich Sevilla. Jonathan ließ es sich Zeit seitdem Martha es geschafft hatte das Suchkommando auszutricksen. Gerne hätte er auf der letzten Etappe die kleine Stadt Palos einen Besuch abgestattet, da in seinem Seelenarchiv, von dort aus die erste Seereise des Cristopherus Kolumbus begann, was ihn sehr interessierte. Er hatte Respekt vor solchen Abenteurern, die großes wagten, auch wenn die Konsequenz dieser Reise den Tod vieler Eingeborener bedeutete. Das Universum war für Jonathan ebenso ein Ozean und verglichen zu der Strecke der Seereise des Genuesen, ein unendlicher. Er spürte die Gefahren dieser Seeleute, die Wochenlang nur die See sahen und weit und breit kein Land. Kolumbus stand damals kurz davor gelyncht zu werden als dann plötzlich ein Schrei von einen der anderen Schiffe vernommen wurde. Es kam von der Pinta. Land in Sicht. Nach zehn langen Wochen der Lügen und der Durchhalteparolen, waren sie angekommen. Doch Kolumbus war kein fairer Mann, denn die Golddublone, die er an den Masten seiner Santa Maria nagelte kassierte er selbst. Diese war denjenigen versprochen, der als erster Land sah. Er behauptete, daß er bereits in der Nacht zuvor Licht von Feuerstellen bemerkt hätte. Ce la Guerre wie die Franzosen in solch einem Fall sagen. Der Kapitän hat immer Recht.

Doch zurück in die Gegenwart. An Palos fuhr er einfach vorbei, da Martha ihn drängte direkt nach Sevilla zu fahren. Sie hatte die Nase voll von der Schaukelei und auch Georgette fing an Federn zu verlieren. In Sevilla gaben sie den Wohnwagen an einer der hunderten Vermietungsagenturen ab und Jonathan entschied sich ein Auto zu kaufen. Es war zwar eine unvergessliche Reise, doch jetzt wollte er sich einfach niederlassen, eine Wohnung für Martha, Fred und ihn mieten und anfangen sich auf ein Leben auf Erden einzurichten. Er kaufte sich einen alten Peugeot 504 und quartierte sich und seiner Familie zunächst in einem drei Sterne Hotel ein und damit fing er an, wie ein Mensch zu denken, etwas daß er früher für unmöglich hielt. Furcht war seine neue Entdeckung. Die Furcht von dem Suchkommando entdeckt und zurück auf Venus gebracht zu werden. Um wieviel ruhiger wäre es gewesen, wenn der Hohe Rat ihn einfach von der Erde aus, als Botschafter, arbeiten ließe. Sein Aufenthalt wäre legitim und alles würde geschmeidiger ablaufen. In diesem Punkt verstand er das Verhalten des Hohen Rates nicht. Er könnte wertvolle Dienste im Namen der Venusianer auf dieser Weise leisten. Martha wurde inzwischen immer selbständiger und ging täglich bummeln, da der Vybe Scanner sämtliche Währungen erscheinen lassen konnte, während Fred sich mit anderen Jungs in seinem irdischem Alter anfreundete und Fußball spielte. Georgette pickte derweil herum und ließ sich vom Spiel nicht stören. Nur einmal hatte ein Hund es auf sie abgesehen, doch der Besitzer konnte noch ein Blutbad verhindern. Die Tage vergingen und Jonathan konnte nichts in den Zeitungen finden, was er an Wohnungen mieten könnte, doch eines Tages erzählte ihm ein Barista, daß eine Finca zu vermieten wäre.

Er könnte einen Besuchstermin einrichten, da der Besitzer kein anderer war, als einer der vielen Vetter. Jonathan sagte zu und als der Termin stattfand und die Familie begeistert von der Finca war, wurde der Vertrag unterzeichnet. Hier würde Jonathan sein Institut endlich einrichten, um die Menschen zu einem besseren Leben verhelfen zu können, indem er sie aufklärt. Ein neues leben begann.

Derweil berichteten die Zeitungen von eigenartigen Sichtungen und von Düsenjägern, die täglich laut herum patroullierten, bis die Sichtungen plötzlich verschwanden, nicht aber das Suchkommando. Sie wurden auf der Erde zurückgelassen, nahmen menschliche Gestalt an und gingen ihren Job nach die Flüchtigen zu suchen und erst wenn der Auftrag erledigt wurde, kämen die Raumschiffe zurück, um sie abzuholen. Martha hatte damals eines erreicht. Die Position festfrieren und die Famile als Hühner zu deklarieren, damit man woanders gesucht wird, doch eines konnte sie nicht, die Aura so ausschalten, daß es ein für allemal ausgeschaltet bleibt. Wäre ein Venusianer tatsächlich in ihrer unmittelbarer Nähe, würde er sie erkennen, jedoch hatte die Familie Glück, denn das Suchkommande tappte Im Dunklem und hielt sich noch in Santiago de Campostella auf.

Zurück zu Patosh und Mary. Sie erreichten Sevilla zwölf Tage vor der Alien Familie und Mary blieb auf ausgeschalteter Aurastellung. Diese würde solange ausgeschaltet bleiben, bis endlich ihr kompatibler Vater sie in Ruhe ließe. Mary hatte, verglichen zu Jonathan, absolut keinen Plan wie sie die Erde retten könnte und auch Patosh schlug vor sich in Sevilla zunächst niederzulassen, denn sein Urlaub wurde langsam zu einem abenteuerlichen Albtraum. Beide brauchten Ruhe, aber wo sich niederlassen? Auch machte Patosh sich Sorgen um die Kneipe in Lontzen, denn geschlossen wie es war, standen leere und halbgefüllte Flaschen herum und die Zapfleitungen müßten sich auch einer intensiven Reinigung unterwerfen. Camille war bereits ausgezogen und hatte natürlich nichts getan, um wenigstens "Den goldenen Krug" sauber zu hinterlassen. Wenn es nach ihr gegangen wäre, hätte sie alles mit einem Beil kurz und klein geschlagen, doch sie war eine faule Person, sehr zum Glück des Patosh. Auch Patosh und Mary, gaben den Wohnwagen ab und kauften sich dafür einen alten Land Rover, der als SANTANA in Spanien auf Lizenz gebaut wurde. Mary hatte auch einen Vybe scanner und somit mangelte es nicht an Geld. Auffallen wollten sie aus verständlichen Gründen jedoch nicht.

"Wir müssen aus diesem Bed and Breakfast raus Mary. Wir brauchen eine Wohnung." schlug Patosh vor.

"Wir wären hier festgenagelt und nicht mehr Mobil Pat."

"Warum fahren wir nicht einfach nach Belgien zurück? Ich muß mich um die Kneipe kümmern."

"Das werden wir tun wenn etwas Gras über diese Flucht gewachsen ist…."

"Wann wäre dies der Fall Mary? Ich habe die Nase voll von all dem fliehen. Dies ist nicht mein Zuhause. Ich muß zurück." brüllte Patosh entschieden, da er sich ihr inzwischen unterlegen fühlte und sich bereits um einiges kompromißbereiter erwies als Mary.

"Bitte Patosh. Gib uns einen Monat. Wenn wir dann keinen Ausweg finden, fahren wir nach Belgien. Ich verspreche es."

Das war das erste mal das Mary ihn nicht Pat nannte, was zeigte, daß auch sie angespannt und besorgt war. Eines Tages geschah etwas, das alles für sie ändern würde, denn bei einem lebensmitteleinkauf, befanden sich Patosh und Mary im selben Supermarkt wie Jonathan und Martha. Fred blieb in der Finca um auf Georgette und inzwischen dreißig anderen Hühnern, fünf Ziegen, zwei Schafen, zwei Kühe und drei Ponis aufzpassen. Ja, die Alien Familie hatte sich vollständig eingerichtet. Mary und Patosh, der den Einkauswagen schob, durchstöberten die Regale und siehe da, eine Aura wurde von Mary aufgenommen, die nur aus Venus stammen konnte. Plötzlich wurde sie kreidebleich und schaute sich nervös um.

"Was ist los mein Engel?" frug Patosh besorgt.

"Ich nehme Auren auf. Vielleicht ist das Suchkommando bereits hier."

Jonathan und Martha konnten Marys Aura jedoch nicht erfassen, da Diese bei Mary ausgeschaltet war. Die Aufregung legte sich etwas, als sie die Familie mit der Henne erkannte, sie konnte aber nicht ausmachen, ob sie freundlich oder feindlich gesinnt waren, da sie nicht wußte, warum ein Ehepar zwei volle Einkauswägen vor sich schoben, wenn sie auf Suchpatroullie wären. Und überhaupt. Wo ist der Junge mit der Henne? Diese fehlten. Jonathan und Martha drehten sich zum Weinregal, als sich plötzlich ihre Blicke trafen und sie fast zu Stein gefrierten, da sie Mary erkannten. Sekunden lang wurde kein Wort gesprochen, bis Mary anfing.

"Was wollt ihr von mir? Warum folgt ihr mich?"

"Wir folgen Dich seit Santiago nicht mehr KLTXK. Wir sind ebenso auf der Flucht. Wir haben uns entschieden hier zu bleiben und dies wurde vom Hohen Rat nicht genehmigt. Jetzt suchen sie uns ebenso."

"Wie ist das möglich? Ihr könnt eure Auren nicht ausschalten wie ich es kann. Sie müßten Euch längst gefunden haben." frug Mary ungläubig.

"Tja. Wir haben sie ausgetrickst soweit. Aber nur über die Position. Wären sie hier in Sevilla, hätten sie uns bereits gefunden, wie Du uns gefunden hast. Sind sind aber nicht auf die Idee gekommen, bis jetzt, in Sevilla zu suchen und hoffentlich vergeht ihnen bald die Lust. Wir haben uns, nicht weit von hier, niedergelassen und ich habe ein Institut aufgebaut, um die die Menschen aufzuklären. Ihr seht so aus, als ob ihr keine geeignete Unterkunft gefunden hättet. Warum kommt ihr nicht zu uns und arbeitet mit? Ich brauche Hilfe, denn allein ist es sehr anstrengend. Täglich treffen neue Menschen bei uns ein und wollen an unseren Seminaren teilnehmen." schlug Jonathan vor.

"Das wäre auch für mich sehr hilfreich und schön. Was fehlt mir die Kommunkation mit einem Venusianer Freund, oder jetzt hier auf Erden Freundin. Bitte kommt zu uns. Wir haben sehr viel Platz und wir könnten uns gegenseitig helfen das

Suchkommando vom Halse zu halten." meinte nun Martha euphorisch. Mary stand da und ließ es sich über dem Kopf gehen, doch Patosh half nach.

"Es wäre eine provisorische Lösung Mary. Wir brauchen ein Heim und etwas Stabilität. Bitte."

Mary sagte zu und alle jubelten, auch wenn sie innerlich noch ein Mißtrauen mit sich trug, denn sie kannten sich gegenseitig nicht gut genug. Die Erschöpfung, verursacht durch die Flucht, hatte schließlich gesiegt.

"Wir kaufen nur noch den Rest ein, dann folgen wir Euch wo auch immer ihr jetzt residiert damit ihr packen könnt. Danach führen wir den Weg zur Finca."

Gesagt, getan und wie anders hätte die Finca heißen sollen als "Finca Venusia". An sich ein Wink mit dem Zaunpfahl, sollte das Suchkommando in Sevilla erscheinen. Mary konnte jedoch, der Familie mit der Auraausschaltung helfen, wenn zunächst etwas Vertrauen aufgebaut worden ist. Sie bekamen ein großes Zimmer und konnten sich frei in den Wohnraum bewegen und alles benutzen, vom Bad, Küche, Garten und Pool. Endlich hatten sie ein Heim.

Auf Venus, jedoch, hatte der Hohe Rat eine Sondersitzung eingeleitet und es nahmen ebenso Spezies von anderen Planeten daran teil, die Mitglieder dieses kosmischen Bundes waren. Sollte man es mit meschlischen Worten beschreiben, so könnte man diesen Bund als Green Peace des Weltraumes bezeichnen, doch mit Anwendung von Diplomatie und nicht mit Einsätzen von Gummischlauchbooten und harschen Protestsaktionen. Die

Sachlage, bezüglich der Flüchtigen, wurde ernst genommen und die Konsequenzen einer weiteren Zusendung von Raumschiffen, um die Flüchtigen zurückzuholen, als Riskant bewertet. Neun Aliens des Suchkommandos wurden auf der Erde zurückgelassen und drei von ihnen brachten die Raumschiffe nach Venus zurück, um das Suchpersonal von der Wichtigkeit dieser Mission zu überzeugen. Wollten sie nach Hause, dann nur mit den Flüchtigen und sollte dies ebenso nicht gelingen, so wurde eine letzte Option in Erwägung gezogen und die wäre nicht im Sinne des Hohen Rates. Man würde sich jetzt fragen, warum man die Flüchtigen nicht in Ruhe und sie einfach mit ihrer selbsterlegten Mission weitermachen ließ, die an sich schon immer die Absicht des Bundes gewesen ist, nämlich Aufklärung. Marys Vater jedoch bremste diesen Vorschlag sofort mit der Begründung, es befänden sich bereit Tausende Außerirdische auf der Erde, die im Auftrage des Bundes tätig sind und die eine genaue erteilte Mission durchzuführen hatten. Diese Flüchtigen sind jedoch Rebellen und die Konsequenzen einer nicht nach Plan durchgeführten Mission könnte ein Chaos auf Terrarion (Erde für die Vergesslichen) mit nicht kalkulierbaren Folgen auslösen. Ein Teil des Bundes widersprach diese Ausrede mit den Worten. "Die Erde ist bereits im Chaos und vielleicht wären die Flüchtigen die Rettung. Tausende von Jahren hatte man nur zugeschaut und Beobachter hinunter geschickt, um das ganze Geschehen auf der Erde in Gleichgewicht zu halten, doch man hatte die Nachteile dieser Spezies Mensch zu leichtfertig genommen und nichts daran getan, um die Orionmanipulation im Schach zu halten. Rücksichtslos werden Länder von Banken und Organisationen regiert und Marionetten als Staatsoberhäupter in Positionen gesetzt, die nur das tun, was die obere Elite entscheidet und diese Elite spielt Gott sogar mit dem Universum, da sie sich für unberührbar und allwissend halten. Vielleicht sollte man endlich bei diesen manipulierten Terrariern (Menschen) in ihrem freien Willen eingreifen und die Gesetze dementsprechend ändern damit es nicht weiter ausartet. Dies wurde entgegengesetzt mit der Tatsache, daß ein Krieg gegen die Orionsippe dadurch entstehen würde, wo man ebenso die Konsequenzen sich nicht ausmalen könnte. Sofort wurde Dieses gegenargumentiert, daß es Zeit wäre diese Sippe ein für allemal aus der Welt zu schaffen, was natürlich jegliche Friedfertigkeit und das Gesetz der bedingungslose Liebe in jeder Instanz brechen würde. Marys Vater entschied sich endlich dafür, daß er seine Tochter und die anderen Abtrünnigen, ein Erden- Jahr geben würde, um sich zu bewähren, jedoch nur, wenn sie unter direkter Observierung durch das Suchpersonal ständen, das sich bereits auf der Erde befand. Dafür aber müßte er die Erlaubnis aller Mitglieder des Hohen Rates erhalten, um das Aura-ausschaltungs-Procedere seiner Tochter einzuleiten, was nur bei der höchsten Notfallstufe erlaubt sei.

"Laßt uns morgen wieder zusammenkommen, um ein Ergebnis in dieser Angelegenheit zu erhalten. Zieht Euch zur Beratung zurück." sagte Marys Vater und befreite die Gesellschaft von ihren Pflichten, für dieses mal. Sollte das Hohe Rat für das Aura-ausschaltungs-Procedere zustimmen, bedeutete es, daß Mary alle ihre Privilegien, als Hohes Rat Mitglied verlieren würde und daß sie zu jeder Zeit verfolgbar und erreichbar war, denn nur so könnte man ihr die Option ein Erden-Jahr sich zu beweisen übermitteln und auch wenn die Venusianer keine

Emotionen empfanden, so mochte KLTXG (Namen des kompatiblen Vaters durch Symbolübersetzung) die Schwingungen nicht, die er aufnahm. Er machte sich Sorgen um KLTXT, also Mary, die er sehr, emotionslos, liebte.

"Der Hohe Rat hat eine Entscheidung getroffen. Wir genehmigen deinen Vorschlag auf die einjährige Probezeit und stimmen das Aura-ausschaltungs-Procedere zu."

KLTXG fühlte sich in jeder Hinsicht schuldig dieses Gesetz einleiten zu müssen, doch Venusianer empfinden solch eine Schuldigkeit ganz anders verglichen zu Menschen. Hatte man in das Gesetz der bedingungslose Liebe und der Unberührbarkeit des Freien Willens durch vorhin benanntes Procedere eingegriffen und überschritten, mußte Der, der dieses vorgeschlagen hatte, den Hohen Rat verlassen und zu einem Dasein des gewöhnlichen Venusianers zurückkehren. In diesem Fall KLTXG

Mr. Gonzales ist verschwunden

Patosh und Mary fühlten sich wohl auf der Finca "Venusia" und halfen Jonathan und seiner Familie beträchtlich, so daß die Seminare auf hochtouren liefen, während derweil KLTXG (Marys Vater) versuchte seine Tochter für das von ihm erstellte Programm zu überreden und auch zu begeistern. Er traf jedoch auf taube Ohren, da Mary für immer auf der Erde bleiben wollte, was für den Hohen Rat nicht in Frage kam.

"Ich habe Dir einen Kompromiss angeboten, der für uns Beide vernünftig erscheint und Du verhältst Dich wie ein Wesen von einem ganz anderen Sternensystem, den wir nicht kennen. Du warst immer meine allererste Priorität, aber da ich jetzt schmerzlich bemerke, wie sehr Du deinen Vater ablehnst, ja gar haßt, bleibt mir nicht anderes übrig als andere Maßnahmen zu verwenden. Das Gleichgewicht des Weltraums hat Vorrang vor allem, auch vor meiner eigenen kompatiblen Familie. Es tut mir leid meine Tochter." und das telepathische Gespräch endete mit diesen Worten. Am Ende tat es KLTXG nicht leid, da wie mehrmals erwähnt Emotionen auf Venus und auf anderen Planeten nicht existieren. Doch war KLTXG natürlich kein Monster, der aus dem All nun Terror und Schrecken verbreitete, wie es in bekannten Hollywood Filmen sugestiert wird. Er verwendete eine andere Methode, die nicht minder schmerzlich für seine Tochter und vor allem Patosh war.

Er gab die Position der flüchtigen Tochter an das Suchpersonal weiter mit dem Befehl, nach dem Liebsten was ihr Begleiter, also Patosh, hatte, zu entführen, damit eine Spaltung zwischen Mary und ihm entstehen konnte. Mal sehen wie weit die Sturheit der Tochter dann gehen würde. Der Befehl wurde eines Nachts in Form einer typischen außerirdischen Verfahrensweise ausgeführt. Einer des Suchpersonals verwandelte seine Molekularstruktur zu einer heißen Hündin, die sich um die Finca aufhielt und herumstreunte. Mr. Gonzales, ein Kavalier unter den Rüden, folgte seinen natürlichen Instinkten und schnüffelte sich unbemerkt durch den großen Garten der Finca bis außerhalb des Hofes hindurch, da er etwas verführerisches witterte. Da stand sie nun, diese Jack-Russel Schönheit und verdrehte den armen Mr. Gonzales den Kopf und wie überall im Leben eines Lebewesens hier auf Erden, kann die weibliche Verführung für jedes masculine Geschlecht zum Verhängnis werden. Im diesem Fall führte dieses Zusammentreffen der beiden Hunden nicht zum "Happy Ending", denn das fremde Vieh verwandelte sich in etwas, was nicht aus dieser Welt stammte und einem fast zum Herzstillstand brachte. Eine dürre, graue Gestalt mit einem übergroßen Kopf und schrägen, eliptischen schwarzen Augen stand plötzlich vor Gonzi. Das weiße der Augen fehlte komplett und mit einem Griff war Gonzi in der Gewalt dieses Zombies. In der Zwischenzeit machte man sich in der Finca für das Abendessen bereit und Mary half Martha in der Küche, während Patosh sich leidenschaftlich mit Jonathan unterhielt, der ihn in einer Welt der verbalen Unglaublichkeit führte.

"Wo ist Gonzi?" frug Mary als sie das Geschirr auf den Tisch verteilte.

"Keine Ahnung. Vorhin war er noch hier. Er wird schon kommen wenn er das Essen wittert." Meinte Patosh unbesorgt und schenkte Mary ein Lächeln. Martha trug wenig später einen Tablett in den Esszimmer, gefüllt mit allen Sorten von Lebensmittel, wie Brot, Wurst Käse und Eiern.

"Fred, such nach Gonzi. Er ist normalerweise der Erste, der einem zwischen die Beine läuft wenn es ums Essen geht. Wo steckt der Kerl nur?" meinte Martha, die Gonzi inzwischen sehr lieb gewonnen hatte und ganz besonders Fred wurde zum besten Freund des Hundes. Georgette schenkte Fred nicht das geringste Interesse mehr, denn sie war jetzt die Oberhenne im Hühnerstall, die inzwischen von über sechzig Hühner und Küken bewohnt wurde, sowie einem Hahn namens "Godzilla". Warum diesen Namen? Weil er alles was sich den Hühnerstall näherte angriff und jedem Furcht einjagte. Ein Riese von einem Gockel mit machohafter Gestalt und einem sehr farbigen Federkleid. Doch zurück zu Mr. Gonzales. Fred kam eine halbe Stunde später zurück und sein Gesicht verriet, daß Gonzi nicht gefunden wurde und jetzt machte sich Patosh doch sorgen. Nach dem zweiten Butterbrot entschied er sich nach seinem Hund zu suchen und Mary und Martha räumten derweil den Tisch auf, wobei Jonathan unliebsam dazu bewegt wurde, seinen Anteil an der Hausarbeit beizutragen, was er stöhnend zur Kenntnis nahm.

"Kommst Du mit mir Fred? Darfst dann auch die Taschenlampe tragen." bot Patosh an und Fred nickte bejahend, obwohl er solch ein primitives, irdisches Utensil nicht benötigte.

"Ich habe sogar den Vybe- Scanner verwendet, jedoch nicht die geringste Spur ließ sich registrieren, was ziemlich ungewöhnlich ist. Normalerweise hätte ich damit Gonzi in höchstens dreißig Sekunden gefunden, aber so….?"

"Aber das würde bedeuten, daß ihm was furchtbares zugestoßen sein könnte. Ich meine euer Vybe-Scanner erfaßt doch alles und ihr könnt damit einen Hologramm erstellen. Hast Du es damit versucht?" frug Patosch, der diese Frage sofort bereute, als er den Blick Freds vernahm.

"Das war das Erste was ich getan habe." kam mit einem unmißverständlichen Ton zurück.

"Verzeih. Laß uns außerhalb der Finca suchen. Vielleicht ist er mal wieder nur hinter einer heißen Hündin her und so wie ich ihn kenne, wird er mit raushängender Zunge erschöpft zurückkehren." sagte Patosh belustigt, dabei hoffend den kleinen Fred amüsiert zu haben, der aber anscheinend keinen Humor in dieser Nacht besaß. Fred stand plötzlich wie zu Stein geworden still und bewegte nicht einen Glied.

"Fred, ist alles OK? Fred, was ist los." rief Patosh nun ziemlich irritiert durch dieses ungewöhnliche Verhalten. Er rüttelte den Jungen, doch Dieser stand kalt und wie festzementiert auf der Stelle, wo Gonzi sich zuletzt aufhielt. Patosh geriet langsam in Panik und wußte nicht was tun. In seiner Verzweiflung nahm er sein Handy und rief Mary an, die sofort den Anruf annahm.

"Kommt bitte sofort. Mit Fred stimmt was nicht."

"Wo bist Du?"

"Außerhalb des Geländes, beim Tor. Kommt bitte schnell." flehte er mit zittriger Stimme und keine sieben oder acht Minuten später kamen sie, nur um Patosh noch mehr Angst und Schrecken einzujagen, denn jetzt standen Mary, Martha und Jonathan ebenso steif und leblos auf der selben Stelle wie Fred. Dabei starrten sie etwas anscheinend an, was nur sie sehen konnten, denn Patosh sah nichts.

"Was zum Teufel ist hier Los?" schrie sich jetzt Patosh die Seele aus dem Leib und jedes Schütteln und Rütteln brachte kein Lebenszeichen zum vorschein. Irgend etwas lief hier weit über seiner Vorstellungskraft ab und das jagte ihm Angst. Plötzlich stellte er aber ebenso fest, daß er sich nicht mehr regen konnte und telepathisch eine Kreatur vor sich vernahm, die eine krallenartige Hand von sich streckte und damit seine Stirn berührte.

"Hör mir zu Patosh. Ich bin ein Venusianer und hier, um Euch zu bewachen. Habe keine Furcht. Unsere Absichten sind friedlich und deinem Hund geht es gut. Den bekommst Du erst wieder, wenn Du Mary zur Vernunft gebracht hast und sie sich mit ihrem Vater wieder verständigt. Sie muß seinem Befehl folge leisten, sonst siehst Du Gonzi nie wieder und Mary und die Anderen werden zwanghaft zurück auf ihren Planeten gebracht. Ein Jahr hat sie Zeit und danach müßt ihr Euch trennen. Genießt diese zwölf Monate und denkt an Gonzi. Der Friede des Schöpfers sei mit Dir."

Weg war er, oder sie, oder es, und Patosh hatte seine Bewegungsfreiheit wieder, so auch die anderen.

"Was um Himmels Willen war das?" schrie er Mary und die anderen an. Mein Hund ist weg und wird, um Euch zu erpressen, verwendet. Das ist doch surreal. Ein sehr schlechter Film verdammt noch mal…"

"Beruhige Dich…."

"Nein. Ich beruhige mich nicht. Ich will Mr. Gonzales zurück bekommen, sonst knallts. Habt ihr Marsianer das verstanden."

"Venusianer." verbesserte ihn Fred.

"Mir scheiß egal. Ich habe die Aufgabe von diesem Außerirdischen, der anscheinend dein Landsmann ist, erteilt bekommen, Dich zur Vernunft zu bringen. Also? Vertrag Dich mit deinem Vater und gut ist, denn jeder muß bereit sein Kompromisse zu schließen."

"Patosh bitte hör uns an. Wenn wir das tun, war alles hier umsonst und Du siehst mich nach einem Jahr nicht wieder. Was ist Dir wichtiger?"

"Du wagst es mir solch eine Frage zu stellen Mary? Ihr kommt hierher auf diesem Planeten und nimmt mir einen treuen Freund weg, denn ich bereits acht Jahre an meiner Seite habe und willst, daß ich ihn aufgebe? Rede mit deinem Vater und werde vernünftig. Ihr seid Gäste hier auf Erden und nichts weiter, also benimmt Euch auch so und zu deinem einem Jahr habe ich eine Antwort. Ich komme mit Dir zurück wenn Du willst aber, bringt

169

mir Gonzi wieder. Wie könnt Ihr Euch nur an einem Hund vergreifen? Ist das eure bedingungslose Liebe?"

"Dem Hund geschieht nichts Patosh und Du kannst Dir doch einen neuen kaufen….." meinte Jonathan, der sich seinem Fauxpas (Foppas der Einfachheitshalber) voll bewußt wurde als Patosh ihn nach dieser Bemerkung an die Gurgel wollte.

"Verzeih mir mein Freund. Das war sehr unsensibel von mir. Wir müssen eine andere Lösung finden."

Mary kannte Patosh nicht mehr und spürte diese plötzliche Wut, die sich auf ihr übertrug. Hatte sie ihn wegen diesem Mischling verloren? Was sind das nur für seltsame und unlogische Kreaturen diese Menschen, die solche Ausbrüche wegen einem Wesen aus der zweiten Dichte (Tiere) über sich ergehen lassen. Er jedoch sah sie mit flehenden Augen an und sie gab nach.

"Ich werde mit meinem Vater sprechen. Das tue ich nur für Dich. Ich werde versuchen ihn auf drei Jahre zuzustimmen und vielleicht wird uns während dieser Zeit etwas einfallen. Einen ein Jahr- Ultimatum wäre zu kurz, um das zu bewerkstelligen wofür ich gekommen bin. Überlasse es mir Pat. Gonzi wird morgen wieder bei uns sein. Jetzt aber bin ich erschöpft von dem ganzem Theater hier."

"Versprich es mir Mary." drang Patosh.

"Ich verspreche es."

Es fiel ihnen schwer sich wieder zu umarmen nach diesem Zwischenfall, denn eine eisige Kälte verursachte einen Spalt zwischen den Beiden. War dies der Anfang vom Ende?

Schwere Zeiten für Patosh

Mary hielt ihr Versprechen und und redete mit ihren Vater, jedoch einigte man sich auf einen Ultimatum von zwei Jahren. Auch verstand Mary, nach diesem sehr ausführlichen Gespräch, warum ein dauerhafter Aufenthalt auf Erden, Konsequenzen für die Zukunft dieses Planeten und für das gesamte Universum hatte, denn der Hohe Rat hatte viel Wichtigeres mit ihr vor, sollte sie das Amt ihres Vaters eines Tages übernehmen. Aufgaben dessen Verantwortung ihr erst nach dem Gespräch mit ihrem Vater bewußt wurde und bereits ein Ultimatum, wie nun vereinbart, eine Entwicklung um weitere Erdenjahre verzögern könnte, was ihr letztendlich Gewissensbisse verursachte. Eine Eigenart, die nun qualvoll an ihren Nerven nagte. Nichts erschien mehr simple und logisch je länger sie auf der Erde blieb und mehr und mehr schlichen sich menschliche Züge in ihr ein. Könnte sie Diese eines Tages wieder los werden? Auch war der Streit zwischen ihr und Patosh ein Augenöffner, da es ihr nun klar wurde, wie unstabil eine Kompatibilität zwischen Partnern auf Erden sein konnte. Zu sehr waren Gefühle zu Faktoren geworden, die eine Beziehung zum schwanken brachte und nun war dies eingetroffen, was keiner von Beiden für möglich hielten. Patosh wollte, sobald er Mr. Gonzales wieder hatte, zurück nach Lontzen und nach dem Rechten schauen. Das letzte Erlebnis hatte in ihm einfach zu viele Fragen entstehen lassen, die er zunächst verarbeiten mußte.

Dieser Urlaub hätte so nicht entstehen sollen und aus einer dreiwöchigen Campingreise, wurde eine fast viermonatige

Odysse mit einem außerirdischen Ausgang. Ein Abstand entstand, der schmerzlicher für beide nich sein konnte und als plötzlich "Gonzi" aus dem Nichts erschien und er sich durch den Garten hinein zum Hof hindurchschnüffelte, war die Wiedersehensfreude unbeschreiblich groß. Alle freuten sich, ihn in ihrem Kreis wieder zu wissen, doch Mr. Gonzales hatte sich verändert. War er einst ein sozialer und liebevoller Kumpane, so war er diesmal nicht mehr willig sich ohne weiteres streichen zu lassen und kläffte jeden an, der es versuchte. Er ließ nur Patosh an sich ran und sonst keinen. Die Tage vergingen, ohne das wirklich etwas sinvolles geleistet wurde und die Seminare, die zu Beginn sich vielversprechend entwickelten, wurden nur noch von Wenigen besucht. Patosh faßte den Entschluß am zehnten April wieder nach Norden abzureisen. Ein EasyJet Flug nach Brüssel brachte ihn zunächst nach Belgien, wo er sich im Zug setzte und nach zweimaligen Umsteigen endlich Lontzen erreichte. Keiner war da, der ihm empfang oder abholte und es war so, als ob er hier nie vorher gelebt hätte. Alle kamen ihm fremd vor, zumindest am kleinem Bahnhof, dabei war er gerade vier Monate weg. Er hoffte, daß er zumindest Guilomme als Taxifahrer erwischte, der nebenbei seine Fuhren in der Umgebung erledigte, doch er hatte kein Glück. Ein Afrikaner aus dem einst belgischen Kongo, der erst vor kurzem nach Lontzen umsiedelte, fuhr Patosh in die kleine Innenstadt und als das Taxi vor dem "Godenen Krug" parkte, ergriff ihm eine Traurigkeit und die bittere Realität, daß Camille nicht mehr da sein würde. Die Trennung war an sich das Beste was ihm passieren konnte, doch die alten Gefühle und Erinnerungen erschienen und die konnte man nicht so mir nichts dir nichts, auslöschen.

"Der Rest ist für Sie. Schönen Tag noch." und ohne einen Dankeschön, fuhr der Taxifahrer los.

"So Mr. Gonzales. Da wären wir. Zu Hause. Mal sehen was wir vorfinden werden."

Mit zittrigen Händen steckte Patosch den Schlüssel in den inzwischen verrosteten Schloß und herzklopfend öffnete er die Tür, nichts Gutes ahnend und seine Vorahnung täuschte ihn nicht. Staub, Schimmel, Spinnweben und Speisereste wo man nur hinschaute und dieser ekelhafte Gestank von nicht rausgestellten Müll, der in der Küchentonne zu gähren begann. Jetzt, in diesem Moment war er froh, daß Camille endgültig aus seinem Leben verschwand und vielleicht hatte dieser Urlaub am Ende doch etwas Gutes vollbracht. Er hatte seine Freiheit wieder. Patosh füllte eine Schüssel mit Wasser, daß zunächsteinmal bräunlich aus dem Wasserhahn spritzte, bevor es klar und rein aus den Leitungen floß und reichte die mit Wasser gefüllte Schüssel seinem Hund, der es dankend annahm.

"Wir haben viel Arbeit vor uns, was meinst Du Mr. Gonzales?" und Gonzi bellte zweimal zustimmend, froh wieder seinen Körbchen zu finden, um sich darin auszubreiten nach diesem Abenteuer, der für Beide am Ende zur Strapaze wurde. Patosh fackelte nicht lange und als er den Besen in der Kammer fand, legte er los. Innerhalb von zwei Stunden war die Kneipe zumindest saubergefegt und als man die Türe des "Goldenen Kruges" wieder offen fand, kamen die ersten Neugierigen rein, um nach dem Rechten zu schauen.

"Du hier Patosh? Welch eine Freude. Was war es hier trostlos ohne Dich!" rief ein hocherfreuter Gerome, der von der alten

Francine und später auch noch von Guillaume gefolgt wurde und innerhalb kürzester Zeit stand das halbe Dorf bereits vor der Tür, um den fast für tot erklärten Patosh zu begrüßen, da Gerüchte über sein Ableben sich wie ein Lauffeuer während seiner Abwesenheit breit machten. Sie umarmten sich und manche Träne lief, denn ja, Patosh vermisste seine alten Gäste ebenso, da sie einst viel Sinn und Freude in seinem Leben brachten. Anscheinend hatte Camille kein gutes Wort über ihn wachsen lassen, denn die Berichte seiner alten Kundschaft verärgerten ihn maßlos.

"Was für eine Hexe. Soll sie in Antwerpen verrotten von mir aus. Jedenfalls muß ich hier erst sauber machen und ich kann nicht versprechen, wann ich ich den Goldenen Krug wieder öffnen werde. Ich brauche auch eine Aushilfe und muß Georgette finden (nicht mit der Henne zu verwechseln). Vielleicht würde sie wieder hier als Kellnerin anfangen, denn sie war gut."

"Wir alle helfen Dir. Sag uns was wir machen sollen und wir tun es. Gib uns einen Wischmopp oder ein Besen und wir sind dabei." rief Guillaume euphorisch und meinte es ernst. Tatsächlich halfen sie alle und Patosh konnte seine Freude nicht in sich halten.

Drei Tage später lief der Betrieb und der "Goldene Krug" war bis auf dem letzten Tisch ausgebucht. Georgette, seine alte Bedienung, wurde noch am ersten Tag informiert und natürlich sagte sie zu. Schnell waren Mary, Jonathan, Martha und Fred vergessen. Zumindest für den Augenblick, denn die Arbeit ließ keine Ablenkung zu und Patosh hatte viel den Gästen zu erzählen, als sie ihn bedrängten über seine Abenteuer zu berichten. Er erzählte jedoch nicht alles, sondern nur den Teil, der geistig für dieses Publikum als verwendbar zu verstehen war und nur bei diesen Erzählungen kamen Mary und die Anderen ihm wieder in dem Sinn.

"Zwei Orval, zwei Stella und vier Heineken." brüllte Georgette vom Weitem.

"Kommt sofort!" brüllte Patosh glücklich zurück.

"Als Du weg warst, hatten wir wieder solche UFOs hier herumfliegen und das Militär ging durch Lontzen ein und aus und tat so, als ob dies zu einem Mannöver dazugehörte. Erst vor kurzem wurden chinesische Wetter- Ballons über Alaska von den Amerikanern abgeschossen und ich glaube, daß sie uns was vorlügen. Wetter-Ballons…pah…das ich nicht lache. Warum sollten die Chinesen solch eine Provokation riskieren? Sie hielten sich all diese Jahre im Hintergrund und beobachteten die begangenen Fehler des Westens. Schlau sind sie, die Chinesen. Nein, nein. Ich denke das waren UFOs." meinte Gerome halb betrunken als er sich an der Theke mit Francine, Jaques, Guillaume und Patosh unterhielt.

"Ach ich glaube nicht mehr an den Scheiß. Ich habe jedenfalls keine UFOs mehr gesehen hier über unserem Gebiet und man sollte vielleicht seinen Verstand hinterfragen, ob man es vielleicht doch mit einer streng geheimen technischen Entwicklung der NATO zu tun hat. Ich will einfach nur Ruhe in diesem Kaff vorfinden. Habt ihr vergessen, was diese Massen an UFO-Fanatikern angerichtet haben nachdem alle Sender über diese Vorfälle berichtet haben? Nein, nein. Mehr Aufregung braucht diese Stadt nicht." protestierte Jaques und zeigte Patosh seinen leeren Krug, darauf hindeutend diesen neu aufzufüllen.

"Was meinst Du Patosh? Du sagst nichts dazu?"

"Was soll ich dazu sagen? Diese UFO- Fanatiker sind jedenfalls nicht schlecht fürs Geschäft. Ich hatte den Laden hier voll und machte guten Umsatz. Ist eh alles nur eine Show, wenn ihr mich fragt. Vielleicht sogar von unseren Regierungen insziniert, um uns wieder wie sonst zu verarschen."

"So habe ich es noch nicht gesehen. Da könnte was drann sein…" meinte Guillaume rülpsend und fand Zustimmung in seiner Runde, die nach mehr Bier riefen, denn schließlich standen sie Monate lang im Trockenen. Für Patosh fing hier wieder ein neues Leben an und nichts würde ihn je wieder aus Lontzen weg bringen. Keine Liebesromanze und keine außerirdische Invasion. Das häusliche Glück hatte ihn wieder und Patosh führte sein Geschäft besser den jeh. Fröhlich nahm er "Gonzi" bei seinen Einkäufen mit, was natürlich die Beziehung zwischen Mensch und Tier noch mehr festigte. Auch schien sich bei den Mischling der innere Frieden wieder eingenistet zu haben, da seine Aggressionen gegenüber Fremde sich gelegt hatten. Ein neuer Wagen wurde gekauft und Dieser erwies sich für den Betrieb als Zweckmäßig. Ein Kastenwagen für die täglichen Besorgungen, der nicht allzubequem war, damit eine Versuchung zum Reisen bereits von Anfang an im Keim erstickt wurde. Doch alles was schön und gut ist, ist leider nicht von Dauer. Camille machte Ärger und wollte mehr Geld, jetzt wo sie wußte wie gut es Patosh plötzlich ging. Briefe aus eine Anwaltskanzlei in Antwerpen füllten den Kasten und Patosh blieb nichts anderes übrig, als seinen Anwalt mit dieser Angelegneheit zu konsultieren, der ihn aber sofort wieder beruhigte.

"Sie hatte bereits eine Abmachung, die notariell und gerichtlich für rechtskräftig erklärt wurde, unterschrieben und hat somit nicht die geringsten Ansprüche. Ich würde mir keine Sorgen machen."

In dieser Sache hatte sein Anwalt zwar recht, doch er kannte die Methoden der einstigen Ehefrau nicht. Als auch ihr Anwalt die Sache für unanfechtbar erklärte und damit den Fall ablegte, griff Camille zu anderen Maßnahmen. Was in den Kopf einer solchen Person abläuft, kann man nur mit einem kranken Geist erklären, denn sie bezahlte eine in Antwerpen bekannte Bande dafür, das Leben des Patoshs zu zerstören, beginnend damit, das sein neu gekaufter Wagen eines Morgens lichterloh vor dem Gasthaus brannte und fast den "Goldenen Krug" mit in Schutt und Asche zerstörte. Wäre Mr. Gonzales nicht gewesen, der sich die Seele aus den Leib ausbellte, wäre schlimmeres passiert.

"Wer kann so krank sein so etwas zu machen?" frugen sich die Gäste der Kneipe, obwohl sie es bereits wußten. Die Beweise fehlten jedoch, um eine Verbindung mit Camille erstellen zu können. Zeugen berichteten nur von einer Motorradgang, die nie in Lontzen vorher gesichtet wurde und die für reichlich Radau in der Nacht zuvor sorgten, als sie mit ihren lauten Harleys durch die Straßen fuhren. Doch auch hier fehlte der Beweis, daß sie etwas damit zu tun hatten. Die Polizei war informiert und hatte den Schaden zwar protokolliert, doch mehr wollte und konnte sie nicht tun, was natürlich für Entsetzen und Wut in Lontzen sorgte. Patosh mußte sogar seine Kundschaft beruhigen, als Diese drohte Camille einen Besuch, privat, in Antwerpen abzustatten. Dann aber passierte etwas, das so nicht mehr hingenommen wurde. Auf einem Parkplatz, der an einem Supermarkt angelegt war, wurde Patosh von der Bande angegriffen und brutal zusammengeschlagen und auch Mr. Gonzales wurde nicht verschont als Dieser, Tapfer wie er war, die Angreifer angriff und feige mit mehreren Messerstichen stillgelegt wurde. Sofort kamen Menschen zwar ihnen zur Hilfe, doch für Gonzi kam jede Hilfe zu spät. Er starb noch an Ort und Stelle und Patosh, der viel Blut verlor, wurde sofort mit dem Krankenwagen in das nächstgelegene Krankenhaus gefahren. Als diese Hyopsbotschaft in Lontzen die Runde machte, wurde die Verfolgungsjagd sofort aufgenommen und tatsächlich erkannte man die Bande, die an einer Autobahntankstelle gerade eine Pause machte und sich für unantastbar hielt. Sie machten jedoch die Rechnung ohne den Wirt, denn dieses Mal waren Zeugen zugegen und erkannten die Fahrer und ihre Fahrzeuge. Guillaume, Gerome und Jaques versperrten die Ausfahrt der Tankstelle und andere Lontzener versperrten die Einfahrt, so daß es kein Entrinnen für die achtzehn Halbstarken gab. Gerome war der Erste, der sich den Anführer schnappte und mit einem mitgebrachten Baseballschläger verprügelte, dann kamen die anderen dran, die ihre Messer plötzlich zuckten, doch sie rechneten nicht mit dem Zorn der Lontzener und wurden regelrecht windelweich verarbeitet. Ihre Motorräder brannten plötzlich lichterloh, was natürlich sehr gefährlich für die Tankstelle wurde.

"Das ist für Patosh, Patosh`s Lieferwagen und für den Tod von Mr. Gonzales ihr Schweine." schrie Gerome weiterhin in dem am Boden liegenden eintretend. Jetzt erst wurde die Polizei wachgerüttelt, denn die Flammen konnte man fast bis Brüssel erkennen und ein Großeinsatz wurde eingeleitet. Alle wurden sie verhaftet und über Nacht durch Funk und Fernsehen berühmt und zum Glück wurde außer ein paar gebrochenen Rippen, Nasenbeinen und zerstörte Motorräder nichts anderes auf der Wache protokolliert, was die Schäden betraf. Natürlich wurde der Messerangriff einiger Bikers als Strafanzeige von den Lontzener angegeben und ebenso die Tatsache, daß ein Mordversuch an einer der Ihrigen begangen wurde und Dieser im Krankenhaus mit dem Leben kämpfte. Diesmal hatte die Polizei genug Material, um ebenso Camille einzubuchten, denn dies geschah sofort, als zwei Bikers den Namen des Auftraggebers verrieten, was jedoch nicht dazu berechtigte eine Lynchkampagne anzustiften.

"Ihr Drecksbullen kommt nicht auf die Pötte. Steuern dürfen wir bezahlen, aber beschützen dürfen wir uns selbst!" schrie Guillaume vor Wut, was ihn weitere 24 Stunden in Haft bescherte. Lontzen hatte wieder mal für Schlagzeilen gesorgt, doch diesmal lockte es keine Fanatiker an, sondern hielt Diese eher fern. Eine Kleinstadt geriet über Nacht in Verruf und Patosh wurde zum Hauptdarsteller dieser Angelegenheit, obwohl er tatsächlich nur ein Opfer war. Schwer nahm er den Tod von Gonzi auf und er weinte täglich um ihn. Nach vier Tagen wurde er aus dem Krankenhaus entlassen und von seinen Freunden abgeholt. Er war soweit in der Lage, die Kneipe wieder zu öffnen und versuchte das Geschehene so schnell wie möglich zu vergessen, obwohl jeder wußte, daß dies nie geschehen konnte. Gonzis Körbchen stand nun leer und leer war ebenso Patoshs Herz. Kalt und zu Stein geworden gegenüber soviel Übel, das den Herzen der Menschen bewohnt, aber ebenso die Liebe und der Zusammenhalt von wahren Freunden, die in der Stunde der Not zu Einen hielten. Patosh ging einen Schritt weiter und vereinbarte einen Besuchstermin bei dem Frauengefängnis, nicht weit von Antwerpen entfernt, denn er wollte Camille gegenüberstehen und ihr den Rest geben. Es reichte nicht, sein Leben jahrelang mit ihrer Depression, ihrer Faulheit, ihrer Niederträchtigkeit zu belasten. Jetzt wollte sie ihn ebenso tot sehen und so spürte er er keinen Mitleid mehr mit ihr, besonders da ihr Haß das Liebste weg nahm was er hatte. Mr. Gonzales, der nie jemanden etwas zu leide tat. Nein, er konnte nicht mehr vergessen und verzeihen und sah es nicht mehr ein, solche Widerwertigkeiten einfach zu akzeptieren und durchgehen zu lassen. In die Augen wollte er sie anschauen und ihr so seine Abscheu mitteilen. Begleitet wurde er an diesem Tag von Georgette und Guillaume, da er sich noch schwach fühlte. Schwach von dem Angriff und von der menschlichen Enttäuschung. Im Warteraum nahmen sie Platz und obwohl sie den Besuch verweigerte, mußte Camille trotzdem antreten, da anscheinend sie im Gefängnis keine Freunde fand und vor allem nicht von den Wärtern gemocht wurde, die sehr schnell erkannten mit wem sie es zu tun hatten. In Handschellen saß sie hinter einer Glasscheibe und starrte nach vorn wartend. Wartend auf die Gegenüberstellung, die ihr Scham und Blamage einbringen würde und als Patosh mit den anderen in das Besuchszimmer geführt wurde, bekam Camille einen Schreianfall der einem das Blut in den Adern einfrieren ließ.

"Ja, schau mich an Du Hexe. Ich lebe noch." schrie Patosh sie an und lachte sich dabei einen, denn es tat ihm gut sie leiden zu sehen.

Endlich konnte er sich an ihr rächen und diese Rache schmeckte süß. So süß, daß es Guillaume und Georgette unheimlich wurde und sie ihn versuchten zu beruhigen, denn er konnte und wollte nicht aufhören.

"Schmoren sollst Du, vesrtehst Du mich? Ich werde auf Dich da draußen warten, wenn Du die Strafe abgebüßt hast, denn ich werde nicht ruhen und Dich bis an dein Lebensende verfolgen, bis Du eingehst. Ich werde dafür sorgen, daß Du lange sitzen wirst und hier zu Grunde gehst. Schönen Gruß auch von Mr. Gonzales, der das Ganze hier hoffentlich vom Hundehimmel aus mit ansieht. Verrotten sollst Du und der Tag verflucht sein als sich unsere Wege einst kreuzten…."

Doch nun hatten auch die Wärter von dem Schreien genug und führten die vom Wahn besessene Camille zurück in ihrer Zelle und Patosh wurde gebeten wieder zu gehen, da die Besuchszeit so eben beendet wurde. Naß geschwitzt und erschöpft begleiteten Guillaume und Georgette dem vom Wahn geplagten und lachenden Patosh aus dem Gefängnis zurück zum Wagen, der auf einem Parkplatz stand. In Lontzen angekommen, blieb jedoch die Kneipe an diesem Tag geschlossen, denn Patosh war nicht derselbe. Er fühlte sich schlecht und wurde krank und als der Arzt eingeschaltet wurde, stellte Dieser einen Schlaganfall fest, den man nicht ebenso erkannte und er, Patosh, sich Diese wahrscheinlich bei dem Besuch zu sich zog.

"Er braucht dringendst Ruhe und darf die nächsten Wochen nicht arbeiten." befahl der Arzt, doch davon wollte Patosh nichts wissen. Seine Kneipe mußte laufen, denn er war den Bürgern der Stadt dies schuldig. "Der Goldene Krug" wahr zur Heimat für viele geworden und hier durften sich die Einsamen nicht mehr einsam fühlen, denn sie trafen sich dort, um sich wie eine Familie benehmen zu dürfen. Nein, das kam für Patosh nicht in Frage.

"Du bleibst schön im Bett mein Lieber. Guillaume und ich werden den Laden schon führen, mach Dir keine Sorgen." beruhigte ihn Georgette und gab den Arzt einen Wink zu gehen, damit sich sein Patient endlich beruhigen konnte. Gesagt, getan. Georgette nahm sich dieser Aufgabe an und Guillaume führte Buch und übernahm die Einkäufe, während Patosh`s Abwesenheit. Die Tage vergingen und Georgette hielt ihr Versprechen. Alle wollten dort sein und wissen, wie es ihrem Helden geht. Es dauerte Wochen, bis Patosh sich endlich in der Kneipe wieder blicken ließ, auch lief er zwar am Stock, doch er hatte Farbe im Gesicht und konnte Witze machen, was den Besuchern Hoffnung brachte, denn es wäre nicht auszudenken, sollte sich Patosh für immer zurückziehen. Schnell war wieder die alte, gute Laune da und der Raum füllte sich mit Gelächter, Zigarettenrauch und den Geruch von warmen Essen und wie immer mußten einige nach draußen gebeten werden, als die Sperrstunde eintraf und keiner gehen wollte. Die alte Routine kehrte ein und Patoshs Gedanken wurden befreit und gesäubert von den alten Erinnerungen. Zumindest für die nächsten Monaten.

UFO Wahn

In Amerika wurde wöchentlich über UFO-Sichtungen berichtet und diese Berichte machten sich über die Social Media weltweit breit, so das tausende von Theorien wieder erfunden und erstellt wurden, ohne eigentlich eine vernünftige Erklärung für all die Sichtungen zu veröffentlichen. Was die Welt aber braucht ist die Wahrheit, denn Erklärungen klingen wie fadenscheinige Entschuldigungen, besonders nachdem die ersten Videos von den Amerikanern zugelassen wurden, die zu eindeutige Beweise führen sollten, daß man es mit sogenannten UAPs zu tun hatte. Die neue Bezeichnung für UFO (unidentified flying object) wurde in UAP (unidentified aerial phenomena) umgewandelt. Das Wort "Phenomena" jedoch ist insofern störend, als es eben das darstellen soll was das Wort aussagt und ein Phenomena ist etwas "Unwahres" oder "Unerklärliches". Ein Object (Objekt auf Deutsch) jedoch, ist etwas "Faßbares" und "Festes". Die Videos zeigten Aufnahmen, die von Bordkameras einiger F-18 Jäger der US Navy aufgenommen wurden und wie immer sind die Aufnahmen unscharf und minimalistisch klein. Was bezweckt die amerikanische Regierung mit solchen Veröffentlichungen? Will sie wirklich die Menschheit darauf vorbereiten, daß es Aliens gibt und daß sie unter uns leben, oder ist es eine weitere Verarschung, um uns von etwas anderem abzulenken, was hinter verborgenen Gardinen derzeit abläuft? In wie weit ist der Mensch bereit die Wahrheit zu erkennen und fähig zwischen Betrug und einer Tatsache zu unterscheiden? Wie so oft ist der Bürger das Opfer von fake news und glaubt das Meiste was einem vorserviert wird und so war es auch in Lontzen, denn man kam in Patoshs Kneipe wieder auf das Thema zurück, welches man an sich nicht mehr ansprechen wollte. UFOs!

Robert, ein Bauer aus einem anliegendem Hof, kam eines Tages in die Kneipe und trug ein quadratisches stück "Blech" mit sich. Zunächst schien die Platte eben nur ein stück Blech zu sein, jedoch erzählte Robert, wie dieses Teil plötzlich vom Himmel fiel und ihn bei der Kartoffelernte fast erschlug. Er vermutete, daß es vielleicht von einem Flugzeug herunterfiel, da man des Öfteren heutzutage liest, wie oft die Touristen- Bomber, Räder und andere Teile verlieren und da sein Hof genau in der Anflugschneise von Brüssel und Lüttich liegt, kann es selbstverständlich passieren, daß man so ein Teil irgendwann mal auf dem Schädel eingeschlagen bekommt. Er stellte jedoch fest, daß dieses Blech ungewöhlich leicht sei und daß es mit eigenartigen und unerklärlichen Symbolen überhäuft ist. Es konnte, seiner Meinung nach, nicht von einem Flugzeug stammen.

"Du hast mal wieder sehr tief in deiner Flasche Korn geschaut Robert. Du willst Dich doch nur wichtig machen, jetzt, wo täglich diese Verarschungen im Fernsehen laufen. Laß uns damit zufrieden!"

"Ich schwöre es beim Leben meiner Josephine, daß ich die Wahrheit erzähle. Dieses Blech hatte mich fast erschlagen und ist keine zwei Meter vor meinem Traktor in den Acker geknallt. Glaubst Du ich würde Witze über so etwas machen Guillaume? Du solltest mich besser kennen.

Auch waren mal wieder diese F-16 Jäger sehr tief unterwegs und ebenso zwei Hubschrauber, die anscheinend etwas suchten. Warum ausgerechnet hier, frage ich Euch?" schrie Robert fast unter Tränen. Patosh glaubte ihn, wollte aber nicht die Blöße geben, sollte er sich geirrt haben.

"Laß mal das Blech sehen." bat er Robert freundlich und ja, schon beim ertsen Blick wußte er, daß Robert die Wahrheit erzählte, denn Patosh kannte die Symbole nur zu gut. Jonathan hatte ihm einst Diese in der Finca erklärt, als er, Patosh, noch mit Mary zusammen war. Was sie wohl jetzt machen, dachte er sich und ohne es zu wollen, verspürte er gleichzeitig diese Sehnsucht nach ihr. Die Symbole erzählten die Geschichte ihrer Herkunft. Die, der Venusianer und ohne Zweifel war dies der Beweis dafür, daß weitere "Besucher", anscheinend in der Nähe, gelandet sind. In einer Sache hatte Robert mit seiner Frage recht. Warum gerade Lontzen? Was ist so besonders an diesem Ort, daß Außerirdische solch einen Platz aussuchten, um sich, zumindest in Westeuropa, bemerkbar zu machen. Waren es mal wieder außerirdische Touristen, oder eine zusätzliche Mission des "Hohen Rates" ?

"Was sagst Du dazu Patosh? Es kann doch nicht von einem Flugzeug stammen?"

"Ich weiß nicht Robert. Heutzutage verfügt das Militär über Materialien, die nicht für Normalsterbliche gedacht sind. Vielleicht ist es nur Titanium oder etwas ähnliches. Ich habe gelesen, daß superschnelle Flugzeuge über solche Materialien verfügen, um die Reibungswärme einzudämmen oder zumindest diese zu widerstehen…."

"Papperlapapp. Die Symbole sagen was anderes, oder sind das etwa nur "Grafitis" gemalt von den Mechanikern der Staffel? Ich weiß wovon ich rede, denn mein Sohn ist ein Mechaniker bei der Belgischen Luftwaffe und als ich ihn dieses Blech zeigte, wußte er mit absoluter Sicherheit, daß es nicht von einem seiner Flugzeuge stammte. Auch hatte er solche Symbole nie zuvor gesehen."

"Bring es doch zur Polizei. Die sollen sich damit befassen?" schlug Francine vor, die gerade ihr sechstes Bier intus hatte.

"Wollte ich auch tun, doch ich habe kein Vertrauen in unserer Polizei. Am Ende landet es nur auf dem Schrottplatz. Vielleicht sollte ich es im Internet verkaufen...." und als Robert diesen Satz zu Ende sprechen wollte, betraten drei Fremde die Kneipe. Sie sahen unbeholfen und verloren aus und als sie sich an einem Tisch niederließen, versuchte Georgette ihre Bestellung aufzunehmen. Doch sie sprachen eine Sprache, die keinen Sinn machte und es sich eher nach einem Klackern anhörte, ohne eigentliche Worte wiederzugeben, die man zu einer Fremdsprache zuordnen konnte.

"Wollt ihr mich auf dem Arm nehmen?" protestierte Georgette, die es nicht lustig fand. Dann endlich holte einer dieser Gäste ein Gerät aus seiner Tasche raus, das Patosh bekannt vorkam. Es war ein Vybe Scanner und sekunden später sprach er auf perfektem französisch und gab die Bestellung auf.

"Wir möchten etwas Essen und Trinken. Draußen auf der Tafel bieten Sie die Tagessuppe und das halbe Hähnchen an. Das hätten wir gerne drei mal und ebenso drei Bier." rief der Ältere von den dreien.

"Und welches Bier? Stella, Orval oder Heineken?"

"Von jedem eines. Wir probieren es aus, was uns am besten schmeckt."

"Von mir aus." meinte Georgette genervt.

Sie warf den Zettel Patosh zu und schüttelte den Kopf mit der Bemerkung, "Urlauber. Warum fahren oder fliegen sie nicht nach Ibiza?"

"Keine Ahnung. Laß mich das machen. Ich übernehme diese drei Vögel."

"Wie Du meinst Chef."

Patosh bat Robert ihm das Blech zu hinterlassen, denn er wollte etwas ausprobieren. Als die Getränke bereit zum servieren auf eiem Tablett standen, brachte Patosh die Getränke zu den drei eigenartigen Gästen. Das Tablett jedoch, war nichts anderes als das flache Stück Blech, das Robert mitbrachte und die Symbole zeigten sich auf der Oberseite, für jeden zu sehen.

"So meine Herren, hier Ihre Biere. Wer bekommt was?" frug Patosh scheinheilig und hielt das Tablett, oder in diesem Fall das Blech so, das es die Aufmerksamkeit der drei Männer auf sich lenkte.

"Ich bekomme den Krug mit dem Stella." sagte der Älteste, seinen Blick nicht von der Platte weichend.

"Dann bekomme ich den Orval und mein Freund hier das Heineken." rief der Mitlere und auch er starrte das Blech an.

"Ein interessantes Tablett, was sie da haben." sagte der Ältere.

"Finden Sie?"

"Ja, in der Tat. Ist es käuflich?"

"Kommt drauf an. Wenn Sie mir die Bedeutung der Symbole erklären können, dann gehört dieses Tablett Ihnen für, sagen wir mal, fünf hundert Euro."

"Fünf hundert Euro? Ein ziemlich gepfefferter Pries wenn Sie mich fragen. Wo haben Sie es her?"

"Es wurde auf einem Acker gefunden und mir eben von diesem Herren, der da steht, gebracht. Wissen Sie was diese Symbole bedeuten?" frug Patosh nun fast fordernd. Der Ältere von den Dreien schaute ihn nur freundlich an und sagte:

"Nein. Leider nicht. Ich finde es aber trotzdem sehr Interessant."

"Es bedeutet: Wir kommen aus Venus und sind in friedlicher Mission. Jeder, der uns seine Hilfe auf diesem Planeten gewährt wird reichlich belohnt. Weiter unten weist es auf die Geschichte der Venusianer hin. In Kurzform aber immerhin."
Dieses sagte Patosh flüsternd, so daß es die anderen Gäste nicht hörten und mit dem was er sagte, brachte er die drei Gäste zum Erstaunen.

"Woher wissen Sie was auf der Platte steht?" frug nun der Ältere etwas energischer.

"Ich hatte Kontakt mit den Venusianern und ich weiß, daß ihr welche seid. Euer Vybe Scanner hat Euch verraten. Seid ihr auf Urlaub hier oder sucht Ihr jemanden?"

"Können wir uns wo anders unterhalten? Wir ziehen die Blicke der Gäste an. Das wollen wir nicht."

"Gut. Nach dem Essen. Im welchen Hotel seid Ihr untergebracht?"

"Hotel? Wir sind gerade erst angekommen und mußten in den Fluß landen, um Eure primitiven Jägern zu entkommen. Da liegen bereits zwei unserer Raumschiffe stellten wir fest. Einer davon völlig unbrauchbar. Kennen Sie die Besitzer?"

"Zuviele Fragen. Eines nach dem Anderen. Bleibt also hier und ich komme später zu Euch. In einer Stunden gehen die Meisten schon, da sie noch arbeiten müssen…"

"Arbeiten? Die Meisten sind sternhagel blau."

"Tja, was soll ich dazu sagen. Jedem das Seine, nicht wahr? Also, bleibt hier und wir unterhalten uns dann später weiter."

Patosh lief zurück zur Theke und tat so als ob nichts besonderes wäre, doch er konnte nir gut lügen.

"Und? Was sind das für welche?" frug Georgette.

"Urlauber aus der Schweiz."

"Ach. Deswegen konnte ich sie so schlecht verstehen. Du hast Dich aber länger mit Ihnen unterhalten."

"Was geht Dich das an? Ich versuche ein freundlicher Wirt zu sein, ist das etwa falsch?" schrie Patosh Georgette an, die ihn jetzt entsetzt anschaute.

"Nein, nein. Ich frage nur."

189

"Bring ihnen lieber das Essen bevor es kalt wird und zwar schnell." befahl Patosh unmißverständlich.

"Zwei Stunden später, verließen die meisten Gäste die Kneipe und zurück blieben Francine, Gerome und Guillaume. Sie aber saßen an den üblichen Stammtisch, der entfernt in einer Ecke stand. Patosh brachte eine Flasche Pastis zu dem Tisch der drei Fremden und goß jedem ein Glas ein.

"Geht aufs Haus meine Herren." sagte er freundlich, doch neugierig auf das, was er noch erfahren würde. Er schnappte sich ein Stuhl und setzte sich dazu.

"Also? Raus damit. Was macht ihr hier?"

"Wir sind hier nur auf Urlaub. Wir suchen keinen. Zwei eurer Tage hatten wir eingeplant. Kaffe, Käse und Bier wollten wir einkaufen und dann nichts wie zurück. Ist nicht unsere erste Reise hier auf Erden, nur geht uns eure unfreundliche Art und Weise mächtig auf dem Sack. Immer diese Verfolgungsjagden und meistens gehen Diese gut für uns aus. Doch hatten wir auch welche von uns auf diese Weise verloren und dabei wollen wir nur die Vielfältigkeit dieses Planeten genießen. Ihr Menschen seid wirklich noch sehr primitiv in Eurer Einstellung und anstatt daß ihr Fortschritte macht, entwickelt ihr Euch eher zurück. Nicht mehr lange und ihr gehört zu einer austerbenden Spezeis. Das Universum schaut Euch dabei nicht mehr lange zu und wird entsprechende Maßnahmen treffen müssen, aber das soll nicht unser Problem sein. Können Sie uns bei den Einkäufen helfen? Wir bezahlen gut."

"Natürlich. Ich mache Euch sogar einen lukrativen Vorschlag. Ihr sagt mir in Zukunft, bevor ihr hier ankommt, was genau gebraucht wird und ich besorge es Euch. Gegen einen Aufpreis versteht sich. Auch kann ich Euch, für die Dauer eures Aufenthaltes, Zimmer vermieten. Was sagt ihr dazu?"

"Verlockend. Ist eine Sache des Preises."

"Ihr habt doch euren Vybe Scanner. Es sollte kein Problem für Euch sein genügend Geld herzustellen."

"Darum geht es nicht guter Mann. Wir dürfen euren Charakter nicht weiter mit Geld und Anderes schädigen, denn Ihr seid bereits von dieser Krankheit dermaßen befallen, daß ein weiteres Beschleunigen, diese Erde von eurer Sippe für immer befreien wird."

"Von welcher Krankheit redest Du Mann?"

"Von Gier und Unersättlichkeit."

"Ich muß von etwas doch leben dürfen. Es ist ja nur ein Geschäft. Ihr braucht Kaffe und was weiß ich und ich besorge es Euch. Dafür braucht ihr nicht in den Supermarkt herumzuklackern wie ein paar aufgeregte Hühner. Damit zieht ihr nur neugierige Blicke an. Sendet mir telepathisch, oder wie auch immer, Eure Bestellungen und ich erledige den Einkauf für Euch. In der Zeit dürft ihr bei mir übernachten. Ich habe Zimmer frei. Eine Hand wäscht die andere. Na? Wie wärs?"

"Einverstanden. Sie tätigen die Einkäufe und wir warten in unsere Zimmer."

"Was braucht ihr also?"

"Eine Tonne Kaffe. Das selbe in Käse. Eintausend Liter Bier und sechshundert Kilo Bananen…"

"Moment. Ihr macht Witze. Das paßt doch alles nicht in eurem Raumschiff rein und dazu braucht ihr mehr als zwei Tage."

"Eben. Ich wollte nur sehen, wie lange Sie brauchen, um diese Finte zu erkennen. Glauben Sie im Ernst, wir Venusianer brauchen eure irdischen Lebensmittel?"

"Was zum Teufel…." fluchte Patosh, der eine riesen Chance davonschwimmen sah hier ein Geschäft abzuschließen. War er wirklich so naiv geworden, um zu glauben, daß diese Wesen hergekommen sind, um Einkäufe zu tätigen? Was in aller Welt war in ihm gefahren? Jonathan, Martha und Fred waren Urlauber, doch die hier waren etwas anderes. Keine Urlauber und gekommen sind sie wegen etwas ganz anderem und was der Grund sein wird, wird Patosh nicht gefallen.

"Was wollt ihr dann?" frug Patosh energischer.

"Ihre Hilfe. Mary, Jonathan, Martha und Fred müssen zurück. So nennen sie sich hier auf diesem Planeten, oder nicht? Mary muß zurück, da Sie den Platz ihres Vaters übernehmen muß und die anderen drei, da sie zu viel wissen. Mit Mary als Oberhaupt des Hohen Rates, kann vielleicht Euer Planet noch gerettet werden, da sie Dieses will. Mißverstehen Sie mich bitte nicht. Wir alle wollen es, jedoch ist sie etwas besonderes, denn sie ist solch ein Risiko eingegangen und brachte durch Ihre Aktion das Gleichgewicht des Universums aus dem Ruder. Deswegen passieren die Dinge auf dieser Erde, die gerade passieren. Ihr vesrteht die Zusammenhänge nicht mehr, die um Euch geschehen. Ihr Erscheinen, haben die Außerirdischen, die nicht gerade freundlich und hilfreich sind, aufmerksam gemacht. Sie fühlen sich bedroht und manipulieren Eure irdischen Führer mit mehr Macht und Besitz, so das jegliche Moral und jegliche Menschlichkeit in Kürze verschwindet. Diese Außerirdischen stammen aus der Orion Schicht. Sie sind nicht bekannt dafür, Planeten zu helfen. Ganz im Gegenteil. Auch sie verfügen, bedauerlicher Weise, über die selben Fähigkeiten wie wir, zumindest zum größten Teil und sind Bestandteil des Gleichgewichts. Notwendig, um die Entscheidungen jeglicher Wesen zwischen Gut und Böse zu beeinflussen. Wir selbst suchen dann unseren Schicksalsweg aus, jedoch geschieht in diesem Moment gerade ein negativer Umschwung auf eurem Planet, verursacht durch das Bekanntwerden von Marys Erscheinung. Sie muß zurück, denn hier kann sie nur noch mehr Schaden anrichten. Von Venus aus jedoch, kann sie die notwendigen Schritte anwenden…."

"Wenn Sie so mächtig ist, warum kann sie diese Orion Sippe nicht einfach ausschalten?"

"Weil dies so nicht funktioniert Patosh. Ich darf Sie Patosh nennen? Seit abertausenden von Jahren ist dies der Verlauf der Dinge in unserem Universum und ihr Menschen bedarft der Aufklärung. Dies haben wir jedes mal versucht und waren ebenso Erfolgreich. Am Anfang. Doch wir verließen euren Planeten, da wir selbst einen Krieg bewertigen mußten und es dauerte lange. Als wir dann zurück kamen, war unser Erscheinen nicht mehr erwünscht. Unser Wissen und unsere Technologien nicht weiter erforderlich.

Wir hatten selbst vieles zu lernen zu dieser Zeit, als wir dann erkannten, daß der angezettelte Krieg zwischen der Oriongruppe und uns nur dazu diente, um uns abzulenken. In dieser Zeit unserer Abwesenheit, machten sie sich auf der Erde nieder und manipulierten den Geist der Menschen dermaßen, das es unwiederbringlich geschädigt wurde. Schade an sich. Du mußt Mary zur Vernunft bringen Patosh. Wir wollen keine unnötigen Maßnahmen verwenden, die unsere Prinzipien widersprechen, jedoch steht euer Planet und unser Gleichgewicht am Rande einer Abyss, die Konsequenzen haben wird weit jenseits unserer Vorstellungskraft. Wirst Du uns helfen?" Dies sagte der Älteste von den Dreien mit einer unmißverständlichen Mine, so das er keine Zweifel in seiner Mission entstehen ließ. Patosh überlegte und glaubte die Worte des Venusianers, denn eines konnten sie nicht. Lügen. Ihre DNA ließ dies nicht zu, da sie um einige Schichten höher entwickelt waren al die Erdenbürger.

"Du erzählst mir nichts neues und Ihr wiederholt Euch, was mir mächtig auf dem Sack geht, Wie soll ich das tun? Ich weiß nicht einmal wo sie ist und wir trennten uns nicht gerade freundlich…."

"Sie sehnt sich nach Dir. Sie denkt täglich an Dich Patosh, denn auch Du hast ihren Geist mit deinen irdischen Angewohnheiten infiziert. Ist nicht einmal deine Schuld, da dieser Planet über solch eine Kraft verfügt, jedes Wesen in seinem Bann zu ziehen und deswegen dürfen wir es nicht in den Händen des Übels überlassen. Wir müssen alles tun, um es zu vermeiden. Wir wissen wo sie und die anderen drei sind, da ihr Vater den schwerwiegenden Schritt unternahm in den freien Willen der Tochter einzugreifen und er somit seine Stellung als Oberhaupt des Hohen Rates aufgegeben mußte, denn dieser Schritt ist ein verbotener gewesen. Doch Dies tat er aus noblen Gründen. Seine Tochter muß seine Stelle übernehmen."

"OK. Ich werde Euch helfen, denn ich sehne mich ebenso nach ihr. Gibt mir die Daten ihres Aufenthaltsortes und ich werde mich auf dem Weg machen. Wie heißt Du überhaupt?"

"Unsere Namen spielen keine Rolle, denn sie wären ja nur für eine kurze Dauer. Die Bedeutung unserer Kennung ist ebenso nicht für Euer Wissen gedacht und ihr seid nicht soweit um dies zu verstehen. Wir danken Dir für diese Zusage. Das Blech, das Du als Tablett in den Händen hältst, stammt vom unserem "Raumschiff" wie Ihr es nennt. Den haben wir absichtlich abgeworfen, um Euch auf unserer Landung aufmerksam zu machen. Ich sehe jetzt, es war nicht umsonst. Sei unserer Dankbarkeit gewiß Patosh. Wir verlassen Dich jetzt, doch bevor wir gehen übergeben wir Dir den Vybe Scanner. Ich muß Dir nich erklären wie es handgehabt wird und was passiert, solltest Du es für deinen Vorteil mißbrauchen."

"Das mußt Du nicht. Ich kenne mich damit aus, dank Mary und Jonathan."

"Gut. Solltest Du deine Mission erfüllen, wirst du deine Belohnung erfahren."

Und mit diesen Worten verließen die drei Fremden das Lokal und verschwanden für immer. Für Patosh war es kein Traum, sondern bittere Realität.

Warum ER? fragte er sich und wer verstand schon den Weg des eigenen Schicksals. Er würde Mary wiedersehen und dies war allein die Mission wert.

Die Spur

Patosh hatte alle Informationen, die er brauchte, um zumindest ein Ziel anzusetzen und zu seiner großen Überraschung führte die Spur nach London und nicht nach Spanien, wie zunächst gedacht. Auch erinnerte er sich, wie Mary ihn erzählte, als sie sich zum ersten mal trafen, aus welchem gutem Haus sie stammte und daß ihr Vater ein Lord war. Patosh frug sich selbst, warum er nicht darauf drängte ihr zu fragen, als sie noch zusammen waren, wieso sie solch eine Lüge als Venusianer verwendete, da es ihrer Ethik widersprach. Hatte bereits der Einfluß dieses Planeten von ihr im frühen Stadium die Kotrolle übernommen, oder hatte sie einfach freiwillig und zum Selbstschutz diese Lüge angewendet? Er, Patosh, hatte sie danach nie wieder angesprochen oder nachgefragt. Vielleicht hatte er jetzt die Möglichkeit mehr darüber zu erfahren, denn er buchte einen British Airways flug von Brüssel nach London Heathrow noch für den nächsten Tag. Georgette wurde mit der Übernahme der Geschäftsleitung für die Kneipe, während seiner Abwesenheit, beauftragt, was sie nur zu gerne übernahm. Sie spielte immer schon gern den Chef, auch wenn diese Rolle ihr nicht gut stand. Patosh konnte sie jedoch bedingungslos vertrauen und das wußte er, denn am Ende hatte Georgette ihr Herz am rechten Platz. Sie war ehrlich und glaubte an Gott und ihre Furcht in der Hölle zu landen besaß paranoide Merkmale.

So fuhr Patosh mit dem Zug nach Brüsssel, wo er mit einem Zubringer zum Flughafen weiterreiste. Sein Kopf drohte mit tausenden von Fragen, die ihm quälten, zu platzen als er den Gang zum Flugschalter nahm, um sich einchecken zu lassen und ohne ihm auch einen Blick zu würdigen, übergab ihm die Dame hinter dem Schalter seine Bordkarte und den Reisepass. Patosh ignorierte diese eisige und unmenschliche Kälte, die sich in der heutigen Zeit mehr und mehr verbreiten ließ, warum auch danach fragen wieso die Menschen so geworden sind. Diese Veränderung bemerkte er bereits vor einigen Jahren und er dachte an die Worte des einen, älteren Venusianer, der ihm am Tag zuvor noch in der Kneipe besuchte. "….Deswegen passieren die Dinge auf dieser Erde, die gerade passieren. Ihr vesrteht die Zusammenhänge nicht mehr, die um Euch geschehen….". Diese Worte gingen Patosh nicht aus dem Kopf und ja, die Menschen benehmen sich wie ferngesteuert. Wie Roboter, die nur noch dafür leben, um zu arbeiten und für einen mageren Lohn zu überleben, während die Reichen immer reicher werden. Ist dies der Grund für diese Veränderung? Für diese Unzufriedenheit? Keiner geht mehr raus, ohne seinen Smartphone in der Hand zu halten und keiner kommuniziert mehr direkt miteinander, sondern nur noch in digitaler Art und Weise. Wo Patosh nur hinblickte, starrten die Menschen um ihn in diesen verhexten, viereckigen Geräten, das sie Handy nannten, egal ob sie saßen, standen oder liefen. Jeder war damit, oder mit dem mitgebrachten I-Pad beschäftigt und wehe man wurde von einem Fremden von der Seite angesprochen.

Ja, diese Welt ist kalt, leblos und bereits zum Sterben verdammt. Seine Gedanken wurden durch die plötzliche Lautsprecheransage unterbrochen, als bekannt wurde, daß sein Flug nach Heathrow sich um eine weitere Stunde verspätete. Diese Gelegenheit nutzte Patosh, um sich einen Sandwich und ein Bier in einer der Bars, innerhalb des Terminals, zu gönnen. "Macht 18 Euro." sagte der Barkeeper, was eine kurzfristige Atemnot bei Patosh versetzte. Achtzehn Euro. Dafür würden seine Gäste ein ganzes Menü und etliche Biere bekommen, doch dies ist nicht Lontzen, sondern der Brüsseler Flughafen. Entsetzt zahlte Patosh den erwünschten Betrag und suchte sich einen Platz hinter einer großen Glasvetrine aus, mit Blick zu dem Flugfeld, wo er die abfliegenden und landenden Flugzeuge beobachten konnte. "Wo sie wohl hinfliegen?" frug er sich. Was treibt die Menschen an, wie Ameisen in diese fliegenden Blech- und Aluminium Rohren zu sitzen und mit fast tausend Kilometer pro Stunde sich durch den Himmel schießen zu lassen? Der ganze Terminal ist voll mit ihnen und Sprachen umhüllen Patosh, die er nie zuvor gehört hatte. Menschen aus allen Ländern, bestehend aus Männer, Frauen und schreienden Kindern, irrten herum und suchten nach ihrem "Gate". Der ganze Rummel machte ihn wahnsinnig, so wahnsinnig, daß er sich noch ein Bier bestellte, egal was es kostete, nur um die Geräuschkulisse zu unterdrücken. Die Stunde zog sich wie Kaugummi und endlich wurden die Passagiere für den Flug nach Heathrow aufgerufen, sich zum Gate 35 zu bemühen, da das Einsteigen bereits begonnen hatte.

Patosh hatte einen Gangplatz, was ihm gut passte. Dieser kurze Flug würde er nutzen um ein Nickerchen zu machen, doch dies war nicht möglich, als eine Frau ihn weckte und ihm bat aufzustehen, damit sie sich am Fensterplatz mit ihrem gutbeleibten Ehemann hinsetzen konnte. Was solls. War ja nur ein kurzer Flug, und als die B737 endlich abhob und das Fahrwerk einfuhr, zählte Patosh die Minuten, denn der Flug entwickelte sich zum Albtraum. Nicht wegen der starken Turbulenzen, sondern wegen den Ehestreit, der sich neben ihn entwickelte und er die Flüche dieser Streitvögel mit anhören mußte. Er, Patosh, fing aber zu lachen an, da er sich diese Späße des Universums nichts hätte entgegenbringen können und er es einfach akzeptierte. Wie unwichtig ihm plötzlich alles erschien und wie dumm die Menschen doch tatsächlich sind, sich wegen Kleinigkeiten das Leben zur Hölle zu machen, wie die Beiden hier, die neben ihn saßen. Belanglosigkeiten, um zu beweisen wer den größeren Ego oder Penis besaß und im Fall der Ehefrau, die höhere Daseinsberechtigung. Sein Lachen wurde so laut, daß das Ehepaar aufhörte sich zu streiten und wortlos nun die Aufmerksamkeit an ihn richtete. Beide schauten sich an und zuckten mit den Achseln und der Flug ging ruhig weiter.

"Meine Damen und Herren, hier spricht der Captain. Wir haben mit dem Anflug auf Heathrow begonnen und werden in circa zwanzig Minuten landen. Das Wetter, wie sie bereits aus dem Fenster erkennen können, regnerisch und stark böig, so daß es im Anflug etwas holprig zugehen könnte. Deswegen bitte ich sie angeschnallt zu bleiben und die Anweisungen unserer Cabin Crew Folge zu leisten.

Ich wünsche Ihnen einen schönen Tag in London und bedanke mich, daß Sie mit British Airways geflogen sind."

Einen Koffer hatte Patosh nicht mitgenommen, sondern nur einer dieser billigen Umhängetaschen. So würde er Zeit sparen und direkt zum Taxistand, oder zu einen der vielen Busverbindungsschalter hinlaufen. Kommt alles auf den Preis an, denn London ist nicht billig und erst recht nicht der Flughafen. Die Maschine setzte hart auf und ja, der Captain hatte recht, denn es ging, während dem Anflug, ziemlich böig zu und Patosh konnte sich ein Grinsen nicht verkneifen, jedes mal wenn die Frau, die am Fenster saß, ab und zu laut aufkreischte sobald der Flieger einen Hopser machte. Der Ehemann verhielt sich jedoch wie ein Gentleman und tröstete sie liebevoll und sprach ihr Mut zu. Gab es tatsächlich noch ein Rest Menschlichkeit und sind vielleicht doch nicht alle Menschen zu Roboter geworden, erfreute sich Patosh, der den dicklichen Mann neben ihn inzwischen fast sympathisch fand. Der Albtraum war jedoch nicht zu Ende, denn kaum kam das Flugzeug am Gate zum Stillstand, sprangen alle Passagiere auf und verhielten sich so, als ob sie den Flieger evakuieren müßten, obwohl kein Notstand bestand. Jeder riß seinen Gepäck vom oberen Gepäckbehältnis und Rucksäcke und Taschen drohten einen zu erschlagen. Auch drängte nun das Ehepaar Patosh dazu endlich aufzustehen, damit sie raus konnten, obwohl sie zig Passagiere vor sich hatten, die sich wie auf einer Vikingerschlacht verhielten. Mit viel Geschupse und Stoßen war er endlich aus diesem Aluminium Rohr raus und folgte der Herde zum Ausgang, dessen Gang zuvor noch von der Passkontrolle unterbrochen wurde.

"Was ist der Zweck der Einreise? Wie lange werden Sie in England verweilen, etc, etc…" und nach all den Antworten bekam Patosh seinen Pass wieder. Inzwischen genervt und naßgeschwitzt, suchte er einen Busschalter, wo bereits eine Schlange von Menschen wartete. Wo mußte er überhaupt hin? Connington on the Shyre stand auf die Beschreibung, doch davon wußte die Dame hinter dem Schalter nichts.

"Ich kann mit diesen Angaben nichts anfangen Sir. Können Sie mir nicht zusätzliche Informationen geben? Nord, Süd, Ost oder West? Dann könnte ich Sie zu einer ungefähren Richtung zumindest schicken." Das konnte Patosh aber nicht und es blieb nichts anders übrig, als sich zu entschuldigen, den Smartphone rauszuholen und bei Gaugle nachzufragen.

Was Gaugle jedoch ebenso nicht kannte und er, Patosh, sich nun Sorgen machte. Was tun? Natürlich. Er hatte ja den Vybe Scanner, der nirgendswo auffiel, da dieses außerirdische Gerät sich nicht finden ließ, zumindest nicht durch irdische Sicherheitskontrollen. Der Vybe Scanner spuckte die Antwort innerhalb von Sekunden, in Form einer Displaywiedergabe raus. Das Ziel befand sich östlich von Northampton, nicht weit entfernt von Bedford und der bessere Flughafen wäre Luton gewesen und nicht Heathrow, was Patosh maßlos ärgerte. Zumindest hatte er jetzt eine Richtung, also nichts wie zurück zum Busschalter.

"Nach Bedford bitte, wenn möglich direkt."

"Leider müssen Sie entweder in Luton oder in Northampton umsteigen. Ich würde Luton vorschlagen. Ist wesentlich kürzer und billiger."

"Dann Luton bitte."

"Das macht 35 Pfund Sir. Wie möchten Sie bezahlen?"

"Mit Kreditkarte. Und diese 35 Pfund sind bis Bedford?"

"In der Tat Sir. Bis Bedford. Hier ihr Ticket, Stand 13. Der Bus wird Luton anzeigen. In Luton nehmen sie dann den Bus nach Bedford vom Satnd 4. Eine gute Reise wünsche ich Ihnen."

Patosh bedankte sich bei der freudlichen Dame und war sichtlich froh darüber, eine Lösung gefunden zu haben. In Bedford würde er sich zunächst in einem Hotel niederlassen, um sich auf das Wiedersehen vorzubereiten, denn sein Herz schlug bereits vor Aufregung, als er seinen Wirtshaus in Lontzen verließ. Wie würde sie reagieren, wenn er plötzlich und unangemeldet vor ihr stehen würde? Würde sie sich freuen oder ihn ablehnen? Wie würde er reagieren, wenn er sie wiedersehen wird und wie würde er reagieren, wenn im schlimmsten Fall, sie ihn nicht mehr sehen will? Er bestieg den Bus nach Luton, der sich dann gemächlich auf dem Weg machte und über die M4 den Weg sich suchte zum Zubringer nach Norden. Der Bus war bis zum letzten Platz besetzt, doch diesmal saß ein schlanker, älterer Herr neben ihn, der sich nicht breit machte und ihm die Luft zum atmen weg sog, wie der Dicke zuvor im Flugzeug. Patosh schaute aus dem Fenster und war von den Fahrzeugen, die auf der "Falschen Seite" fuhren, fasziniert. Es wurde inzwischen Abend, doch das Licht reichte noch aus, denn es war Sommer und er vergaß ganz und gar, warum er eigentlich in den Bus saß als er die Namen auf den Straßenschildern las, die alt und historisch klangen.

Das Brummen des Motors und die schwingenden Bewegungen machten ihn müde, doch er hatte auch Hunger und Durst. Dies mußte bis Bedford warten, dachte er sich und hoffte, daß die Priese in Bedford zumindest etwas zivilisierter waren. Die Zeit verging wie im Flug und schon erreichte er Luton.

"Stand 4, Stand 4…" murmelte Patosh vor sich hin und als er den Busstand fand, erschrak er nicht schlecht. Eine ältere Frau wartete sitzend auf einer Bank und sie hatte einen Hund bei sich, der Mr. Gonzales wie aus dem Gesicht geschnitten glich. Fast hätte er vor Freude "Gonzi" geschrien, doch die Realität holte ihn ein und traurig faßte er sich, der alten Dame ein Lächeln würdigend, die sich liebevoll ihren kleinem Liebling widmete. Der Bus traf ein und bevor man einsteigen durfte, mußten zunächst die nach Luton Reisenden aussteigen. Endlich ging die Fahrt weiter und es wurde Nacht. In Bedford hielt der Bus in einer regulären Bushaltestelle an. Dies war die Endstation und weil es die "Götter" oder die "Aliens" es mit Patosh gut meinten, stand ein Hotel direkt auf der anderen Straßenseite. "The Red Lion Hotel" nannte es sich. Patosh ließ sich nicht weiter aufhalten und trug sich zunächst für zwei Nächte ein. Es folgte eine heiße Dusche. Danach ging er hinunter zur Lobby, wo er nachfragte, ob er noch etwas zu essen bekommen könnte, im Hotel eigenen Pub, was der freundliche Hotelbesitzer mit einem Ja bestätigte. Eigenartig. Noch ein freundlicher Mensch und kein Roboter dachte er sich insgeheim. Befinden sich die Roboter nur noch auf dem Festland?

Vielleicht hatte dieser Alien nicht ganz recht mit seiner Vermutung und er, Patosh, sollte nur das glauben, was er selbst erfuhr. Er nahm Platz an einem Tish, was er jedoch nicht wußte war, daß man in England nicht bedient wurde. Man mußte die Bestellung selbst an der Theke abgeben und nachdem er einen kurzen Blick in der Karte warf, bestellte er sich eine Portion Fish and Chips und einen Pint Dark Ale. Dankbar trank er den ersten Schluck und egal wie warm das Bier auch war, so löschte es seinen Durst mit seinem unverkennbaren bitteren, malzigen Geschmack. Auch der im Bierteig fritierte Fisch schmeckte ihm und seine Seele schwebte wieder auf Wolke sieben. Morgen ist ein anderer Tag und nach einem reichhaltigen englischen Frühstück, würde er sich auf dem Weg machen, um nach Mary zu suchen, denn jetzt heißt es erstmal den ganzen Streß von dieser kurzen, aber teuflischen Reise zu befreien. Nach dem zweiten Bier kam wieder Ruhe in Patosh`s Innenleben rein und auch der Wirt, der gleichzeitig der Hotelbesitzer war, frug Patosh nach seinem Wohlbefinden. Ein kleines Schwätzchen entstand, was dem Wirt dazu bewegte am selben Tisch zu sitzen als Dieser erfuhr, daß Patosh ein gastronomischer Kollege war. Sie unterhielten sich reichlich über die herrschenden Schwierigkeiten eines Gastwirtes, auferlegt durch die EU und auch durch die eigene Regierung, die die Preise in die Höhe schossen was an den Besuchen der Kundschaft bemerkbar machte. Einige Biere später frug der Wirt, was der eigentliche Grund wäre für den Besuch nach Bedford, denn diese Stadt war nicht gerade eine Touristenattraktion.

Patosh erklärte ihn den Grund und überraschte den Wirt, als er den Namen Connington on the Shyre so nebenbei erwähnte.

"Sie wollen doch nicht etwa den alten Lord besuchen? Da kommen Sie zu spät. Er ist vor einem halben Jahr verstorben und hat alles seiner exzentrischen Ehefrau überlassen. Mary heißt sie. Na dann viel Glück mein Herr."

"Ist es leicht dorthin zu kommen?" frug Patosh nun vorsichtig und was ihm verwirrte war, daß man von Mary von der Ehefrau sprach.

"Nun ja. Schwer ist es nicht, aber nur bei Taxi oder mit dem eigenen Auto. Ein Bus fährt dort ganz bestimmt nicht. Ich kann Sie dorthin fahren, aber nicht vor dem Frühstück." bot der Wirt an.

"Es würde mir nie einfallen Sie mit solch einen Gefallen zu behelligen. Nein, nein, ich nehme ein Taxi…"

"Ach woher denn. Wir sind Kollegen. Ich helfe gern. Nur zurückkommen müßten Sie schon selbst."

Gerührt von der Hilfsbereitschaft, sagte Patosh zu und man einigte sich für elf Uhr morgens des nächsten Tages. So geschah es dann auch. Nach einem sehr reichaltigen und fettigen Frühstück, machten sich die Beiden auf dem Weg nach Connington on the Shyre. Der Wirt, der William hieß, fuhr einen alten Land Rover Pick Up und verwandelte die Fahrt zu einem Abenteuer, denn alles hätte Patosh erwartet, nur nicht eine Fahrt, die Kilometerweit über sehr schlecht befahrene Feldwege und schlammigen Pfaden führte.

Was er am Ende dieser Fahrt vor sich erblickte, war alles andere als eine Burg oder ein Challet, das einem Lord würdig wäre, sondern eher eine verfallene Ruine von einem übergroßen Bauernhof. William bemerkte den geschockten Blick seines Belgischen Zunftbruders und mußte fast lachen.

"So, hier wären wir. Das ist Connington on the Shyre. Uralter, englischer Adel. Verarmt jedoch respektiert...."

"Mitchell ist nicht gerade ein adliger Name!"

"Nein. Seine Lordschaft hieß auch Archibald, Basil Wellington. Ein entfernter Verwandter von dem eigentlichem Wellington. Seine Tochter, Roselyn, durfte jedoch diesen Namen nicht übernehmen, da sie, wie soll ich sagen, unehelich gezeugt wurde. Ihre Mutter, Mary Mitchell, war eine der etlichen Dienstmägde, als es diesem Haus noch gut erging. Seine Lordschaft hatte jedoch eine sehr teure Leidenschaft. Das Glücksspiel und das ist das Ergebnis was davon übrig blieb. So, ich muß weiter. Ein Taxi wird schwierig sein hierher zu bekommen. Wenn es nicht anders geht, rufen Sie mich einfach an."

"Ich bedanke mich zunächst sehr für Ihre Mühen." sagte Patosh verlegen, kaum glaubend, was er vor sich sah.

Patosh hatte Mary inzwischen drei Jahre nicht mehr gesehen und vieles ist in Vergessenheit geraten seit ihrem letzten Wiedersehen. Nicht aber ihr Gesicht. Diese Augen, die tief und voller Liebe waren und jeden in ihren Bann ziehen konnten. Er drehte sich noch einmal um und sah, wie der Land Rover davon fuhr und just in diesem Moment, bellte ein Hund aus dem Haus.

Es musste kein großer Hund gewesen sein, denn sein Bellen war nicht tief. Eher der eines Border Terriers oder eines Boxers. Soviel wusste Patosh, denn Hunde waren seine Freunde immer schon gewesen. Was das Bellen jedoch übertraf, war sein rasender Herzschlag, der außer Kontrolle zu geraten schien. Langsam und mit unsicheren Schritten, ging er zum alten, verrosteten Eisentor. Eine mit Patina beschlagene Messinglocke hing an einer schlecht angebrachten Halterung und eine Kette lud ein daran zu ziehen. Jetzt wurde das Bellen noch lauter und nach einer keinen Ewigkeit, öffnete sich die Tür des Haupthauses, das ebenso einer intensiven Restaurierung bedurfte, doch die Frau die aus der Tür herauskam war nicht Mary.

"Was wollen Sie?" rief eine alte Stimme, die bereits einige Liter Whisky und zig Zigaretten hinter sich gebracht haben mußte, denn kratzig und rau wie Diese klang, mußte diese Dame um die 65 gewesen sein und gesundheitlich nicht zum Besten."

"Guten Tag gnädige Frau.

Ich heiße Patrick van de Brog und würde gern mit Frau Mary Mitchell sprechen. Habe einen langen Weg hinter mir…"

"Das tun Sie, Ich bin Mary Mitchell. Was kann ich für Sie tun junger Mann?"

Patrick mußte seine Gedanken kurz ordnen, denn die Frau, die vor ihm stand war nicht seine Mary. Nicht die, die er kannte, vermisste und immer noch liebte. Diese Frau war alt, in Schwarz gekleidet und bescheiden gesagt, ziemlich ungepflegt. Er versuchte trotzdem seine Haltung zu wahren und überlegte sich, ob die Venusianer einen Streich mit ihm gespielt hatten, als sie ihm diese Adresse gaben, doch Venusianer haben in der Regel keinen Humor, ganz besonders nicht, wenn ihr Aufenthalt auf der Erde nicht mehrere Monate dauerte, denn dann erst setzten sich die die irdischen Energien ein und beeinflußten auch diese Wesen erheblich.

"Ich will nicht unhöflich sein Frau Mitchel, aber die Mary, die ich kannte war so um die Anfang vierzig. Hier, ich habe ein Foto von ihr in meiner Brieftasche, vielleicht könnten Sie einen Blick darauf werfen. Vielleicht kennen Sie diese Frau…."

"Ich kenne Sie nicht junger Mann und würde Ihnen raten hier zu verschwinden. Nicht einmal hier in diesem Scheißloch hat man vor Hausieren und dubiosen Vertretern seine Ruhe, Machen Sie das Sie weg kommen, sonst rufe ich meinen Neffen. Er ist der Constable in Bedford…."

"Aber Madame ich kann Ihnen versichern…"

"Siehe da. Ein Franzose. Das fehlte mir noch…"

"Ich bin Belgier!" schrie Patosh energisch zurück.

"Nicht viel besser. Das selbe Pack. Ihr könnt alle nur geschwollen quatschen und den Frauen die Höschen mit eurem Gelabere ausziehen. Verschwinden Sie."

"Gut. Ich gehe schon. Könnten Sie mir wenigstens einen Taxi rufen? Mein Fahrer ist bereits weg gefahren und ich weiß nicht wich wieder in die Stadt kommen soll."

"Es kommt kein Taxi hierher, Sie Belgier. Wer hat Sie überhaupt hergefahren?"

"William. Der Wirt des Red Lion Hotel." antwortete Patosh verzweifelt, da er schon schlimmes ahnte. Für einen langen Fußmarsch hatte er die faschen Schuhe an und es sah nach Regen aus.

"William? Dieser Halsabschneider. Er schuldet mir noch Geld, für drei Gänse, 5 Pfund hausgemachten Bacon, 20 Pfund Kartoffeln und 5 Gallonen Cidre. Wenn Sie ihn sehen, sagen Sie hm, daß er sich schämen sollte eine alte Frau so übers Ohr zu hauen. Er schuldet mir genau 348 Pfund Sterling und 36 Pence. Nun machen Sie sich schon auf dem Weg. Sind ja nur acht Meilen und es sieht nach einem Gewitter aus."

"Was ist, wenn ich Ihnen die Zeche bezahle. Ich gebe Ihnen glatte 400 Pfund Sterling Gnädigste, wenn Sie mich einfach nur zuhören könnten und vielleicht wir einen Weg finden, wie ich Bedford motorisiert erreiche."

"Haben Sie das Geld bei sich?" kreischte die alte Frau, die nichts adliges an sich hatte, auch wenn sie die Ehefrau einesLords war.

"Ich habe es hier, bei mir. Da, ich zeige es Ihnen."

Patosh holte seinen Geldbeutel heraus, der mit frisch gezeugten hundert Pfund Noten befüllt war, die er am Tag zuvor noch mit dem Vybe Scanner hergestellt hatte und winkte mit den Scheinen der alten Frau entgegen.

"Ich mache das Tor auf. Sie müssen schon etwas fester drücken, denn die Scharniere sind auch nicht mehr das, was sie mal waren. Moment…"

Patosch hörte einen elektrischen Türöffner surren und mit geballter Kraft öffnete er eines der Tore, der sich wirklich schwer öffnen ließ, da der Rahmen am schlechtgepflasterten Boden entlang schliff. Mit vorsichtigen Schritten näherte sich Patosh der Eingangstür und plötzlich stand dieser Hund da, den er bereits in Luton an der Bushaltestelle bemerkte und der haargenau wie Mr. Gonzales aussah. Jetzt ahnte er, daß irgendetwas and dieser Frau nicht stimmte und als er sie durchdringlicher ansah, erkannte er in ihr genau die alte Dame aus der Bushaltestelle in Luton.

"Ich habe Sie doch in Luton gesehen. An der Bushaltestelle am Flughafen…."

"Sie leiden an Halluzinationen junger Mann. Her mit der Kohle, sonst gibt es keinen Tee. Sie sehen aus, als ob Sie eine Tasse gebrauchen könnten."

"Das tue ich in der Tat." antwortete Patosh verwirrt.

Wieder erstarrte er in Erstaunen, als er das Innere des Hauses betrat, denn es widersprach vollkommen die äußere Erscheinung des Gebäudes. Teure Perser Teppiche lagen auf dem Boden, alles glänzte und jede Ritterrüstung, die an jeder Ecke stand, war blank poliert. Schwerter und Schilder hingen über einen übergroßen Kamin und wertvolle Gemälde hingen an den Wänden. Ja. So sieht die Residenz eines Lords aus. Holz und Marmor, sowie Messing und Zinn übertrafen zum größten Teil den Stoff aus dem das Innere dieses Gebäude gebaut wurde. Edle Politurgerüche sowie teure Ledersessel überzeugten jeden, der dieses Haus betrat, eine von britischer Nobligkeit stammender Herkunft. Doch Mary war ja nur….ja, wer oder was war sie eignetlich? War sie etwa die Alleinerbin? Tochter oder Ehefrau des alten Lords. Patosh erinnerte sich nur zu gut, wie sehr "seine Mary" von "Daddy" schwärmte. Diese Lady jedoch sah nicht gerade so aus, als ob sie noch zehn Jahre zu Leben hätte und wie ein gotischer Punk sah sie ebenso nicht aus. Inzwischen machte sich der Hund bei Patosh bemerkbar und freudig wedelte er mit dem Schwänzchen, so als ob er ihn eine Geschichte erzählen wollte. Patosh vermisste seinen Mr. Gonzales sehr und dieser hier sah wie sein Doppelgänger aus. Plötzlich stockte ihm der Atem, als er den Kopf des Hundes streichelte und eine Narbe bemerkte, die sich hinter dem linken Ohr entlang zog. "Gonzi" hatte an der selben Stelle haargenau die selbe Narbe. Das konnte nie und nimmer ein Zufall sein, doch Patosh`s innere Stimme drang ihn, Haltung zu bewahren. Es war bereits schwer genug Einlaß in dieses Haus zu erhalten.

"Welchen Tee trinken Sie am liebsten? Darjeeling? Earl Grey? Orange Pekoe?" frug die "Lady in Black" und ja, Uriah Heep hatte wahrscheinlich diesen Song nicht passender schreiben können, denn die Lyric saß wie die Faust aufs Auge. Mystisch und undurchdringlich bewegte Sie ihren schlanken, noch gut beweglichen Körper in Richtung, was es zu sein schien, Küche.

"An sich trinke ich gar kein Tee, jedoch ein Darjeeling wäre mir recht gnädige Frau." rief ihr Patosh von hinten zu.

"Wievel Zucker? Milch oder Zitrone?"

"Keines von allem. Pur wie aus dem Kessel bitte."

"Ein Minimalist wie ich es bin, Das gefällt mir. Aber ein paar Short Bread Kekse zur Stärkung täten Ihnen gut, nach all der Fahrt."

"Ich hatte bereits ein sehr großes Frühstück. Liegt mir noch etwas schwer im Magen Madame."

"Na dann wüßte ich ein Mittel, das helfen würde. Einen guten Glas Sherry." brüllte sie laut aus der Küche. Während Patosh sich einen Ledersessel aussuchte, um sich hinzusetzen.

"Dagegen hätte ich nichts." brüllte er zurück und schaute sich noch einmal um. Vielleicht würde er etwas finden, das zu einen Hinweis, wie die Narbe am Kopf des Hundes, führen könnte. An der östlich gerichteten Wand, hing ein großes Gemälde, wahrscheinlich von "Daddy", denn es stellte einen Offizier der Britischen Armee dar. Stolz und mit Medaillen an der linken Brust überhäuft stand diese Gestalt und hinterließ ein kolonialisches Ambiente, wie aus Königin Victorias Zeiten. Jedoch täuschte der rote Rock der Uniform den Betrachter, denn dieser Soldat trug eindeutig eine Rolex Uhr an seinem linken Armgelenk. Zu Victorias Zeiten gab es solche Uhren nicht, also konnte es sich nur um Marys "irdischen" Vater handeln, was zu noch größerer Verwirrung führte. Seine Mary hatte bereits einen Vater. Er war das Oberhaupt des Hohen Rates auf Venus. Wie kam Mary dazu ihm, Patosh, damals von diesem "Daddy" auf Eden zu erzählen? Mußte sie das tun, um sich nicht als Außerirdische erkennen zu lassen? Und warum suchte sie sich gerade diese Leute aus? Patosh hatte noch einen Versuch, um die

Verwirrung noch mehr zu steigern, bevor die alte Dame von der Küche wiederkam.

"Mr. Gonzales. Komm zu mir. Ja, komm her zu mir mein Bester." flüsterte er leise. So leise, daß man ihn nicht hören konnte, doch der Hund reagierte nicht. Es blieb in seinem Körbchen liegen und nur der Futternapf an seiner Seite verriet den Namen. "HARRY" stand da groß und unmißverständlich. Fast erlöst lehnte sich Patosh zurück, denn wenn "Gonzi" auf sein Zuruf reagiert hätte, wäre dies Beweis genug gewesen für seinen noch nicht ganz bestätigten Verdacht. Venusianer konnten ihr Aussehen molekularisch verändern und für Mary wäre dies ein Leichtes gewesen. Jetzt galt es dieses Spiel zunächst einmal mitzuspielen und vielleicht sagte diese alte Frau nichts weiter als die Wahrheit, denn die ganze Stadt Bedford kannte sie anscheinend. Ein Name wie WELLINGTON hätte diesbezüglich überhaupt keine Verbindung zu irgendwelchen Aliens, denn das wäre so, als ob man sagen würde, daß die Queen ein Reptil wäre. Vielleicht hatte seine Mary, die die Kennung KLTXK auf Venus trug, obwohl diese Buchstaben dort nicht existierten und nur zu irdischen Zwecken dienten, in ihrem Größenwahn die Welt zu retten, einfach diese Identität gestohlen. Logisch war dies nicht. Venusianer tun so etwas nicht. Das hatte man ihn reichlich, auch in der Finca in Spanien, eingebläut. Patosh konnte keinen Reim aus dieser ganzen Geschichte machen, doch nun war er hierher geschickt worden von genau den Wesen, die es besser wissen sollten. Besser wissen mußten.

"So, hier kommt der Tee junger Mann." rief sie freundlich und lächelnd. Ganz das Gegenteile von dem, was sie vorher war.

"Ich bedanke mich."

"Sie kommen also aus Belgien und suchen eine Dame, die zufälliger Weise Mary Mitchell heißt. Schon sonderbar. Und wer gab Ihnen überhaupt diese Adresse? Hier kommt seit Ewigkeiten keiner mehr zu Besuch. Auch nicht als mein Vater noch lebte, möge er in Frieden ruhen. So sind die Menschen nun mal. Wenn es einem finanziell schlecht geht, wird man vergessen. Am Ende bleibt nicht ein Einziger, der sich als Freund erweist. Mein Vater starb vor sechs Monaten. Lungenentzündung. Was mußte er auch den Zaun bei dem Regen damals reparieren. Unser Personal hatte das sinkende Schiff seit Jahren verlassen, wenn Sie verstehen was ich meine und so müssen wir nun alle Arbeiten selbst verrichten. Die Pension hält uns gerade so über Wasser und die Verkäufe des Hofes, bestehend aus Kartoffeln, Cidre, und Anderes, ermöglicht eine zusätzliche Einnahmequelle, um diverse Kosten zu übernehmen. Wie Sie sehen, Mr. Van de Brog, darf ich hier nur weiterleben, da mein Vater die gesamte Hinterlassenschaft an meine Tochter weitervererbte. Ich bin eine Mitchell und keine Wellington aus Gründen, die Sie, wie ich William kenne, bereits mitbekommen haben. Mein Vater war nicht der Liebling der Wellington Sippe, eher das schwarze Schaaf. Was Sie hier sehen ist nur ein Bruchteil des Vermögens dieses noblen Geschlechts und er, Archibald Basil Wellington, bekam den kleinsten Anteil davon, was die Größenordnung von 5000 acres Land betrug. Das meiste hatte Vater jedoch verspielt. Wir haben nur noch 2000 acres und einen Teil davon ist verpachtet…

"Sie erwähnten Ihre Tochter. Warum bekam sie alles vererbt und nicht Sie? Die leibliche Tochter, auch wenn nicht aus ehelicher Empfängnis." frug Patosh neugierig.

"Wir hatten es so damals vereinbart. Archie wollte mir zunächst alles vererben, jedoch überzeugte ich ihn, daß dies blödsinnig wäre. Zweimal die Erbsteuer zu entrichten machte keinen Sinn, denn würde ich als Alleinerbe sterben, müßte meine Tochter ein weiteres mal diese Steuer bezahlen. Ich weiß schon was Sie fragen wollen Mr. Van de Brog. Hatte mein Archie keine Kinder aus seiner Ehe mit Jane. So hieß seine Frau. Nein, seine Ehe blieb Kinderlos auch weil Jane keine Kinder haben konnte. Angeblich genetisch bedingt. So machte sich mein Vater an meine Mutter ran, denn er war kein Frauenverächter, wenn Sie verstehen was ich meine. Meine Mutter, Ashley, mochte ihn, da er immer freundlich zu dem Personal war im Gegensatz zu Jane und so geschah eines Tages was geschehen mußte. Vater und Mutter verliebten sich, mußten es jedoch geheim halten. Der Skandal war groß, als Jane herausfand, wer der Vater des Kindes von einem der Mägde war. Vater versuchte, nach der Scheidung, mir den Familiennamen mitsamt Titel zu übertragen, doch dies ist nicht erlaubt in Groß Britanien. Ein Gesetz aus dem Mittelalter, das heute noch herrscht und so bin ich froh, daß er uns zumindest so sehr liebte und zu uns stand, damit wir nicht auf die Straße landeten."

"Somit ist Ihre Tochter auch eine Mitchell."

"Ja. Roselyn Margereth Mitchell. So heßt mein Engel."

"Wohnt Sie weit entfernt von Ihnen? Ich denke Sie ist eine große Hilfe mit solch einem großen Haushalt."

"Sie wohnt hier. Mit mir. Sie kam vor circa drei Jahren, mit gebrochenem Herzen aus Spanien zurück. Ich erkannte sie nicht wieder. Männer sind alle gleich und ich weiß wovon ich rede."

"Das tut mir sehr leid Mrs. Mitchell. Ich versuche ein guter Mann zu sein, doch in diesen Zeiten wird es immer schwerer. Meine Frau hatte ich auch vor nicht allzulanger Zeit verlassen. Seit dem Tod unseres Sohnes, was nach der Geburt eintrat, hörte sie mich auf zu lieben. Jahre lebten wir so zusammen, doch am Ende half nur noch die Trennug. Wie das Leben manchmal so spielt. Und ihr Mann? Roselyn`s Vater?"

"Abgehauen ist er. Dieser Schurke aus Aberdeen, aber mein Vater hatte mich vor dem Nichtsnutz gewarnt. Nicht einmal seine Tochter will er sehen. Roselyn kennt ihren Vater nicht."

Patosh versuchte ein Bild von den ganzen hier aufgetragenen Familienverhltnissen zu erstellen, doch wie könnten Aliens in all dem Drama hier passen? Ohne Zweifel war seine KLTXK (also Mary) eine Außerirdische, da sie über Fähigkeiten verfügte, die kein normaler Mensch besaß und die Adresse, die man ihm gab, war diese hier. Connington on the Shyre. Was genau lief hier ab und als er noch versuchte einz und einz zusammen zu zählen, öffnet sich die Tür des Hauses und eine laute, fröhliche Stimme erklang.

"Hi MUM. Bin Zurück. Oh, es gibt Tee…."

Und die Welt stand still

Wie reagiert ein Mensch, wenn er einen Geist plötzlich vor sich stehen hat? Einen lang vermißten, geliebten und für immer verschollen geglaubten Geist, der dann plötzlich aus dem Nichts erscheint? So erging es Patosh, denn vor ihm stand "Mary", die in diesem Fall Roselyn hieß. Er stellte langsam seine Tasse ab und hatte Mühen von dem Sessel aufzustehen, da seine Beine, bei diesem Anblick, zitterten. Verdrängen ist leicht, vergessen dafür um so schwerer, doch auch Roselyn, die sich einst Mary nannte, blieb wie versteinert stehen als sie ihm sah und wurde kreide bleich. Die alte Frau hindessen, betrachtete dieses Schauspiel vom Ledersofa aus und ihr Gesicht verriet angespannte Verwirrung, als in diesem Moment, tausende von Fragen in ihrem Gehirn, wie eine Matrix, entstanden. Es dauert bekanntlich nicht lange, bis eine Frau versteht was Schmerz bedeutet, besonders wenn es sich um Liebesschmerz handelt. Dieser Gast, der ihren Tee gerade trank, muß wohl der Herzensbrecher sein, der ihre Roselyn soviel Kummer bereitete. Die alte Mary war jedoch auch eine erfahrene Frau, die erkennen konnte, daß auch er litt und somit kein Herzensbrecher gewesen sein konnte, sondern Beide nur Opfer von unglücklichen Umständen waren.

"Pat" rief Roselyn nur sanft und sie kämpfte innerlich keine Schwäche zu zeigen, stolz wie sie mal war. Ihre menschliche Seite, seitdem sie Venus verlassen hatte, zeigten sich in extrem ausgeprägter Weise.

"Mary…verzeih….Roselyn…." stotterte Patosh, der nicht so stark war, wie man es von einem Mann wie ihm erwartete, denn seine Augen befeuchteten sich rötlich. Er schritt langsam zu ihr hin und nahm sich ihrer Hände an. Lange trafen sich ihre Blicke, bis auch sie dann schwach wurde, Tränen der Freude und auch des Leids vergoß und ihm leidenschaftlich umarmte. Die alte Mary konnte keine bessere OPERA vor sich gehabt haben, denn sie ließ die beiden nicht stören, trank weiter an ihrem Tee und mußte ebenso ein Lächeln der Entzückung von sich geben. Ihre Roselyn hatte ihren Patosh wieder und wie es schien, er seine Roselyn. Aber warum nur frug er nach einer Mary Mitchell, als er ankam und nicht nach einer Roselyn? Dies bedurfte einer gute Erklärung.

"Du ahnst nicht wie glücklich ich bin Dich wieder zu sehen." sagte Patosh und drückte sie noch einmal fest an sich.

"Was machst Du hier?" frug Roselyn ebenso glücklich jedoch verwundert.

"Eine lange Geschichte, doch hier können wir nicht reden."

"Wo bist Du untergebracht?"

"The Red Lion Hotel."

"Dort kannst Du nicht bleiben. William ist kein Freund der Familie. Er hatte meinen Großvater in den Ruin getrieben. Du ziehst hierher und hier können wir in Ruhe reden. Hast noch deine Sachen dort?"

"Ja. Ich muß auch noch meine Zeche bezahlen."

"Aber die 400 Pfund gebe ich nicht zurück." meinte die alte Frau nur lachend.

Woraufhin auch Patosh lachen mußte.

"Laß uns gleich hinfahren und die Sache erledigen Pat."

Ohne weiter nachzufragen, nickte Patosh nur und bedankte sich bei der älteren Dame für die Gastfreundschaft.

"Wir werden uns in kürze ja wieder sehen. Beeilt Euch. Ich werde eine Lammkeule zubereiten also laßt mich nicht allzulange warten." meinte sie freundlich und auch glücklich ihre Roselyn wieder lächeln zu sehen. Roselyn fuhr einen alten Mercedes G Modell, der einst mal militärische Dienste für irgend eine Armee geleistet haben mußte, denn der grüne Lack war matt und die spartanische Inneneinrichtung bezeugte von eben dieser Tätigkeit. Ein CB Funkgeräthalter mitsamt Funkgerät hing in der Mitte und gab das Ganze eine etwas spannende Atmosphäre.

"Interessanter Wagen."

"Opa liebte diesen Wagen. Damit fuhr er immer zur Jagd...."

"Das ist es eben, was ich nicht ganz verstehe. Wie soll ich Dich überhaupt nennen? Roselyn oder weiterhin Mary?"

"Nenn mich einfach Rose und ja. Es ist eine sehr lange Geschichte, die aber warten muß. Am besten erzähle ich es Dir nach dem Dinner, wenn Mum sich zurückzieht. Sie darf nichts wissen sonst würde ihr das Herz brechen. Jedenfalls bist Du hier und das freut mich dermaßen. Du haßt Dich kaum verändert nach diesen drei Jahren."

"Du schon. Du bist schöner geworden und nicht mehr so punky." sagte Patosh lachend.

Patosh bezahlte William seine Zeche und bedankte sich für die freundliche Aufnahme und auch für die Fahrt nach Connington on the Shyre. Er versuchte diesen bitteren Beigeschmack nicht zu zeigen, daß in ihm entstand, als er William zum Abschied die Hand reichte.

"Immer wieder gerne mein Herr." Sagte Dieser nur. Danach ging die Fahrt zurück zur Residenz, das einst zum Vermögen des Wellington Clans gehörte und auch der versprochene Gewitter trat ein, von dem die alte Mary sprach, als sie nicht so gastfreundlich Patosh gegenüber stand. Donner und Blitze begleiteten sie auf dem Weg und der Regen prasselte heftig auf dem Blechdach des alten Geländewagens und der trotz seines alters, das schwierige Gelände mit Leichtigkeit überwältigte. Der Hof erschien am dunklem Horizont und als der Wagen vor der Eingangstür parkte, rannten die Beiden schutzsuchend zur Tür, da der Niederschlag rapide zunahm. Besser konnte das Timing nicht gewesen sein, denn fünf Sekunden später, wären sie pitschenaß in die Wohnung eingetreten, was der alten Mary nicht gefallen hätte. Ein köstlicher Bratengeruch schwebte ihnen entgegen.

"Da seid Ihr ja. Roselyn, deck den Tisch und Sie, junger Mann, helfen mit. Dort stehen die Teller und die Gläser und wo das Besteck ist weißt Du ja Rose."

Mary öffnete den Ofen und bestrich den Braten mit Ale Bier und zischend röstete dieser knusprig vor sich hin. Zwei Stunden später saßen alle zu Tisch und genossen die göttliche Speise.

Das Fleisch war so zart, das es nur vom ansehen vom Knochen fiel und die Röstkartoffeln, sowie die dafür angesetzte Minzsoße, steigerten die aromatischen Dekadenzen auf der Zunge. Einen roten Burgunder, gab es nach dem zuvor eingenommenen Sherry und zum Abschluß wurde das Mahl mit Port, Cognac, Stinton Käse und Custard Pudding gekrönt.

"Ich habe noch ein paar Havanna Zigarren in Daddies Humidor. Möchten Sie eine?"

"Sie dürfen mich Patrick, Patosh oder Pat nennen gnädige Frau. Ich würde nicht nein sagen, doch ich möchte nicht Ihre Gastfreundschaft überstrapazieren. Sind Sie sicher, daß ich nicht unverschämt erscheine, wenn ich doch eine Zigarre ihres verstorbenen Vaters zu mir nehme?"

"Bevor sie austrocknen, möchte ich sie lieber verraucht sehen und Sie, Patrick, sind inzwischen ein gern gesehener Gast. Keine Sorge. Ich denke nicht das Archie mir das übel nehmen wird. Greifen Sie nur zu."

Patosh holte sich eine Monte Christo aus der Box, roch daran und zündete Diese gekonnt an. Was für ein Genuß und ja, so läßt`s sich leben.

"Archie hat diese sehr gerne geraucht. Endlich füllt sich der Raum wieder mit diesem exotischen Duft, denn mir hat dieser Rauch nie gestört. Wie lange haben Sie vor hier zu bleiben Patrick? Ich frage nur, damit ich das Gästezimmer entsprechend einrichten kann."

"Ich denke drei bis vier Tage Madam."

"Sie dürfen mich Mary nennen."

"Also gut. Mary." sagte Patosh lächelnd und er fand es angenehm, daß man ihm mit Patrick ansprach. Seinen richtigen Vornamen hatte er seit seiner Kindheit nicht mehr gehört und so wurde er nur von seinen Eltern gerufen, wenn er was schlimmes angestellt hatte. Mary ließ sich mit dem Abräumen Zeit und schaute in Richtung Roselyn, denn ihr plagte eine Frage, dessen Antwort sie nicht länger auf sich warten lassen wollte.

"Sag mal Liebes, hattest Du meinen Vornamen verwendet, als Du diesen Gentleman kennenlerntest, denn er suchte nach einer Mary Mitchell und ich bin mir sicher, ich war nicht damit gemeint."

"Ja Mum. Ich verwendete meinen Mittelnamen, da ich bei Fremden zunächst sicher gehen wollte und meine Identität so mir nchts dir nichts nicht preisgeben konnte. Ich gewöhnte mich aber daran Mary genannt zu werden, da Pat es so süßlich wiedergab. Ich hoffe Du bist nicht allzuböse darüber."

"Nein, nein mein Kind. Sein Gesicht hättest Du aber sehen sollen als er mich sah anstatt Dich. Ich muß jetzt noch innerlich lachen. Ihr seid schon seltsame Spaßvögel ihr Zwei. So, jetzt helft mir noch beim Abräumen und dann gehe ich zu Bett. Es war ein langer Tag und ich bin mir sicher, ihr habt vieles zu erzählen was mir nichts angeht."

Eine Stunde später war alles weggeräumt und abgespült und die alte Dame entschuldigte sich, denn es war Zeit ihre alten Knochen auszustrecken.

"Gute Nacht Ihr Lieben."

Mary Mitchell verließ den Raum und es dauerte eine geraume Zeit, bis die Ruhe durch Patosh abrupt unterbrochen wurde.

"Ich will Dich nicht anlügen Rose. Ich habe immer noch Probleme damit, Dich Rose zu nennen. Es ist alles sehr verwirrend für mich. Es war bereits verwirrend, als Du noch als Mary mit mir zusammenlebtest und mir deine Geschichte erzählt hattest. Doch jetzt verstehe ich nichts mehr. Ich lebe immer noch in einer sehr bizarren Welt, seit dem ich Dich kenne. Nichts macht mehr Sinn, doch zur gleichen Zeit habe ich sehr viel dazugelernt. Ich bin nicht freiwillig hier Mary, verzeih, Rose. Es kamen drei Venusianer in meine Lontzener Kneipe und ich wußte sofort, daß es keine menschliche Wesen waren. Ihr Benehmen und ihr Vybe Scanner hatte sie verraten. Sie haben unmißverständlich und eindeutig mir die Notwendigkeit für deine Rückkehr nach Venus mitgeteilt. Ich sollte Dich suchen, finden und überzeugen. Sie gaben mir auch diese Adresse hier und ich denke es hat etwas mit dem Eingriff in deinem freien Willen zu tun bezüglich irgend eines Gesetzes, der diese Maßnahme in besonderen Fällen erlaubt. Dein Vater hat seine Position beim Hohen Rat damit aufgeben müssen und du sollst, nein Du mußt zurück, um seine Stelle anzunehmen. Auch sagten sie, daß Du von Venus aus erfolgreicher sein würdest in deiner Mission, auf diesem Planeten irgend etwas noch positiv zu bewirken. Sie haben die Konsequenzen eindeutig beschrieben. Ich wußte in all der Zeit nicht wo Du bist und was Du tust und ich hatte meine Bedenken ihren Auftrag anzunehmen, denn Du mußt verstehen Rose, ich habe jeden Tag an Dich gedacht und egal wie sehr ich Dich aus meinem Leben verdrängen wollte, ich schaffte es nicht. Ich nahm den Auftrag nur an, um Dich wiederzusehen, egal wie Du Dich entscheiden wirst."

"Willst Du, daß ich die Erde für immer verlasse Pat?" frug sie traurig und mit ernstem Blick.

"Nein, natürlich nicht. Ich möchte am liebsten, daß Du mit nach Lontzen kommst und mit mir zusammenlebst…."

"Ich kann hier nicht weg. Meine Mutter macht es nicht mehr lange, denn man hat eine seltene Krankheit bei ihr diagnostiziert, die man nicht behandeln kann. Ich kenne ihre Krankheit nur zu gut und ich schulde Dir eine Erklärung, da ich weiß, daß nichts für Dich Sinn macht, so wie Du hier sitzt. Mein Vater ist nicht Archibald Basil Wellington und auch nicht der Mann, der angeblich nach Aberdeen abgehauen ist, sondern KLTXG. Dies ist zumindest ein Teil der Wahrheit. Ich weiß Du hast Dir sicherlich gefragt, wie man zwei Väter haben kann, jedoch dieser Teil der Geschichte ist eine, worauf ich überhaupt nicht stolz bin, wenn ich einen Stolz je gehabt hätte. Du mußt mir meine Geschichte glauben, und zwar die, die ich Dir jetzt erzählen werde und mich ausreden lassen. Fragen kannst Du danach stellen. OK? Archie ist mein Großvater, auch wenn ich ihn Daddy nannte. Er ist Mum`s unehelicher Vater."

Patosh nickte nur und sein Magen sagte ihn, daß der Horror jetzt erst beginnt.

"Meine Mutter wurde in ihren jungen Jahren von einem UFO entführt. Du hast bestimmt schon einige Geschichten darüber gehört, wie Menschen plötzlich verschwinden und dann wieder erscheinen. Manche haben noch eine Erinnerung, andere nur eine bruchteilartige Vorstellung was mit ihnen passiert ist. Dann gab es die, die sich an nichts erinnern konnten und diese Entführten wurden für Versuchszwecke weiterhin verwendet, da sie über eine höhere DNA Kompatibilität verfügten. Sie wurden sozusagen als Agenten auf Erden verwendet, ohne das Sie es wußten. Meine Mutter war so Ein Versuchsobjekt. Sie wurde geistig manipuliert, so daß sie meinte, sie währe von irgend jemand anderen geschwängert worden, doch das war so nicht der Fall. Am selben Tag der Entführung, paarte sich KLTXG mit Mutter und ich entstand und gleich nach der Paarung wurde meine Mutter auf ihr Bett molekularisch zurückgebracht. Wie ich das weiß? Gleich nach meiner Geburt hier auf dieser Erde, wurde ich ebenso "entführt". Von meiner Mutter gestohlen sozusagen und sie bekam einen Ersatz von mir in Hologramm Version. Meine Mutter lebte mit einem Scheinbild von mir und während dieser Zeit, bekam ich meine Ausbildung auf Venus für spätere Einsätze auf der Erde. Du mußt verstehen, KLTXG, also mein Venus Vater, hat sich mit tausenden von Wesen gepaart, um so seine Agenten im Universum zu verteilen. Das ist an sich nichts außergewöhnliches, denn andere Planetarier tun dies auch, nur mit dem Unterschied, daß sie keine Entführungen brauchen, denn Sie bekommen reichlich Freiwillige für dieses Projekt. Nur ihr Menschen seid dafür nicht bereit, da ihr Verstandstechnisch so was von zurückgeblieben seid, daß es mir fast leid tut. Besonders da meine Mutter selbst ein Mensch ist und bis heute keine genaue Ahnung hat, was mit ihr vorgefallen ist. Archibald glaubte nur, ein Fremder sei mein Vater gewesen, denn er hatte tatsächlich angenommen, Dieser hätte Mutter geschwängert. Tatsache aber ist, daß es nie einen aus Aberdeen gab. Jane, also Archies legitime Ehefrau, konnte nie Kinder bekommen, da sie selbst unfruchtbar war, jedoch trieb es Archibald gern mit Großmutter und meistens im Stall. Großmutter war zu der Zeit eine Magd und zeugte mit Archie meine Mutter Mary. KLTXG nutzte diese Situation aus und als Mutter, also Mary, volljährig wurde, hatte KLTXG sie entführt und sich mit ihr gepaart und hier bin ich. Irgendetwas jedoch, mußte er bei mir festgestellt haben. Irgend eine Gabe, eine Fähigkeit von der ich selbst nichts wußte, denn er behielt mich weiterhin auf Venus nach meiner Geburt und entwickelte eine sehr starke Kompatibilität zu mir. Mutter, also Mary, erhielt einen Hologramm von mir und ja, ich sollte KLTXG`s Nachfolger eines Tages werden, jedoch habe ich ebenso einen Mangel, denn er zwar mit einkalkuliert hatte, sich aber bereit zeigte dieses Risiko einzugehen. Ich bin halb Mensch. Ein echter Venusianer würde solche selbständige Taten, wie damals meine Flucht aus Venus, nicht unterenhmen, denn es würde die Prinzipien widersprechen, da alle gleich gepolt und in der selben Dichte, oder Schicht der Entwicklung existieren. Ich dachte das von mir auch, bis ich eines Tages, rein versehentlich, in den geheimen Seelenarchiv Einblick bekam. Ich war in einer ganz anderen Angelegenheit beauftragt worden, wo ich mir Wissen über die Sensibilität des besagten Auftrages einholen sollte und da geschah es. Normalerweise dürfen nur die Ältesten des Hohen Rates in diesem geheimen Archiv sich Einblick verschaffen, doch aus irgend einem, mir nicht erklärlichem Grund, gelangte ich hinein. Ich fand meine Synopsis, ihr würdet es Matrix oder Akte nennen. Eine Mikrosekunde später wußte ich wer ich eigentlich war. Alles in mir stürzte ein und geistig funktionierte nichts mehr. Meine Venusianer Prinzipien verschwanden. All diese gute und beispiellose Eigenschaften von bedingungsloser Liebe, freien Willen, das Recht auf Unantastbarkeit eines jeden Wesens, Dienst am Anderen etc., verschwanden. Ein Widerspruch jagte den anderen und das ging bereits tausenden von Jahren so mit Planeten, die nicht auf dem Stand der Venusianer oder höher standen. Ja, man wollte helfen, jedoch verwendete man genau die Methoden, die man uns verboten hatte. Unter anderem die LÜGE. Es dauerte nicht lange, bis sich plötzlich meine menschliche Eigenschaften sich bemerkbar machten und Emotionen sich in mir entwickelten, denn die Wahrheit hatte mich nicht nur befreit, sondern mich sehr miserable dastehen lassen. Ich konnte KLTXG nicht damit konfrontieren und es gelang mir, mich telepathisch zu isolieren so daß keiner mir in meinen Gedanken reinspionieren konnte. Doch wie lange wäre ich dazu in der Lage gewesen? Mehr und mehr entwickelten sich in mir menschliche Eigenschaften, die ich als Schwäche erkannte. Ich wurde unsicher trotz all meiner Venusianer Möglichkeiten und noch hatte ich die Privilegien des Hohen Rates in mir. Zwar nicht die der Ältesten, jedoch mehr als die mir zustehenden. Ich sagte bereits vorhin, daß Entführungen zu Wissenszwecken nur auf Planeten mit niedriger Entwicklungs-Dichte entstanden und die Erde ist eine davon. Wären wir gelandet und hätten Euch freundlich gefragt, ob man sich freiwillig zu Versuchszwecken mit unserem Geschlecht paaren lassen würde, so wäre einer eurer lächerlichen Panik ausgebrochen, doch wir mußten weiterforschen, um Verbesserungen im universellen Gleichgewicht zu entwickeln. Diese Entführungen waren niemals böse gemeint, doch in meinem Fall sah ich diese Lüge, die man meiner Mutter und auch meinem irdischen, ausgesuchten Großvater all diese Jahre aufgezwungen hat.

Danach bin ich geflohen und den Rest kennst Du."

"Also bist Du nicht geflohen, um diese Erde zu retten." Frug Patosh fast enttäuscht.

"Nein. Die Erde ist sehr wohl fähig mit vielem fertig zu werden und unsere Mittel sind begrenzt, um Einfluß nehmen zu können, sollte dieser Planet tatsächlich einmal kalt werden. Wir können nur beratend etwas tun, doch den Rat annehmen obliegt Eurem Wollen."

"Was passiert tatsächlich, solltest Du auf Venus zurückkehren?"

"Man würde mich deaktivieren, was einer Hinrichtung gleichkommt. Mein Vater, also KLTXG, hätte ebenso keinen Einfluß drauf.

Sie haben für ihn bereits einen Nachfolger gefunden und Dich haben diese drei Fremde, in Lontzen, auch nur manipuliert."

"Ich dachte das würden Venusianer nicht tun. Die Orion Gruppe sei doch dafür bekannt negative Manipulationen zu verwenden…."

"Wenn das Gleichgewicht auf Venus auf dem Spiel steht, dann werden außerordentliche Maßnahmen übernommen."

"Also gilt diese Maßnahme nur für das Gleichgewicht auf Venus und nicht auf das gesamte Universum." schoß Patosh fast wütend zurück.

"Wir sind ein Staubkorn im Ganzen, so wie dieser Planet es ist. Meinst Du wir Venusianer würden reichen, um den gesamten Gleichgewicht des Universums beeinflussen zu können? Eine weitere Lüge der besonderen Maßnahmen. Die Orion Gruppe, kennt inzwischen die Lage und nutzt diese schamlos aus. Sie wissen, daß wir Venusianer, durch mich, ein Problem haben und sie werden alles tun, um mich am leben zu halten. Ich bin ein Pfand, denn solange ich am leben bin, bin ich eine Gefahr für Venus, obwohl ich nie etwas tun würde, das diesem Palneten schadet. Venus ist ein Garten Eden. Das Wissen und die Schwingung aus ihrer Energiequelle ist einzigartig. Venusianer sind freundliche, friedfertige Wesen und ich habe eine schwere Bürde zu tragen, denn ich habe sie trotz alledem geschadet ohne es zu wollen."

"Dein kosmischer Vater spielt wohl gerne den lieben Gott…."

"Nimm dieses Wort nicht in dem Mund. Ihr und euer Gott. Ein Aberglaube der Eure Dummheit nur erhöht, wie die gesamte Orion Gruppe es bereits tut. Eure Wahnvorstellung von einem Wesen, daß über menschliche Züge verfügt und über Tod und Leben, Himmel und Hölle, Krieg und Frieden entscheidet ist nur ein weiterer Scharlatan im Kreis eures Aberglaubens. Ja, ihr fühlt Euch hingezogen zu etwas Höherem. Das was ihr Gott nennt ist eine Wahrnehmung an Schwingungen, Energien, Austausch von kosmischen Beeinflussungen. Es Euch erklären zu können wäre unmöglich, denn das Verständnis dazu verfügt ihr nicht und es würde Euch nur überfordern. Dahin zu kommen bedürft ihr der Reife und der evolutionären Weiterentwicklung."

"Jaja. Wir Menschen sind alle dumm…" protestierte Patosh.

"Bestes Beispiel dafür ist deine Reaktion mein Liebster. Ärgere Dich bitte nicht, denn ich versuche Dich der eigentlichen Wahrheit näher zu bringen."

"Was ist eigentlich mit den anderen Drei? Jonathan, Martha und Fred? Wo sind sie?"

"Jonathan, Martha und Fred leben in Bedford. Sie haben vor zwei Jahren einen Lebensmittelladen eröffnet, nachdem sie die Finca in Spanien verkauft hatten, und wir sind gemeinsam hierher gezogen. Es ist mir gelungen, sie zu überreden, in meiner Nähe zu bleiben, für den Fall, daß die Dinge, die man uns auferlegt hat, bei der Suchaktion aus dem Ruder laufen. Sie wurden in Bedford aufgenommen, und das Geschäft läuft sehr gut. Jonathan hat für sich und seine Familie ein altes Haus gekauft, na ja, eher ein Cottage, aber sie sind glücklich und haben die ganze Sache vergessen.

Ich kann mir nicht vorstellen, welche Folgen es hätte, wenn ich ihnen von deiner Mission erzählen würde. Sie würden niemals zustimmen zur Venus zurückzukehren, denn ihr Leben wäre ruiniert. Du solltest sehen, wie leidenschaftlich sie bei der Sache sind, und Fred ist auch in der Schule sehr beliebt, ganz zu schweigen von seinen Schulergebnissen, wo jeder schon davon spricht, dass Fred ein zweiter Stephen Hawking wird."

"Gott bewahre. Ich würde mir nie wünschen, unseren Fred im Rollstuhl zu sehen. Aber ja, du hast Recht. Was sollen wir also tun?"

"Das weiß ich nicht. Der einzige Grund, warum wir noch hier sind ist, daß die Venusianer uns nicht einfach zur Rückkehr zwingen können. Das würde die Gesetze unserer Prinzipien weiter destabilisieren, und die besondere Maßnahme, in den freien Willen anderer einzugreifen, hat bereits zu schlimmen Folgen geführt. Der Hohe Rat ist sich bewusst, dass die Orion-

Gruppe nur darauf wartet, uns völlig aus dem Gleichgewicht zu bringen, denn wenn unsere eigene Sippe uns von der Erde vertreiben sollte, wäre das das Ende unserer Lebensweise. Wir hätten unsere eigene Gesetze gebrochen und die Orion-Gruppe hätte freie Hand, das gesamte Universum zu ihrem Vorteil auszubeuten. Jeder würde zu ihrem Sklaven werden."

"Ich verstehe. Das ist ein ziemliches Dilemma, indem wir stecken. Ich frage mich, warum Ihr überhaupt hier auf diesem Planeten seid? Ist es nicht so, dass dieses ganze Problem durch Eure Einmischung vor Tausenden von Jahren entstanden ist? Selbst wenn Ihr hierher gekommen seid, um uns zu helfen, haben die Venusianer schon damals mit Ihrem Erscheinen in den freien Willen der Menschen eingegriffen", wagte Patosh Roselyn zu kritisieren.

"Das eigentliche Problem ist, dass die Menschen nicht von der Erde selbst stammen, sondern woanders genetisch reproduziert wurden. Ihr seid hier, weil ihr anderswo nicht lebensfähig gewesen wärt."

"Moment mal. Willst du damit sagen, dass wir künstlich erschaffen wurden?"

"Ja Pat, genau das. Ihr wurdet auf der Venus erzeugt, und um ehrlich zu sein, war die Grundidee nicht ehrenhaft.   Vor genau achtzig Millionen Jahren brach auf Venus eine Seuche aus, die mehr als die Hälfte unserer Spezies auslöschte. Du musst verstehen Pat, daß wir damals noch nicht so weit entwickelt waren wie heute und daß wir allein aufgrund unseres Körperbaus nicht für körperliche Arbeit geeignet waren. Als wir noch viele waren, konnten wir viel gemeinsam schaffen, aber als wir fast vollständig dezimiert wurden, musste eine Lösung her.

"Ich vermute etwas Schreckliches", rief Patosh entsetzt.

"Ich hätte es Dir erzählen sollen, als wir noch in Spanien lebten, doch ich befürchtete, daß Du meine Geschichte nicht glauben würdest und mich für verrückt hieltest. Ich erzähle Dir jetzt alles, da ich Dich nicht mehr verlieren will und Du verstehen sollst, warum ich nicht mehr nach Venus zurückkehren kann. Mein Kosmischer Vater hat bereits seine letzte Amtshandlung ausgeführt und sich selbst damit aus den Amt geworfen, um es mit Euren Worten auszudrücken. Hätte er mich einfach nur in Ruhe gelassen, wäre es nicht soweit gekommen.

Man hätte mich ganz einfach lebenslänglich verdammt, aus dem System gelöscht wie ein digitaler Virus und das Leben wäre einfach so weiter gelaufen wie bisher. Wir Beide, also mein kosmischer Vater und ich, haben all dies eingebrockt. Ich durch meine Flucht und er durch seine irrationalen Handlungen. Etwas, das man für nicht möglich gehalten hätte war somit passiert, denn andere unerwünschte Spezies wurden dadurch hellhörig. Ich muß mich nicht wiederholen, was mit mir passiert, sollte ich zurückkehren. Das Selbe gilt für Jonathan, Martha und Fred. Es ist somit ein Lotteriespiel aus dem Ganzen geworden. Bleib ich hier, können zwei Dinge passieren. Entweder nichts, da man das Gleichgewicht nicht weiter stören will, oder wir werden Zwangsentführt und das würde ein Höllenspektakel im Universum auslösen. Ein Konzil würde man ausrufen wobei alle Oberhäupter unseres Sonnensystems zusammentreffen und dann entschieden wird, was mit uns allen passiert. Mit der Erde und mit Venus und glaube mir, die Bösen werden ebenso darunter sein."

"Ihr habt eine Pandora Box damit geöffnet. Was uns aber nicht weiterbringt in Sachen Lösungsfindung. Was ich aber nicht ganz verstehe ist, ihr macht auf diesem Planeten ebenso "Urlaub" so wie wir es auf den Kanaren tun. Machen das die aus Orion ebenso?"

"Nein. Sie kommen hierher, um wie vorhin erwähnt, die Menschen zu infiltrieren und zu manipulieren. Ihre Anwendungstechnik ist es, verzweifelte, leidende, Menschen mit niedrigen Selbstwertgefühl ins Gewissen telepathisch reinzupfuschen. Das ist es, was es so gefährlich macht, denn diese schwache Menschen sind für solche negativen Therapien sehr empfänglich, um den Grund ihrer Miseren, ihrer Inkompetenz oder für ihr Versagen, auf andere abzuschieben und zwar auf diejenigen, den es verdienterweise besser geht. Ich rede nicht von denjenigen, die sich ihr Vermögen auf krimineller Art und Weise angeeignet haben, sondern von denjenigen, die wirklich hart dafür gearbeitet haben und andere an ihren Erfolg beteiligen. Diese Personen sind das das Ziel für Neid, Eifersucht und Missgunst. Die Welt ist voller Verlierer und Tunichtgut und Verantwortlich ist jeder selbst für sein Schicksal. Zumindest bei den Meisten. Man bekommt bei der Geburt einen Auftrag und dieser heißt zu lieben, glücklich zu sein und andere mit an diesem Glück zu beteiligen. Natürlich müssen die Anderen genauso funktionieren, sonst ist der Kreislauf nie geschlossen. Vor 75,000 Jahren war dies auf der Erde noch der Fall, aber dann hatten der Orion Clan mit ihren Ziel Erfolg, als wir für den Krieg von der Erde abgezogen wurden. Ein unverbesserlicher

Fehler und wir sind auf diese Finte reingefallen. Doch um auf dem Punkt zu kommen Pat. Die einzige Lösung zu diesem Problem wäre, Ich würde alles wofür ich gelebt habe aufgeben und mich nach Venus bringen lassen. Die Ruhe wäre wieder eingekehrt, jedoch würde man eine Lüge decken und ich und die anderen drei, deaktiviert."

"Das wollen wir auf gar keinen Fall, Roselyn." meinte Patosh nachdenklich.

"Dann werde ich nach Venus für dich gehen!" kam plötzlich aus einer dunklen, unübersichtlichen Ecke.

"MUTTER!" schrie Roselyn entsetz. "Hast Du alles mitgehört?"

"Ja mein Kind. Ich wußte es von Anfang an, was mit mir damals geschah, denn ich bekam regelmäßige Albträume danach, hatte es aber niemanden erzählt. Keiner hätte mir geglaubt. Ich weiß noch sehr genau wie und was man mit mir getan hatte, auch wenn dein kosmischer Vater annahm, daß ich alles vergessen hätte, so hatte er eines nicht bedacht. Ich hatte keine Furcht und dadurch konnte sich mein Erinnerungsfeld im Gehirn nicht manipulieren lassen. Das wissen die Venusianer heute noch nicht. Sie hatten es ja nur mit panisch verängstigten Individuen zu tun und somit leichtes Spiel mit Ihnen. Jedoch muß ich eines dazu sagen, denn es wäre nicht fair diese Angelegenheit einfach so in den Raum zu lassen, ohne die wunderbaren Erlebnissen, die dadurch entstanden, zu erwähnen. Es wurde mir niemals weh getan und deine Zeugung, mein Kind, geschah durch einer DNA Infusion, wenn man es so nennen will. Telepathisch konnte es nicht geschehen, denn nur von Venusianer zu

Venusianer ist dies möglich, nicht aber wenn eine andere Spezies "befruchtet" wird. Faszinierend, nicht wahr?

"In der Tat. Dies ist faszinierend Mary. Aber wußte Archibald, Ihr Vater, nichts davon?" frug Patosh überwältigt von diesem Geständnis der alten Frau.

"Er wußte es nur zu genau, denn ich habe ihm alles erzählt. Archie war ein wunderbarer Mensch, trotz seiner Spielleidenschaft und alles andere, was von der heutigen und damaligen Gesellschaft so verpönt wird. Er war eine ehrliche Haut und er liebte mich sehr. So sehr, daß es ihm nichts ausmachte Roselyn als nicht seine irdische Enkelin zu wissen. Ich habe ihm alles erzählt und er glaubte es mir, ohne einen Augenblick daran zu zweifeln, denn so etwas konnte man sich nicht ausdenken was mit mir geschah, auch da er Sichtungen in Connington on the Shyre öfters erlebt hatte und ich nicht die erste war, die plötzlich verschwand. Diese Vorfälle passierten in regelmäßigen Abständen. Früher waren es alle drei Jahre, dann alle fünf Jahre und schließlich alle zehn Jahre. Die "Entführten", wenn man sie so nennen will, erschienen alle wieder und alle, außer mir, konnten sich an nichts mehr erinnern. Viele leben heute noch in Bedford und Umgebung, sie aber darauf anzusprechen, hat kein Zweck. Ihr solltet KLTXG davon überzeugen mich mitzunehmen, da ich mich an alles noch erinnern kann und ihr müßt Euch dann einer vollständigen Erinnerungsbehandlung unterziehen. Soll heißen, du Roselyn, sowie Martha, Jonathan, Fred und auch Du Patrick, willigt einer vollständigen Löschung eurer Erinnerungen ein. Auch mußt Du Dir bewußt werden lassen, daß alle deine Privilegien entzogen werden Roselyn, aber ich denke darauf würdest nur zu gerne verzichten."

"Nicht ganz Mutter. So eine Behandlung beduetet auch, daß ich mich nicht mehr an Pat erinnern werde, denn die Uhr wird von dem Zeitpunkt aus, auf null gesetzt. Ich aber liebe ihn und will mich immer an ihn erinnern. Auch die Sache mit den "Privilegien" paßt mir nicht. Wer soll auf diese Missstände, die geschahen, aufmerksam machen wenn ich kein Sagen mehr habe?"

"Vergiss eines nicht, mein Engel, der Orion-Clan schläft nicht und wartet nur darauf, eine dubiose Veränderung im Hohen Rat zu melden. Deine Ernennung wird geprüft und und bis zum kleinsten Detail überprüft werden, und das Schlimmste ist, dass ein Rat mit Unabhängigen gebildet wird, und sie werden nichts unversucht lassen, bis sie etwas finden. Vor allem nicht diejenigen, die dem Orion-Clan angehören. Deine Flucht hat dich zur Zielscheibe für andere gemacht, und dein kosmischer Vater ist erledigt, wenn du nicht zurückkehrst. Er wird deaktiviert werden. Aber ich könnte verhandeln und mich an deiner Stelle anbieten. Ich habe nicht mehr lange zu leben Roselyn und die Schmerzen werden immer schlimmer, also laß mich bitte selbst entscheiden, wie ich die Erde verlasse. Dein Tod würde keinen Sinn machen, und mach dir keine Sorgen. Wenn ihr beide füreinander bestimmt seid, dann kann das Löschen der Erinnerung nichts an eurer Liebe ändern. Angst wäre jetzt nicht angebracht, also lass es mich tun."

"Ich will nichts davon wissen, Mum. Es schockiert mich schon, daß Du dein Wissen all die Jahre verheimlichst hast, denn nachdem, was du hier aufgetragen hast, bist du mit den Machenschaften des Hohen Rates sehr gut vertraut. Ich frage mich, in wieweit dein Wissen über die Venusianer ausreicht, denn offenbar bist Du zu einem Experten geworden, ohne mich jemals davon in Kenntnis zu setzen.'

'Was hätte ich Dir denn sagen sollen? Es war egoistischerweise nicht nur zu deinem Schutz, sondern auch zu meinem. Die Venusianer sollten glauben, dass ich mich an nichts erinnere, sonst wären wir schon längst alle eliminiert worden. KLTXG hatte den Fehler gemacht, etwas Besonderes in dich zu sehen und dich auf der Venus behalten. Er hatte Gefühle für dich entwickelt, obwohl das nie hätte passieren dürfen, weil es dort keine Gefühle gibt. Das war ein großer Fehler. Er hätte dich gleich nach deiner Geburt auf die Erde lassen und dich von der Venus aus telepathisch steuern sollen, um seine Forschungszwecke zu erreichen, die an sich nur Gutes im Sinn hatten. Du weißt selbst, daß die Venus nichts Böses kennt und daß ihre Bewohner nur eines im Sinn haben. Bedingungslose Liebe. Ihr beide, KTLXK und KLTXG, habt dieses Ungleichgewicht verursacht und um es auszugleichen, müsst ihr jetzt Kompromisse eingehen, meine liebe Tochter. Deine Deaktivierung und die der anderen drei macht den Verlust nur noch größer, aber ich habe mein Leben gelebt und ich hatte ein sehr gutes Leben. Sei nicht dumm."

Roselyn saß da und schaute in die leeren Augen ihrer Mutter, die seelenlos und erschöpft blickten. Erschöpft von den Jahren der Geheimhaltung ihres Wissens und doch konnte man auch eine Erlösung finden, denn endlich hatte sie sich von dieser Bürde gelöst und mit ihrer Tochter, ihr erdrückendes Geheimnis geteilt.

"Sie sagten, daß man auf Venus Gefühle nicht kennt und doch sprechen Sie von der bedingungslosen Liebe, die dort herrscht. Wie ist es möglich? Geht das?" frug Patosh zweifelnd, denn auch er hatte in den letzten Jahren einiges, durch die Beziehung, die er mit Roselyn, damals Mary, auf Spanien und während ihrer Fahrten durch Europa gelernt. Damals hatte er nicht so sehr hinterfragt, aus Rücksicht zu ihr, Roselyn. Auch da er nicht alles glauben konnte was er hörte. Hier jedoch, auf Connington on the Shyre, war er drei Jahre älter und jetzt, als er seine große Liebe wieder fand, sehr bemüht alles gründlich zu verstehen und die Versäumnisse von damals, nicht wiederholen zu lassen.

"Das was man hier unter Liebe versteht, ist nicht das selbe Patrick. Liebe bedeutet auf Erden auch meistens Leid, dabei ist Liebe das absolute Gegenteil und das hatte mein Vater Archibald sehr gut verstanden. Liebe ist das Lebenselixier des Universums und Leid ist ein Produkt der menschlichen Gefühle. ERGO, haben Gefühle im Universum kein Bestand und nichts zu suchen. Im Universum dient man den anderen um den Kreislauf bestehen zu lassen und um sich im Geist weiterzuentwickeln. Die universale Liebe gibt man mit einer Selbstverständlichkeit, ohne etwas dafür Zurück zu erwarten, was hier auf Erden nicht mehr der Fall ist. Sexuelle Liebe gibt es auch im Universum und dient dem Energieaustausch und der Neugewinnung der Selbigen. Gefühle stören der Liebe, denn Gefühle bringen Eifersucht, Streit und Besitzergreifung mit ihm Spiel. Die Liebe zu Jemanden, muß man auf dieser Erde täglich beweisen, was am Ende keine Liebe mehr ist. Barmherzigkeit und Mitgefühl, so selten diese Eigenschaften auch geworden sind, sollten bedingungslos, ohne Vorbehalt und automatisch in unseren täglichen Leben bestehen. Diese Eigenschaften kommen aber bei uns immer seltener vor. Gefühle und Liebe haben im Universum nichts miteinander zu tun und einen Beweis dafür aufbringen braucht man ebenso nicht. Ihr werdet fragen woher ich das alles weiß. Meine Entführung war, in vielerlei Hinsicht, ein Segen denn es werden einem dabei die Augen geöffnet und wenn man der Versuchung der Orion Gruppe widerstehen kann, ist dieser Segen in einem unauslöslich. Erlebt einer so eine "Entführung" kommt Er oder Sie verändert zurück. Bereinigt und Resettet wenn man so will. Viele der "Entführten sind leider rückfällig geworden, aber die Wenigen, die widerstehen konnten, bringen ebenso Hoffnung. Deswegen, gibt es für mich kein zurück in meiner Entscheidung. Patrick, bringe meinen Vorschlag zu denen, die Dich besucht haben und überzeuge sie, das es eine gute Option ist, denn Ihr habt noch das ganze Leben vor Euch."

Patosh hörte die alte Mary bis zum Ende zu und sagte minutenlang kein Wort und auch Roselyn, die inzwischen in Tränen ausbrach, nicht ganz sicher ob aus Wut oder Bedauern, brachte keinen Satz heraus. Zweimal schnäuzte sie in ein Taschentuch und sagte schließlich.

"Du hast Recht Mutter. Ich werde dein Angebot annehmen, auch wenn ich mir sicher bin, daß es dein Tod bedeuten wird."

"Das weiß man nicht mit Sicherheit Roselyn, denn die Venusianer sind keine Mörder. Sie sind nur für das Gleichgewicht verantwortlich und deaktivieren heißt lange nicht jemanden zu töten, sondern nur stilllegen und wer weiß, vielleicht kann sich mein Körper wieder regenerieren. Ich kann jedoch so nicht weiter leben."

"Glauben Sie an einer Inkarnation Mary?" frug Patosh unsicher.

"Ja, aber sie verläuft nicht so, wie es sich die Welt vorstellt. Man kann zwar zurück kommen, aber dies geschieht nur auf freiwilliger basis und wenn man bereit ist Dienst am Anderen zu tun.

Soll heißen zurückkehren um zu helfen. Andere werden als Reisende in andere Sonnensystemen geschickt und kehren dann zurück einer anderen Dichte zugehörend. Jedoch Vorsicht ist geboten, denn das selbe gilt für die Orion Sippe. Alle fünfundzwanzigtausend Jahre geschieht die "Ernte". Seelen werden befördert oder ach nicht, wenn man es so deuten darf...."

"Mutter, erzähl nicht so viel. Es ist zu gefährlich. Du weißt nicht ob sie uns zuhören. " unterbrach sie Roselyn.

"Du hast recht mein Kind. Ich bin froh, daß Du zur Vernunft gekommen bist und hoffe, daß auch Sie, Patrick, Verständnis für all das haben, denn ich weiß wie sich das alles anhören muß, für einen nicht Eingeweihten. Das schlimmste aber ist, daß ich all die Jahren geschwiegen habe und meine Tochter im Dunkeln hab stehen lassen. Sie dürfen keine Zeit mehr verlieren Patrick, denn ich spüre, daß eine Antwort frühzeitig erwartet wird. Wann also haben Sie vor nach Belgien zurückzukehren?"

"Mit dem nächsten Flug Mary. Ich denke morgen Abend." sagte Patosh traurig dabei Roselyn anschauend, die ebenso mitgenommen von all dem da saß und sich die Tränen von den Augen wischte.

"Ich kann leider nicht mitkommen Pat. Sie würden es sofort bemerken." sagte sie Haltung bewahrend. Patosh nickte nur.

"Eine Frage hätte ich noch. Was ist mit dem Orion Clan? Meint ihr nicht sie werden alles tun, um Dich Roselyn und vielleicht auch Sie, Mary, zu entführen? Ihr Beide seid doch für sie ein wertvolles Pfand."

"Ich denke nicht, daß dies möglich ist, da sie nur telepathisch wirken können und nicht physisch. Außerdem bekämen es die Venusianer mit und sie sind in der Hinsicht fortgeschrittener was dieser Sache betrifft. Doch ich bin nicht allwissend und sollte diese Möglichkeit nicht ausschließen." sagte Mary etwas verunsichert.

Sie umarmten sich noch einmal und Patosh bedankte sich für die Gastfreundschaft., bevor sie alle zu Bett gingen. Roselyn nahm das andere Gästezimmer, denn die Wunden der Vergangenheit waren nicht geheilt und sie brauchte Zeit. Sie war nicht mehr die Mary, die sie einst war und Patosh wußte dies nur zu gut, da auch er innerlich aufgewühlt war und so konnte er seine Gedanken nicht ordnen, wie er es sonst immer selbstsicher tat.

Zurück nach Lontzen

Patrick war dieses mal schlauer und buchte seinen Flug um, denn Heathrow war weit und Luton quasi um die Ecke. Roselyn fuhr ihm zur Bushaltestelle nach Bedford, da sie beide kein Risiko eingehen wollten. Sie fühlten sich beobachtet und mit Sicherheit wurden sie es auch, doch wer genau es tat war keinem klar. Er mußte stark sein und jegliche Gedanken unterdrücken, denn ganz sicher war der Orion Clan bereits am Werk seine Gedanken manipulieren zu wollen. In Bedford küßten sich Roselyn und Patosh noch einmal leidenschaftlich, konnten sich aber kein Versprechen gegenseitig geben, wann und wo sie sich wiedersehen würden. Jetzt galt es zunächst einmal zu verhandeln und hoffen, daß die drei Venusainer, vom letzten Kneipenbesuch, auf das Angebot eingehen werden. In Luton endlich angekommen, checkte Patosh sich beim BA Schalter ein und nahm die Bordkarte vom Automaten entgegen. Kein Mensch saß oder stand mehr hinter dem Schalter, um persönlich den Fluggast zu begrüßen. Man legte den Reisepass auf einem Scanner auf und schon wurde die Bordkarte ausgedruckt. Der Mensch wurde überflüssig und ausgetauscht, nur nicht bei der Sicherheitskontrolle. Gürtel, Jacke, Schuhe und alles andere Kleinkram, wie Münzen, Schlüssel und Handy wurden in einem Plastikbehälter gelegt, bevor es durch den Röntgenapparat ging. Er hatte Glück, denn er wurde nicht zurückgerufen und eiligst zog sich Patosh, Gürtel, Schuhe und Jacke wieder an. Sein Flug würde in 75 Minuten erst starten.

Genug Zeit um sich ein Caffè zu genehmigen, was dann aber zu einem Bier wurde, da das Bier um fast einen Pfund billiger war. Nichts machte Sinn so schien es. Am teuersten war aber das Mineralwasser und Patosh dachte über seine Priese in der Kneipe nach. Wie billig waren seine Preise verglichen zu diesem Wucher. Er konnte sich jedoch etwas lösen und dachte an Georgette, hoffend, daß sie alles im Griff hatte während seiner kurzen Abwesenheit und ja, es waren gerade 48 Stunden vergangen doch sie kamen wie Sekunden vor.

"Verzeihen Sie, reisen Sie nach Brüssel?" frug ein Herr, anfang fünfzig ihn freundlich und der am Barhocker neben ihm Platznahm.

"Ich habe den Zug in Bristol noch erwischt und der hatte bereits dreißig Minuten Verspätung. Ich hoffe ich bin hier am richtigen Gate?"

"Das sind Sie Sir. Sie haben über eine Stunde Zeit." beruhigte ihn Patosh.

"Für mich bitte auch ein Bier." bestellte der Fremde beim Barkeeper noch schwitzend vom rennen.

"Reisen macht keinen Spaß mehr und diese blödsinnige Sicherheitskontrolle ist wohl das letzte. Man wird nur noch als Verbrecher behandelt, wenn Sie mich fragen."

"Das stimmt. Bin auch froh, wenn ich wieder zu Hause bin." sagte Patosh zustimmend.

"Sind sie aus Brüssel?" frug der Fremde.

"Nicht ganz."

"Ich muß den Zug von Brüssel aus nehmen. Fahre nach Lontzen meine Schwester besuchen." sagte Dieser noch aufgeregt. Patosh wurde sofort klar, daß dies kein Zufall sein konnte, denn wie Hoch ist die Wahrscheinlichkeit, daß einer dorthin will, besonders nach dem ganzen Theater in Connington on the Shyre.   Patosh blieb aber standhaft und sagte nichts weiter, auch hatte er keine Lust auf einen Small Talk mit dem Fremden, doch was tun, wenn der Nebenmann nicht aufhört zu reden? Einfach aufstehen und gehen? Das wäre unfreundlich gewesen und das war er als Wirt nicht. Stattdessen ließ er sich die Ohren volllabern und nickte nur zustimmend jedes mal, wenn er meinte den richtigen Zeitpunkt dafür getroffen zu haben.

"...Sie sollten wissen, ich bin zwar Belgier, aber mit einer Engländerin bereits 23 Jahre verheiratet. Arbeite in Bristol beim Straßenverkehrsamt. Meine Lucy würde mich sonst nicht so schnell abreisen lassen, jedoch diesmal konnte sie mich nicht zurückhalten, denn ich habe ein sonderbares Hobby. UFOs...Jaja ich weiß, sie denken wahrscheinlich "...Welch ein Spinner..", aber angeblich sind gestern Nacht sechs Stück dort gesichtet worden und plötzlich in einem See oder einem Fluß verschwunden. "

"Aha. Und was werden Sie dort in Lontzen tun? Danach tauchen?" frug Patosh genervt.

"Wer Ich? Nein, ich doch nicht. Sehe ich wie ein Athlet aus? Meine Kumpels machen das. Zwei sind aus Amerika bereits unterwegs und noch drei andere kommen aus Spanien,

Deutschland und Norwegen. Experten mit jahrelanger Erfahrung."

"Erfahrung im Tauchen? Ich dachte Sie wollten ihre Schwester besuchen."

"Ja auch. Sie ist auch Ufologe, so wie ich. Klar. Klingt geschwollen, wir haben keine Ausbildung oder einen Diplom dafür, denn seien wir mal ehrlich, es ist mehr eine Leidenschaft und Spinnerei. Aber wie sollen wir uns anders nennen."

"Verstehe. Was machen Sie danach? Nachdem sie die Raumschiffe gefunden haben?"

"Na groß an die Glocke hängen. Die Menschen haben ein Recht es zu wissen, daß wir Jahrelang angelogen wurden und daß sie unter uns leben. Unsere Lobby wird immer größer und...."

"Ja habt ihr denn auch Beweise? Unscharfe Fotos reichen nicht aus und es wird viel Schindluder damit getrieben. Vieles kann man nicht glauben, was man vorserviert bekommt und meinen Sie nicht, daß die Außerirdischen sich blicken lassen würden, wenn sie es wollen gesehen zu werden? Na ich weiß nicht. Aber bitte sehr. Jeder hat ein Recht auf einen Hobby."

"Wollen Sie es nicht wissen wenn es so wäre? Würde es Ihnen nicht interessieren?"

"Ich denke nur, daß die Menschen für solch einen Schock nicht bereit sind."

"PASSAGIERE NACH BRÜSSEL mit BA 433 WERDEN GEBETEN SICH AM GATE 35A ZU BEGEBEN. DER EINSTIEG....."

"Das gilt uns!" rief Patosh dankbar, denn er konnte das Geschwätz nicht mehr mit anhören. Wenn dieser Typ nur wüßte was in Wirklichkeit abging, würde er sich einen anderen Hobby suchen.

Schnell wurde die Zeche bezahlt und sie begaben sich zum Gate, doch anstatt daß sich der Fremde von Patosh löste, klebte er sich an ihn ran. Patosh hoffte nur, daß sie nicht zusammen sitzen würden und sein Gebet wurde erhört. Wieder bekam Patosh einen Sitz am Gang, diesmal weit vorn und der Fremde begab sich nach hinten an einem Fensterplatz. Spätestens in Brüssel könnte sich Patosh schnellstens von diesem Parasit lösen und davon rennen, da er nur Handgepäck mit sich trug und nicht zum Gepäckband mußte. Eine knappe Stunde später landet der Airbus A 320 in Brüssel und sobald die vordere Tür geöffnet wurde, nahm Patosh seien Beine unter die Arme und rannte los. Doch das Problem war nicht damit gelöst, denn auch er mußte den Zug nach Lontzen nehmen und wer weiß, vielleicht trifft man sich dann dort wieder. Doch auch hier hattte es jemand von oben gut mit Patosh gemeint, denn weit und breit war von diesem Hobby UFO Experten nichts zu sehen. Erschöpft kam er kurz vor 23 Uhr in Lontzen an und Georgette holte ihn mit dem Wagen ab. Man umarmte sich und fuhr los. Schemenhaft konnte Patosh noch den Fremden erkennen, wie Dieser einen Taxi nahm und davon fuhr und erlöst konnte sich Patosh sich wieder an das was Georgette erzählte gänzlich konzentrieren.

"Also Chef. Es gibt nichts zu erzählen." sagte sie lächelnd.

"Was ist mit angeblichen Sichtungen? Hat man keine UFOs gesichtet?" frug er neugierig, aber Georgette schaute ihn nur verdutzt an und lachte.

"Nein Chef. Bei uns alles ruhig und glaube mir. UFOs wurden keine gesichtet. War auch nix in der Presse oder im Fernsehen und die Gäste haben auch nichts gesehen."

Wer war dieser Fremde dann, der solch ein Gerücht in die Welt setzte? Die Lontzener waren bereits erfahren und hatten wahrscheinlich mehr Sichtungen und beweisbare Situationen erlebt als je einer dieser Ufologen und wenn Georgette sagt, das keine Sichtungen stattgefunden haben, dann sind auch keine erschienen. Dieser Fremde war etwas ganz anderes als das was er von sich gab und Patosh wurde unruhig. War er einer vom Orion Clan?"

Die Tage vergingen und die Kneipe, mit dem Namen "Goldener Krug" war täglich bis zum letzten Tisch ausgebucht. Georgette war mit der Arbeit überfordert und Patosh mußte noch einen Koch und eine zusätzliche Bedienung einstellen. Sie wurden auf Provision entlohnt und die Trinkgelder durften sie auch einbehalten, außer der Koch, der ein festes Gehalt beziehen wollte. Auch Patosh war mit allem inzwischen überfordert, denn er hatte kaum Zeit, um für sich irgend etwas zu unternehmen und die drei Fremden, die er unbedingt treffen mußte erschienen nicht, was ihm Sorge bereitete. Er versuchte es mehrmals auf telepathischer Art und Weise, aber vergeblich.

Zuletzt blieb nur der Vybe Scanner übrig, der nicht nur Geld produzieren, Navigieren und Hollogramme erstellen, sondern auch, wenn man sich damit auskannte, für die Kommunikation benutzt werden konnte. Da aber hatte Patosh mit Schwierigkeiten zu kämpfen, denn mußte man ein Code, der nur den Venusianer zugeteilt wurde, eingeben. Den hatte Patosh natürlich nicht. Seine Gedanken, bezüglich Roselyn, wurden nur durch die Arbeit abgelenkt, jedoch sobald er für eine Sekunde nichts zu tun hatte, dachte er an sie. Er schmachtete nach ihr und wollte am liebsten mit ihr weit weg verschwinden und dieses mal dort, wo man niemanden finden konnte. Nach Patagonien vielleicht. Wenn es die Nazis es tun konnten, warum dann er nicht? Die social Media berichtete im Fernsehen wöchentlich, doch meistens auch über My Tube. UFOS waren natürlich ein Hauptthema, jedoch langweilte und ärgerte sich Patosh des Öfteren über die meist unseriösen Blogs und so schaute er sich auch gerne andere Themen an. So, zum Beispiel, fiel ihm ein Blog auf mit dem Titel "Grey Wolf" the escape of Adolf Hitler. Es berichtete über die mögliche Flucht dieses Monsters nach Patagonien in Argentinien. Er hätte sich angeblich nicht das Leben genommen, sondern sei mit anderen seiner Schergen dorthin abgehauen und die Leichen, die man an der Wolfsschanze fand gehörten nicht ihm und Eva Braun. Auch sie wäre mit verschwunden und zusammen hätten sie eine Tochter angeblich gezeugt. Patosh fiel die Schönheit dieses Patagoniens auf, aber ebenso die Abgelegenheit von dem Rest der Welt. Dort konnte man sich verstecken und man wäre, zumindest für längere Zeit unauffindbar. Dorthin würde er mit Roselyn verschwinden und sich für immer aus der zivilisierten Welt verabschieden. Warum nicht dort eine Kneipe führen? Bestimmt wäre er, als Belgier, gern gesehen.

"Patosh, zwei Stella, zwei Orval, einen Pastis, zwei halbe Hänchen, zwei Zwiebelsuppen und drei Portionen Pommes Frites." rief Georgette über die Theke.

"Kommt sofort." bestätigte Patosh, der die Biere anzapfte, den Pastis bereitete und die Essensbestellung an den Koch weitergab. In all dem Chaos bemerkte Patosh nicht, das sich unter den Gästen jemand befand, den er am liebsten nicht wieder gesehen hätte, doch abgelenkt von all den Bestellungen waren seine Augen nur an der Kasse und an der Zapfanlage gerichtet. Inzwischen war Patosh nicht einmal sicher, wie viele von den Gästen eventuelle Urlauber aus dem All waren. Die meisten waren UFO Freaks, die aus Lontzen einen zweiten Rosewell kreierten. Fürs Geschäft war es allemal lukrativ, jedoch die Ruhe war weg. Dies alles geschah über Nacht, gleich am nächsten Tag nach seiner Ankunft aus Luton, doch laut Georgette wurden keine Sichtungen während seiner Abwesenheit getätigt. In keiner Zeitung stand irgend etwas von mehreren Ufos, die über Lontzen ihre Streiche spielten und doch reisten täglich jetzt aus dem nichts zig Busse ein mit Sensation süchtigen Fans. Sie reisten in Gruppen die exotische Namen trugen wie UFOMANIA, ET-DILIRIUM und HOPE OUT OF SPACE und wenn man meinte dies seien Hippies aus den Sechzigern gewesen, so irrte man sich gewaltig. Es befanden sich Professoren, Schauspieler, Autoren, reiche Entrepreneurs, Politiker im Ruhestand und andere. Wer hatte diesen Chaos aber verursacht über Nacht? Der Verantwortliche saß in Patosh`s Kneipe. Es war kein anderer als der Mann, der ihn am Flughafen in Luton behelligte und der rein zufällig seine Schwester in Lontzen besuchen wollte. Er war kein Spion des Orion Clans, sondern ein ganz gewöhnlicher Irrer, der auf Kosten anderer sich bereicherte. Er verkaufte Fantasien und versuchte sich als kosmischen Propheten zu präsentieren, wie es bereits mehrere versucht hatten und dadurch reich wurden. RAFEL zum Beispiel. Er war auch der Organisator dieser UFOMANIA Reisen. Nicht Rafel, aber der Mann aus Bristol. Bei ihm am Tisch, saßen ebenso mehrere Herren, die einem an Rambo Charakteren erinnerten. Männer, die Söldner hätten sein können und die, trotz ihrer körperlichen Protzigkeit, zunächst nicht auffielen. Dieser Organisator wußte auch, daß Patosh in Sachen UFO involvierter war als ihm lieb ist und der Besuch der Kneipe somit nicht zufällig. Der ganze Chaos entwickelte sich, als Robert, der Bauer, der die Blechtafel fand, diese Im Internet zum Verkauf anbot und der Käufer kein anderer war, als der Man aus Bristol. Er war weder verheiratet noch arbeitete er im Straßenverkehrsamt, wie angegeben, stellte Patosh später fest. Er war nichts weiter als ein homosexueller Rentner, der nach seinem Dienst bei der Post als Briefträger, seine Leidenschaft zum Beruf machte und dies, wie man sah, mit Erfolg. Eine Schwester hatte er in Lontzen ebensowenig. Robert, der Bauer, hatte die Tafel am Ende für 800 Euro an dem Mann verkauft, was aber Robert nicht erkannte, war der eigentliche Wert dieses blecherne Ärgernisses.

Am nächsten Morgen, fuhr Patosh zum Einkaufen und befuhr die Landstraße, die entlang dem Fluß führte und schließlich an dem See mündete. Er bemerkte mehrere Fahrzeuge und ebenso zwei Streifenwagen und glaubte zunächst an einem tragischen

Badeunfall, bis er dann den Mann sah, der angeblich die Schwester in Lontzen besuchen wollte. Patosh bremste und parkte den Wagen am Straßenrand und geführt von der plötzlich aufgetretenen Neugier, überquerte er die Straße. Mehrere Taucher hielten sich auf motorisierten Schlauchbooten auf und durchkämmten, wie es schien, einen Abschnitt des Sees.

"Was geht hier vor?" frug er den ersten Polizeibeamten den er traf und der zufällig ein regelmäßiger Gast der Kneipe war.

"Ah Patosh. Was machst Du hier?" frug er überrascht.

"Ich war auf dem Weg zum Einkaufen und erkannte den Dicken da unten. Ich wollte wissen was er hier macht und auch was das ganze hier werden soll."

"Der da ist ein Engländer. President irgend eines UFO Vereins und er macht sich von seinem Recht gebrauch im See Tauchgänge durchzuführen. Alles genehmigt und polizeilich angemeldet."

"Was sucht er denn?"

"Na was den Wohl? Raumschiffe. Als ob wir nichts besseres zu tun hätten. Schau Dir den Chaos an. All die Schaulustigen, die hier das Ufer mit ihren Coladosen und was weiß ich was alles verschmutzen. Nur noch ein Irrenhaus ist dieses Europa geworden."

"Wem sagst Du das Hans. Wie heißt der Depp?"

"Aber nur weil Du es bist. Ein gewisser Malcolm Jenkins oder so ähnlich."

"Aha."

"Kennst Du ihn?"

"Nein. Unsere Wege haben sich in Luton am Flughafen gekreuzt und er erzählte mir, daß er Belgier sei. und er seine Schwester in Lontzen besuchen würde. Eigenartiger Mensch."

"Seinem Paß nach ist er Engländer. Er wohnt im "Weißen Kranich". Die Pension ist für Wochen ausgebucht und man erwartet mehr Besucher."

"Dank Dir für die Info Hans. Ich schulde Dir ein Bier."

"Werde drauf zurückkommen."

Patosh schritt den Abhang hinunter und klopfte den Fremden an die Schulter, der damit beschäftigt war, Anweisungen hinaus zu rufen.

"Hallo, erkennen Sie mich?" sagte Patosh mit ernster Mine.

"Ja natürlich. Wie freue ich mich Sie zu sehen. Ich war schon mehrmals ein Gast ihres Etablissements und wollte mich öfters kenntlich machen, Sie waren aber mit Arbeit überhäuft und da wollte ich nicht stören. Ich hoffe das Geschäft läuft gut?" sagte der dickliche Herr lächelnd.

"Ja, anscheinend dank Ihnen. Aber was suchen Sie hier wirklich? Sie haben keine Schwester hier in Lontzen, stimmts?"

"Ich suche Die Wahrheit Herr Van de Brog, auch wenn ich dabei das Gegenteile dazu verwenden muß, um es zu bekommen. Ich mußte Sie belügen. Es tut mir led. Vertrauen ist etwas das ich nicht habe, so oft wurde ich betrogen im Leben und so wurde

253

ich vorsichtig. Ich hoffe Sie verzeihen mir. Einer ihrer Bewohner hatte mir eine Blechtafel über das Internet verkauft, da ich die Symbole da drauf sehr interessant fand. Seiner Erzählung nach fiel das Ding vom Himmel und hätte ihn fast erschlagen. Ich mußte es haben und zum Glück konnte ich es günstig abkaufen."

"Dieses ganze Theater hier muß aber ein Vermögen kosten..."

"Das tut es in der Tat. Ich habe das Blech für ein Vermögen an einem Russen verkauft und investiere dieses Geld, wie Sie sehen, in diese Operation. Ich verdiene an sich nichts daran."

Patosh überzeugte die Erklärung nicht, denn das Zusammenkommen in der Flughafenbar in Luton, kann nicht zufällig gewesen sein und woher kannte dieser Mann Patosh`s Namen? Er wurde nie von jemanden mit seinem Nachnamen angesprochen. Das Blech brachte Robert erst vor kurzem in die Kneipe, keine Acht Tage her waren es und während dieser acht Tage traf Patosh die drei außerirdischen "Urlauber", reiste nach Connington on the Shyre und fand seine Mary wieder die eigentlich "Roselyn" hieß, lernte eine vollkommen neue Geschichte kennen was sie betraf, traf diesen Kerl in einer Bar, der dieses Blech angeblich von Robert innerhalb kürzester Zeit abkaufte und anscheinend keine Woche brauchte, um all die amtlichen Genehmigungen zu bekommen, als Engländer in Belgien, um solche Unternehmungen zu tätigen, die in einer sonst herrschenden Realität, nicht ernstgenommen wären. Allein, um einen Baum im eigenem Garten fällen zu dürfen, würde eine Genehmigung, für einen Belgier, fast ein Monat bis zur Ausstellung brauchen und er hier bekam Diese innerhalb kürzester Zeit für etwas, das in der Regel Jahre gebraucht hätte. Die amtlichen Mühlen in Belgien mahlen langsam, doch anscheinend nur für Belgier. Hier stimmte etwas nicht. Patosh verabschiedete sich von Mr. Jenkins und fuhr weiter, um seine Einkäufe zu tätigen, doch die Zahnräder in seinem Kopf drehten sich heiß, denn 1 plus 1 ergab plötzlich 3 und nicht 2. Roselyn ging ihm nicht aus dem Kopf und jetzt mischte sich auch dieser Malcolm Jenkins in seinen Verstand ein. Aspirin dürfte er nicht vergessen zu kaufen, denn Diese stand nicht auf der Einkaufsliste, so sehr brummte ihm der Schädel. Nach drei Stunden kehrte er wieder zurück und entlud den kleinen Lieferwagen, zusammen mit Georgette, Silvie, der neuen Bedienung und dem neuen Koch, Roland. Zum Glück war die Kneipe nur mit den üblichen Stammgästen besucht und so hatte man genug Zeit, um die Vorbereitungen für den bevorstehenden Abend zu treffen. Kein Zweifel bestand darüber, mehr aus diesem Mann aus Bristol zu erfahren, da er die Verhandlungen mit den drei Außerirdischen stören könnte, sollten sie eines Tages unangemeldet eintreffen. Patosh mußte sein Vertrauen gewinnen und sollte Mr. Jenkins an diesem Abend erscheinen, so würde er sich an seinem Tisch setzen und eine informative Unterhaltung herausprovozieren. Doch zunächst mußte die Speisekarte auf dem neuesten Stand gebracht werden, da jetzt die Preise angehoben wurden. Patosh sah es nicht mehr ein sich mit „Peanuts" abzugeben und er glaubte Jenkins kein Wort als er sagte, daß er nichts an seinen Unternehmungen verdienen würde. Keiner macht so etwas umsonst und er, Patosh war sich sicher, daß Jenkins von den Reiseunternehmen eine gute Provision kassieren würde.

All diese UFO Freaks wurden von Jenkins übers Ohr gehauen und die meisten von ihnen waren gut betucht. Er warnte die Stammgäste vor den neuen Preisänderungen und versicherte ihnen, daß Diese nicht für sie galt. Sie würden weiterhin den alten Preis bezahlen, was sie beruhigte.

Der Abend kam und so auch Mr. Jenkins und seine Crew und mit einer übertriebenen Freundlichkeit, wurden sie von Patosh begrüßt. Jenkins war angenehm, über solch einen Empfang überrascht, besonders über den neu zugeteilten Tisch, der für die Dauer ihrer Lontzener Anwesenheit reserviert blieb. Patosh nahm persönlich die Bestellungen an diesem Tisch auf und verwies Georgette und Silvie zu den anderen Tischen, was ihnen nicht gefiel, da sie um ihren Trinkgeld bangten, doch der Chef versicherte ihnen, daß er nichts davon einbehalten wird und es ihnen, nach Geschäftsschluss, zukommen lassen würde. Das Bier, die Schnäpse und der Wein flossen in Strömen und nachdem sich Patosh davon überzeugt hatte, die Laune am besagtem Tisch um etliche Prozente gesteigert zu haben, saß er sich dazu. Seine Meinung über Mr. Jenkins änderte sich kaum, trotz der vorgetäuschten Freundlichkeit, jedoch die Crew erwies sich als eine Gruppe bestehend aus netten und lebenslustigen Individuen, die rein aus Abenteuerlust und persönlichem Interesse sich an dieser Quest beteiligten.

"Jetzt erzähle mir Malcolm, wie bist an meinem Nachnahmen gekommen? Denn kennt doch kaum einer." frug Patosh so nebenbei.

"Robert, der Bauer, hatte mir von Dir erzählt und so kam ich auch auf deinem Namen. Ich wollte an sich die Platte persönlich abholen und Robert hatte mir die Adresse des "Goldenen Krugs" für die Übernahme mitgeteilt. Da ich aber noch einiges zu tun hatte, beschlossen wir es über einer postalischen Expresszusendung zu bewerkstelligen. Du mußt wissen, lieber Patosh, ich kenne mich mit Postsachen aus, denn ich war einst Postbeamter. Jetzt im Ruhestand. Lebe zusammen mit meinem Freund in Bristol, der nichts mit UFOs zu tun hat und das Ganze für einen Hirngespinst hält. Ich sollte mit ihm Schluß machen, ist aber nicht einfach nach zehn Jahren. Ihm gehört die hälfte unseres gemeinsam gekauften Hauses." Mr. Jenkins machte es anscheinend nichts aus über seine Homosexualität offen zu reden, denn ja, alle lebten im 21gsten Jahrhundert, nur Patosh anscheinend nicht. Er erinnerte sich an den Worten Roselyns, wie sie ihm damals in Spanien sagte, daß es auf Venus egal sei, wer mit wem kompatibel war und daß dieser Vorbehalt nur in den zurückgebliebenen Planeten existierte.

"Und Du glaubst wirklich, daß Du hier in Lontzen Raumschiffe finden wirst?" frug Patosh jetzt selbst etwas angeheitert.

"Der Glaube versetzt Berge mein lieber Patosh und ja, ich glaube fest daran. Die Welt muß die Wahrheit erfahren, denn wir wissen nichts. Rein Garnichts. Jahrtausende wurden wir hinters Licht geführt und blieben in dieser Dunkelheit stecken, verursacht ebenso durch unsere eigene Ignoranz und Bequemlichkeit. Tausende haben Sichtungen überall auf dieser Erde gemeldet und Tausende können sich nicht irren. In einem Universum wie dieses, wäre es anmaßend zu denken, daß wir die Einzigen sind.

Einen Area 51 würde es nicht geben, wenn man nicht etwas vehement verheimlichen will und dieser plötzliche Fortschritt, denn wir in kürzester Zeit erleben, kann allein durch menschlicher Intelligenz nicht von statten gekommen sein. Man hält die Menschheit für Dumm, denn nur wenige stellen sich Fragen. Die Meisten sind froh arbeiten gehen zu dürfen, sich einem manipulativem System unterzuordnen, Rechnungen zu bezahlen, Banken zufriedenzustellen und sich vom selbem System anlügen zu lassen, anstatt den Arsch vom Sofa zu heben, die Welt zu erforschen, den Zweck des seins zu entdecken und die Freiheit zu durchleben von der wir alle reden. All diese Kriege, diese plötzlich auftretenden Viren, diese Zwangsvollstreckungen, diese gesellschaftlichen Trennungen, dieses tyrannische Unterordnen eines Systems das sich demokratisch nennt, zeugt von einer Entwicklung, die nicht in dieser Zeit mehr passt. Ich bete täglich dafür, daß wir uns aus dieser Krise wieder befreien können und wieder Mensch sein dürfen. Doch dazu brauchen wir die Hilfe anderer und diese Hilfe kann nur noch aus dem Universum kommen. Ich habe mich Jahre damit beschäftigt Aliens und das Universum zu erforschen und auch wenn das alles nicht stimmen und alles sich für einen Hirngespinst herauskristallisieren sollte, so unterstelle ich mich lieber solch einen Wahn, als der von den Medien und von den Regierungen uns unterbreiteten. Verstehst Du mich Patosh? Ich bin 66 Jahre alt und habe nur Briefe hin und her getragen, doch zumindest hatte ich Kontakt zu den Menschen. Ich konnte gerade davon Leben, doch es lief alles menschlicher ab als heute. Digitale Zukunft heißt auch, den

Menschen immer weniger zu gebrauchen, siehe emails, Head Book und anderes. Man geht nicht mehr raus und man trifft sich nicht mehr wie einst. Ich hoffe es sehr, daß wir Besucher aus dem All erleben werden, doch am meisten hoffe ich, daß sie sich kenntlich machen und uns freundlich gesinnt sind. Wir brauchen die Menschlichkeit wieder, denn Diese wird es bald nicht mehr geben, wenn es so weiter geht. Deswegen suche ich die Raumschiffe. Ich möchte Kontakt mit Ihnen aufnehmen."

Es brodelt im Universum

Tage, ja gar Wochen vergingen seit dem Zusammentreffen in der Kneipe und die Taucharbeiten des Mr. Jenkins gingen weiter, aber ohne Erfolg. Patosh hätte ihn gleich verraten können, daß sie die Raumschiffe niemals finden würden, denn sie wären unsichtbar und unauffindbar. So sind die Raumschiffe eingerichtet, wenn Diese fremde Planeten besuchen, die nicht der Konföderation des Alls zugehören, doch Patosh hätte sich damit verraten und der Chaos wäre überwältigend geworden. Er bedauerte inzwischen die vergebenen Mühen des Engländers, doch zur gleichen Zeit waren diese zwecklosen Unternehmungen sehr gut fürs Geschäft und nicht nur er, Patosh, profitierte davon, sondern ganz Lontzen. Die Launen des Mr. Jenkins jedoch, veränderten sich tägich denn seine Nerven waren blank und die finanziellen Mitteln gingen zu Neige. All seine Sponsoren frugen ihm täglich wie die Suche voranging, doch er konnte sie nur vertrösten, was sie natürlich ärgerte. Seine eigenen Mitteln waren längst verbraucht und somit bald auch seine Hoffnungen. Doch Patosh baute ihn immer wieder auf, da Mr. Jenkins sich zu einem gern gesehenen Gast entwickelte und wie gesagt, seine Anwesenheit war gut fürs Geschäft.

Patosh erhielt einen Anruf an einem Sontag morgen. Es war Roselyn. "Mutter geht es sehr schlecht." schluchzte sie am telefon und das bekümmerte Patosh erheblich.

"Ich versuche täglich Kontakt mit den Venusianern aufzunehmen, doch ich bekomme es nicht hin Roselyn. Auch habe ich den Code für den Vybe Scanner nicht."

"Der nützt Dir nichts Pat, sonst hätte ich es Dir längst gegeben. Mit dem Code muß man ebenso einen telepathischen scan über sich ergehen lassen, denn die DNA eines jeden Venusianer ist registriert Du hast Diese Berechtigung nicht. Was Du machen kannst ist einfach nur warten."

"Aber was ist wenn Marys Zustand schlimmer wird und Sie, Gott bewahre es, stirbt?"

"Dann ist es he zu spät und ich und die anderen drei sind erledigt. Oder auch nicht, sollten die Venusianer uns einfach ignorieren aufgrund des danach befürchteten Konzil."

Als Patosh gerade darauf antworten wollte, betraten plötzlich drei Personen die Kneipe und Patosh konnte sie nicht sofort erkennen. Ein Schauer der Erlösung ergriff ihm, als er die Venusianer erkannte.

"Sie sind hier."

"Wer?"

"Die Venusianer. Sie haben gerade als wir sprechen, die Kneipe betreten Ich rufe Dich zurück Liebste."

"Tu das nicht. Wir werden wahrscheinlich abgehört und ich rufe aus einer Telefonzelle an. Ich muß Dir noch etwas sagen Pat. Der Orion Clan ist bereits in Bedford und wir werden täglich beobachtet. Mutter wird telepathisch ständig von ihnen "Begrüßt"."

"Begrüßt?" frug Patosh verwirrt.

"Ja. So nennen sie ihren Manipulationseingriff." Ich rufe Dich morgen wieder an. Ich vermisse Dich Pat."

Sie hängte auf und Patosh hatte nicht einmal die Chance, sich von ihr zu verabschieden, was seinem Herz einen Knoten versetzte. Er legte ebenso auf und schritt sofort zu den Außerirdischen, die molekularisch ihr menschliches Erscheinungsbild beibehielten wie beim ersten mal.

"Wurde auch langsam Zeit." schimpfte Patosh sichtlich verärgert.

"Wir hatten viel zu tun." entschuldigte sich der Älteste.

"Was soll der Quatsch? Erst bedrängt ihr einen und dann laßt Ihr Euch Zeit damit. Wollt ihr mich verarschen?

"Wir benutzen solch Vokabular nicht, jedoch verstehen wir deinen Ärgernis. Sei jedoch versichert, daß wir Dich nicht verarschen, denn es geht zur Zeit drunter und drüber im Universum und uns brennt ebenso der Kittel, um es mit euren Worten zu beschreiben. Auf der einen Seite ist die Situation sehr, wie soll ich sagen, kritisch, da jetzt nicht nur die Orion Sippe den Konzil vorantreiben will, sondern ebenso drei weitere planetare Mitglieder zweier Sonnensysteme. Wir hatten solch einen Chaos seit Millionen von Jahren nicht mehr erlebt. Der Hohe Rat auf Venus ist Führungslos und somit sind wir zum Ziel anderer geworden."

"Schon gut. Folgt mir, da wir hier nicht reden können."

Patosh führte sie in einen Privatzimmer und ließ durch Georgette Getränke bringen und als sie wieder ging, fing er mit dem Reden an.

"Folgende Situation......"

Zwei Stunden und einige Drinks später, hatte man keine Kompromisse und keine Lösungen erreicht, denn die Venusianer waren stur.

"Was sollen wir mit der Mutter? Wir brauchen KTLXK!" sagte der jüngere von den Dreien.

"Seid Ihr schwer von Begriff? Wie oft soll ich mich wiederholen. Sie will nicht zurück und die Tatsache das KTLXG sich mit einem Erdling eingelassen hatte, macht sie zur Staatsbürgerin dieses Planeten. auch wenn Sie sonst wo zur Welt kam. Sie hat menschliche DNA als auch die Eurige, was angeblich sich kaum unterscheidet. Sie und die anderen Drei, wollen sich dieser Erinnerungsprozedur unterstellen, damit sie bleiben dürfen. Seit wann greift ihr dermaßen in den Freien Willen eines anderen ein? Ich dachte das sei bei Euch ein Tabu!" schrie Patosh ihn an.

"Nicht in diesem Fall. Hier geht es, um einen katastrophalen Ungleichgewicht zu verhindern. Sollte der Konzil einberufen werden, wird der Orion Clan uns dermaßen malträtieren, daß unsere Stellung in der Konföderation gefährdet wird."

"Und wessen Schuld ist das?" beschwerte sich Patosh.

"Das kommt davon wenn man fremde Planeten sexuell belästigt. Ihr seid ja wirklich ein perverser Haufen. Was glaubt Ihr was die Erde ist? Bangkok? Seht zu, daß ihr eure Scheiße im Griff bekommt und gebt Euch mit der Mutter zufrieden, die wenigstens die Eier hat sich für Eure Verfehlungen zu opfern, sonst werde ich ebenso für das Konzil plädieren, verstanden? Jetzt setzt eure Marsianer Ärsche wieder in euren fliegenden Untertassen und verschwindet. Hier habt ihr Euren Vybe Scanner wieder. Nun Raus und kommt mir nicht mit einer negativen Antwort zurück, sonst gehe ich in die Presse."

"Die Presse?" lachte der jüngste, doch der Älteste schaute ihn warnend an.

"Wir werden deinen Vorschlag unterbreiten und hoffen, daß wir mit einem positiven Ergebnis zurückkommen werden. Behalte bitte den Vybe Scanner. Hier ist dein Code übrigens für die Kommunikation. Du bist bei uns jetzt registriert und kannst jederzeit mit uns direkt in Verbindung treten. Nochmals bedanken wir uns für deinen Einsatz und für deine Mühen. Die Liebe des Schöpfers sei mit Dir."

"Moment. Da ist noch was. Ich habe hier einen Spinner der die Raumschiffe sucht. Er erhofft sich vieles von Euch und wünscht sich nichts mehr, als daß Außerirdische diesen Planeten zur Hilfe eilen. Könnt ihr ihm unterstützen? Er tut mir leid, denn er hat sich etwas überfordert mit den Hoffnungen."

"Du meinst Mr. Jenkins?" frug der Älteste.

"Ja. Woher wißt Ihr das?"

"Wir haben schon seit langem ein Auge auf ihn geworfen. Ich denke er hat sich als würdig erwiesen. Wir denken drüber nach."

Sie verschwanden so unauffällig, wie sie gekommen waren und Patosh ging wieder seiner Arbeit nach, nicht ohne bei dem Engländer, der gerade sein sechstes Bier intus hatte und in Verzweiflung schwelgte, vorbei zu schreiten und um ihm freundlich auf die Schulter zu klopfen.

"Alles wird gut Mr. Jenkins. Alles wird gut."

"Dein Wort in Gottes Ohr Patosh."

Es kam der Tag, als zig Leute den "Goldenen Krug" aufgeregt betraten und ein lautes unverständliches Kauderwelsch sich entwickelte. Patosh bekam kaum etwas mit, doch Silvie, die neue Bedienung, erzählte ihm, das Mr. Jenkins fündig wurde und nun er und seine Crew sich darüber sehr freuten. Die Personen, die aber die Kneipe betraten, waren nicht Mr. Jenkins und seine Crew, sondern die UFO Freaks, denn sie waren life dabei, als zwei Taucher die Frohe Botschaft aus ihren Schlauchbooten hinausschrien. Mit einer Sonde, bestückt mit Unterwasserkameras, hatten sie tatsächlich etwas gefunden, daß die Struktur eines Wrackes aufwies. Es war auf gar keinen fall ein Boot, sondern etwas, das "nicht aus dieser Welt" stammen konnte. So die Worte Jenkins beim Interview, stunden später. Ohne es zu wissen, entdeckten sie das Wrack der Urlauber namens Jonathan, Martha und Fred, oder auf Venusianisch KTKGH, KTUIT und KTOPK. Aber wie konnte es nur möglich sein, frug sich Patosh. Die Antwort kam telepathisch schnell. Der Älteste hatte sein Versprechen einbehalten und erlaubte die Löschung der Unsichtbarkeit, zumindest für das Wrack der

Urlauber. Die anderen blieben unsichtbar. Ohne Zweifel war der Suchtrupp für Roselyn noch auf der Erde unterwegs. Sie hatten sie ja auch gefunden, nur warteten Sie auf weitere Befehle, sollte der Ausnahmezustand eintreten. Es war trotz alledem der Begin einer unwiderruflichen Bestätigung für den Beweis außerirdischer Präsenz auf Erden und jetzt brauchte man keine fadenscheinige Entschuldigungen aus Regierungsseite mehr Glauben zu schenken, denn die Lügen hörten endlich auf. So glaubte man es am Anfang. Am Abend trafen dann auch Malcolm Jenkins und seine Crew in das Lokal ein und feierten ihren Sieg, wie Römer nach einem erfolgreichen Feldzug. Jenkins Handy hörte nicht mehr auf zu klingeln und die Sponsoren versprachen ihm weitere Unterstützung, da das Wrack aus dem Wasser zu hieven Geld kostete; viel Geld und ein großes Problem wären ebenso die Schaulustigen unter Kontrolle zu halten. Doch zunächst galt es den Fund zu feiern. Patosh hatte alle Hände voll zu tun an diesem Abend und im Fernsehen konnte man Jenkins beim Interview bewundern. Er wurde über Nacht zum Star und machte Lontzen zu einem Pilgerort für Ufoisten aus aller Welt und auch im Internet erschienen plötzlich hunderte von Blogs bei My Tube sowie andere soziale Medien, verursacht durch diese UFO Anbeter, die Lontzen nun täglich überrannten. Der Fund zog jedoch nicht nur Spinner an, sondern sehr ernstzunehmende Individuen und Patosh bekam einen Déjà-vu wie damals zu spüren, als Camille noch bei ihm lebte und die erste Sichtung, inklusiver Verfolgungsjagd der belgischen Luftwaffe, passierte. Die Männer im Schwarz erschienen wieder. Jenkins und seine Crew verschwanden aus der Bildfläche mir nichts dir nichts.

Der See wurde von Militäreinheiten abgeriegelt und bei Nacht erschienen Bagger und überlange Trailers, um die Bergung des Wracks zu bewerkstelligen. Dies verlief jedoch nicht ohne Zwischenfälle, denn Hunderte von Protestanten behinderten die Arbeiten und machten aus Malcolm Jenkins einen Whistleblower wie Jullian Assange. Parolen wie "Laßt Jenkins frei" und "Wo ist Jenkins" wurden lauthals geschrien und wenn man meinte das Militär hätte leichtes Spiel mit den Protestanten gehabt, so sollte man die Sache nochmals überdenken. Gewaltausschreitungen blieben nicht aus und auch die Lontzener hatten den Eingriff des Militärs buchstäblich satt. Hier wurde ganz klar die Freiheit und das Recht für die Wahrheitsfindung nicht nur durch die eigene Regierung, sondern auch durch die typische Arroganz Amerikas, unterbunden und mit Füßen getreten. Die Belgier, sowie der Rest Europas hatten es einfach satt weiterhin belogen zu werden und es kam was kommen mußte. Bürgerkriegsähnliche Ausschreitungen. Es blieb am Ende nichts anderes übrig, als das Wrack schnellst möglich zu bergen, aus Lontzen zu verschwinden und Jenkins frei zu lassen, was auch dann geschah. Ein schwerer CH-53 Hubschrauber schwebte ein und schleppte unter sich das abgedeckte Wrack davon, was für die Piloten sich zu einem Selbstmordkommando entwickelte, denn die Operation geschah nachts, unter schweren Windbedingungen und unter das Rampenlicht der Presse und eines aufgewühlten Volkes. Jenkins kam am nächsten Morgen wieder frei. Verändert und eingeschüchtert wollte er keine Interviews abgeben und einfach nur in Ruhe gelassen werden. Die Crew wurde nach

Hause geschickt und die Freaks verließen Lontzen so wie sie kamen. Per Bus. Der Müll und die Ruhe war das einzige was hinterlassen wurde in einer über Nacht gewordenen Geisterstadt. Malcolm Jenkins betrat de Kneipe ein letztes Mal, um sich von Patosh zu verabschieden, doch Patosh bat ihm zu bleiben. Er wollte ihn etwas schenken, denn seine Mühen sollten nicht um sonst gewesen sein.

"Ein Geschenk?" frug Jenkins noch schwer mitgenommen von den Vorfällen.

"Ja. Jedoch muß ich zunächst wissen, wie verschwiegen Du bist Malcolm. Ich muß wissen, ob Du es rein aus finanziellen Zielen machst was Du machst, oder ob Du es wirklich aus Überzeugung, wissenschaftlichen Wissensdrang und die Bereitschaft ein offenen Verstand für dieses ganze Geschichte haben wirst, für das worin ich Dich einweihen werde."

"Ich weiß nicht worauf Du hinaus willst Patosh. Du hast doch es selbst miterlebt, wie ich meine eigene finanziellen Mitteln, bis auf dem letzten Penny, in dieses Unternehmen investiert und wie ich ebenso keinen Penny von den Sponsorengelder einbehalten habe. Ich bin Kirchenmaus arm. Ich habe nichts mehr, also sollte das Beweis genug für Dich sein." sagte Jenkins genervt und fast beleidigt.

"Gut. Ich brauche Jemanden, dem ich bedingungslos vertrauen kann. Was ich Dir erzählen und zeigen werde, sind für deine Augen und Ohren allein bestimmt, denn viel hängt davon ab. Ich fang mit dem Einfachsten an. Ja. die Raumschiffe, die Du suchst gibt es. Du konntest sie nicht finden, weil sie unsichtbar für die Öffentlichkeit sind.

Sichtbar werden sie nur, wenn die Außerirdischen es sichtbar machen wollen. Du hast das Wrack gefunden, weil sie es für Dich sichtbar gemacht haben, um Dir zu helfen, aber auch gleichzeitig, weil Sie an Dich glauben und Vertrauen gewonnen haben. Sie brauchen Jemanden in ihrer irdischen Garde, wenn man es so nennen will, der als Botschafter für sie wirkt. Ich bin auch einer. Du könntest es sein, wenn Du es willst. Jedoch dürfen andere nichts von diesem Dir gegebenen Privileg wissen, denn dein Leben hängt davon ab. Hast Du mich verstanden?" frug Patosh den nun sehr neugierigen Jenkins.

"Du kannst Dich auf mich verlassen Patosh. Es ist kein Zufall, daß sich unsere Wege kreuzten denn solche Zufälle gibt es nicht."

"Du hast ja gesehen, was man mit denen Anrichtet, die die Wahrheit suchen und ebenso finden. Man wird zum Schweigen gebracht. Du wurdest für Wenige in den oberen Etagen sehr gefährlich und Du warst bestimmt nicht der Einzige, der solch eine Behandlung durchlaufen mußte. Warte, ich bring uns eine Flasche Chateau Lafitte, denn nüchtern kann man nicht darüber reden."
Es vergingen Stunden und Patosh bat Georgette die Theke zu übernehmen und Silvie die Bedienung der Gäste. Auch war die Kneipe nur noch halb voll, nachdem alle UFO Freaks enttäuscht abgereist waren und so die Arbeit sich reduzierte. Jenkins kam aus den Staunen nicht raus und hörte mit gebannter Spannung zu, denn was er hörte, übertraf alles was er sich an Wissen angeeignet hatte in all den Jahren.

Auch machte Patosh ihm klar, das seine Aufgabe eine andere wäre, als die, die Jenkins übernehmen sollte. Die Geschichte mit Roselyn und Mary, wollte er für ganz zum Schluß aufbewahren, da er sicher gehen wollte, ob Jenkins sein Angebot annehmen würde.

"Und was willst Du das ich tue Patosh? Ich tue alles, denn ich habe niemanden, der auf mich wartet. Mein Sinn des Lebens hat man mit Füßen getreten und mich der Lächerlichkeit Preis gegeben."

"Stimmt nicht ganz. Du hast doch dein Lebensgefährten in Bristol und Du hast ebenso eine große Dose Würmer geöffnet mit deiner hier getätigten Arbeit. Die Welt ist seitdem nicht mehr so blauäugig. Sei stolz, denn dein Name ist nun Weltbekannt." versuchte Patosh ihn zu trösten.

"Mein Lebensgefährte hat mich, während meiner Arbeit hier, verlassen. Er hat jemand anderen gefunden und mir freiwillig seine Hälfte des Hause zum kauf angeboten. Ich bin aber pleite, also müssen wir die Bude verkaufen. Du kennst die Engländer nicht Patosh. Du bist nur ein Held, wenn Du erfolgreich bist, jedoch eine Null wenn Du auf die Fresse fällst, wie in meinem Fall. Also? Gib mir einen Sinn weiter zu leben Patosh. Ich brauche eine Aufgabe"

"Wie es der Zufall so will, wirst Du aus England für mich tätig sein. In der Nähe von Bedford ist eine etwas verarmte Grafschaft namens Connington on the Shyre. Dort leben zwei Frauen. Eine ältere Dame, Mary Mitchell und ihre Tochter Roselyn, die meine Lebensgefährtin ist. Sie sind, wie soll ich es Dir erklären, nicht aus dieser Welt, zumindest Roselyn nicht. Sie ist ein Venusianer. Deine Aufgabe wird sein, Dich bei Ihnen einzuquartieren und mir über alles und jedem Bericht erstatten. Sie werden beobachtet und Ihre Sicherheit steht auf dem Spiel, da nicht nur irdische Agenten sie suchen, sondern ebenso nicht ganz so freundliche aus dem All. Deine Art der Kommunikation wird eine Telefonzelle sein, da Diese nicht abgehört werden, zumindest hoffe ich es. Auch müssen wir kodierte Verfahren uns überlegen, so wie zum Beispiel "Der Tante geht's gut oder nicht gut ect..." Lass Dir etwas einfallen. Ich werde Dir dafür gut bezahlen und alle Spesen übernehmen."

"Ich mach es Patosh. Unglaublich was Du mir da erzählst, jedoch muß ich über diese zwei Damen etwas mehr wissen. Wie werden Sie mich wohl aufnehmen, da Sie mich nicht kennen?"

"Ich werde Dir einen Brief mitgeben, Da wird alles drin stehen und ihnen alles erklären."

Patosh erzählte Jenkins die Geschichte, die er für zuletzt aufbewahrt hatte und Jenkins machte sich Notizen. Was er hörte war für ihn schwer zu glauben, doch er mußte es, denn hier sollte er wirklich einen offen Verstand verwenden. Er fand sich wieder in einer mysteriösen Welt und er fühlte sich darin wohl. Nachdem die Flasche Chateau Lafitte geleert wurde, frug der Engländer wann es los gehen sollte und Patosh schockte ihn mit der Antwort.

"Noch heute Nacht. Ich fahre Dich nach Amsterdam, dort kaufen wir ein Ticket nach Luton und Du machst Dich auf direktem Wege dorthin."

"Aber warum Amsterdam und nicht Brüssel Patosh?"

"Ich glaube, das ich ebenso unter Beobachtung stehe und wir keine Spuren hinterlassen sollten. Brüssel ist mir zu riskant geworden, besonders nach deinem Auftritt hier. Du warst mein bester Gast also hast Du mich ebenso ins Rampenlicht gezogen."

"Das tut mir leid." sagte Jenkins etwas eingeschüchtert.

Gesagt, getan. Patosh und Jenkins überließen Georgette die Führung der Kneipe und sie verließen Lontzen, mit Gerorgettes Peugeot in Richtung Amsterdam. Die Fahrt lief ruhig und um vier Uhr morgens erreichten sie Schiphol Flughafen. Alles war noch geschlossen um diese Uhrzeit, jedoch fanden sie einen Caffè, der 24 Stunden geöffnet hatte und sie bestellten sich Kaffe und Croissants. Die Zeit zog sich wie Kaugummi und es wollte und wollte nicht später werden. Endlich, so gegen Acht, machten die ersten Ticket- Schalter auf. Schnell kaufte Patosh einen Einweg Ticket nach Luton und Jenkins flog mit dem ersten KLM Flug dorthin. Anweisungen konnte der Engländer in einem mitgenommen Umschlag finden, worauf drin stand, wie er am besten nach Connington on the Shyre kommen würde und da der Zufall es wieder gut gemeint hatte mit Patosh und Jenkins, konnte Jenkins seinen Vetter in Luton fragen, ob er ihm einen Wagen ausleihen konnte, da sein Vetter ein Gebrauchtwagenhändler war. Patosh, jedoch, machte sich schnellsten wieder auf dem Heimweg, sobald Jenkins durch die Sicherheitskontrolle schritt, um seinen Flug nach Luton zu erreichen.

In Lontzen erschöpft angekommen, wartete auf Patosh eine spannende Überraschung. Die drei "Fremden" saßen an den üblichen Tisch und tranken Bier.

"Willkommen zurück." begrüßte sie Patosh mit freundlicher Mine und setze sich zu ihnen.

"Zunächst einmal bedanke ich mich für die freundliche Geste, die Sie Mr. Jenkins entgegengebracht haben."

"Keine Ursache. Bedauerlich nur, daß die Wahrheit, wie so üblich, auf dieser Erde nicht erwünscht ist." antwortete der Älteste.

"Da sagen Sie was. Haben sie eine Antwort auf Mary`s Angebot?"

"Die habe ich. Doch einige Punkte müssen berücksichtigt werden, die den Mitchells nicht gefallen wird. Die Erinnerungsprozedur kann nur auf Venus stattfinden und so müßten alle Fünf, das sind Roselyn, Mary, Jonathan, Martha und Fred, auf die Venus gebracht werden. Mary würde dann auf Venus zurückbleiben und die anderen mit keiner Erinnerung ihrer venusianischen Vergangenheit zurückkehren. Auf der Erde können wir die Prozedur nicht ausführen. "

"Wird Roselyn mich vergessen nach dieser Prozedur?" frug Patosh beängstigt.

"Ja." sagte der Älteste ohne mit der Wimper zu zucken.

Für Patosh konnte man mit diesem "Ja" keinen schmerzhafteren Stich ins Herz versetzen, doch eine andere Lösung gab es nicht. Schade nur, das Jenkins bereits abgeflogen war, doch diese Milch war bereits verschüttet.

"Wieviel Zeit bleibt uns?"

"Genau sieben eurer Tage. Danach kommt ein Raumschiff und holt sie so oder so ab. Nehmen sie das Angebot an, bekommen sie den Siegel des Hohen Rates, was einem verbindlichem Vertrag auf eurer Erde gleich kommt. Diese Vereinbarung wird und darf nicht gebrochen werden, weder von Uns, noch von Euch. Roselyn kennt diesen Siegel. Sie hat es oft genug verwendet als sie noch eine von uns war. Sieben Tage Patosh, danach sehen wir uns in Connington on the Shyre. Grüßen Jenkins von uns. Der müßte inzwischen dort angekommen sein."

Flucht

Patosh stand mächtig unter Druck, denn sieben Tage sind schnell vorüber, auch da er Lontzen nicht einfach so den Rücken zukehren konnte. Ja, er liebte Roselyn sehr, aber wie oft mußte er gegen seine Gedanken ankämpfen, als Diese ihm sagten "Ich wünschte ich hätte sie nie kennengelernt und unsere Wege hätten sich nie gekreuzt."   Wäre er ein guter Christ gewesen, so hätte er sich danach sofort bekreuzigt und Gott um Vergebung für solche Gedanken gebeten, doch da er mehr und mehr zum Atheisten sich gestaltete, nach all den Vorkommnissen, löschte er Diese einfach durch innerliche Unterdrückung. Natürlich bereute er es nicht, das Roselyn in sein Leben erschien. War es der Orion Clan, der bei diesen schlechten Gedanken etwas nachhalfen und ihn "Begrüßten"?

"Schwachsinn!" schrie er sich an, selbst als er bemerkte, wie er langsam wahnsinnig wurde. Das Handy klingelte und er dankte irgend jemanden dort oben, den er am liebsten Gott nennen wollte, denn das Display zeigte "Jenkins".

"Malcolm. Der Himmel sei dank. Erzähle, wie ist alles gelaufen."

"Guten Morgen Patosh. Nun ja, ich bin gestern Abend angekommen und mußte die Nacht im Wagen verbringen, da viele schwarze Autos um die Farm herumstanden. Es stellte sich heraus, das es irgendwelche Polizeibeamte sind, vielleicht sogar MI 6, kann ich so mit Sicherheit nicht sagen."

"Men in Black kann ich mir vorstellen." sagte Patosh verärgert.

"Kann gut sein. Ich hatte nicht die Möglichkeit mich Roselyn und Mary zu nähern, da ich nicht wieder in den Knast landen wollte, doch ich gebe nicht auf. Hast Du eine Idee, wie ich sie erreichen kann?"

Patosh dachte nach, doch er konnte nicht so ohne weiteres eine Idee finden. Anrufen konnte er sie auch nicht, da sie sicherlich abgehört wurden und er kein Risiko eingehen wollte.

"Hast Due eine Taschenlampe bei Dir?" frug er Malcolm

"Ja. Warum?"

"Kannst morsen?"

"Nein, kann ich nicht. Ich weiß auf was Du hinaus willst, doch Dies würde auffallen. Sie würden es bemerken."

" Ist die Presse zufällig dort ebenso tätig? When ja, besorg Dir irgendwie einen Presseausweis und misch Dich darunter....."

"Hier hält sich keine Presse auf und so we es aussieht, kommt hierher auch keine hin, so abgesichert ist das ganze Gelände."

"Merde!" schrie Patosh außer sich. Er dachte den Vybe Scanner zu benutzen und dadurch Hilfe zu erfragen, doch er wollte die Venusainer bis zum Schluß heraushalten aus Furcht dadurch Verrat an Roslyn zu begehen. Sollte aber nichts anderes helfen, blieb nichts anderes übrig als den Vybe Scanner zu verwenden.

"OK. Tu mir ein gefallen und fahre nach Bedford. Trage Dich in "The Red Lion Hotel" ein und frag nach dem Chef. Er heißt William."

"William und weiter. Sein Nachname würde helfen Patosh."

"Den Nachnamen kenn ich nicht Malcolm. Sag ihm einfach Du wärst ein Freund von dem Belgier, der die Kneipe hat und schon mal in seinem Hotel übernachtet hat. Er wird sich mit Sicherheit erinnern. Frag ihm, ob ich anrufen kann, denn es wäre wichtig."

"OK. Gib mir zwei bis drei Stunden. Ich muß hier erst weg fahren und mich sammeln. Ich rufe Dich an."

Jenkins legte auf und Patosh schmerzte der Kopf. Dort können Roselyn und Mary nicht mehr bleiben und ein Fluchtplan mußte her, doch leichter gesagt wie getan und als er sich umdrehte, um sich den Gästen wieder zu widmen, bemerkte er ein Aufruhr vor seinem Gasthaus. Mehrere Blaulichter erschienen aus der Ferne und dies sagte ihm nichts Gutes.

"Georgette. Ich muß weg. Was auch immer geschieht, ich werde es Dir eines Tages erklären. Jedoch muß ich weg, verstehst Du?"

"Ja Chef. Was soll ich sagen wenn mich jemand fragt?"

"Ich wäre nach Toulouse oder nach Berlin, was weiß ich. Laß Dir was einfallen mein Schatz. Führe den Laden wie bisher."

Georgette nickte nur und ahnte fürchterliches, denn auch sie sah aus dem Fenster, wie eine Fahrzeugkolonne der Polizei sich der Kneipe näherte. Als sie sich umdrehte, war Patosh bereits verschwunden und zwar mit dem was er an sich hatte. Ein Glück, daß er rechtzeitig nach dem Vybe Scanner griff, bevor er ging, sonst hätte er nichts was ihm bei seiner Flucht helfen könnte. Mit dem alten Peugeot, das ihm nicht mal gehörte, raste er der Bundestraße entlang und zwar Richtung Calais. Nach knappe zwei Stunden erreichte er Dünkirchen und kurze Zeit Später den Kanalbahnhof in Calais. Vierundachtzig Pfund sollte er für den Ticket bezahlen, konnte es aber nur in Euro tun. Er gab den Mann am Schalter hundert Euro, der es in Pfund zunächsteinmal wechselte und noch weitere zehn Euro verlangte für die Wechselgebühr, was Patosh zur Weißglut führte. Doch hier noch herum zu diskutieren wäre dumm.

"Ihren Reisepass hätte ich bitte noch gern gesehen." frug der Mann am Schalter und gab es ihm mit dem Zugticket zurück.

"Sind Sie schon mal mit diesem Zug gefahren? kenne sie das Procedere?"

"Eigentlich nicht." antwortetet Patosh.

"Gut. Sie fahren den Schildern nach und folgen das Schild "Zug nach Dover. Ein Einweiser wird sie in den Wagon einweisen und sie bleiben währen der ganzen Fahrt im Wagen sitzen. Die fahrt dauert circa eine halbe Stunde. Es herrscht eine Absolutes Rauchverbot während der ganzen Fahrt. Haben Sie die alles verstanden?"

"Ja, das habe ich."

"Dann wünsche ich Ihnen eine gute Fahrt." sagte der Mann am Schalter abschließend.

Patosh tat alles wie man es ihm angewiesen hatte und ein Mann in gelber Veste, wies ihm ein. Der Peugeot mußte seitwärts eingefahren werden ind den Wagon, was sehr ungewöhnlich für Jemanden war, der zum ersten mal auf diese Weise nach England einreiste. Interessant war es allemal. Patosch blieb in seinen Fahrzeug sitzen, der eigentlich Georgette gehörte und er hatte Glück, das keiner nach den Fahrzeugpapieren fragte. Wie es aber in England aussehen wird sei dahingestellt. Die Seitentür des Wagons ging hydraulisch zu und kurze Zeit später setzte sich der Zug in Bewegung. Es war faszinierend und unheimlich zugleich, da man Orientierungslos war und keine Fenster, die nach draußen blicken ließen, sondern nur eine Aluminiumwand links, rechts vorne und hinten. Plötzlich wurde Patosh in seinem Fahrersitz gepreßt, als der Zug unter dem Ärmelkanal an Fahrt zunahm und Dieser anscheinend immer schneller wurde. Der Ticketverkäufer behielt recht denn 28 Minuten später wurde der Zug langsamer und zwei weitere Minute später blieb er stehen. Jetzt ging die andere Seitentür des Wagons hydraulisch auf und ein andrer Einweiser winkte hastig mit Kellen den Peugeot aus. Patosh mußte sich nun konzentrieren, denn In England fuhr man auf der falschen Seite, was aber die Engländer anders sahen und der ganze Commonwealth ebenso. Am Bahnhofsausgang frug ein Zollbeamter nach dem Pass und erleichtert fuhr Patosh dann weiter, als man nicht nach den Fahrzeugpapieren fragte. Die Schwierigkeiten wären nicht auszudenken gewesen, wenn er mit einem Auto die Grenze überquert das ihm nicht gehörte, sondern einer Georgette Gautier. Auch überraschte es ihm, daß ihn keiner polizeilich suchte, nach all der Aufregung in Lontzen. Hatte er etwa panisch reagiert? Wird er gar paranoid? Er schaltete die Navigationshilfe auf dem Handy und gab Bedford ein und zwei Minuten später erhielt das System das gewünschte Signal. Patosh gab gas und suchte sich den schnellsten Weg zum

Ziel. Die M 20 wäre die beste Verbindung und drei Stunden später parkte er vor dem "Red Lion Hotel" Schnell erzeugte er noch eintausend Pfund über dem Vybe Scanner, um Geld, anstatt Kredit Karte verwenden zu können, damit keine Spuren hinterlassen wurden und als er sich im Hotel eintrug, war die Überraschung groß für Malcolm Jenkins.

"Was zu Teufel machst Du hier?" frug er ihn

"Lange Geschichte. Laß mich erstmal eine heiße Dusche zu mir nehmen und ich treffe Dich in sagen wir mal eine Stunde im Pub."

"Einverstanden Patosh. Du hast nicht viel verpaßt, da William erst in zwei Stunden wiederkommt. Irgend eine Veranstaltung, die er besuchen mußte, sagte der Baman."

"Gut. Macht Dich auf was gefaßt mein Freund. Es wird spannend."

Jenkins hatte bereits das dritte Bier und endlich erschien Patosh in den Pub und suchte nach ihm. Er nahm am selben Tisch platz und bestellte sich einen Scotch mit Eis, denn er brauchte etwas härteres.

"Erzähl. Was ist so spannend?" frug Jenkins.

"Als Du auflegtest heute Morgen, sah ich wie sich eine Fahrzeugkolonne der Polizei meine Kneipe näherte und nachdem was Du mir erzählt hattest, wie Mary`s Farm von Beamten umzingelt ist, überkam mir solch eine Furcht, daß ich wahrscheinlich irrational gehandelt habe und einfach die Füße unter den Armen nahm und verschwand. Vielleicht suchen sie mich aus irgend einem Grund, obwohl ich nichts angestellt habe."

"Du mußt nichts anstellen, um von der Behörde plötzlich belästigt zu werden. Du hast richtig gehandelt, da ich versucht habe Dich zu erreichen. Du warst aber wahrscheinlich bereits unterwegs und so habe ich den "Goldenen Krug" angerufen. Georgette war am Apparat. Sie war aufgebracht und sagte nur, daß sie nicht reden kann denn die Kneipe sei von der Polizei regelrecht überfallen worden. Sie suchen aber nicht Dich, sondern mich schon wieder. Ich bin jedoch froh, daß Du hier bist."

"Warum suchen sie Dich immer noch? Du hast bereits für deine Aktionen bezahlt, warum lassen sie Dich nicht in Ruh?"

"Keine Ahnung. Angeblich haben sie kompromittierende Papiere bei mir zu Hause gefunden und mein Ex, dieses Schwein, hat mich bei den Bullen angeschwärzt, damit er mit seinem neuen Lover in mein Haus einziehen kann. Jedenfalls sind sie hinter meinem Arsch her. Auch wollen zwei alte Sponsoren ihr Geld zurück, was ich auf gar keinen Fall zurückerstatten kann. Wie denn auch? Juristisch können sie mir nichts anhaben, denn vertraglich hatte ich mich abgesichert."

"Was sollen das für Papiere gewesen sein?" frug ihn Patosh jetzt erleichtert, wohl wissend, daß seine Handlung doch zu voreilig geschah, er jedoch sich in unmittelbarer Nähe eines polizeilich Gesuchten befand. Doch für Patosh stand es außer Frage, daß Jenkins hier aus irgend einem anderem Grund terrorisiert wurde und Patosh wollte die Wahrheit wissen.

"Irgendetwas verschweigst Du mir Malcolm. Sag mir die Wahrheit oder ich löse Dich von dem Auftrag ab."

"Jetzt fang nicht Du auch noch an Patrick. Ich habe nichts angestellt und man versucht mich anzuschwärzen. Sie haben einen Sündenbock für irgendetwas gefunden was ich ebensowenig erklären kann. Ich habe nur ansatzweise ein Gerücht gehört. Angeblich soll das Raumschiff, daß sie mir weggenommen haben plötzlich gestohlen worden sein. Ich denke aber eher, daß deine Freunde etwas damit zu tun haben. Deine Venusianer. Jedenfalls habe ich einen Lachanfall bekommen als Ich das hörte."

"Gestohlen?" jetzt mußte auch Patosh lachen.

"Wie gesagt. Es ist nur eine Gerücht, wo aber Rauch ist, ist auch Feuer wie man so sagt.

"Wer setzt solch ein Gerücht auf die Welt frag ich mich?" frug Patosh noch amüsiert.

"Ich habe noch Freunde und Du wirst Dich wundern, wie viele ich selbst bei der Polizei noch habe. Dort findet man ebenso Zeugen von Sichtungen, die sich nicht belügen lassen und ja, einer von Scotland Yard, ein langjähriger Freund von mir der jetzt pensioniert ist, hat sowas raussickern lassen, konnte es aber so nicht bestätigen. Was machen wir jetzt? Die Frage ist eher, was wollen die Bullen von den zwei Frauen in Connington on the Shyre. Sind sie ihnen auf die Spur etwa gekommen?"

"Keine Ahnung Malcolm. Ich habe jedoch, kurz nach deiner Abreise, Besuch von den drei Venusianern bekommen, von denen ich erzählt hatte. Sie stellten Bedingungen und wir haben nur noch sechs Tage Zeit da wir bereits diesen Tag verschwendet haben. Wir müssen an den Frauen rankommen und jetzt wo ich hier bin, hat sich der Plan geändert. Zuerst dachte ich an Flucht, doch jetzt denke ich, ist es besser, wenn dies nicht geschieht. Wir müssen aber unbemerkt in die Farm und dafür brauchen wir William, den Wirt dieses Hotels."

"Soll das heißen, die Venusianer haben Mary´s Angebot eingewilligt?"

"Ja und Nein. Besagte Prozedur für die Verhandlung, muß auf Venus stattfinden und dafür müssen sie zurück. Angeblich hat man dieses "Agreement" mit so eine Art Amtssiegel bestätigt und die Rückkehr von Roselyn und die anderen Drei zugesichert. Mary aber muß dort bleiben. Das Ultimatum waren sieben Tage und jetzt sind es nur noch sechs. Roselyn und Mary müssen informiert werden und zustimmen." sagte Patosh innerlich zerrüttet.

"Und was ist wenn sie es nicht tun?" frug nun Jenkins.

"Das Raumschiff wird so oder so erscheinen und je nach Entscheidung wird die Sache friedlich oder weniger friedlich ablaufen. Soll heißen, wenn Roselyn und Mary zusagen, werden Roselyn und die anderen Drei auf die Erde zurückkommen dürfen. Sollten sie aber gezwungener Maßen überzeugt werden nach Venus zu kommen, so haben sie nicht die geringste Hoffnung auf einer Wiederkehr. Das schlimmste jedoch ist. Sie werden sich an nichts mehr erinnern und somit wird Roselyn mich vergessen."

"Das ist natürlich bitter mein Freund." sagte Jenkins leise.

"Ihr habt mich gesucht?" rief plötzlich William durch die Pub`s Eingangstür.

"Welch eine Freude Dich wieder zu sehen mein belgischer Freund. Und mit wem habe ich noch das vergnügen?"

"Jenkins. Malcolm Jenkins...."

"Doch nicht der Jenkins...."

"Verzeihen Sie mir Sir, aber ich wäre Ihnen dankbar meinen Namen nicht hinauszuschreien. Bin incognito hier, wenn Sie verstehen."

"Natürlich. Verzeihen Sie mir. Nun es ist mir trotzdem eine Freude. Wird um Euch auch gekümmert?" frug William.

"Jaja. Mach Dir kein Sorgen William." antwortete Patosh.

"Wie kann ich Euch helfen?" frug William ohne Zeit zu verschwenden.

"Kannst Du uns in die Farm der Mitchells hineinschleusen?" frug Patosh leise.

William konnte ein schelmisches Grinsen nicht inne halten antwortete aber mit einem "Ja, kann ich."

"Ist ja ziemlich was los dort oben. Viel Polizei und andere Autoritäten. Wisst Ihr was näheres?" frug er Patosh.

"Nein William. Ich weiß nur, daß sie unsere Hilfe benötigen. Auch weiß ich, daß Ihr nicht gut miteineander zu sprechen seid..."

"Ach was. Archie war mein bester Freund. Ich weiß sie machen mich für seinen Ruin verantwortlich, aber das ist nicht wahr. Ganz im Gegenteil. Wie oft habe ich ihn vor dem Glücksspiel gewarnt und wie oft habe ich ihn besoffen wie er war, nach Hause gefahren. Wir sind zusammen groß geworden und mein Vater war damals Chauffeur und Gärtner bei den Wellingtons. Er hatte auch Margereth die Stelle als Haushälterin beschafft, die nichts besseres zu tun hatte, als die Beine für Archie breit zu machen und Mary zu zeugen. Mein Vater wurde dafür mit dem Rausschmiss belohnt, als Jane dies erfuhr, denn er war ja schuld sie ins Haus gebracht zu haben. Archie konnte gegen den Rausschmiss nichts machen, da er ja beim Akt erwischt wurde. Er kam trotzdem weiterhin zum Red Lion und besoff sich weiterhin. Mein Vater lebte nicht lange nach dem Rauswurf und ja, ich hasse Mary dafür, da sie sich nicht einmal zur Beerdigung meines Vaters erschien. Jung und schön wie sie damals war, hatte sie nur den Baron im Kopf und Jane, die Kinderlos blieb, rächte sich an den Falschen. Ich habe trotzdem die Familie immer meinen Respekt gezollt, da ich Archie vermisse. Er hatte zumindest die Eier gehabt, um zuzugeben, daß er Margereth verführt und mein Vater nichts mit der Sache zu tu hatte. Aber wie Frauen eben so sind. Skorpionen in menschlicher Gestalt sage ich dazu nur."

"Es tut mir leid Dies zu hören William. Ich kann aber deine Meinung nicht ganz teilen. Menschen sind das, was sie eben sind und der Versuchung zu widerstehen ist für Mann wie auch

Frau eine schwierige Situation. Die Sache mit deinem Vater tut mir sehr leid und ich kann es nachvollziehen wieso Du so enttäuscht von den Frauen bist, jedoch habe ich aus den Erfahrungen mit Roselyn gelernt. Bist Du nicht verheiratet William?" frug Patosh.

"Nein. Machen wir weiter im Text. Ihr wollt also unbehelligt in die Farm und ich kenn einen Weg. Archie hat mir den gezeigt, wenn er besoffen nach Hause mußte und Jane nicht aufwecken wollte. Ich werde Euch helfen."

"Das ist großartig William. Ich werde mich dafür erkenntlich zeigen."

"Ist schon gut Patosh. Ich tue es für Archie, denn ich weiß wie sehr er seine Tochter Mary geliebt hatte. Jane hatte er gemocht, aber nie geliebt. Sie war einfach zu kalt. Wann wollt ihr loslegen?"

"Noch heute Nacht." rief diesmal Jenkins enthusiastisch. "Wir dürfen keine Zeit mehr verlieren."

"Ich brauche wohl nicht zu fragen worum es geht?" frug William, die Antwort schon wissend.

"Wenn alles erledigt wird, dann vielleicht. Hängt von vielem ab. Sei aber unserer Dankbarkeit sicher." sagte Jenkins und schaute William verdächtig lang in die Augen.

"Erzähle uns von deinem Plan William." frug Patosh als er die Situation zwischen Jenkins und den Wirt langsam für unheimlich hielt. War William etwa deswegen auf Frauen nicht gut zu sprechen? Hatte er ebenso, wie Jenkins, homosexuelle Züge?

William nahm sich ein Blatt Papier von hinter der Theke, zog seinen Parker Kugelschreiber aus seiner Brusttasche und zeichnete, wie es schien, einen Geheimweg auf, der in das Kellergewölbe des Hauptgebäudes führte.

"Wie Ihr es schon richtig bemerkt habt, ist es ein Tunnel, dessen Eingang sich in diesem Waldabschnitt befindet und den keiner kennt, außer ich und der verstorbene Archie. Wahrscheinlich ebenso ein großer Teil seiner männlichen Vorfahren, die ebenso Saufbolde waren und nicht gut mit ihren Ehefrauen zu sprechen waren. Jedenfalls müßt ihr durch diesen Tunnel. Keine Sorge. Ich werde Euch begleiten. Ein Lichtschalter befindet sich hier...." William zeigte auf der rechten Seite der Zeichnung. Es ist ein Vierhundert Meter langer Fußweg und der Pfad ist schmal und tief, also nichts für Rücken- und Fußkranke. Die Tür zum Kellergewölbe ist schwer und Archie hatte deswegen einen Elektroschalter installiert, damit es elektrisch geöffnet und geschlossen werden kann. Ich hoffe nur es funktioniert, denn Manchmal spinnt das system und um die Tür aufzuschieben braucht man viel Kraft. Im Kellergewölbe selbst ist die Tür als Wand getarnt. Von dort aus führt eine Treppe zu einen verlassenen Gang, den nicht einmal die Dienstmägde gern verwendet hatten. Sie meinten es wäre gespenstig und dunkel. Schlau was? Ich schlage vor wir fahren zur einer Zeit dorthin, wenn diese Polizisten und was weiß ich wer alles, müde und träge sind. Ich denke zwei Uhr morgens ist eine gute Zeit. Was meint ihr?"

"Guter Plan William. Machen wir es so. Ich muß nicht erwähnen..."

"Komm schon Patosh. Wir sind Kollegen und ich werde den Mund halten. Wie gesagt, ich tue es für Archie. Ihr seht hungrig und müde aus, also eßt was und dann ab in die Koje."

"Eye Eyey Captain.!" schrie Jenkins amüsiert.

William stand auf, um in die Küche zu gehen und Jenkins und Patosh murmelten untereinander leise und flüsternd.

"Können wir ihn vertrauen?" frug Jenkins.

"Was bleibt uns anderes übrig Malcolm? Wir müssen rein in die Farm und die Frauen warnen und vorbereiten. Es ist Dir wohl klar, daß wir bis zum schluß dort verweilen müssen."

"Und deine Kneipe in Lontzen?"

"Keine Sorge. Georgette wird sich drum kümmern und wenn alles vorbei ist, fahre ich zurück."

"Wer weiß den schon, was mit uns passiert Patosh. Hast Du Dir einmal gefragt, ob sie uns wieder laufen lassen, deine Venusianer? Und was ist mit den Bullen und diese Men in Black? Wenn sie uns zu fassen kriegen, landen wir in irgend einem Keller in Area 51 zusammen mit den ganzen Marsmännchen, die sie da festhalten."

"Ach hör auf zu spinnen Jenkins. Dies ist nicht eine Fantasiewelt worin Du Dich Jahrelang aufgehalten hast, sondern bittere Realität. Du kennst nur die Theorien, die andere spekulativ in die Welt gesetzt haben, hier jedoch wirst Du die

Wahrheit vor deine Augen erleben und höchstwahrscheinlich alles revidieren, was über die Jahre an Wissen angeeignet hast. Was sie mit uns machen werden steht in den Sternen. Wir müssen zusehen, daß wir schnellstmöglich und unerkannt davonkommen."

"Ist ja gut. Nicht nötig schnippisch zu werden mein Freund. Ich habe wohl ein Recht mir Sorgen zu machen, denn ehrlich gesagt, ich fürchte mich ein wenig. Meine Neugier wird mich noch in den Tod treiben eines Tages."

"Tut mir leid. Wir dürfen keine Fehler mehr machen und stark sein. Vor allem müßen wir zusammen halten."

"So ihr lieben. Mash and Bangers, so wie es meine liebe Mutter zubereitet hat. lasts Euch schmecken. Ich bring Euch noch zwei Guinness, paßt nämlich dazu." sagte William, der plötzlich und unbemerkt wieder erschien.

Die fetten Würste, gelegt auf einem Bett von Kartoffelbrei und einer dicken braunen Soße, sahen köstlich aus und gierig stürzten sich Patosh und Jenkins über das Mahl her.

"Das letzte Abendmahl." scherzte Jenkins und alle drei mußten lachen.

Um punkt zwei Uhr morgens, setzte sich ein alter Land Rover, mit drei im besten Alter gesetzten Männern, in Bewegung. Ziel; Der Wald von Connington on the Shyre. Man sprach während der ganzen Fahrt kein Wort. Sie schienen daher zumeditieren, so tief waren alle drei in sich versunken und nicht einmal das Gewitter, daß sich am schwarzen Horizont durch die ab und an einschlagenden Blitze bemerkbar machte, konnte sie aus ihrer

Konzentration ablenken. Es war so, als ob sie einer Eliteeinheit der SAS, zugehörten und es aus dieser Mission keinen Zurück mehr gab. William erreichte nach einer ewig erscheinenden Fahrt, einen Feldweg, der zu einem Wald führte und fuhr den schwer zugänglichen Pfad mit eingeschalteter Untersetzung.

"Gott segne die Queen und unseren Land Rover." murmelte er lächelnd.

"Die Queen ist nicht mehr unter uns, solltest Du es nicht wissen." protestierte Jenkins, der solche Scherze über seiner geliebten Königin nicht mochte.

"Wir alle lieben unsere Queen, sogar über den Tod hinaus alter Bursche. Für mich lebt sie immer noch." konterte William.

"So, wir sind hier. Ich muß nur den Wagen noch parken und mit Laub und Zweigen verstecken."

Patosh und Jenkins schauten sich kopfschüttelnd an, hielten sich aber mit Bemerkungen zurück. Hauptsache sie kämen in das Hauptgebäude rein. Nach einem kleinen Aufstieg, schob William Laub und Zweige zur Seite und eine Luke, verdeckt durch eine Holztüre, machte sich auf dem Boden sichtbar. Jenkins hielt eine starke Taschenlampe auf die Luke drauf und unterband die Furcht, die über ihn die Kontrolle zu ergreifen schien, denn seine Hände fingen an zu zittern. William griff seine Hände und beruhigte ihn.

"Langsam ein und ausatmen alter Bursche. Es wird schon. Patosh, Du als letzter. Erst ich, damit ich den Lichtschalter finde, dann Malcolm damit er zur Ruhe kommt, dann Du, damit Du die Luke von innen wieder verschließt, verstanden?"

Als dann endlich auch Patosh durch die Luke schritt und Diese von innen verschloß, brannte auch schwächlich eine Glühbirne, die ein paar Stufen erhellte und dahinter einen schmalen Gang ebenso. Danach mußte es die Taschenlampe tun, denn das elektrische Licht reichte nicht weiter..

"Uhrenvergleich!" brummte William.

"Was? Wirklich?" Lachte Patosh, der dies etwas übertrieben fand.

"Ja, wirklich. Wir haben für diese vierhundert Meter ein Maximum von 25 Minuten, danach geht uns der Sauerstoff in diesem feuchten, schlammigen Loch aus, cappisch? Also, Uhrenvergleich. Es ist zwanzig vor drei. Um drei Uhr fünf müssen wir die Tür erreicht haben."

"Warum habt ihr keine Sauerstoffflaschen hier hinterlegt?" frug Jenkins.

"Gute Idee, beschwer Dich bei Archie und jetzt aber Schnauze halten, sonst geht uns die Luft aus. Ich geh vor." befahl William.

Genau um drei Uhr, erreichten sie das, was angeblich die Tür zum Kellergewölbe sein sollte. William atmete noch einmal tief ein, bevor er den elektrischen Türöffner betätigte. Man hörte kleine Elektromotoren rattern und ja, die Tür bewegte sich langsam und quietschend, wie in einem Horrorfilm, doch man hörte ebenso, wie den Elektromotoren der Saft ausging und wie es der Teufel so will, blieb die Tür auf halber Strecke stecken. Patosh und William könnten gerade durchschlüpfen, aber der gute Jenkins, der nie in seinem Leben ein Kostverächter war, hätte seine Probleme.

"Ich hätte Dir Salat anstatt die Würste geben sollen mein Lieber." spottete William.

"Ok, laßt uns den Rest mit den Händen tun, also schiebt." und mit aller Kraft schoben sie die schwere Tür auf. Sie Waren drin. Auftrag erledigt.

"Folgt mir." flüsterte William und schritt mit ausgestreckter Taschenlampe vor. Sie erreichten die Küche und stiegen die Treppe hoch, die in den Wohnraum führte, wo sie, Roselyn, Mary und Patosh vor nicht zu allzu langer Zeit zusammen saßen.

"Schaltet das Licht nicht an, sonst sehen es die Bullen." bemerkte Jenkins, der dann aber in der Dunkelheit, getroffen von etwas hartem, zu Boden fiel und ein dumpfen Knall hinterließ. Mary stand plötzlich mit einer Pump-Gun vor ihnen und Roselyn hinter ihr.

"PAT!" schrie sie vor Freude und rannte zu ihm. Sie umarmten und küßten sich, während William sich um den armen Jenkins kümmerte, der eine Beule an seiner Stirn spürte.

"Was macht ihr hier und warum ist dieser Verräter von einem William in mein Wohnzimmer?" frug die alte Mary erbost.

"Wir konnten nicht anders zu Euch. Ich habe sehr wichtige Nachrichten und die Zeit rennt uns davon Mary." beschwichtigte Patosh. "Ohne William, hätten wir es nicht geschafft hier rein zu kommen.

"Du Halsabschneider kennst den Tunnel?" schrie Mary William an, die Flinte noch auf ihm gerichtet.

"Beruhige Dich Mary. Wie sonst hätte ich den guten Archie nach Hause bringen können, ohne das Jane es bemerkte."

"Ihr Männer seid alle gleich und gefährlich Dumm. Glaubst Du Jane kannte den Tunnel nicht? Ich kannte es ebenso, denn wenn Archie besoffen durch die Gänge torkelte, ging es nicht gerade leise zu."

"Und warum habt ihr den Tunnel nicht für die Flucht gebraucht?" fragte Jenkins seine Hand auf die schmerzende Stelle haltend.

"Und wer bist Du, Du Troll?"

"Er heißt Malcolm Jenkins...." versuchte Patosh ihn vorzustellen.

"Ach. Der UFO Freak vom Fernsehen. Jetzt erkenne ich den auch . Ihre Sendungen habe ich immer lachend verfolgt, Was für eine furchtbar gute Komödie Und womit haben wir die Ehre, Sie hier begrüßen zu dürfen?"

"Patosh wird alles erklären. Ich brauche was hartes zum Trinken."

"Du weißt wo der Whisky steht William. Schütte am besten jeden ein Glas ein."

"Ja Mary. Gerne." sagte William verstört, der es nicht glauben konnte bleiben zu dürfen.

Patosh, der seine Roselyn noch bei den Händen hielt, nahm auf einen Ledersessel platz und fing an die Bedingungen zu erklären, die die Venusianer anboten und Roselyn und Mary hörten zu. Nach einer Stunde trat Stille ein, denn die Frauen überlegten und sagten kein Wort.

"Wir haben also gerade Sechs Tage."

"Fünf ein halb um genau zu sein." verbesserte sie Patosh.

"Was denkst Du Roselyn?" frug Mary ihre Tochter.

"Der Siegel ist bindend, doch eines ist klar. Wir werden uns danach an nichts mehr erinnern können. Ich werde Dich vergesen Liebster und das will ich nicht."

"Ich werde hier sein und es mit Dir noch einmal vesuchen mein Liebling. Du aber darfst dann hier leben, wie Du es immer wolltest. Jonathan, Martha und Fred ebenso. Sie müssen bescheid wissen. "

"Sie sind bereits hier. Oben im Gästezimmer schlafen sie. Ich habe sie gebeten Betriebsferien zu nehmen und ihren Laden für eine gewisse Zeit zu schließen, doch das wollten sie nicht, so haben sie die Geschäftsleitung einer guten Kundin für die Zeit überlassen in der Hoffnung, daß sie wiederkehren und sich an ihren Laden erinnern können. Ich habe ihnen eine gewisse Vorstellung darüber gegeben, was uns erwarten würde. Das hatte sie überzeugt, jedoch glaubte ich nicht, daß die Venusianer sich auf Mutters Angebot einließen."

"Nun ja, das haben sie, aber mit erdrückenden Kompromissen. Wir dürfen keine weitere Minute verlieren. Was soll ich Ihnen berichten, denn ich habe jetzt einen Kommunikations-Code erhalten?"

"Gib uns etwas Zeit..."

"Roselyn. Wir haben keine Zeit. Jede Minute die verstreicht, könnte unsere letzte in Freiheit sein. Diese Monster da draußen könnten jeden Augenblick einen Überraschungszugriff starten und mit Tränengas und was weiß ich was allem hier eindringen. Ich weiß eigentlich nicht, auf was sie noch warten" unterbrach Mary.

"Dürfte ich etwas vorschlagen?" unterbrach nun William, der unsicher wirkte und sich nicht wirklich einmischen wollte in all dieser ihn sehr verdächtig vorkommenden Charade.

"Wieviel weißt Du alter Schurke, über all dies was uns betrifft bescheid?" frug Mary unfreundlich und sichtlich nervös.

"Nichts, weiß ich Mary. Das garantiere ich Dir. Doch ich erkenne, wenn jemand, den ich sehr schätze und ja das tue ich, in Bedrängnis geraten ist. Vergiß bitte nicht, daß Archie und ich die besten Freunde waren, auch wenn er einige Jahre älter war. Ich fühle mich irgendwie für Eure Sicherheit mitverantwortlich, auch wenn Du es nicht für nötig hieltest, bei Vaters Beerdigung zu erscheinen. Dies ist aber Schnee von gestern...."

"Ich war da, als man deinen Vater begrub zusammen mit meiner Mutter Margareth, oder glaubst Du etwa, daß ich eine herzlose Hexe bin? Ich hasse Jane heute noch dafür, was sie uns und ihn angetan hat und ja, ich wollte damals abhauen, jedoch konnte ich es, aus Dir unbekannten Gründen nicht."

"Du warst da? Ich habe Dich aber nicht gesehen." stotterte nun William beschämt.

"Nein, Du konntest mich nicht sehen William. Ich betrachtete alles aus dem Hintergrund und habe geweint wie eine Tochter, die ihren Vater verlor. Dein Vater hatte uns stets geholfen und ich werde ihm das nie vergessen. Wenn Du eines Tages die ganze Geschichte erfahren wirst, wirst Du auch sehen, daß meine Mutter für keinen die Beine breit gemacht hatte, außer für Archie und erst al Jane die Scheidung einreichte und Margareth offiziell Archies Frau wurde, habe ich mich als seine legitime Tochter gesehen."

"Ja aber Du kamst bereits vor der Scheidung zur Welt..." griff William ein.

"Du bist ein schlaues Kerlchen Will und dabei belassen wir es. Zunächst. Also? Was wolltest Du uns vorschlagen?

Alle Blicke richteten sich nun auf William, der sich noch einen Glas schottischen Single Malt einschenkte und alles mit einem Schluck vertilgte.

"Wir hauen alle durch den Tunnel ab und das noch heute Nacht. Zwanzig Meilen von hier habe ich eine kleine Jagdhütte, die für die nächsten fünfeinhalb Tagen als Unterkunft ausreichen sollte. Wir lassen die da draußen im Dunklem schmachten. Sie sollen alle glauben, daß ihr noch hier seid, jedoch bei dann, seid Ihr alle in der Jagdhütte untergebracht. So gewinnt ihr alle zumindest etwas Zeit. Ich habe zwar keine Ahnung was in fünfeinhalb Tage geschehen soll und ich denke jedoch ich sollte besser nicht alles wissen."

"Und ich soll so mir nichts dir nichts Dir vertrauen?"

"Ja Mary. Das sollst Du."

"Wir nehmen an." sagte Mary kurz entschlossen.

"Aber Mutter...."

"Kein Aber. Geh nach oben und wecke die Drei auf. Wir verschwinden hier."

"Und was soll ich den Venusianer mitteilen?" frug Patosh imponiert von der Entschlußkraft Marys.

"Zunächst mal nichts Patrick. Sollen sie sich die Köpfe zerbrechen." sagte die alte Dame unbeeindruckt.

"Wenn sie uns finden wollen, so werden sie es, oder glaubst Du etwa, sie beobachten uns gerade nicht?"

"Und der Orion Clan?" frug Patosh.

"Die beobachten uns ebenso. Laßt uns ihnen eine Show abliefern, die sie nie vergessen werden und die Pump-Gun kommt mit.

Urlaubsperre

Auf Venus spielten sich in der Zwischenzeit andere Szenen ab,
denn KLTXG, Roselyns kosmischer Vater, wurde von seiner
Oberhaupt- Position des Hohen Rates abgesetzt und man hatte
zwar einen Nachfolger vorgesehen, doch da dieser Posten
Roselyn einst zustand, hatten die Venusianer ein Problem damit,
eine logische Entscheidung zu treffen, um den vorgesehenen
Nachfolger sofort in seinem Amt zu zulassen. Sollte nämlich
Roselyn zur Vernuft kommen, was inzwischen jeder bezweifelte,
so durfte ihr Stuhl nicht von jemand anderen belegt worden sein,
denn so waren die Regeln seit Beginn des Allem. Man gab
Roselyn, KTLXK, die versprochenen Tage zeit, aber danach
wurde sofort der Stuhl an KTKFK, dem vorgesehenen
Nachfolger, übergeben.

Wer war dieser KTKFK? War er etwa anders als KLTXG? Im
Grunde genommen war er es nicht, denn es gab auf Venus keine
Unterschiede, keine Gefühle, keine Emotionen, keine
Kompromisse und alles lief nach einem festgelegten und
durchorganisieren Schema ab. Es gab jedoch, und wie sollte es
anders sein auf einem Planeten, der über einen Hohen Rat
verfügt, auch ein Gericht. Dort mußte KLTXG, Roselyns
kosmischer Vater, laut menschlicher Zeitrechnung täglich
erscheinen und wenn man meinen würde, daß es dabei
freundlich und sanft zuging, so sollte man es nochmal
überdenken, denn hier hatte ein Ex Oberhaupt seit seiner
Amtsübernahme und für andere unbemerkt, gegen jedes Gesetz
verstoßen, das auf Venus seit Jahrtausenden für alle galt, egal ob

Oberhaupt oder nicht. Wie kam es also dazu, daß einer wie KLTXG , gegen solche Gesetze verstoßen konnte und wie war es möglich diese Vergehen zu übersehen?

"KLTXG. Du stehst hier vor Gericht wegen Missbrauchs und gegen des Verstoß unserer Art und Tradition zu leben und zu agieren. Mehrmals hast Du im Freien Willen anderer Planetarier eingegriffen und mehrmals die kompatible Paarung mit andren Planetariern zugelassen, ohne vorheriger Überzeugung derer Tauglichkeit und tatsächlichen Kompatibilität. Siehe Fall Poratio auf Astranoma, Ambrosia auf Kunaptia und jetzt der aktuellste Fall, Mary Mitchell auf Terrarion oder auch Erde genannt. Im letztgenannten, wurde KTLXK hier auf Venus gezeugt, die nach der Geburt gegen unseren Traditionen und Regeln hier auf Venus verblieb, in unseren Kenntnissen und Geheimnissen sowie unsere Dichte unterwiesen und befördert wurde, obwohl sie menschliche molekular Strukturen in ihrer DNA aufwies und zuletzt durch inzwischen von uns ebenso zugegebenen Irrtum, als Mitglied des Hohen Rates zugelassen und mit dem Siegel der Nachfolge für die Präsidentschaft des Hohen Rates gewürdigt wurde. Was hast Du gegen diese Anschuldigungen entgegenzuhalten?"

"Ich bekenne mich in allen vorgebrachten Fällen für schuldig." antwortete KLTXG gefühl-und emotionslos wie ein waschechter Venusianer.

"Kannst Du uns wenigstens erläutern, warum Du es hast soweit kommen lassen mein lieber und geschätzter Freund?"

"Unsere Aufklärung, bezüglich des unbedingt erforderlichen Fortschritts auf manchen Planeten verschiedener

Sonnensystemen, lief zu langsam ab und ich wollte Diese durch mein Eingreifen damit beschleunigen, die von uns erzeugte Wesen in unseren Geheimnissen einzuweisen, damit sie diese Wissen weiter auf ihren Planeten übertragen können. Jedoch sollte dies von Venus aus geschehen und nicht, wie leider im Falle Mary Mitchell, oder sollte ich lieber Roselyn Mitchell sagen, denn sie ist das gezeugte Ergebnis meines Eingriffs, auf Terrarion. Ich habe diesen Fehler nicht mit einkalkuliert obwohl mir das Risiko durchaus bekannt war."

"Du gibst mit deiner hier gegebenen Aussage also zu, daß du zum Ersten, bewußt und vorsätzlich in den Freien Willen anderer eingegriffen hast, zum Zweiten unsere Geheimnisse verraten hast und zum Dritten die Risiken kanntest und trotzdem Diese nicht miteinkalkuliert hast. Ich frage Dich jetzt KLTXG, geschah dies aus purer Dummheit oder aus anderen uns nicht logisch erscheinenden Gründen, denn was Du begangen hast ist Hochverrat."

"Die Planeten, von denen ihr spricht, stehen kurz vor dem Zerfall und wenn wir nur herumsitzen und zuschauen und darauf hoffen, daß diese weit untergebildeten Wesen, die noch Kriege führen und über Gier und Machtlust sich leiten lassen, auch das geringste tun würden, damit sie ihren Planeten retten, so beschuldigt ihr Euch der Beihilfe mit nichts dagegen getan zu haben und gehört, wie ich, auf dieser Anklagebank. Wie sollen sie sich weiterentwickeln in diesem Stadium, wenn nicht im Freien Willen eingegriffen wird, denn anscheinend hat der Orion Clan bereits die volle Kontrolle, zumindest auf Terrarion, übernommen.

Seht Euch den Schlamassel auf der Erde an. Nichts läuft mehr logish und sinngemäß dort unten ab. Ist es das wofür wir stehen? Dienst an andere zu tun heißt auch, wenn nötig und im äußersten Fall, in den Freien Willen einzugreifen. Ich habe es versucht zu vermeiden und in meisten Fällen war es mir auch gelungen, jedoch nicht auf Terrarion. Ja, ich habe den Fehler begangen und Roselyn, oder KTLXK, hier auf Venus einbehalten und Mary, die irdische Mutter, mit einem Hologramm ihrer Tochter zurück geschickt. Dieses Hologramm verschwand in dem Moment, als KTLXK einen Raumschiff schnappte und sich entschied für immer Venus zu verlassen. Ihre menschlichen Gene hatten die Kontrolle übernommen, die so primitiv sie auch sind und getränkt durch die gefühlsreiche, irdische Seelenkraft, der unserigen DNA in Sachen Liebe anscheinend übertreffen. Ja, KTLXK verfügt ebenso über unsere DNA, doch der kleine Prozentanteil der Irdischen hatte gesiegt und das Ergebnis davon erleben wir hier und heute. Heiße ich es Gut? Ich habe darauf keine Antwort, doch ich muß zugeben, daß ich meine Tochter über alles liebe und ich sie mit all meiner Kraft unterstützen werde, um ihr zu helfen. Und ich bitte Euch, meine Brüder, euer Wort zu halten, Mary hier zu behalten, die Erinnerungsprozedur ohne Vorbehalt durchzuführen und die Anderen wieder auf die Erde zu lassen. Für uns haben sie danach keine Bedeutung mehr und erfüllen somit keinen Zweck...."

"Eben mein Bruder. Du sagst es mit deinen eigenen Worten." mischte sich plötzlich KTKFK, der vorgesehene Nachfolger ein.

"Welchen Unterschied würde es also machen? Sie können uns, nach der Prozedur, nicht mehr für unsere Zwecke dienen. Nicht als Botschafter, als Agenten oder als Zwischenstation. Warum sich also die Mühe machen, um sie überhaupt zurückzuholen? Du kennst die Antwort Bruder. Unsere Geheimnisse dürfen sie an niemanden verraten, deswegen. Was aber passiert, wenn andere, die sie auf der Erde kannten, wie zum Beispiel Freunde, Schulkammeraden, Kunden, sie nicht mehr ansprechen können, da sie für Roselyn und den anderen, zu Fremden nach der Prozedur werden? Würden diese alte Freund sich nicht fragen was mit Ihnen geschehen sei? Warum sie sich nicht mehr and die Kundschaft des Einkaufsladen erinnern oder wieso die alte Mary plötzlich für immer aus der Bildfläche verschwunden ist? Ich bin gegen einer vollkommenen Erinnerungseliminierung. Welchen wirklichen und nützlichen Sinn sollte so etwas bringen? Auch würden wir den Orion Clan damit in die Karten schauen lassen, wenn wir solch eine Eingriff durchführen ließen. Einen Eingriff in den Freien Willen. Nicht die Erinnerung sollte eliminiert werden, sondern der, der Polizei und der anderen Kräfte, die jetzt plötzlich aufgewacht sind. Sie sollte man von jedem Verdacht befreien und Roselyn und die anderen Drei in Ruhe lassen. Die alte Mary darf dann auch in Ruhe auf ihren Landsitz ihren letzten Atem aushauchen, jedoch hat dies alles ein Preis, aber dafür müßten sie auf Venus vor uns, DOCH, erscheinen. Welch ein Widerspruch, nicht wahr? Hier auf Venus werden sich Roselyn, Jonathan, Martha und Fred, sowie Mary, dieser Patosh, Malcolm und William, sich einer anderen Prozedur unterwerfen worauf sie dann für uns, auf basis der bedingungslosen Liebe auf der Erde Dienst tun. Sie sollen nichts vergessen, nur ihre Schwingungen sollten so von uns gepolt werden, damit Diese kontinuierlich abgelesen und definiert werden. Wäre das nicht die besser Lösung?" schloß KTKFK fragend ab.

"In wie fern ist dies kein Eingriff in den Freien Willen Bruder?" frug KTLXG

"Insofern, daß jeglicher Schaden, den Du angerichtet hast ausgeglichen wird und das Leben dieser Seelen ohne Qualen und seelischen Schmerzen weitergehen darf und der Orion Sippe jeglicher Wind von den Segeln genommen wird, denn sie blieben dadurch für den Orion Clan unerreichbar. Du jedoch, mein Bruder, mußt für deine Nachlässigkeit bezahlen und diszipliniert werden und dafür verlange ich die Höchststrafe. Deaktivierung auf Venus und Strafversetzung auf Terrariom. Zuzüglich der vollkommenen Erinnerungseliminierung über alles, was Du hier auf Venus dir erlangt hast und Dir von Uns durch anvertrauter Liebe gegeben wurde. Du bist es nicht würdig solch Privilegien weiterhin zu tragen und wirst mit sofortiger Wirkung auf die Dritte Dichte verstoßen. Zumindest haben deine Opfer nichts mehr zu befürchten und sollten nicht für deine Verfehlungen auch noch bestraft werden. Ich bitte das Hohe Gericht dies von mir aufgelegte Plädoyer sofort in Kraft zu setzten und endlich ohne weiteren Verzug mich auf meinem Amt zu bestätigen. Wir haben lang genug dieses Theater mit ansehen müssen und auf einen außerordentlichen Konzil können wir gern verzichten

Der Richter schaute sich beim Gremium um und sprach.

"Wer ist für das Plädoyer unseres wertgeschätzten KTKFK?"

Alle Hände richteten sich nach oben und somit war der Fall auf Venus erledigt.

"Alle zum Urteilsspruch aufstehen."

"Das Plädoyer des Bruders KTKFK wird zugestimmt und der Angeklagte in allen Punkten für schuldig befunden. Des weiteren wird KLTXG noch nach diesem Urteilsspruch, die Erinnerungs- Eliminierung- Prozedur durchlaufen und mit dem nächsten Raumschiff auf Terrarion strafversetzt und für immer verbannt. Ihm werden alle auf Venus erhaltenen Privilegien entzogen und er wird somit zurück zur dritten Dichte zurückversetzt.   Desweiteren wird mit sofortiger Wirkung KTKFK neuer Oberhaupt des Hohen Rates, um damit die Stabilität auf Venus zu sichern und die Notwendigkeit eines außerdienstliches Konzils zu verwirken. Das Urteil ist hiermit gesprochen und das Gericht zieht sich zurück.

KLTXG verschwand aus der Bildfläche und tauchte als gewöhnlicher Mensch irgendwo in der Mongolei auf. Man sah und hörte nichts mehr von ihm.

KTKFK nahm seinen Dienst sehr ernst und handelte sofort, denn er ließ alle Urlaubsflüge auf Planeten. die nicht der Konföderation zugehörten verbieten, was natürlich zu Unstimmigkeiten unter den Urlaubern führte, denn ihr Lieblingsplanet, Terrarion, war nun auf der schwarzen Liste gesetzt. Hunderte von Raumschiffsreservierungen platzten was den Urlaubern, sowie den Vermietern gewaltig stank. Alle anderen Planeten waren ausgebucht oder hatten nicht den Reiz und die Schönheit des Terrarion.   Die Zeit jedoch

tickte und KTKFK bereitete schon das Abholkomitee für die
Fünf auf der Erde vor.   Um größeren Chaos zu
vermeiden und die Rückholoperation nicht unnötig zu stören,
sandte KTKFK, der neue Oberhaupt, eine Anweisung an alle
Urlauber, die sich auf Planeten außerhalb der Konföderation
aufhielten. Sie hätten sich unverzüglich zu ihren Raumschiffen
zu begeben und nach Venus zurückzukehren und seine
Befürchtungen waren berechtigt, da sämtliche irdische
Geheimdienste und Militärs den Auftrag von ihren Regierungen
zugeteilt bekamen, alle Seen, Flüssen, Berge und sonstiges
Gelände, nach havarierten Raumschiffen zu suchen. Das Wrack,
das man gleich nach dem Abtransport vom Lontzener See
gestohlen hatte, hatte für einen Skandal innerhalb der
entsprechenden Stellen gesorgt und die Geheimdienste sowie
Politiker zum Gespött der Presse und der Medien gemacht. Die
größte Befürchtung jedoch war, daß irgend ein Spinner, sei es
Malcolm Jenkins oder der Dieb des besagten Wracks, mit dem
gestohlenen Raumschiff sich durch die Medien wichtig machen
könnte und die Wahrheit, die auf gar keinen Fall mit der
Zivilbevölkerung geteilt werden soll, veröffentlicht. Natürlich
arbeiteten die Erdlinge daran, geheime Raumschiff-
Ortungsmaschinen und ebenso Raumschiffe "Made on Earth" zu
bauen, doch sie waren noch weit davon entfernt, um etwas durch
"Reverse Engineering", wie es die Amerikaner sagen, zu
erreichen. Das gestohlene Wrack war ja nicht gestohlen, sondern
wurde von den Venusianern zurückgeholt. Wie sie das taten, darf
sich jeder selbst vorstellen, doch die CIA, MI 6, KGB , Mossad
und wie sie alle heißen, zerreiben sich die Köpfe bis heute. Für
sie war das Wrack noch auf der Erde und KTKFK wollte es
nicht riskieren, daß seine Venusianer bei der Rückkehr unnötig

behindert werden. Der Hohe Rat hatte in der Tat, einen guten und pflichtbewussten Nachfolger für das Oberhaupt gewählt. Der EXODUS geschah bei Tag und bei Nacht und keiner bemerkte den weltweiten Abflug von hundert Raumschiffen und ihren "Urlaubern", die zurückkehrten. Es waren nicht nur Venusianer dabei, sondern auch Außerirdische anderer Planeten, denn Terrarion war und ist für sie, wie Ibiza oder Las Vegas für uns.

Ein Land Rover fährt durch Nacht und Nebel.

William, Patosh, Malcolm und die anderen fünf, gelang die Flucht durch den Tunnel unbemerkt. Mary hatte mächtige Schwierigkeiten zu atmen, denn der schmale Gang und der höhere Sauerstoffverbrauch durch die zusätzlichen Personen, presste die restliche Kraft aus den Lungen der alten Dame. Patosh trug sie die restlichen hundert Meter und als sie die Luke erreichten, konnte Diese nicht schnell genug geöffnet werden. Alle warfen sich erschöpft zu Boden. Auch Roselyn, die an sich, als Außerirdische, hätte fitter sein sollen, doch sie war inzwischen zu lange auf diesem Planeten und sie übernahm mehr und mehr die hier beheimateten Eigenschaften. Nebelschwaden, die durch das Ausatmen ihrer erschöpften Lungen hinaushauchten, verrieten ihren Standort, würden sie sich nicht schnellsten zum Land Rover begeben, was sie dann auch, auf Drängen Williams taten. Der Wagen wurde von seiner Tarnung befreit und man hatte kaum Platz darin, denn sie waren nun zu acht. William startete seinen Wagen, der zunächst mal einige Versuche brauchte, doch dann ratterte der Motor und sie fuhren davon. Es war sommerlich feucht und ein Nebel entstand, was das Vorwärtskommen erschwerte und die Scheiben ständig beschlug. Man konnte gerade noch die Hand vor Augen sehen. Das Gewitter zog bereits seit Stunden in südlicher Richtung, doch was blieb war der kühle Niederschlag auf warmen Boden. Der Pfad wurde klebriger und der Land Rover sank tiefer, durch das zusätzliche Gewicht, in den

Schlamm, wobei, auch trotz zugeschalteter Untersetzung, der Land Rover zu kämpfen hatte. Doch ein Aufschrei der Erleichterung drang aus William raus, als er wieder festeren Boden unter den Rädern spürte und ohne weiteres Zögern in nördlicher Richtung zur besagten Jagdhütte fuhr. Mary war trotz der warmen Nacht am frieren und auch Martha und Fred fühlten sich nicht wohl. Jonathan konnte jedoch,vor lauter Freude seinen alten belgischen Freund wiederzusehen, nicht mehr aufhören zu reden. Sie tauschten alte Geschichten aus, wie einst alles began und jetzt saßen sie hier wieder zusammen. Ja, das Schicksal ist schon etwas wunderliches, auch für Aliens.

"Ich habe eine Thermoskanne Tee irgendwo hinten. Verteile es bitte Patosh, vielleicht wärmt es die Knochen wieder auf." sagte William als er sah, wie schlecht es Mary ging.

"Wie lange dauert die Fahrt Will?" frug Roselyn.

"Bei den Tempo, circa eine Stunde, doch ich gebe mein Bestes."

Es wurde inzwischen fünf Uhr morgens. Ob die Beamten bereits etwas bemerkt haben? Nein, das hatten sie nicht und endlich erreichte William die Hütte, die sich abgelegen in einem Forstgebiet befand. Das Kamin wurde mit Holz befüllt und sofort in Betrieb genommen und Mary auf einer der Pritschen gelegt und zugedeckt. Roselyn und Patosh kümmerten sich um sie und auch Martha stand ihr tröstend bei, derweil räumten Jenkins, William, Jonathan und Fred drinnen sowie draußen auf, da William die Hütte seit zwei Jahren nicht mehr verwendet hatte. Leere Bierdosen und Flaschen sowie Papierreste und Verpackungen von Schokolade und Erbsensuppen wurden gesammelt und entsorgt. Drei Stunden später wohnte man in einer sauberen und warmen Hütte und siehe da, man fand Konserven dessen Haltbarkeitsdatum noch acceptable waren. Mary erholte sich schnell wieder und die warme Suppe baute sie auf. Auch die anderen kamen wieder zu Kräften und bedankten sich herzlich bei William, denn ohne ihn wären sie, Patosh und Jenkins, nie in die Farm rein und auch nicht wieder raus gekommen.

"Ich muß wieder nach Bedford sonst fällt meine Abwesenheit auf. Ich komme aber übermorgen wieder und bringe frischen Proviant mit. Telefoniert mit euren Handies am besten nicht und paßt auf mit dem Kaminrauch. Der könnte Neugierige anziehen."

"Machen wir William. Fahr vorsichtig und nochmals vielen Dank mein Freund." bedankte sich Patosh.

Jenkins umarmte ihn und auch Mary tat es und man sah wie er davon fuhr in seinem Land Rover, der für Alle zum Symbol der Befreiung wurde.

Tag Null ist angekommen

William kam, wie er es versprochen hatte, zurück zur Hütte und brachte Proviant, saubere Kleidung sowie auch Nachrichten für Patosh, die nicht beruhigend waren und für ein ziemliches Durcheinander sorgen würden. Doch William ließ sich zunächst Zeit damit und verteilte die Sachen, die die andere dankend wie Weihnachtsgeschenke annahmen. Man freute sich in diesen Tagen über jede Kleinigkeit, die Farbe in dieser bevorstehenden Dunkelheit brachte und man briet Eier, Speck und Würste und man trank Kaffe und Tee. Das Bild eines fröhlichen und unbeschwerten Sonntagspicknick entstand und sobald etwas Ruhe einkehrte, schnappte sich William Patosh und flüsterte ihm etwas ins Ohr. Sie gingen nach draußen, was die anderen in ihrer Unterhaltung nicht bemerkten.

"Schieß los William. Was hast Du auf dem Herzen." frug Patosh nun etwas neugieriger.

"Ich hatte einen Anruf aus Belgien. Es war deine Georgette aus dem "Goldenen Krug" und sie klang ziemlich aufgeregt. Die Polizei sucht Dich jetzt ebenso. Du wirst an der Beteiligungen des Wracks- Diebstahls beschuldigt. Auf Jenkins hatte man immer schon ein Auge drauf aber jetzt auch auf Dich und das schlimme ist, Interpol wurde eingeschaltet. Diese Nachricht habe ich aber aus einer anderen Quelle.

Einer meiner Logen Brüder ist beim Scotland Yard und nach einigen Bieren in meiner Kneipe, erzählte er vieles. Ich fragte was es neues gibt in seiner Arbeitsstelle und er verriet mir, so unter Brüdern, das eine internationale Suche auf Euch gestartet wurde. Deine Kneipe in Belgien wurde zunächst geschlossen und Georgette hatte trotz alle Drohungen, dicht gehalten. Ich müßte sie mal kennen lernen. Scheint ein gutes Mädchen zu sein."

"Verflucht. Das ist natürlich sehr beunruhigend. Morgen läuft das Ultimatum ab und ich habe immer noch keinen Kontakt mit den Venusianern aufgenommen. Deine Brüder? Du erwähntest eine Loge. Bist Du etwa Freimaurer?"

"Ich dachte das wüßtest Du schon. Meine ganze Kneipe ist voll von den Symbolen und Auszeichnungen. Ja, ich bin, wie viele Engländer in einer Loge, jedoch sehe ich nichts verwerfliches darin. Man kann auch aus einem Nonnenkloster zum Bordell verwandeln. Alles was man dazu braucht sind Neider und Menschen, die uns zu Monstern deklarieren und Schlechtes über uns berichten. Ich bin stolz einer zu sein und glaube mir, sei Du froh, daß Du einen getroffen hast, denn ein anderer hätte nicht soviel Verständnis für dieses Hokus Pokus aufgebracht."

"Hokus Pokus? Ist wohl nicht dein Ernst. Bleib hier und ich werde es Dir morgen beweisen. " antwortete Patosh wütend.

"Oh keine Sorge. Ich werde hier bleiben mein Freund, denn das lasse ich mir nicht nehmen. An deiner Stelle würde ich jetzt, wem auch immer da oben, bescheid sagen wo ihr seid, denn auf dem Weg hierher gab es schon die ersten Straßensperren."

Patosh wurde bleich im Gesicht und eilte zurück in die Hütte. Er nahm sich Roselyn und Mary zur Seite und sagte ihnen was William bereits erzählt hatte.

"Ich werde sie jetzt über dem Vybe Scanner kontaktieren. Du Roselyn mußt mir zeigen, wie ich diesen Code eingeben kann. Es ist Zeit für Euch diesen Planeten zu verlassen, denn die Polizei ist nicht mehr weit."

Roselyn und Mary gingen mit Patosh nach draußen und befahlen den anderen in der Hütte zu bleiben. Roselyn schaltete den Vyber Scanner ein, was bei ihr telepathisch möglich war und sofort erschien ein Feld wo man aussuchen konnte was man tun wollte, wie bei einem gewöhnlichen irdischem Link. Doch es wurde Patosh klar, das nichts was auf dieser Erde so fantastisch und modern in solch einer kurzen Zeit auch entwickelt und gebaut wurde, aus menschlichen Hirnen entsprang, sondern kräftig aus dem Kosmos nachgeholfen wurde. Das Display machte es deutlich. Roselyn fand das "Menu" wo der Code einzugeben war und Dieser war so geschaltet, daß man direkt mit dem Oberhaupt des Hohen Rates verbunden wurde. Roselyn gab den Code ein und eine Hologramm entstand sofort vor ihren Augen. Doch es war nicht KXTLG der vor ihnen daherflimmerte, sondern ein Fremder und groß war die Überraschung bei Roselyn und Mary.

"Wer bist Du?" frug Roselyn.

"Ich bin KTKFK, das neue Oberhaupt und Du mußt KTXLK sein."

"Was ist mit KXTLG passiert?" frug Mary.

"Er wurde deaktiviert und von Venus auf Lebenszeit verbannt. Ich bin jetzt für die Rückholoperation allein verantwortlich, doch es soll nicht euer Nachteil sein. Ihr werdet alle auf Venus gebracht und kommt ebenso wieder zurück. Ich werde Euch die Erinnerung nicht entziehen, sondern etwas mildern und Du, meine liebe Schwester, kannst wieder zurück ohne Patosh aufzugeben. Dafür aber mußt Du weiter auf Erden für uns dienen. Auch Mary darf ihre letzten Tage auf diesem Planeten verbringen, wenn sie es will. Das verspreche hiermit."

"Was meinst Du mit dienen? Was muß ich dafür tun? Habe ich keinen Anspruch mehr auf dem Sitz im Hohen Rat?"

"Nein, den hast Du nicht mehr. Es dürfen nur noch rein Venusianer im Hohen Rat und was KXTLG mit Dir verursacht hatte, brach alle Gesetze und Regeln des Universums. Deine Rechte sind verwirkt, jedoch kannst Du zu jeder Zeit hin und zurück reisen und uns Bericht auf diesem Wege erstatten. Du sollst hier unsere Botschafterin werden und für die Zukunft eine sichere Unterkunft für unsere Reisenden aufbauen. Dadurch können wir das Angenehme mit dem Sinnvollen verbinden und ebenso den Orion Clan im Schach halten. Sie sind zu mächtig auf Terrarion geworden und wir brauchen deine Hilfe, um zumindest einen Ausgleich zu bewerkstelligen." sagte KTKFK.

"Wir sind nicht mehr auf der Farm." rief Patosh aus dem Hintergrund.

"Das weiß ich bereits. Du hast Dich vorbildlich in dieser Sache verhalten Patrick van de Brog und das Universum dankt es Dir. Wir werden noch Heute Euch alle abholen müssen, denn Ihr seid in Gefahr. Macht Euch bereit."

"Wann sollte es geschehen genau?" frug Mary.

"Ihr entscheidet. Auch sofort wenn ihr es so wollt. Was habt ihr hier noch, das Euch zurückhält? Deine Farm, liebe Mary ist bereits von den Sicherheitskräften eingenommen und ich fürchte diese Hütte wird Euch nicht lange Schutz gewähren."

"Und wo genau soll dies geschehen?" frug nun Roselyn.

"Eine Waldlichtung befindet sich keine drei Meilen von hier. Dort werden wir landen und auf Euch warten. Aber beeilt Euch."

"Wir machen das jetzt und sofort. Wir holen nur die anderen. Wo genau ist die Lichtung?" rief Mary ohne Zweifeln aufkommen zu lassen, denn ja, KTKFK hatte recht. Nichts gab es mehr was sie zurückhalten würde.

"William kennt die Lichtung. Seid dort." und das Hologramm verschwand.

Ja, William kannte die Lichtung und Patosh und Jenkins halfen Mary und den Außerirdischen zu Packen. Martha war am aufgeregtesten und Fred wußte nicht genau was ablief, denn er wurde mehr und mehr menschlicher.

"Ich will nicht zurück. Was ist mit all meinen Freunden und mit meinem Rugby Club?" protestierte er.

"Entspann Dich mein Liebling. Wir kommen ja wieder zurück und es wird alles so bleiben wie es war." beruhigte ihn Jonathan.

"Und das glaubst Du Dad?"

"Ja, das tue ich und ich verbiete es Dir, deine Venusianische Herkunft ganz aufzugeben. Du bist hier auf Erden was Du bist,

Dank deiner Wurzeln, vergiss das nie. Und jetzt Klappe halten, packen und keine Widerworte mehr. Verstanden?" befahl Jonathan in einer ihm unbekannten Art.

"Was machen wir, wenn sie alle verschwinden?" frug Jenkins etwas unsicher.

"Beine unter die Arme nehmen und ebenso verschwinden!" antwortete Patosh.

"Ihr könnt bei mir..."

"Nein William. Du hast genug geholfen und wir wollen Dich nicht mit hineinziehen. Nach diesem Spektakel kennst Du uns nicht mehr. Es ist besser so, glaub es mir."

"OK. Wie Ihr wollt."

"Ich werde Dich vermissen mein süßer Spatz." sagte Jenkins, doch William verstand diesen Ansatz nur scherzhaft. Jenkins jedoch, fand gefallen an William wobei keiner sicher bei ihm war, wie er überhaupt veranlagt war.

"So schaut nach wie weit sie sind und ich fahre den Land Rover vor."

"Alles klar Will."

Alle stiegen in den Land Rover ein und es hätte keine Minute später sein dürfen. Fred zeigte nach hinten und man konnte winzige blaue Punkte blitzen sehen, die ohne Zweifel Blaulichter einer Polizeikolonne waren. William gab gas, aber es wäre genau so gut gewesen mit einem Esel einen Derby gewinnen zu wollen.

Die Lichter kamen näher und näher und plötzlich schoß eine übergroße, strahlende Scheibe lautlos über ihnen. William, Jenkins und Patosh blieb die Spucke weg denn ja, hier erlebten sie es leibhaftig. Eine fliegende Untertasse, ein UFO, ein Raumschiff oder wie auch immer es man nennen wollte überholte den Land Rover und schwebte zunächst ein paar meter vor ihnen.

"Was zum..." weiter kam William nicht. Der Land Rover schwebte mit Sack und Pack über dem Boden und wurde regelrecht vertikal nach oben gesogen, wie eine Ameise, die von einem Ameisenbär zur Mahlzeit wurde.

"Beeindruckend. Eine "GALAXIA TITANICA" sagte Roselyn nur, als sie das Flaggschiff des Hohen Rates erkannte. Doch das dachten William, Patosh und vor allem Jenkins nicht, der dabei war in die Hosen zu machen,.

"Das war so nicht abgemacht Roselyn." protestierte Patosh.

"Ich weiß, jedoch schau nach unten. Willst Du in den Knast? Wir werden gerade gerettet."

Die Polizei holte ein doch sie hatten keine Macht über solch eine Sichtung, denn auch bei ihnen brach blanke Furcht aus. Nie hatten Polizisten je so etwas zuvor gesehen und ein Land Rover; der so mir nichts dir nichts in der Luft schwebte und nach oben gesogen wurde, hatte man nicht einmal in Filmen gezeigt. Es war tragisch und zum tot lachen zugleich.
Eine Luke, die sich wie eine Objektiv- Blende einer Fotokamera öffnete, machte sich sichtbar und geräuschlos schloß sie sich auch wieder, als alle an Bord waren.

Der Land Rover jedoch, sehr zu Williams Missfallen, wurde wie ein Kirschkern ausgespuckt und landete keine zwei Meter entfernt vor dem Polizeikonvoi.

"NEEEIIIIN!!!" schrie William, als er sein geliebtes Fahrzeug in tausenden von Teilen brechen sah. "Ihr verdammten Schweine." doch keiner außer ihnen befand sich in das Raumschiff und alles was die irdischen Jäger noch sahen, war ein Lichtblitz, daß lautlos und augenblicklich ins Nichts entkam.

"Du bist uns eine Erklärung schuldig Roselyn." schrie nun Jenkins sichtlich außer sich und auch William war stinkend sauer, doch bevor auch Roselyn was sagen konnte, erschien dieses Hologramm wieder. Es war KTKFK.

"Willkommen an Bord. Das war knapp was?

"Hör zu Du Marsmensch. Das ging absolut zu weit, die Sache mit meinem Auto. Sie gehörte meinem Vater und war für mich unbezahlbar."

"Ach ihr Menschen und euer Sinn für das Materielle. Das ist es was Euch so zurückhält in eurer Entwicklung. Ein Stück wertloses Eisen, daß Dich so aus der Ruhe bringen kann mein lieber William. Aber keine Sorge. Wenn Du zurückkehrst, wird dein "Blechliebling" wieder vor dem "Red Lion" stehen. Mein Ehrenwort."

"Aluminium. Mein Land Rover bestand zu achtzig Prozent aus Aluminium." gab William etwas ruhiger zurück, als KTKFK ihm versicherte, er würde seinen Wagen wiederbekommen.

"Ja von mir aus Aluminium." lachte KTKFK.

"Mal was anderes. Was geschieht mit uns?" frug Patosh berechtigt.

"Alles zu seiner Zeit. Kommt erstmal zur Ruhe und genießt diesen kurzen Flug, denn ihr werdet nach Eurer Ankunft müde sein."

"Brauchen wir keine Raumanzüge oder sonstiges? Wir sind Humaniden und sind es gewohnt von der Schwerekraft....." frug Jenkins als er grob unterbrochen wurde.

"Ihr braucht bei uns Garnichts. Wir werden uns um alles kümmern. So. Ich schalte mich jetzt ab und ihr werdet nun im Schlafmodus gesetzt. Bis bald."

Zwischen Himmel und Erde

In Lontzen vermisste man Patosh und nicht nur die Polizei tat das sondern auch seine Stammkundschaft. Für sie war der Goldene Krug zu einem Zulaufs Zentrum geworden, wo man sich traf und unterhielt. Sonst war nicht viel los in dieser Stadt und nun hatte man auch noch diesen Ort des Soziallebens entfernt. Es war tatsächlich so, als ob man die Menschen nicht mehr glücklich sehen wollte und wer auch immer an so etwas teuflisches arbeitete, hatte damit Erfolg. Der Ipad und das Handy wurde mehr zum Fluch als zum Segen, denn keiner ließ sich da draußen ansprechen so tief war man in das Display dieser Höllengeräte vertieft. Mit der Schließung der Kneipe, verschloß man ebenso die Herzen der dort lebenden und aufgewachsenen Bürger und die Laune sowie die Lebenslust wurde verdrängt. Auch Georgette und Silvie, die nun arbeitslos dadurch wurden, verzweifelten und besonders Georgette begab sich täglich beim Bürgermeisteramt und kämpfte für die Wiedereröffnung der Kneipe. Jedoch ohne Erfolg.

"Ich verstehe Dich nicht Pierre. Wir sind doch alle zusammen in der selben Schule aufgewachsen und haben diese Stadt mitgegründet. Du hattest im selben Fußballclub wie Patosh gespielt und ihr ward mal gute Freunde..." brüllte sie den Bürgermeister an.

"Das sind wir noch Georgette, oder glaubst es gefällt mir, wie ich nichts dagegen tun kann? Wenn aber Interpol eingeschaltet wird, bin ich machtlos. Ich habe sogar beim Polizeipräsidenten in Brüssel mein Missfallen geäußert, aber ich rede mit einer Wand."

"Silvie, der neue Koch und ich sitzen auf der Straße für etwas was Patosh nicht begangen hat und ich werde täglich von den anderen auf der Straße angeredet...."

"Dann sollen sie eine andere Kneipe aufsuchen, was solls. Das Leben muß für alle weitergehen Georgette."

"Merde, dies aus deinem Mund zu hören Pierre bricht mir das Herz. Ich werde es Patosh so wiedergeben, wenn er zurückkommt und er kommt zurück. Ich werde dafür sorgen,, daß Du keinen Fuß mehr in den Goldenen Krug setzen darfst!" Georgette rannte aus seinem Büro und knallte die Tür laut zu.

"Georgette, warte..." rief der Bürgermeister noch hinterher, doch wenn man es sich mit Georgette verscherzt, das wars dann.

Auf Venus angekommen, wurden die Passagiere der GALAXIA TITANICA von einigen Außerirdischen in Empfang genommen und Patosh, sowie Malcolm und William, staunten nicht schlecht, denn diese Figuren sahen nicht gerade hübsch aus. Lange, schmale Gestallten mit langen armen und langen Beinen und eine Gesichtsform die zwar Oval von oben nach unten verlief, doch der obere Bereich war plötzlich geradlinig und horizontal, wie eine Tischplatte.

Dieses Empfangskomitee waren keine Venusianer erklärte
Roselyn, die sich selbst zu etwas anderes zu verwandeln began.

Sie legte ihr menschliches Aussehen ab, was automatisch auf
Venus geschah, kehrte man dort zurück.

"Es sind Paräer aus dem Planeten namens Paräon. Sie sind als
Austauschpersonal auf Venus eingesetzt." sagte sie lächelnd und
sichtlich glücklich wieder zurück zu sein, was Patosh mit
gemischten Gefühlen zur Kenntnis nahm. Mary blieb
menschlich in ihrem Aussehen, da sie ja der menschlichen
Gattung zugehörte, jedoch verwandelten sich ebenso Jonathan,
Martha und Fred zu das was sie in Wirklichkeit immer waren.
Auch sie schlenderten mit langen Armen und Beinen den Gang
entlang, doch ihr Kopf war Oval rundlich. Wer aber war
Jonathan und wer Martha oder Roselyn? Sie sahen alle gleich
aus und man konnte Männchen von Weibchen nicht
unterscheiden. Doch Jenkins, der jahrelang sich dem
Außerirdischen gewidmet hatte, erkannte sofort wo der
Unterschied lag. Am Gang lag es. Das Männliche lief kantig und
schleifend, während das Weibliche eine gewisse Grazie zu
erkennen gab. Ja, der Gang war sogar als sexy zu bezeichnen
und der, der menschlichen Frauen ähnlich. Man sah es an das
Wippen der Hüfte, das wie ein Glöckchen hin und her schwang.

"Oh Jenkins. Was Dir nicht alles auffällt." meinte William
lächelnd. "Ich dachte Du stehst nicht auf Frauen."

"Bist Du etwa eifersüchtig Will?" konterte Malcolm zurück.

"Ich hoffe Du findest mein Aussehen nicht abstoßend." hörte
Patosh plötzlich jemand in seinem Bewusstsein sagen.

Es war Roselyn, die von nun an nur noch telepathisch reden würde, denn auf Venus lief jegliche Kommunikation so ab. Etwas woran auch Jenkins und William sich gewöhnen mußten. Patosh wußte nicht, wie er darauf antworten sollte und schüttelte nur verneinend den Kopf. Er fand sie nicht abstoßend, nur anders. Als sie dann vor einer Plasmawand standen, denn anders konnte man diese flüssig gallertartige Wand nicht nennen, hielt einer dieser Paräer seine rechte Hand da drauf und eine Öffnung entstand, die an einem Gateway, wie aus einem Science Fiction Film, erinnerte. Dahinter war das All. Kein Boden, keine Wände, keine Räume, sondern nur die Leere des Universums und Wesen, die sich hin und her und von oben nach unten bewegten. Der Paräer bat, telepathisch versteht sich, durch diese Öffnung zu schreiten, doch natürlich lehnten es die drei Männer ab, die verständlicher Weise eine Horrorvorstellung in ihren Köpfen durchmachen mußten.

"Es geschieht Euch nichts. Ihr werdet schweben wie wir es tun. Folgt uns einfach." versicherte ihnen Roselyn.

"Keine Angst Männer. Ich hatte das auch hinter mir bringen müssen damals. Es ist so wie sie es sagt." beschwichtigte Mary, doch beruhigend war es allemal nicht. Patosh schritt als erster in diese Leere, dann folgte William und zuletzt Jenkins, der dabei die Augen zuhielt und siehe da, sie schwebten wie die anderen im luftleeren Raum. Um sie nur die Sterne und der Weltraum. Jenkins erinnerte sich, daß er als Kind eine Tapete an der Wand in seinem Zimmer kleben hatte, die solch einen Szenario darstellte und jetzt ist es für ihn Wirklichkeit geworden. Er wurde Religiös in diesem Moment und dankte Gott für dieses herrliche Geschenk.

Drei Gestallten kamen ihnen entgegen. Es waren KTKFK und zwei andere aus dem Hohen Rat.

"Es freut uns Euch hier willkommen heißen zu dürfen. Besonders Dir KTXLK ist unser Dank für das uns entgegengebrachte Vertrauen sicher. Du kennst KTZOP und KTKRE links und rechts von mir?"

"Ja, ich kennen sie. Seid gegrüßt Brüder." sagte Roselyn unberührt und gefühlslos. Alles menschliche schien in ihr deaktiviert worden zu sein.

"Bevor wir Euch den Prozeduren unterstellen, sollten wir uns noch über die Aufgaben deiner Stellung reden, wenn Du auf die Erde zurückkehrst, meine Schwester. Dafür müßtest Du Dich von deiner Gruppe trennen und diesen zwei Brüdern folgen, die Dich einweisen und vorbereiten werden. Die anderen werden, außer Jonathan, Martha und Fred, die hier KTZRE, KTMTH und KTWFR ab sofort heißen werden, in einem sogenannten Warteraum sich gedulden müssen. Jonathan, Martha und Fred folgen ebenso den zwei Brüder, denn bei Euch fangen wir mit dem Prozess sofort an."

Kaum hatte das Oberhaupt dies gesagt, standen Patosh, Jenkins und William als Einzige in dieser Leere da und nur das Oberhaupt leistete ihnen Gesellschaft. Ein Raum entstand, Es war ein Hologramm und da man schweben konnte, brauchte man keine Stühle oder Sessel. Man verspürte ebenso wenig Hunger oder Durst, obwohl sich Venusianer ebenso ernährten.

"Habt Ihr Appetit auf einen Mangaria Salat oder einen Milky Way Riegel?" frug der Oberhaupt freundlich, wohl wissend, daß diese Männer nichts zu sich nehmen würden, was sie nicht kennen. Doch er täuschte sich, denn Jenkins hatte immer Hunger und auch wenn er diese kosmischen Speisen nicht kannte, so wollte einen wissenschaftlichen Versuch starten.

"Warum nicht? Ich nehme Beides. Mal sehen wie die Speisen bei Euch schmecken!"

"Schmecken? Wir haben keinen Geschmackssinn wie ihr es kennt. Ein Energieaustausch läuft telepathisch bei der Einnahme ein und unser Freier Wille entscheidet, ob das Mahl kompatibel ist oder nicht." klärte ihn KTKFK auf.

"Klingt trotzdem Aufregend." versicherte ihn Jenkins und darauf hin bestellten die anderen zwei das Selbe. Das überraschte sogar KTKFK und lobte diesen abenteuerlichen Geist der Männer. Natürlich hatte der Milky Way Riegel auf Venus nichts mit dem, den wir auf der Erde kennen irgend etwas vergleichbares zu tun. Keine Schokolade mit einer weißen Cremefüllung erlabte die Zunge, nein, es schmeckte nach nichts und es sah dermaßen unappetitlich aus, das sogar Jenkins der Hunger verging. Auch Telepathisch schien sich nichts im menschlichen Hirn zu regen, denn das Einzige was Kompatibel schien, war bei den Dreien die Enttäuschung.

"Interessant." meinte William nur und stellte den Riegel, das so aussah wie eine kleine Seegurke, auf einem hologrammischen Teller ab.

"Der Mangaria Salat ist eine Delikatesse hier auf Venus." versicherte KTKFK, doch überzeugen konnten seine Worte nicht. Jenkins war aber kein Spielverderber und nahm sich ein

Blatt, das bläulich violette aussah und eine dreieckige Form hatte. Er kaute und kaute und plötzlich hörte er auf zu kauen. Ein Glücksgefühl überkam ihn und er lächelte, so als ob er Einhörner gesehen hätte. Auch schaute er nach unten in seinem Genitalbereich, der von seiner Hose zum Glück bedeckt wurde und erkannte eine Schwellung, was ihm noch mehr zum strahlen brachte. Sein ganzer Hormonhaushalt geriet in Schwanken und wie es schien sein Testosteronhaushalt ebenso. Er faßte sich dort an und ein "WOW" schoß ihm über die Lippen.

"Mit diesem Salat bräuchten wir keinen Potenzmittel mehr. Männer, das müsst ihr versuchen." rief er lachend und das ließen sich Patosh und William nicht zweimal sagen. Nicht nur ihre Liebeskraft steigerte sich durch die Einnahme dieses geschmacklosen Gemüses, sondern das allgemeine Wohlsein steigerte sich um das Vielfache. Schmerzen, wie am Rücken, Knie oder Hüfte, lösten sich in Luft auf. Patosh litt auf der Erde, so auch William, darunter und wie eine Befreiung fühlte es sich an, diese jahrelangen Qualen plötzlich los zu sein.

"Ich sehe, der Mangaria Salat wirkt sich bei Euch anders aus als bei uns. Sehr Interessant." stellte KTKFK fest.

"Also davon sollten wir was mit zurücknehmen." bestand Jenkins drauf, was sogar beim Oberhaupt des Hohen Rates ein Clackern auslöste, das amüsierend klang. Lachte er telepathisch etwa?

"Ich sehe, Euch gefällts hier."

"Nun, das kann man so noch nicht ohne weiteres bestätigen. Es ist faszinierend und Atemberaubend, aber auch unheimlich zugleich, ich bitte Dies nicht mißzuverstehen. Ich meine solche Empfindungen hätten wir uns nie vorstellen können. Es fehlt einem nichts und man verspürt kein Verlangen. So stelle ich mir vollkommenes Glück vor. Warum gibt es das nicht auch auf unserer Erde frag ich mich?" sagte Jenkins überwältigt.

"Dazu müßt ihr lernen Euch selbst zu erkennen. Das habt ihr Menschen verlernt und nur sehr wenige sind noch in der Lage es zu tun. Ihr seid unrein geworden, dabei nicht einmal durch Selbstverschuldung. Man hat Euch verblendet und wir Euch einst in Stich gelassen. Das muß ich so zugeben. Auch wir mußten einst viel lernen und an uns arbeiten, doch jetzt sind wir weiter, denn wir haben uns selbst erkannt. Ihr habt noch einen langen Weg vor Euch, doch es wird geschehen."

"Zeigt es uns, wie wir es wieder tun können." meinte Patosh.

"Wir haben es Euch angeboten, doch ihr habt es abgelehnt."

"Ich weiß nicht wem Du es angeboten hast, bestimmt nicht mir. Zeig uns den Weg und vielleicht können wir zumindest einen kleinen Beitrag dazu leisten, nach unserer Rückkehr."

"Ich lobe die Ehrlichkeit deiner Worte Patosh, Du, der bereits viel an unserem Dienst beigetragen hast indem Du Roselyn nicht aufgegeben hast. Ich werde es mir überlegen. Jetzt aber kommt zur Ruh, denn ihr werdet hier eine Zeitlang bleiben."

Eine Zeitrechnung auf Venus ist nicht vorhanden, jedoch entspricht ein Jahr auf der Erde auf Venus nur einen Tag. Soll heißen, Patosh und die Seinen blieben drei, nach ihrer

Zeitrechnung, Tage auf Venus, was auf der Erde drei Jahre entsprach, jedoch fand es KTKFK überflüssig, ihnen diesen Sachverhalt zu erklären oder mitzuteilen und wozu etwas erklären, wenn man nicht danach gefragt wird. So gesehen waren alle Venusianer zwischen dreihundert und eitausendfünfhundert Jahre älter als die irdische Spezies auf Terrarion, was natürlich zu Konsequenzen, bei ihrer Rückkehr, führen würde. Roselyn stimmte die ihr auferlegten Pflichten zu und Mary entschied auf Venus zu bleiben, da sie auf der Erde niemanden mehr nutzen konnte und ihr Tod sollte keine Belastung, auf emotionaler Ebene, für andere werden. Lieber sich hier zu verabschieden, als auf einem Planeten, wo sich die Menschen selbst bemitleiden und mehr Zeit damit verbringen, um in einer selbst verursachten Dunkelheit zu leben. Roselyn, Patosh und die Anderen sollen einen Neuanfang bekommen, ohne Hindernisse auf ihrem Weg bestehen zu müssen und so würde sich Mary wohler fühlen. Die Erinnerungsprozedur wurde nicht eliminiert, wie es der Vorgänger KXTLG vorhatte, sondern ummodifiziert. Das Erlernte und die angeeignete Erfahrung sollte bestehen bleiben, damit man die begangenen Fehlern nicht wiederholte, jedoch wurde man im logischem und klarerem Denken verbessert und befördert. Roselyn entschied sich aus dem Gut, das Archie ihr bereits damals vererbt hatte, eine Art Bed and Breakfast für Aliens zu bauen. Ein Landeplatz für Raumschiffe würde so konstruiert werden, daß ein orten unmöglich sei und warum ständig in einem See sich verstecken, die Fische erschrecken und pitschenass aus UFOs aussteigen? Eine trockene Variante sollte möglich sein und ein Plan dafür auf Venus erstellt. Jenkins wollte auf dem Gut, Mangaria Salat anbauen, jedoch machte ihm ein Venusianer klar, das dieses

"Gemüse" nur auf Venus wachsen könnte und er, Jenkins, eher mit Magic Mushrooms es versuchen sollte, die bereits auf der Erde beheimatet sind und einfach anzupflanzen wären. Die Wirkungen seien der des Mangaria Salats ähnlich, mit Ausnahme weniger Symptome. So wurde man sich einig. Roselyn würde das Wellington Gut zu einem Refugium für ankommende "Urlauber aus dem All" umbauen, Jenkins könnte seine Forschungsarbeiten auf dem Gut unbehelligt weiterführen und mit den Außerirdischen zusammenarbeiten, um eine bessere Welt zu gründen und um ein besseres Verständnis des Ganzen zu erlangen, Patosh würde Lontzen den Rücken zukehren und Georgette die Kneipe überlassen und mit Roselyn zusammenziehen und William würde das weitermachen was er immer tat. Den Red Lion Hotel beibehalten. Jonathan, Martha und Fred hofften ihren Lebensmittelladen weiterführen zu dürfen und alles andere hinter sich zu lassen, jedoch sollten auch sie Dienst and den Neuankömmlingen tun und einmal die Woche Seminare halten, so wie sie es auf Spanien taten, jedoch diesmal für die "Urlauber".

KTKFK durfte nicht weiter in ihr Leben eingreifen, sonst wäre er nicht besser als sein Vorgänger und als der Tag des Abschieds kam, trafen sie sich alle an der selben Stelle, wo die GALAXY TITANICA sie brachte.

"Ich bedanke mich für Alles, mein Bruder. Deine Gnade wird nicht vergessen und deine Weisheit soll gesegnet sein." sagte Roselyn telepathisch und KTKFK bedankte sich mit einer Berührung auf ihrer Stirn.

"Gib auf sie Acht meine Schwester aber auch auf Dich. Der Segen des Schöpfers soll Euch begleiten. Ihr werdet eine andere Welt dort unten treffen, denn ich habe nichts von der Zeitrechnung erwähnt. Das soll deine Aufgabe sein. Wir werden Dir helfen mit allem was Du benötigst, doch Du sollst unsere Hilfe anfordern, denn wir dürfen uns nicht einmischen. Dieser Irrtum soll ein für allemal vorbei sein. Mach Dir keine Sorgen um Mary."

Alle verabschiedeten sich und so traurig sie hätten sein sollen Mary hinter sich zu lassen, um so mehr fühlten sie nichts, denn Gefühle existierten nicht auf Venus. Sie bestiegen ein kleineres Raumschiff mit dem Namen. "Stupor Mundi". Ein Scherz, den KTKFK sich erlaubte, um ihnen zu deuten, daß die Welt tatsächlich eines Tages staunen wird, wie es vor langer Zeit, ein Kaiser namens Friedrich der Zweite aus der Hohenstaufen Dynastie prophezeit hatte und von seinen Befürwortern so benannt wurde, denn er begriff und verwendete die universale Kraft schon im Mittelalter. Jenkins fand diese Einlage sehr amüsant und passend zugleich. Sie drehten sich zum Abschied nicht mehr um und stiegen ein.

Nichts ist wie es scheint

Roselyn landete das Schiff gekonnt auf dem Gut des
Connington on the Shyre und schaltete den Stealth Modus ein,
was den Gefährt unsichtbar machte. Auf dem Weg zurück zur
Erde, machte Roselyn den Erdlingen, Patosh, Malcolm und
William klar, daß sie nun drei Jahre älter waren und sich nicht
wundern sollten, wie die Erde und ihre Liebgewonnenen sie
empfangen würden. Doch auch Roselyn würde ihre
Überraschung erleben, denn KTKFK hatte wirklich für Alles
gesorgt. Ein Land Rover stand vor der Eingangstür der Farm
und William weinte vor Freude, denn es war der selbe, der vor
seinen Augen zerstört wurde. Roselyn öffnete den Briefkasten,
doch es war leer und der Garten gepflegt, so als ob sie
Connington on the Shyre nie verlassen hätten. Die Polizei und
die Sicherheitskräfte, die sie damals zur Flucht getrieben hatten,
waren verschwunden und die Einzige die fehlte war Mary.
Es stellte sich heraus, daß KTKFK Hologramme von ihnen
erstellt hatte, als sie die Erde verließen und er ebenso Venusianer
als Anwälte in menschlicher Form einsetzte und der Fall,
bezüglich des Wracksdiebstahls, sich in Luft auflöste damit
Ruhe und Frieden wieder einkehrte. Sie betraten die alte Villa
und sahen ihre Hologramme. Die von Roselyn, Jenkins und
Patosh. Diese deaktivierten sich in dem Moment, als die
Originale das Haus betraten.

"William, Jonathan, Martha und Fred. Eure Hologramme
werden sich ebenso verabschieden wenn ihr nach Hause
zurückkehrt. Benimmt Euch so, als ob nichts gewesen wäre und

kehrt zur Normalität zurück." bat Roselyn den anderen mit einem Lächeln.

"Ich habe mich nicht in die Venusianer getäuscht. Ihre Liebe ist bedingungslos." und mit feuchten Augen bedankte sie sich telepathisch noch ein letztes mal bei KTKFK, der aber nicht zurück antwortete.

"Ich denke, ich muß nach Lontzen, um nach dem Rechten zu schauen." sagte Patosh.

"OH ja, und ich werde Dich begleiten." meinte Jenkins, doch Roselyn bat ihm, Patosh allein seine Sachen in Ordnung zu bringen, denn er würde Lontzen danach nicht wiedersehen. Jenkins verstand und nickte bejahend.

"Morgen werde ich mich auf dem Weg machen."

"Was ist mit uns?" frug Jonathan. "Wie kommen wir nach Bedford?"

"Na mit mir natürlich!" bot William an. "Jetzt wo ich mein Landy wieder habe."

"Dann nichts wie ran an die Arbeit. Ich erledige schon mal die Post. Ich bin mir sicher es gibt viel aufzuholen nach drei Jahren." Doch sie täuschte sich. Ihr Hologramm erledigte alles und sie fand einen leeren Schreibtisch vor sich.

In Bedford lud William die kleine Familie vor ihrem Lebensmittelgeschäft ab und die Hologramme lösten sich. Etwas verwundert schaute die Kassiererin sie jedoch an, als sie die drei draußen und nicht drinnen im Laden bemerkte.

"Ich sollte einen anderen Gin ausprobieren." sagte sie sich selbst.

"Williams Hologramm löste sich in dem Moment auf, als er durch die Tür des Red Lion Hotel schritt und alles so vorfand, wie am Tag seiner Abreise. Seine Post war erledigt und er wurde begrüßt wie immer.

"Wie machst Du das nur altes Haus. Siehst immer jünger aus." meinte einer der Gäste in der Bar. Doch William lächelte nur und dachte : "Mangaria Salat machts möglich." Am meisten freute er sich darüber, daß er nicht geträumt, sondern es leibhaftig erlebt hatte. Würde er es seinen Logenbrüder erzählen? Lieber nicht.

"Der Easy-Jet Flug nach Brüssel mit der Flugnummer 476 ist zum Einsteigen bereit..." rief der Lautsprecher im Lutoner Terminal. Patosh, der an der selben Theke saß wo er einst Malcolm Jenkins kennenlernte und ihn als nervig empfand, zahlte die Zeche und schritt zum Gate. Wie sich doch alles im Leben entwickelt und wie nichts so ist wie es scheint dachte er sich und schaute die Menschen an, die keine Ahnung darüber hatten, was um sie eigentlich geschah und im Terminal umherirrten. Wie bizarr die Wirklichkeit tatsächlich ist und wie unberechenbar zugleich. Ihm wurde deutlich, das Jenkins recht hatte, als er sagte "...solche Zufälle gibt es nicht..." damals, als sie sich trafen. Wie oft hatte er, Patosh, nervige Menschen abgewiesen, die ihm zufällig begegneten und wie oft hätten sie vielleicht sein Leben verändern können, wäre er nicht so abweisend gewesen. Doch im Falle Jenkins entschied das Schicksal und Menschen begegnen sich immer zweimal im

Leben.Der Flug verging schnell und unkompliziert und bei der Autovermietungsagentur, legte er die gedruckte Reservierungsbescheinigung hin und holte dreißig Minuten später den Mietwagen von der Garage ab. Lontzen würde er am Abend erreichen, doch was würde er vorfinden und was würden seine Freunde sagen, wenn er den Goldenen Krug an Georgette "schenken" wird und vor Allem; Was würde sie dazu sagen? Tausend Gedanken schwirrten in seinem Kopf, doch es gelang ihm diese zu verdrängen, denn er wußte, daß neue Türen sich für ihn öffneten und die Vergangenheit keinen Platz mehr in seinem Leben hatte. Die Zeit mit seiner EX Frau Camille waren verschwendete Lehrjahre, doch dies sei nun vorbei. Wie schnell die Zeit davon flog, merkte er nicht und unsicher betrat er wieder seine Kneipe als er endlich ankam und wo er von den Seinen, wie immer, begrüßt wurde.

Guillaume, Francine, Robert, Jaques und alle anderen sagten nur "Salut Patosh." und das wars. Sein Hologramm verschwand und Georgette küßte ihn links und rechts an die Backen, so wie sie es immer tat.

"Wie läufts Georgette?"

"Wie immer Chef."

"Übrigens, ich denke Du solltest Dir eine neues Auto kaufen, Dein alter Peugeot machts nicht mehr lange." versuchte Patosh mehr zu erfahren.

"Machst Du Witze? Du hast mir vor drei Jahren bereits ein neues gekauft und der fährt immer noch prächtig. Aber danke Dir Chef. Du bist lieb." gab sie lachend und kopfschüttelnd zurück.

Er irrte sich nicht. Es war so wie er es erhofft hatte und alle Probleme vom Erdboden verschwunden. Eine Last fiel ihm von den Schultern und er umarmte Georgette so, wie nie zuvor. Sie aber schaute ihm nur noch verwunderter an.

"Wir müssen Reden. Sag Silvie sie soll Dich für 20 Minuten vertreten."

In seinem Büro fand er alles vorbildlich aufgeräumt und sauber. Nicht ein Staubkorn, nicht eine Spinnwebe und keine Zigarettenasche die seine Ex hinetrließ, ohne je ein Finger krumm gemacht zu haben, um es weg zu räumen.

"Schieß los Chef. Spann mir nicht auf die Folter, denn ich werde selten ins Büro zitiert und meistens nur, wenn ich was angestellt habe."

"Also setz Dich hin...wer bellt denn da die Ganze Zeit?...."

und als er sich umdrehte, konnte er seinen Augen nicht trauen. Mr. Gonzales stand vor ihm freudig mit dem Schwanz wedelnd, so als ob nichts passiert wäre. Was für ein Film lief da ab und Ja, Mr. Gonzales war aus Fleisch und Blut und kein Hologramm. Patosh hob den Hund hoch und drückte ihn fest an sich. Tränen liefen ihm die Backen runter und Gonzi leckte Diese weg, so als ob er sagen würde. "Weine nicht, alles ist gut." Ein lang vergessener Schmerz, trat wieder auf, als er die Bilder seines toten Hundes vor Augen hatte, doch jetzt verflog ebenso dieser Schmerz, der ihn wie ein Schatten all die Jahre verfolgte, da er seinen GONZI wieder drücken durfte.

"Soll ich mir Sorgen machen Chef? Du benimmst Dich eigenartig. Noch vor einer Stunde hast Du den Köter angeschnauzt weil er immer Einen zwischen die Beinen läuft und jetzt das hier. Ich laß uns zwei Cognacs bringen, den brauchst Du nämlich."

"Bemüh Dich nicht Georgette. Ich sollte noch eine Flasche Hennessy im Schubfach haben. Hier ist sie und noch voll, Wer sagts denn." Patosh öffnete die Flasche und schenkte zwei Gläser, mit dem flüssigen Gold, ein.

Patosh war es klar, das KTKFK seine Finger im Spiel hatte, bezüglich Mr. Gonzales. Seinen dank konnte man auch so zeigen, für den unfreiwilligen Dienst an Anderen. In diesem Fall, den Dienst an Roselyn und Mary. Aber was passierte mit der Erinnerung vom Vorfall an den Parkplatz am Supermarkt wo Mr. Gonzales niedergestochen wurde? War das die Modifizierung der Polarität in Sachen Erinnerungsfeld? Ein legitimer Eingriff im freien Willen? Egal. Gonzi war wieder auferstanden und zuviele Fragen könnten den Tag verderben

"Zum Wohl...Georgette, ich werde Dir den "Goldenen Krug" überlassen. Ich habe jemanden gefunden und werde mit ihr zusammenziehen. Auch bin ich nicht mehr der fitteste, den Laden weiterführen zu können und da Du immer mir treu und loyal gedient hast und mit mir durch Dick und Dünn marschiert bist, finde ich es nur richtig, es Dir mit der Übergbe zu danken."

"Aber..."

"Ich will kein Aber hören. Morgen fahren wir zum Notar und vereinbaren es. Es soll ja alles seine Richtigkeit haben, nicht wahr? Ich bin überzeugt, meine Süße, Du wirst den Laden ohne Schwierigkeiten schmeißen. Na? Was sagst Du dazu?"

Georgette sagte aber nichts, da sie nichts mehr verstand. Hörte sie gerade richtig?

"Aber Chef, wohin willst Du dann gehen? Wie soll ich... sollen wir...ohne Dich klar kommen? Du bist unsere Säule, unser Fels in der Brandung...Was werden die anderen dazu sagen, wenn Du nicht mehr hier bist? Es wird nie wieder das selbe sein solltest Du gehen....Nein, nein, das geht nicht." fing Georgette zu weinen an.

"Aber aber, meine Kleine. Du kannst das. Silvie wird Dir sicherlich unterstützen und die Stammgäste haben sich meistens an Dich gewendet. Nimm es bitte an, sonst schließe ich den Laden für immer und das will ich nicht. Bei Dir weiß ich es, daß es in guten Händen ist. Ich werde heiraten und nach England ziehen Georgette."

"NACH ENGLAND? Oh mein Gott, auch das noch." schluchzte sie unkontrolliert, doch Patosh besänftigte und umarmte sie und auch er spürte die auf ihm zukommende Trennung von allem was er einst aufgebaut hatte und die Menschen, die immer an seiner Seit standen. Wie hätte sein Leben geendet, wären diese Außerirdischen nie nach Lontzen gekommen und für einen Augenblick wünschte er sich dies sogar. Sie brachten am Ende all dieses Durcheinander, das sein Leben so aus den Fugen warf.

UFOs ließen sich nach seinen Kenntnis nur in den USA blicken. Was brachte sie auf die Idee nach Belgien zu kommen und auch noch nach Lontzen?

"Also gut Chef, Ich werde den Laden übernehmen und es auf meinen Namen umschreiben lassen. Solltest Du aber wieder zur Vernunft kommen und es wieder haben wollen, gehört der Goldene Krug ohne Umschweife wieder Dir. Nur so werde ich es akzeptieren."

"Abgemacht mein Engel. So, und jetzt geh zurück zum Gasthaus. Noch bin ich der Chef hier!"

Es dauerte vier Tage, bis der Goldene Krug auf Georgette überschrieben wurde, denn die Mühlen mahlen auch in Belgien langsam und Roselyn rief täglich an. Sie brauchte Patosh an ihrer Seite mehr den je und auch Jenkins, der eine große Aufgabe vor sich hatte, wurde nun mit Arbeit überhäuft. Ein Landeplatz mußte her mit einer Halle, die an einem Flugzeughangar erinnern sollte, jedoch unterirdisch gebaut werden mußte, um neugierige Augen fern zu halten. Da lag aber das Problem, da so ein Projekt Augenbrauen heben würde und natürlich ebenso die Neugier.
Hier würde William im Spiel kommen. Er kannte Leute aus der Loge, die seit Monaten arbeitsos waren und das Geld dringend brauchten und diese Brüder mußten gut ausgesucht werden, denn wenn einer ein Geheimniß bewahren kann, dann ist es, so sollte man meinen, ein Freimaurer. Das Gelände in Connington on the Shyre war außerdem schwer zugänglich und für Privatleute ein Tabu.

Also mußten auch Sicherheitskräfte her und wer ist besser dazu geeignet, als die Brüder, die bei der Royal Army dienst ablegten und nun nichts mehr zu tun hatten, als man sie in Afghanistan und Iraq nicht mehr brauchte. Auch William hatte somit eine ziemlich pikante Aufgabe auferlegt bekommen, doch er konnte dazu nicht nein sagen. Jetzt, wo er all diese Erlebnisse und Erfahrungen sammeln durfte und ihm klar wurde, wie sehr sein Leben sich danach geändert hatte. Für ihm gab es kein zurück mehr. Er hatte sich, wie die anderen Freunde, menschlich verändert und das bemerkten seine Gäste im Red Lion, sowie seine Brüder aus der Loge ebenso.

Dann stand am dritten Tag seines Aufenthalts in Lontzen, plötzlich die alte Mary im Goldenen Krug und Patosh verschlugs die Sprache. Sie erschien wie ein Geist aus dem Nichts. War sie ein Hologramm? Er traute sich nicht zu ihr und so schritt sie zu ihm. Sie schaute ihn an un hatte Tränen in den Augen, doch auch ein Lächeln der Freude erhellte ihr Gesicht, was sie jünger erscheinen ließ.

"Ich bin geheilt Patrick." flüsterte sie nur. "Es ist ein Wunder geschehen. Man konnte meine Krankheit heilen und so beschloß ich zurüzukehren. KTKFK, schickte mich jedoch hierher, anstatt zu Roselyn. Ich soll Dir sagen, daß eine größere Aufgabe auf Dich zukommen wird und Du Dich dieser Aufgabe stellen sollst, egal wie schwer."

"Mary. Ich kann es immer noch nicht glauben, daß Du hier bist. Roselyn wird außer sich vor Glück sein. Ich habe die Nachricht zur Kenntnis genommen und ich danke Dir. Bleibst Du dann solange hier, bis ich meine Angelegenheit erledigt habe?

"Nein Patrick. Ich fliege mit dem nächsten Flug heute Nachmittag nach Luton. Ich will zu Roselyn."

"Kannst Du bitte Gonzi mitnehmen? Er wird sich prächtig mit Harry verstehen."

"Na ich weiß nicht. Zwei Rüden. Aber ich werde ihn mitnehmen, denn Roselyn wird sich über ihne ebenso sehr freuen. Ich nehme ihn gleich mit. Dann kann ich mich auf dem Flug besser vorbereiten…"

"Bleib hier und ruhe Dich aus. Ist noch lang bis zum Flug Mary.."

"Nein Patrick. Ich möchte jetzt schon gehen. Mach Dir keine Sorgen. Du wirst ja uns bald nachfolgen."

"Ja, das werde ich Mary. Bitte verspreche Roselyn, das sobald die Kneipe überschrieben wird, ich mit dem nächsten Flug kommen werde."

"Das werde ich Patrick."

Sie nahm Mr. Gonzales an der Leine, der ohne Proteste freiwillig mit ihr die Kneipe verließ. Was Patosh aber in all dieser Zeit nicht ahnte war, daß er ständig unter Beobachtung stand. Nicht von den Venusianern, nicht von der Oriongruppe, da sie wußten was für eine harte Nuß er zu knacken ist und sie es mit ihm fast aufgegeben hatten, sondern einer geheimen Sonderorganisation irdischem Ursprungs, wo keiner genau wußte zu wem sie zugehörten. Patosh und Georgette verließen das Notarbüro an der Waterloo-Boulevard in Brüssel und wollten noch einen Drink in der Bar des Hilton Hotels nehmen.

Georgette suchte sich ihren Cousin als Notar in Brüssel aus, um Kosten zu sparen, da der Notar in Lontzen überfordert und überteuert gewesen wäre. Die Fahrt nach Brüsssel, war ihrer Meinung nach, kostengünstiger, auch weil sie nicht sofort von ihren Kollegen und Kolleginnen, sowie Freunde in Lontzen überfallen werden wollte, die Neid und Mißgunst einem gönnten als eher Freude.

"Ich gehe nur kurz zum Wagen und hole das Handy. Habe es dort liegengelassen ich Idiot." sagte Patosh und eilte zum Hotel Parkhaus. Er erreichte Georgette`s Auto und noch bevor er den Schlüssel im Türschloß einstecken konnte, wurde er von mehreren Männern überwältigt und in einem bereitstehenden Lieferwagen geworfen. Er spürte noch einen Stich im Nacken und danach gingen die Lichter aus. Georgette wartete inzwischen in der Hotelbar und hatte zwei Gläser Champagner, zur Feier des Tages bestellt. Sie war nun die Chefin des Goldenen Krugs, doch Patosh ließ sich nicht blicken. Nach einer Stunde zahlte sie die Getränke und ließ sie unberührt auf dem Tisch stehen. An der Rezeption sagte man ihr, daß die Hotelrechnung übernommen wurde, jedoch nicht von einem Patrick van de Brog sondern von einem Mr. John Miller, doch einen John Miller kannte sie nicht und aus dem Hotel auschecken hatten Patosh und sie nicht vor, da sie noch am Abend beim ihren Cousin, den Notar, zum Abendessen eingeladen wurden und erst am nächsten Morgen, nach dem Frühstück, Georgette nach Lontzen fahren und Patosh direkt von Brüssel aus nach Luton fliegen wollte. Georgette ahnte, das irgend etwas schlimmes passiert sein mußte, denn so einfach würde Patosh sie nicht verlassen ohne adieu zu sagen. Sie lief zum Parkhaus und fand den Wagen da stehen, den Schlüssel am Boden liegend, eine zerbrochen Sonnenbrille ebenso und Blutflecken am Türgriff.

"Mon Dieu, mon dieu..." stotterte sie nur und rannte zurück zur Hotelrezeption.

"Die Polizei. Rufen sie sofort die Polizei!" schrie sie. Die Polizei kam, nahm die Spurensicherung auf und frug Georgette hunderte von Fragen, die weinend und schluchzend Diese, so gut sie nur konnte, beantwortete.

"Es liegen in der Tat Spuren einer Gewaltanwendung vor. Hatte er Feinde?" frug der Inspektor, doch Georgette antwortete mit nein. Sie erzählte jedoch von der Lebensgefährtin in England und gab die Details an ihm weiter.

"Ich rate Ihnen nach Hause zu fahren und für eventuelle Rückfragen zur Verfügung zu stehen." sagte er zu ihr sanft und Georgette nickte nur bejahend, sagte das Dinner beim Cousin ab und fuhr zurück nach Lontzen. Doch in Lontzen gab es nichts zu feiern, als sie den anderen erzählte, was vorgefallen war und das von Patosh jede Spur fehlte.

Doch wo war Patosh?

Hoch über dem Atlantik, auf 12000 Metern Höhe, düste eine Gulfstream 550 mit Richtung Langley, Virginia in den USA. In den Privatjet wurde Patosh von seiner Narkose geweckt und mit einem heißen Kaffe, Leben wieder in seinen Adern einfusioniert.

"Wo bin ich und wer sind Sie?" war das Erste was er frug.

"Sie befinden sich auf dem Weg nach Langley Virginia Mr. van de Brog. Es tut uns leid solche Maßnahmen anwenden zu müßen, jedoch wären sie freiwillig nicht mitgekommen, hätten wir freundlich gefragt. Wir sind von der CIA und gehören einer Sonderabteilung an, die sich mit solchen Fällen beschäftigt, die man sich nicht mit physikalischen und logischen Mitteln erklären kann. Hier kommen Sie nun im Spiel, denn wir haben sie sehr lange beobachtet. Auch waren sie, die beiden Mitchells Ladies, Malcolm Jenkins und diese Figur, der Wirt des Roten Lions in Bedford, klammheimlich aus der Villa verschwunden. Sonderbare Sachen sind danach passiert. Unter anderem will man sich an solchen Vorfällen nicht mehr erinnern wollen und unsere britische Kollegen vom MI 6 und Scotland Yard halten uns für Fantasten. Plötzlich verschwinden Akten, Videos und anderes Beweismaterial und die Sache wird so mir nichts dir nichts nach drei Jahren AD AKTA gelegt und als ein schlechter Scherz deklariert. Nun, Mr. van de Brog, wir tun dies nicht. Bei uns wird nichts AD AKTA gelegt, denn wir haben Beweise über Ihre Mittäterschaft......"

"Mittäterschaft in was?" frug Patosh lachend.

"Mittäterschaft in Sachen Außerirdischer. Ein Raumschiff taucht und verschwindet vor den Augen der Polizei auf, ein Land Rover fällt vom Himmel, Personen werden von Aliens entführt und verschwinden für drei Jahre und danach wird der Fall vergessen und das Interesse stillgelegt? Unsere britische Kollegen verhalten sich wie hypnotisierte Roboter und lachen uns aus...."

"Sie geben also außerirdisches Leben zu? Interessant nach all den Jahren der Lügen und der Verweigerung.

"Natürlich geben wir es zu, doch wir können es nicht so einfach rausposaunen. Denken Sie an die Russen, an die Chinesen und was für Machtspiele daraus entstehen könnten."

"Ich sehe nur, wie Ihr dieses Wissen nicht für das Wohl der Menschheit verwendet, sondern es für Eure perversen Machtzwecken benutzt. Welche Möglichkeiten haben wir in all diesen Jahren versäumt wegen solchen Vollidioten wie ihr es seid? Energiekrisen und Kriege wären aus der Welt ein für allemal weg geschaffen..."

"BLA, BLA, BLA, Mr. van de Brog. Sie sehen alles nur in Schwarz und Weiß. Meinen sie wirklich wir wären an einem Weltfrieden nicht interessiert? Das Problem liegt tiefer, wie soll ich es nennen...kosmischer. Wissen sie wie viele Spezies es dort oben gibt und darunter nicht unbedingt freundliche? Wir haben den ganzen Keller voll von ihnen, aber nicht in Area 51. Dieses Gebiet benutzen wir, um die Anderen zu täuschen. Sollen sie glauben, daß wir dort unsere Spielchen treiben, doch das Ganze findet ganz woanders statt. Wir können keinen Vertrauen, denn der Mensch ist nicht fähig Geheimnisse für sich zu bewahren, denn spätestens nach zehn Jahren wird geplaudert. Gewissenskonflikte, Sensationslust, Größenwahn, was weiß ich, Wir Menschen haben Fehler und wie Sie bereits selbst sehen, habe ich zu viel gesagt. Ihre Venusianer haben Ihnen nicht alles erzählt, haben sie das?"

"Ich sage nichts. Ich werde einfach entführt und in die USA eingeflogen gegen meinen Willen. Ein größeres Heuchlerpack wie ihr es seid gibt es nicht auf dieser Welt, Ihr mitt all euren Freiheits- und Demokratieslogans Kriege, Kriege und nochmals Kriege, das ist alles was ihr kennt. Ah, nicht zu vergessen Geld drucken. Sind Trillionen, die man aus dem nichts erfindet ausgegeben, erfindet ihr Trilliarden. Dann der ganze Betrug mit den Viren und den Impfungen. Ich frage mich, wie kann man solch einen Haß gegen die Menschen aufbringen, die Euch noch wählen? Die ganzen Regierungen sind auf dieser Welt in globaler Ebene dermaßen korrupt und dann kommen Sie und erzählen mir, wie Engelhaft ihr an sich seid und ich nur alles in Schwarz und Weiß sehe. Fliegen sie mich augenblicklich zurück, sonst werde ich für einen Skandal sorgen, der sich gewaschen hat verstanden? Ich bin nur ein Gastwirt, kein Spion, kein Agent oder sonst ein Wixer wie ihr es seid und drohen könnt ihr soviel Ihr wollt, mich imponiert Ihr nicht. Ist wohl ein schlechter Film was hier abläuft. Ich denke Hollywood ist an allem schuld. Ich weiß nichts von Aliens und UFOs. Was immer Ihr auch raucht, bleibt weg davon."

"Sie lehnen also eine Zusammenarbeit mit uns ab?"

"Ich kenne Sie nicht. Sie hatten nicht einmal den Anstand sich vorzustellen und umsonst mache ich nichts und solange sie mich so behandeln als ob ich ein Stück Vieh bin, sage ich nichts. Ich habe auch nichts, was Sie interessieren könnte. Ja, Jenkins lebte in Lontzen für geraumer Zeit und fand ein Wrack im See, wo keiner genau wußte was es war, bis ihr aufgetaucht seid mit euren Hubschraubern und den ganzen Rambo Gehabe.

Das hatte erst richtig für den Rummel gesorgt, denn dadurch wurde der Beweis geliefert, daß ihr etwas zu verstecken habt. Jenkins und seine Crew kamen zu mir, um Bier zu trinken und um Abend zu essen. Mehr war da nicht."

"Ach ja? Ihr seid danach doch immer zusammen gewesen." Mr. Miller, nennen wir ihn einmal so, knallte Fotos auf dem Tisch. Diese zeigten, Jenkins, William, Roselyn, Mary und Patosh zusammen auf der Villa. Irgendwann wurden Kameras innerhalb des Gebäudes, ohne ihr Wissen installiert und auch Gespräche aufgezeichnet, denn der Kassettenrecorder folgte nur Sekunden später.

"Leugnen sie es nicht Patosh. Ich nenne sie einfach so, denn die Sache wird mir zu persönlich. Ich werde Sie nicht zurückfliegen, sondern einiges Zeigen, damit sie nicht mit dieser rosaroten Brille herumlaufen, die Ihnen etwas von einer heilen Welt vorgaukelt. Die Lage ist sehr ernst und ja, was hier zur Zeit passiert wird auch uns zu viel. Sie werden staunen warum die Dinge so passieren wie sie passieren auf dieser Welt, denn menschlich geht es schon lang nicht mehr zu. Ist Ihnen der Orion Clan ein Begriff oder, haben Sie zumindest etwas davon gehört?"

Patosh schaute entsetzt die Fotos an und stoppte den Kassettenrecorder, da er jetzt erkannte, wie aussichtslos seine Lage war.

"Was wollen Sie genau und wie soll ich Sie nennen?"

"Nennen Sie mich John. Einfach nur John und was ich will ist, daß Sie mit uns zusammenarbeiten.

Es wurde jahrelang geschwiegen, um eine monströse Panik zu vermeiden Patosh, denn nichts ist so wie es scheint. Verstehen Sie mich?"

Die Erde ist kein Urlaubsort

Der Jet landete in Langley-Virginia und wie bereits aus den
Hollywoodfilmen vorgeführt, fuhr eine Kolonne von schwarzen
GMC Yukon SUVs vor. Agenten mit dunklen Sonnenbrillen,
Körpern, die täglich einen Besuch beim GYM bewiesen,
Ohrstöpsel, die in ihren Ohren steckten und immer griffbereit,
die Beretta, Glock oder Heckler und Koch die sich hinter ihren
schwarzen Blazers versteckten, umgaben das Flugzeug. "John
Miller", Patosh und andere Beamte stiegen in die Fahrzeuge ein
und verließen das Fluggelände mit schneller Geschwindigkeit.
Patosh saß hinten, zusammen mit zwei dieser überbreiten
Gorillas, die ihm zu quetschen drohten und kein Wort wurde auf
der Fahrt gesprochen. Ihm war klar, daß Roselyn und Georgette
sich wundern würden wo er bliebe und das ein Telefonat wohl
außer Frage stand. Nach zwei Stunden Fahrt, öffnete sich ein
Tor, der mit Stacheldraht umwickelt war, elektrisch und ein
Wachposten militärisch den vorbeifahrenden Konvoi grüßte.
Plötzlich hielt der Konvoi vor ein weiteres Flugzeug, die eine
zivile Boeing 737, sowie weiß und rot lackiert war. Ohne
weiterer Verzögerung drängte Mr. John Miller zum Einstieg und
keine fünfzehn Minuten Später hob die 737 ab. Ziel unbekannt.
An Bord des Flugzeuges befanden sich weitere Personen, die
den Eindruck von Wissenschaftler und Professoren, anhand ihrer
Kleidung, hinterließen. Alte Jacken und Fliege statt Krawatte
und Frisuren, die keine Frisörschäre für Jahre geblickt hatten,
drückten einen intellektuellen Charakter aus. Freundlich und

euphorisch wurde Patosh begrüßt, so als ob man auf diesen Messias nur gewartet hätte.

"Möchten Sie einen Kaffe oder Tee?" frug die Flugbegleiterin, die nun eine US Air Force Uniform trug.

"Hätten Sie etwas Stärkeres? Einen Jack Daniels vielleicht?" bat Patosh sie fast flehend.

"Aber natürlich. Mit Eis?"

"Ja bitte."

"Ach Sharon, bringen Sie gleich die ganze Flasche her und noch drei Gläser." rief einer dieser Herren ihr noch nach.

"Mr. van de Brog. Dürfen wir uns vorstellen bevor wir uns Ihnen öffnen? Ich heiße Professor Alfred Farnham, zu meiner linken ist Professor Richard Curtiss und Michael Robertson kennen Sie ja bereits."

"Sehr angenehm die Herren, aber Mr. Robertson hat sich mit John Miller vorgestellt..."

"Ach Mike. Du und deine Allerweltsnamen. Verzeihen Sie ihn Mr. van de Brog, ich hoffe Sie zeigen Verständnis für diese Geheimniskrämerei. Darf ich Sie Patrick nennen?"

Patosh war angenehm von diesem Herren überrascht, der etwas väterliches in ihm hatte und er sagte zu.

"Sie dürfen mich Patrick nennen, Alfred."

"Sehr schön...ah da kommt der Bourbon. Danke Dir Sharon."

Die Flugbegleiterin lächelte kurz und verschwand wieder.

"Bevor wir miteinander weiter reden können Patrick, müßen Sie eine Schweigepflichterklärung unterschreiben. Wäre das Ihnen recht?"

"Ja, das geht in Ordnung, dies gilt aber Beidseitig versteht sich. Ich rede auch nur, wenn ich den Ernst der Lage erkennen kann, vorher nicht." antwortete Patosh unmissverständlich, was den Männern imponierte.

"Aber Natürlich. Richard, sei so lieb und gib mir die Dokumente zur Unterschrift." bat Professor Farnham seinen Kollegen, der die Dokumente aus einer ledernen Aktentasche, die eher an einen alten Schulranzen erinnerte, hervor holte.

Farnham, zeigte Patosh die Stellen, wo zu unterzeichnen sei und Patosh las die Seiten zunächst mal gründlich durch. Der Vertrag war in seiner Form sehr einfach. Kein Wort durfte außerhalb darüber gesprochen werden ind der Zeit, wo Patosh sich in ihrer Gesellschaft befand und somit hatte er keine Probleme seine Unterschrift an den entsprechenden Stellen zu geben.

"Sehr gut. Wir bedanken uns Pat. Ich komme gleich zur Sache. Wir fliegen nach Area 51. Dort bleiben wir aber nur zwei Tage, damit Sie sich kurz ein Bild machen werden, wie unwichtig dieser Ort eigentlich ist. Zumindest für unsere Angelegenheit. Von dort werden wir mit dem Hubschrauber zum eigentlichen Zielort weiterfliegen. Keine Sorge. Wird ein kurzer Flug werden, aber wie gesagt. in zwei Tagen erst, damit Sie sich etwas erholen können."

"Area 51 ist also unwichtig? Wie schade....." meinte Patosh fast enttäuscht.

"Das war es mal, aber in den Achtzigern wurde dieser Ort zu sehr mit Spinnern und Freaks behelligt, so daß wir uns verlagern mußten. Hier wird an anderen Projekten gearbeitet, die nicht zu unserer Sache gehören. Inwieweit können sie uns etwas erzählen? Man sagt uns Sie wurden mit ihren Freunden von den Aliens "Entführt" und irgendwohin gebracht?" frug Farnham vorsichtig.

"Wir wurden nicht entführt. Wir kamen freiwillig mit, doch wie gesagt, mehr sage ich, wenn ich erkenne worum es hier geht. Vergessen Sie bitte nicht, daß Ihr mich entführt habt und nicht die Aliens."

"Wie wahr, wie wahr und dafür entschuldigen wir uns natürlich. Wie ernst die Lage ist, werden sie mit ihren eigenen Augen sehen befürchte ich. Machen Sie sich auf etwas bereit womit Sie nicht in ihren kühnsten Träumen gerechnet haben Pat. Ich bin überzeugt, Sie werden danach keine Zweifel mehr hegen mit uns arbeiten zu müßen." Sagte Professor Farnham ernst.

"Wie geht es Roselyn und den anderen?" frug nun Richard Curtiss, der die ganze Zeit schwieg.

"Sie kennen Roselyn?" frug Patosh lächelnd.

"Ja, ich kenne Sie sehr gut." was nun Patoshs Aufmerksamkeit regelrecht zum explodieren brachte.

"Wie das?" frug er ihn jetzt doch neugierig.

"Sie hatte uns bereits vor Jahren aufgesucht. Telepathisch versteht sich. Ich hatte sehr lange in dieser Richtung gearbeitet und plötzlich mit Ihr Kontakt aufgenommen. Das war für mich solch ein Schock zunächst, doch mit den Jahren entwickelte sich eine Freundschaft zwischen uns. Danach brach aber jeglicher Kontakt ab und ich weiß bis heute nicht warum."

"Sie erzählen mir hier doch ein Ammenmärchen Professor Curtiss."

"Nein Patrick, das tue ich nicht. Sie hatte uns mit wichtigen Informationen versorgt und vor mancher Spezies aus dem All gewarnt, die sich bereits hier auf diesem Planeten aufhalten. Wir wollen und müssen wieder mit ihr Kontakt aufnehmen...."

"Anscheinend will das Jeder. Ich kann nichts dazu sagen, bis ich mir überzeugt habe, daß Ihr keine Windeier seid. Was Ihr mit mir macht ist mir egal, aber das Leben meiner Freunde ist mir wichtig, besonders jetzt, wo sie...." Patosh bis sich auf die Lippe.

"Geben Sie mir Zeit meine Herren. Ich muß das hier alles zunächst verarbeiten."

Es war bereits Abends, als die 737 auf der lange Asphaltbahn im Bundesstaat Nevada landete und man sich von einen Hummer-Jeep in das Hauptterminal fahren ließ. Patosh erhielt dort einen Besucherausweis, der bereits auf dem Flug dorthin hergestellt wurde und man quartierte ihn in einer der Gasträumlichkeiten ein, die für Sonderbesucher zur Verfügung standen.

"Ich hole Sie in einer Stunde ab." sagte Mr. John Miller, der in Wirklichkeit Michael Robertson hieß, wenn er tatsächlich so am Ende hieß.

Patosh nahm eine heiße Dusche und fand danach alles vor, was er brauchte, denn er hatte ja kein Gepäck dabei.

Ein schwarzer Overall, ein T-Shirt, ein paar Socken und Unterhosen, sowie Toilettenartikel wie Zahnpasta und Rasierzeug standen für ihn auf sein Bett bereit. Eine Stunde später, wurde er von einem Sergeant und einem Leutnant abgeholt und in einer Art Kantine gebracht, wo die Anderen ebenso an einem Tisch saßen und auf ihm warteten.

"Ah Pat. Gut daß Sie da sind, wir verhungern nämlich. Kommen Sie." sagte Farnham freundlich und lächelnd und führte Patosh zu dem engen, schmalen Gang, wo man sich einen Tablett und Besteck schnappen konnte und sich aus den Vitrinen, verschiedene Salate und Sandwiches nehmen durfte. Patosh nahm sich ein Caesar Salad und bei der Essensausgabe einen originalen Cheeseburger mit Fritten. Alkoholische Getränke gab es hier nicht und so nahm er sich eine Cola Zero. Zurück zum Tisch aßen sie und redeten kein Wort mehr über Aliens oder Roselyn oder Sonstiges, was den Abend hätte verderben können. Dies hatte alles am nächsten Tag Zeit.

Am nächsten Morgen wurde Patosh wieder vom selbem Personal, wie am vorherigen Tag, abgeholt. Man führte ihn diesmal zu einer VIP Lounge, wo eine noblere Atmosphäre herrschte. Bücherregale, Ledersessel und ein übergroßer alter Globus gaben den Eindruck einer eher britischen Angelegenheit, doch dem war nicht so und das bemerkte Patosh sofort, als ein amerikanischer General plötzlich neben ihm stand und ihm lauthals auf texanisch begrüßte. Patosh hatte Schwierigkeiten ihn zunächst zu verstehen, doch zum Glück betraten Professor Farnham, Professor Curtiss und auch Mike Robertson den Saal und unterbrachen den sehr enthusiastisch veranlagten General freundlich.

"General Cooper, wie ich sehe haben Sie bereits Bekanntschaft mit Mr. Patrick van de Brog geschlossen. Nach dem Frühstück werden wir gemeinsam in den Besprechungsraum schreiten und unser Gespräch ausführlicher behandeln."

"Angenehm General Cooper." sagte Patosh amüsiert über den Cowboy in US Air Fore Uniform.

Es gab Kaffe, Rühr- oder Spiegeleier, je nach Wunsch und reichlich Speck, Bohnen, Toast und Orangensaft. Es fehlte an nichts und man versuchte Patosh`s Aufenthalt so bequem und freundlich wie möglich zu gestalten, damit er Vertrauen gewinnen konnte, denn sie brauchten ihn. Die Sonne mußte heiß da draußen gestrahlt haben am diesem Tag, denn das Licht, das durch die Fenster schien, war hell und blendend. Keine Wolke war am Himmel zu sehen und nur die typisch, amerikanische Eigenart, die Klimaanlagen auf vollen Touren laufen zu lassen, hielt die Temperatur angenehm und kühl im Raum. Nach dem Frühstück aber, wurde keine Zeit mehr verschwendet und ein dunkelblauer Bus fuhr sie zu einem Hangar, wo zig Sicherheitskräfte, mit MP5 Maschinenpistolen bestückt, Wache hielten. Mehrere F-15 Jäger standen in den Hangar herum und Patosh verstand, daß es keine gewöhnliche Jäger waren, sondern um modifizierte. Sie besaßen eigenartige Sonden am Heck und ihre Nasen waren länger als die Konventionellen. Patosh kannte sich mit Flugzeugen aus, da er zwei Jahre bei der Belgischen Luftwaffe gedient hatte, jedoch besaßen Diese die Mirage 5 und er war gerade 19 Jahre alt. Flugzeuge hatten ihn immer schon interessiert, jedoch bedingt durch seine damals noch herrschenden Asthmaanfällen, konnte er selbst kein Pilot werden. Nun war er zu alt dafür und er träumte oft davon, wie es gewesen wäre, wenn er es geschafft hätte. Doch General Cooper lenkte seine Aufmerksamkeit auf den Fahrstuhl, der sie alle, zehn Stockwerke tiefer brachte. Patosh bemerkte den Druckunterschied, hielt sich die Nase zu und presste leicht und die Ohren poppten wieder auf. Es war wie in einem Spionagefilm, denn so etwas hatte er nur im Kino oder im Fernsehen erlebt. Der Fahrstuhl kam zum Stillstand und durch einen grauen Gang, der aus Stahlbeton bestand und eher an einem Bunker erinnerte, durchschritten sie eine Stahltür, wo Professor Farnham zunächst einmal ein Code eingeben mußte und sein Daumenabdruck von einem Scanner abgelesen wurde. Welche Überraschungen würde Patosh`s Leben noch bieten, da er bereits nur als Kneipier, mehr Privilegien, durch der Bekanntschaft der Aliens und nun dies Alles hier, erhalten hatte. Warum gerade Er? Frug er sich, doch das Schicksal greift manchmal, wie in einer Lotterietrommel, nach einer Kugel und welche Nummer drauf steht ist dem Schicksal überlassen. Ein großer Stahltisch, mehrere Stühle, eine Lichtprojektor und eine Tafel waren die einzigen Utensilien, die den Raum füllten und nachdem sie willkürlich Platz nahmen, fing General Cooper sofort mit seinem Vortrag an.

"Mr. van de Brog, lassen Sie uns gleich zum Thema kommen, denn wir wollen uns gegenseitig die Zeit nicht stehlen. Alles was hier gesprochen und besprochen wird unterliegt der strengsten Geheimhaltung. Über die Bestrafung bei nicht Einhaltung möchte ich erst gar nicht reden, denn Ich will, Herr van de Brog, Ihr Vertrauen gewinnen. Wir sind hier, um Ihnen zu zeigen, daß Sie sich in höchster Gefahr begeben haben und zwar nicht nur in eigener Sache, sondern der Globalen. Was sie hier heute sehen werden, wird Sie überzeugen, daß wir es nicht nur mit freundlichen Aliens zu tun haben werden. Leider ist es so, doch zum Glück beraten und helfen uns die, die uns freundlich gesinnt sind und das sind NICHT und ich betone es nochmal, nicht die Venusianer. Zumindest ist dies der heutige Stand. Uns ist bekannt, daß Sie sich auf Venus aufgehalten haben, denn wo sonst ist das Raumschiff damals, bei ihrem Verschwinden aus Connington on the Shyre sonst geflogen? Wir können die Existenz der Aliens nicht mehr verheimlichen, da es tausende bereits gesehen haben und uns die Luft ausgeht, doch wir haben ein Riesenproblem. Die Venusianer werden die Macht auf der Erde übernehmen und uns fügig machen. Dies hatte uns Roselyn, die damals für uns arbeitete, oder sagen wir es mal anders, mit uns arbeitete, eindeutig bewiesen und uns davor gewarnt. Sie saß im Hohen Rat und hatte einiges mitbekommen und ja, sie spionierte für uns, denn vergessen wir es nicht, sie ist halb Mensch. Sie fragen sich, wie ist sie überhaupt zu uns gekommen. Nun, Mr. van de Brog, manchmal scheinen die Hollywood Filme von der Realität gar nicht soweit entfernt zu sein. Sie hatte sich bei der Air Force als Analytiker beworben und mit Bestnoten alle Prüfungen abgeschlossen. Das fiel uns auf und wir beförderten sie langsam aber stätig in Diensten höherer Abteilungen. Was wir aber nicht wußten war, daß sie für die Venusianer ebenso spionierte. Wir haben sie dabei inflagranti erwischt. Seit den Siebzigern bin ich bereits in diesem Sektor der außerirdischen Phänomene tätig und glauben Sie mir, wenn ich sage, daß diese Abteilung bis heute keinen Namen trägt, so streng geheim sind wir. Als KTXLK es satt hatte, so identifizierte sie sich, nach Monaten der Verhören weiter gequält zu werden, kamen wir der Wahrheit endlich näher. Auch sie öffnete sich, denn keiner kam aus Venus, um ihr zu helfen und sie fühlte sich von ihnen verraten und nein, wir verwendeten keine Folter, wenn Sie solche Gedanken hier nun hegen. Ich bin gegen solche Maßnahmen und war es bereits im Vietnamkrieg. Sie wurde im Auftrage ihres kosmischen Vaters, KXLTG, beauftragt uns auszuspionieren und alles über Area 51 zu berichten. Dies ist der Grund, warum man hier nichts finden wird, jedoch der Anschein einer dubiosen Basis bestehen bleiben muß. Bevor wir mit dem Hubschrauber zum eigentlichen Ort fliegen werden, wo Ihnen, Mr. van de Brog, die Augen geöffnet werden, mußten wir Sie über die Sache aufklären. Roselyn verschwand und kam nie wieder und wir fühlen uns heute noch von ihr verraten. Was hat sie vor? Hat Sie die Seiten gewechselt? Wann werden sie die Invasion einleiten und uns versklaven wie es schon einmal, vor tausenden von Jahren geschah?"

"Sie machen mir Angst General und doch kann ich Ihnen versichern, daß Roselyn nie diesem Planeten Schaden würde..."

"Roselyn vielleicht nicht, jedoch tappen wir wegen ihr im Dunklem. Es besteht ein Machtkampf zwischen Venusianer und andere Konföderationen, soviel wissen wir.

Der Orion Clan hat sich bereits ind den höchsten Etagen aller Bereiche unseres Landes bequem gemacht. In der Industrie, im Erziehungswesen, in den Medien und sehr zur unserer Besorgnis, in die Politik oder glauben sie wir wollen das alles, was gerade passiert? Nichts macht mehr Sinn. Was schlecht war ist nun gut und was falsch war ist nun richtig. Unsere Zivilisation geht durch diese Umstände zu Grunde und alles wofür unsere Vorfahren gekämpft und gestorben sind wäre für die Katz gewesen. Wenn die Venusianer so gut sind wie Sie es glauben, wo bleiben sie dann? Roselyn versprach uns Hilfe, doch anscheinend ist etwas geschehen dort oben und leider hat die US Air Force den technischen Stand nicht, um mal vorbei zu schauen und Hallo zu sagen."

"Wovor hatte Roselyn genau gewarnt General Cooper?" frug Patosh sichtlich geschockt.

"Ah. Ausgezeichnete Frage Pat. Ich nenne sie jetzt so und sie dürfen mich Freddy nennen. Mein Vorname ist Fredrick, doch so nennt mich keiner. Roselyn warnte uns, nachdem sie es selbst erkannte, welche Absichten das Hohe Rat unter KXTLG vorhatte. Ich zähle die Drohungen auf. Vernichtung sämtlicher Hauptstädte, Chaos und Hungersnot durch den Einsturz des Finanzwesens, künstlich erzeugte Anarchie nach dem Motto, nur der Stärkere überlebt und der Rest wird versklavt doch dies ist nicht alles. Der Mensch als solches soll abgeschafft werden. Haben Sie sich nicht gefragt, was um Sie gerade passiert Patrick? In Belgien, Spanien, Deutschland England und der Rest der Welt? Von den USA ganz zu schweigen.

Wissen Sie was uns von den Tieren unterscheidet Patrick? Tiere würden nie einen Idioten die Führung der Herde oder des Rudels übergeben, doch was hier gerade abgeht ist nicht mehr nachvollziehbar. Sehen Sie sich die heutige Regierungsspitze an. Furchterregend nicht wahr?"

Patosh wußte nicht mehr was er denken sollte. War dies alles nur insziniert, damit er die Venusianer und somit Roselyn verrät? KTKLK, das neue Oberhaupt des Hohen Rates auf Venus, war alles andere als ein machthungriges Monster und die Frage stellte sich ihm, welche Motive hatte sein Vorgänger, KXTLG, um solche Gesetzes- und Regelsbrüche auf Venus zu begehen? Von der DNA waren sie gleich und ihrer Dichte kompatibel. Dies alles machte keinen Sinn. Der Eingriff in den Freien Willen aller Wesen war ein Tabu und doch hatte KXTLG dagegen, einige male zumindest, verstoßen, um Roselyn zurück zu bewegen. Was war damals der wirkliche Grund, der den Faß zum Rollen brachte, als die im Urlaub Kennengelernte namens Mary, von Venus floh? War es vielleicht keine Flucht sondern befolgte sie einen von KXTLG gegebenen Befehl? Wurde er, Patosh, nur ausgenutzt und verarscht, was an sich nichts schwer war, da er immer noch an das Gute im Menschen glaubte? Nein, nein, das war seine Roselyn nicht. So kalt wäre sie niemals, um sein Herz im solchem Maße erneut zu brechen und damals, in Spanien, verließ er sie und nicht umgekehrt, also hatte er sich selbst und wahrscheinlich auch ihr Herz gebrochen. Die alten Erinnerungen schossen hoch und Zweifel über Zweifel vernebelten seinen Verstand.

"Also gut. Zeigen Sie mir was Sie zu zeigen haben Freddy. Ich will Beweise für Ihre Vermutungen sehen und nicht auf Worte vertrauen, die mich manipulieren könnten."

"Seien Sie versichert mein Bester, daß ich Sie nicht manipulieren will. Doch danach erwarte ich Ihre Mitarbeit und zwar bedingungslos, sonst werde Sie diesen "LUXUS" für unbefristete Zeit hier auf Area 51 genießen dürfen. Ich habe keine Zeit mehr für diese Kinderspiele!" rief der General eindeutig.

Ein Black Hawk Hubschrauber stand für sie bereit. Sie flogen nach Edward`s Air Force Base, jedoch nur um zu tanken und danach ging es der Mojave Wüste entlang, wo sie sich einen Berg näherten worauf man auf gar keinen Fall, landen konnte. Patosh wollte schon schreien als die Rotorblätter sich bedrohlich nah der Felswand näherten und General Cooper grinste amüsiert über den panischen Ausdruck auf Patosh`s Gesicht. Die Wand öffnete sich plötzlich und eine beleuchtete Halle offenbarte sich. Der Pilot setzte kurz danach den Hubschrauber meisterhaft auf die enge Plattform auf und schaltete die Triebwerke ab. Wachpersonal wo man nur hinschaute und dutzende von Prozeduren, die befolgt werden mußten, bevor man wieder zu einem Fahrstuhl gelangte, der dieses mal nach oben fuhr. Die Luft war stickig und das Ventilationssystem schien ihre zugestellte Aufgabe nicht Herr zu werden, denn Patosh wurde es schlecht und fing an nach Luft zu rangen.

"Wir haben es fast geschafft Pat." beruhigte ihn General Cooper, der anscheinend gut mit diesem Zustand fertig wurde.

Nach etlichen Metern kam eine Schranke und eine Straße machte sich vor ihnen breit. Ein Bus fuhr sie zu einem Zugang und Patosh war fasziniert. Eine Autobahn, die innerhalb eines Berges durch den Massiv eingefräst wurde hatte er noch nie gesehen und mit aller höchster Wahrscheinlichkeit nur 0,5% der amerikanischen Bevölkerung. Die auserwählte Elite von Frauen und Männern, die sich dieser Aufgabe verschworen haben. Es mußte Milliarden gekostet haben und allein dieses Bauwerk ließ auf vieles schließen. Die Amerikaner nahmen die Alien-Sache ziemlich ernst. Patosh wollte einen Witz über die Mondlandung machen und fragen, ob Diese tatsächlich stattgefunden hatte, doch er wollte den Bogen nicht überspannen, denn Freddy, wie er den General jetzt nannte, hatte nur einen kleinen Arsenal an Humor.

"OK Boys. Wir sind da. Maske und Schutzanzüge stehen in den Kabinen bereit. Bitte anziehen und durch die andere Tür schreiten." sagte er, als der Bus vor einer Tür hielt. Zwanzig Minuten später trafen sie sich in einem Aufenthaltsraum wieder. Auf Handzeichen folgten Patosh, die zwei Professoren und Mike Robertson, den General und das Plastikvisier beschlug sich durch das Ausatmen etwas, was jedoch sich bald vollständig einstellte.

"Hier stehen wir vor der ersten Zelle. Darin befindet sich eine freundliche Spezies aus dem Zentaurus Sonnensystem."

"Zentaurus?" frug Patosh. "Nie davon gehört."

"Weil es keiner kennt. Das Universum läßt sich nicht überall in die Karten schauen Patrick und diese Spezies nennt sich Ketone.

Wir nennen ihn Bill und Bill ist inzwischen ein guter Freund geworden. Hier, ich führe es mal vor."
Der General öffnete die Zellentür und man betrat die Zelle. Patosh`s Herzschlag raste ins unermessliche, als er diesem Wesen gegenüberstand, der zwar humanoide Merkmale aufwies und sich nur wenig vom Äußeren zu den irdischen unterschied. Freddy reichte ihm die Hand und so taten es auch die Professoren.

"Kommen sie schon Pat. Keine Angst. Sagen sie hallo zu Bill." sagte Professor Farnham beruhigend und Patosh tat es zögerlich. Sobald er die Hand jedoch berührte, spürte er eine ungewöhnliche Energie. Datenartig übernahm er Informationen, die alles über Bills Herkunft und Heimat erzählten und eine wohltuende Liebe, die ihm mit Wärme und Glück lächeln ließ. Auch Bill unterhielt sich mit Patosh telepathisch und versicherte ihn, wie sehr er sich freute, seine Bekanntschaft gemacht zu haben. Er solle sich nicht sorgen, denn er verfüge nicht über negativen Absichten. Eine halbe Stunde ging das so, doch dann drängte der General zur nächsten Zelle.
Sie verließen Billy`s Zelle und schritten zur nächsten. Ein Sergeant Major öffnete die grüne Eisentür, doch bevor man hineinschritt, warnte Professor Farnham Patosh davor, daß mit jeder folgenden Zelle, die Spezies und die Verhaltensweisen Derselbigen sich verändern werden. Zelle 1 bis 4 sind mit den freundlicheren Spezies belegt, jedoch legt sich diese Freundlichkeit mit steigender Zellennummer.

Ab Zelle 5, ändert sich die Farbe der Eisentür zu gelb, wobei diese Farbe als Indikator der Aggressionsrate betreffender Spezies sich bezieht. Patosh nickte verständlich und folgte den anderen in Zelle Nummer 2.

"Hallo Charlie, wie geht es uns heute? frug Professor Farnham den kleinen, pummligen Allien. der eine kleine Körpergröße besaß und Patosh an Jaques ein wenig erinnerte, der regelmäßig seine damalige Kneipe besuchte, seine Augenlider sich jedoch wie bei einem Reptil schlossen und öffneten. Auch hatte er eine extrem kleinere Nase verglichen zu Billy aus Zelle Nummer 1. Charlie gab keinen Ton von sich, unterhielt sich telepathisch mit Farnham.

"Natürlich Charlie. Ich werde Dir die Bücher besorgen. Auch die Wolle für deine Crochet. Meine Güte, da hast Du ja was sehr hübsches gestrickt. Für mich? Im Ernst? Das ist sehr lieb von Dir Charlie. Ich danke Dir."

Der Außerirdische reichte Professor Farnham einen selbstgestrickten Schaal und richtete seinen Blick blitzartig Patosh zu, der sich über die Schnelligkeit dieser Blickzuwendung erschrak, was den Alien anscheinend zum lachen brachte. Er gab eigenartige Geräusche von sich und hielt sich den Bauch.

"Darf ich Dir Patrick van de Brog vorstellen Charlie? Reich ihm die Hand. Er ist ein Freund und will uns helfen." sagte diesmal Professor Curtiss.

Patosh reicht den Außerirdischen die rechte Hand doch Dieser reichte ihm die seine auf die bereits bekanntgewordene telepathische Art und Weise. Patosh spürte ein Händedruck der trocken und warm sich anfühlte.

Jetzt plötzlich fing Charlie sich mit ihm zu unterhalten an und Patosh hörte klare Worte, so als ob man wie üblich laut und deutlich mit einander reden würde.

"Der Segen des Schöpfers sei mit Dir Patrick, denn man auch Patosh nennt." sagte Charlie, der nun Patosh in Staunen versetzte, da er sich frug, wie Charlie das wissen konnte, daß man ihn so nannte. Er wurde nie mit Patosh hier auf der Basis angesprochen, doch die Antwort darauf ließ auf sich nicht lange warten.

"Ich weiß alles über Dich. Keine Sorge, die Anderen können uns nicht hören, denn ich habe die Fähigkeit, unsere Unterhaltung zu verzerren. Sie hören telepathisch etwas ganz anderes als das worüber wir eigentlich sprechen. Ich vertraue Dir jedoch. Du verfügst über sehr gute Schwingungen und ich dadurch erkennen kann, daß Du eine diskrete Person bist. Glaub ihnen nichts. Sie halten uns hier fest und das siehst Du bestimmt bereits. Wir sind nicht frei und können uns auch nicht dementsprechend bewegen, wie wir es gerne wollten, dabei sind wir in friedlicher Absicht gekommen. Du, Roselyn und die anderen seid in größter Gefahr doch spiele ihr Spiel zunächst einmal mit. Was gerade zwischen uns abläuft, mein Freund, passiert innerhalb Mikrosekunden und ich werde Dir auf diese Weise Daten übermitteln, die nicht für Dich gedacht sind. Du wirst keinen Einblick darin haben, denn sie sind für Roselyn bestimmt. Sag ihr Du hast Dich mit Jemanden aus dem Planeten Corantio getroffen. Sie wird bescheid wissen. Alles was Du tun must, Patosh, ist dieses Spiel mitzuspielen. Gib diesen Männern hier das Gefühl, daß Du bereit bist mit ihnen zusammenzuarbeiten, unterschreibe auch einen Vertrag mit diesen Bestien wenn es sein muß. Die nächsten Zellen, mit der grünen Tür, sind mit weiteren Spezies belegt, die freundlicher Natur sind, jedoch laß Dich nicht täuschen. Sie sind misstrauisch den Menschen gegenüber und dies zu recht. Wir alle sind von Natur aus keine schlechte Wesen, wie ihr es auch nicht seid, doch wir sind ebenso nicht fehlerfrei. Die Spezies hinter der gelben Tür werden es Dir beweisen. Sei dabei nicht voreilig mit deinem Urteil, denn sie sind erst so geworden wie sie sind, nachdem man mit ihnen herumexperimentiert hat. Sie waren einst in einer Zelle mit der grünen Tür untergebracht, doch nach etlichen misslungenen Versuchen, sind sie nun in einer Kategorie untergeordnet, die diese "Forscher" als fehlerhaft bezeichnen. Genmanipulationen verschiedener Spezies, um zu sehen, ob wir uns mischen lassen können. Doch das eigentliche Hauptziel dieser Verbrecher wirst Du hinter der roten Tür erleben. Dort findest Du die gefährlichsten Kreaturen, die man sich vorstellen kann. Ein Erzeugnis eurer Wissenschaft. Mördermaschinen zusammengefügt aus allen möglichen genetischen Versuchen. Euer Militär schreckt vor nichts zurück und was sie als künstliche Intelligenz bezeichnen, bezieht sich nicht allein auf Computergesteuerte Maschinen, nein, es bezieht sich ebenso auf genetisch manipulierte Lebewesen, aus allen möglichen Sonnensystemen stammend, die sich auf diesem Planeten niederließen, um beratend und helfend beizustehen. Doch leider seid ihr ebenso ein Produkt unserer eigenen

Versuchen, die sich, wie es scheint, ebenso als fehlerhaft erwiesen. Ich will jedoch hier keine Schuldzuweisungen unterbreiten, sondern Dich und die Deinen warnen. Reiche Roslyn die Daten. Sie wird es verstehen, wenn Du ihr sagst, daß Jemanden aus Corantio getroffen hast. Sieh zu, daß Du hier lebend rauskommst, dies wird Dir jedoch nur gelingen, wenn Du mitspielst. Sie werden Dir einen Chip einführen damit Du jederzeit beobachtet, verfolgst und kontrolliert werden kannst. Roselyn weiß, wie man diesen Chip ausschalten kann. Diese Idioten denken wirklich, sie seien uns technisch auf die Spur gekommen. Dieses Gespräch ist nun beendet."

"Na das freut uns Charlie, daß Du Mr. van de Brog sympathisch findest. Ich werde es sofort veranlassen, daß Du mit Dan Browns und Hemingways Bücher versorgst wirst. Was? Auch Tom Clancy? Du wist mir wohl kein Verschwörungstheoretiker werden, Du alter Fux. Ja auch die grobe Wolle. Violett, Grün und Azurblau. Bekommst Du noch heute mein Freund. Wir müssen leider weiter Charlie. Verabschiede Dich nun von Patrick." sagte Farnham freundlich.

Benommen von der Unterhaltung mit "Charlie", folgte Patosh den anderen zur Tür. Noch einmal drehte er sich zur Charlie um und nickte ihn zu, bevor er die Zelle vollständig verließ. Ohne ein weiteres Wort schritten Sie den Gang entlang, jedoch sehr zur Patoshs Überraschung, wurde ein Fahrstuhl verwendet, der sie direkt zu den Zellen mit der gelben Tür brachte, die sich anscheinend eine Etage tiefer befanden.

"Was ist mit den anderen Zellen dort oben? Da waren noch drei grüne Türen übrig." frug Patosh neugierig.

"Die schlafen jetzt. Das sind Spezies mit einer sehr eigenartigen inneren Uhr, wenn Sie verstehen was ich meine. Aufwecken darf man sie nicht, sonst könnte es tödliche Folgen für sie haben. Eigenartige Wesen. Darunter befindet sich auch ein Venusianer. Ich denke er wird es leider nicht mehr lange machen. Hat sich mit irgendetwas infiziert, einem Virus, den wir noch nicht kennen. Professor Curtiss befaßt sich mit diesem Problem noch, kommt aber nicht weiter. Zumindest zu diesem Zeitpunkt nicht. Dieser Virus stammt nicht aus dieser Erde Pat und deswegen müssen wir sehr vorsichtig mit allem umgehen." versicherte ihn Professor Farnham.

"Verstehe." gab Patosh nur trocken zurück.

"Die Wesen hinter der gelben Tür, sind angekettet. Sie zeigen depressive und manchmal aggressive Merkmale auf, die, wie ich denke, psychosomatischen Ursprung aufweisen. Posttraumatische Störungen, ähnlich derer, die unsere Soldaten erleiden, wenn sie aus einem Kriegseinsatz zurückkehren. Wir vermuten, daß diese Spezies, nicht von Natur aus so entwickelt sind, jedoch verglichen zu anderen extrem sensibler auf Veränderungen ihres Umfeldes und anderes, reagieren. Eine Unterhaltung mit dieser Spezies, halte ich zu diesem Zeitpunkt für unangebracht, da Sie höchstwahrscheinlich nichts damit anfangen werden können...."

"Ich will trotzdem da rein und es wenigstens versuchen, sonst widerspricht dies unserer Abmachung Professor. Freundliche

Spezies geben mir kein Bild über die tatsächliche Gefahr, von der Sie zuvor sprachen.

Lassen Sie mich also rein und überlassen mir die Entscheidung, ob ich mit Ihnen arbeiten will oder nicht. Bisher habe ich nur freundliche Wesen in Gefangenschaft sehen können, was mich etwas stört und verwundert."

"Ja natürlich. Sie haben Recht Patrick!" rief Professor Curtiss beschwichtigend, der hier versuchte eine unnötige Diskussion zu verhindern. Professor Farnham war jedoch entsetzt, denn nie hatte es sich jemand zuvor gewagt, so mit ihm zu sprechen. Eingeschnappt und nicht ganz so enthusiastisch wie zuvor, gab Farnham den Sergeant Major das Zeichen die Tür zu öffnen. Mike Robertson amüsierte sich jedoch, über den fälschlich unterschätzten Patrick van de Brog. Ihm gefiel die etwas raue, belgische Art. Patosh ließ sich nicht beirren und wollte es genau wissen, besonders nach dem Gespräch mit "Charlie" der ganz bestimmt nicht Charlie hieß.

Die gelbe Tür öffnete sich und das Ganze bekam etwas trauriges und unangenehmes. Es erinnerte Patosh eher an die Zelle einer Irrenanstalt, als er schließlich ein Geschöpf in einer Ecke auf dem Boden sitzen sah, der eine embryonale Stellung einnahm. Ja, so stellte er sich eher einen Alien vor, denn so sahen sie auch in Me-Tube und anderen Social Medias aus. Übergroßer, grauer Kopf, Ovale schwarze Augen ohne das Weiße und mit dürrer, knochiger Gestalt. So einen bekam man täglich von den Comicheften und von der Verschwörungspresse vorgegaukelt, aber war der hier echt oder nur eine Attrappe, hergestellt von diesen Frankensteins in der Nevada Wüste?

Dieses Geschöpf wippte hin und her und seine Augen starrten in die Leere. Patosh versuchte Kontakt mit ihm aufzunehmen, sprach ihn sogar an, doch keine Reaktion war zu vernehmen. Einmal drehte diese Kreatur den Kopf zu ihm und Patosh meinte Tränen erkennen zu können, doch wie konnte dies sein? Hatte Roselyn nicht erzählt, daß die meisten Wesen im Universum, die einer höheren Dichte zugehörten, keine Gefühle verspürten und emotionslos ihr Dasein fristeten? Patosh verspürte plötzlich eine tiefe Melancholie und er selbst verfiel in einer tiefen Depression. Die Energie war definitiv negativ und je negativer Diese wurde, desto mehr schien er, der Außerirdische, zu grinsen. Patosh verstand nun, daß dieses kleine Arschloch ein Spiel mit ihm trieb und je mehr Patosh versuchte sich aus diesem Zustand wieder zu befreien, desto mehr verspürte er diese Lähmung, die ihm zurückhielt. Er war in seinen eigenen Sinnen gefangen und fühlte sich eingekettet von dem es kein entrinnen mehr gab, so wie er es manchmal in einem Traum erlebt hatte, als er davon träumte in einem Wagen zu sitzen, der Tief in einem See versank und er langsam ertrank und je mehr er sich dagegen wehrte, desto mehr konnte er sich nicht bewegen. Schweißgebadet und schreiend wachte er immer daraus auf. Farnham und Curtiss, sowie auch Robertson, sahen angespannt zu und ließen es geschehen. Er wollte ja nicht hören, dieser arrogante, belgischer Vollidiot. So mußten die Gedanken des professors Farnham zu diesem Zeitpunkt gewesen sein. Die Kreatur ließ Patosh jedoch los und befreite ihm von dieser ihm angebrachten Qual.

"Jetzt siehst Du selbst we ich mich fühle." hörte Patosh plötzlich in sich. Ein telepathisches Signal, daß anscheinend nur ihm galt, denn die anderen reagierten nicht.

Konnte diese Kreatur, ebenso wie Charlie, unbemerkt mit denen Kontakt aufnehmen, die sie für vertrauenswürdig hielten? Wer wußte das schon. Patosh kniete sich wieder hoch und stand nun direkt neben Professor Farnham.

"Woher kommt er?" frug Patosh streng.

"Wir wissen es nicht so genau. Wir kennen die meisten planetaren Systeme nicht, woher einige dieser Wesen stammten, denn soweit reichen nicht einmal unsere modernste Teleskope.

Sie verfügen über keine Namen, die sie ihrer "Heimat" zuordnen würden. Symbole sind es meistens, mit denen wir auch nur wenig anrichten können. Die nächste Tür wird vielleicht mehr Licht in die Sache bringen, denn diese Spezies, ist die gleiche wie die hier, doch gesprächiger."

"Dann müßte es bereist einen Ansatz von sich gegeben haben, woher sie stammten."

"Schemenhaft. Wir können nichts mit den Angaben anfangen. Aber vielleicht wird es mit Ihnen reden wollen. Uns kennen sie, aber sie weigern sich uns anzuvertrauen." meinte Curtiss achselzuckend.

"Ich frag mich warum. Nun gut, dann ab zur nächsten Zelle. Vielleicht erfahren wir dort mehr."

"Moment. Wir sind hier nicht bei irgend einem Krimi." protestierte nun General Cooper. "Sie spielen sich auf wie ein,...wie ein... Inspektor aus Hawaii Fünf Null oder Miami Vice. So geht das nicht. Noch haben sie nicht einen Vertrag unterzeichnet und ich kann es nicht zu lassen so leichtfertig mit der Sache umzugehen...."

"Ich habe doch bereits einen Non Discloser Agreement unterschrieben...." schrie Patosh nun ziemlich gereizt.

"Ja, eine Schweigepflichterklärung ist kein Vertrag mein Bester....."

"Wenn Sie mich dabei haben wollen, will ich in die nächste Zelle und danach auch welche mit der Roten Türe besuchen, sonst wird das nichts hier Verstanden."

"Also gut, zum Teufel. Lassen sie ihn in die nächste Zelle rein Sergeant Major." kam fast spuckend aus dem General raus, der sich vor Wut errötete.

Die nächste Zelle zeigte die selbe Kreatur, jedoch entspannter und eher stehend als hockend. Jetzt erst konnte man die eigentliche Haltung dieses Wesens erkennen, die leicht nach vorn gebeugt, den Eindruck eines Buckligen hinterließ.

"Tom. Wie geht es uns heute?" frug Professor Farnham zwar freundlich jedoch ernst.

"Alfred. Altes Haus. Mir geht es gut und anscheinend Dir auch. Du hast zugenommen." wurde telepathisch jedem vermittelt.

"Das scheint nur so. Diese neue, weißen Kitteln lassen einen Dick aussehen. Darf ich Dir Mr. Patrick van de Brog vorstellen? Ein neuer Mitarbeiter, der hier eine Tour durchläuft, um sich ein weinig einzuschnuppern."

"Ah ja. Angenehm Patrick. Ich hoffe es wird Ihnen hier gefallen." kam sarkastisch von dem Alien rüber.

"Ich danke Ihnen Tom. Darf ich erfahren woher Sie kommen?"

"Warum?"

"Nun, aus reiner Neugier. Wir bekommen nicht alle tage einen Alien auf diesem Planeten zu besuch..."

"Ach nein? Und den wollt ihr hier einstellen?" frug Tom ironisch und dämonisch lachend den anderen zugewendet.

"Mein Junger Freund. Ich weiß nicht was Diese Herren Ihnen erzählt haben, aber glauben Sie mir, wenn ich sage, daß täglich fremde Wesen diesen Planeten besuchen. Wir sind nur diejenigen, die erwischt wurden, doch es gibt auch andere, die sich freiwillig gemeldet haben, um mit diesen Kriminellen zusammenzuarbeiten."

"Na, na Tom. Nicht so unfreundlich. Wir wollen von Euch lernen, doch das geht nicht, wenn man sich nicht als Gast hier benehmen will. Wir sind keine Kriminellen, nur besorgte Bürger dieses Planeten."

"Verzeih mir Alfred, natürlich. Nun wieder zu Ihnen Patrick. Unser Planet hat keinen Namen als solches. Es ist durch Symbole gekennzeichnet, die so alt wie das Universum selbst. Ihr werdet es niemals verstehen, den diese würden Euch keinen Sinn ergeben. Aber um es Euch zu vereinfachen, sollten wir es die Zweite Erde nennen. Unser Planet ist dem euren sehr ähnlich. Die Molekularstruktur ist identisch. Wir haben eine Atmosphäre, Luft, Wasser und der Boden ist der, der Erde fast gleich. Die Temperaturen und die Schwerkraft sind jedoch anders. Wesentlich kälter und ihr würdet das hundertfache dort wiegen. Solltet ihr in unserer atmosphärischen Schicht gelangen, so werdet ihr es nicht überleben.

Euer Raumschiff würde aus aller größter Höhe zu Boden stürzen und in Kleinstteilen zerbersten so stark ist die Schwerkraft. Ihr habt nichts vergleichbares, technisch gesehen, um mit solch einer Kraft fertig zu werden. Reicht dies zunächst mal als Einlage, Mr. van den Brog?"

"Warum bekommt er solche Informationen und wir nicht Tom?" frug General Cooper wie ein beleidigtes Kind klingend.

"Ich weiß es nicht. Er sieht so unschuldig aus und nicht wie ihr, die einen mit Proben und Sensoren quälen und wenn das nicht reicht, beim lebendigen Leib aufschneiden...."

"Genug jetzt Tom!" schrie Professor Curtiss außer sich. "Dieses Gespräch hört sofort auf."

So dachten Auch General Cooper und Professor Farnham, doch anscheinend nicht Mike Robertson, der diesmal nicht grinste. Spürte er etwa Mitleid mit der Kreatur und brachte er sogar Verständnis für das Verhalten des Belgiers?

Die rote Tür

General Cooper hatte es eilig und wollte keine Zeit mehr mit den Außerirdischen hinter der Gelben Tür verschwenden. Er drängte alle jetzt zu einem anderem Fahrtstuhl zu schreiten, der die Aufschrift "Red Zone" trug. Man fuhr einige Stockwerke tiefer und es mußten jede menge gewesen sein, denn die Fahrt wollte und wollte nicht aufhören und erst als der Fahrstuhl das Tempo reduzierte, ahnte man, daß sie die Türen der Hölle erreichten. Eine unruhige und sehr nervöse Anspannung vernahm man von den Professoren, Mr. Robertson und ebenso dem General und auch Patosh war gespannt, was jetzt auf ihn zukommen würde. Er dachte belustigt and die Preisauschreiben- Show, "Welche Tür wählen Sie, 1 oder 2?" Meistens hatte die Kandidaten Pech und bekamen anstatt den heißbegehrten Sportwagen, nur den Rasenmäher und ein Jahresabonnement and Dünger. Doch hier war es etwas anders, denn Nach Tür nummer drei zu fragen, könnte einem das Leben kosten, oder das Leben so wie man es kannte, nie weider leben können. Der Fahrstuhl kam zum halten und ein langer, dunkler Betongang führte geradeaus, als die Fahrstuhltür sich öffnete. Lichter, die durch Sensoren betrieben wurden, leuchteten auf und erhellten den Weg, der vor ihnen stand. Wachposten wo man nur hinschaute und Wissenschaftler, die in Sicherheitsanzügen herumliefen, begrüßten hastig die Professoren und den General mit einem Kopfnicken.

"Hier rein bitte." sagte Cooper als er eine Tür öffnete die zu einem Raum mit hunderten von Bildschirmen führte. Männer und Frauen arbeiteten hinter den Bildschirmen und das Ganze strahlte ein surrealistisches Ambiente von sich, so als ob man sich im NASA Zentrum befand, kurz vor dem Abschuß einer Saturn 5 Rakete. Mit Kopfhörern bestückt, überwachte sie etwas, aber was?

"General! Sie habe ich schon lange nicht mehr hier gesehen." rief ein Mann mitte fünfzig und reichte den General seine rechte Hand.

"Dr. Friegstaad. Ich dachte Sie wären in Oslo, den wohlverdienten Urlaub genießen. Sie haben wohl auch kein Zuhause, was?" antwortete General Cooper sichtlich erfreut.

"Welche Ehefrau würde mich länger als eine Woche Zuhause aushalten? Nein, nein. Aus den Sechs Monaten Urlaub, sind es gerade vierzehn sehr lange Tage für uns beide geworden, bis meine Frau von mir die Nase endgültig voll hatte und mich bat blos wieder arbeiten zu gehen und hier bin ich. "

"Ich hoffe sie glaubt immer noch, daß Sie, verehrter Herr Dr. Friegstaad, in der Universität Alberquerques`s arbeiten." frug ihm der General besorgt.

"Ja, ja. Keine Sorge. Sie glaubt fest daran und so wollen wir es beibehalten. Aber was bringt Sie hierher und auch noch mit solch erlesenen Gästen wie Professor Farnham und Professor Curtiss? Michael, Du auch hier?" Die Männer begrüßten sich hastig.

"Die Herren kennen Sie bereits, wie ich sehe.

Darf ich Ihnen Mr. Patrick van de Brog aus Belgien vorstellen?"

"Sehr angenehm Mr. Van de Brog." sie reichten sich die Hände und schauten sich freundlich, aber mißtrauisch an.

"Sie wissen, daß man für diesen Bereich eine Sondersicherheitsstufe erhalten haben muß?"

"Das hat er Doctor. Er ist ja bei mir. Mr. van de Brog ist ein wichtiges Glied in der Kommunikationskette mit den Venusianern und deswegen ist er hier. Er soll Einblick in der Vielfalt der Aliens erhalten und sich ein Bild machen, bevor wir hm zu seinem ersten Einsatz schicken."

"Verstehe. Dann kommen Sie bitte herein und Sie, Herr Van de Brog, folgen mir. Luisa...mach bitte Bildschirm für Zelle 34 fertig. Kameras 1, 3 und 5 aktivieren...kommen Sie, kommen Sie. Darf ich Sie bei den Vornamen nennen? Es wäre für mich einfacher. Ich heiße übrigens Claas."

"Natürlich Claas. Sie dürfen mich beim Vornamen nennen. Darf ich mir hier hinsetzen?" frug Patosh noch etwas verwirrt von dem Flair, der ihn langsam erdrückte.

"Ja, sicherlich. Ich habe ein paar Punkte noch mit Ihnen zu besprechen, bevor wir loslegen, also hören Sie mir genau zu. Diese Wesen sind im ausgesprochenem Maße unberechenbar, mit allen Wassern gewaschen und gefährlich. Ihre Intelligenz ist der unsrigen um das millionenfache höher und sie können sich in das Unterbewusstsein ihres Gegenübers leicht eindringen und wenn Sie glauben, sie befinden sich im selben Stockwerk, so

375

denken Sie nochmal. Diese Kreaturen befinden sich weitere fünf Stockwerke tiefer von wo wir uns gerade befinden und sie, Patrick, haben bereits erfahren, wie lang der Fahrstuhl unterwegs war, bis es zu diesem Stockwerk gelangte. Nichts kann diese Spezies aufhalten, nur ein sehr starkes chemisches Mittel, den wir glücklicher Weise haben herstellen können. Die Spezies, die Sie heute sehen werden ist die aus dem Sonnensystem KROM-56. Sagt Ihnen nichts ich weiß und die meisten Astronomen kennen es ebenso wenig. Wir haben ihn Caligula genannt, da er bereits einige Wissenschaftler bestialisch umgebracht hatte. Das schreckliche daran ist, wir wissen nicht wie viele von ihnen sich bereits auf der Erde aufhalten. Diese Spezies hier ist die neueste Variante und die anderen in den roten Zellen sind verglichen zu ihm Pussies, wenn Sie verstehen was ich meine."

"In der Tat, die Fahrt im Fahrstuhl erschien Endlos. Sie sagten es hätte bereits einige Ihrer Kollegen getötet? Wie?" frug ihn Patosh, der sich ein Horrorszenario bereits ausdachte. Doch Dr. Friegstaaad zuckte nur mit den Achseln.

"Das wissen wir eben nicht genau. Sie erlitten alle einen tödlichen Hirnschlag, jedoch mußte es qualvoll für die armen Seelen gewesen sein. Ein Teil ihrer Hirnmasse verdampfte dabei. Klingt gruselig nicht wahr? Wie gesagt. Dieser Caligula hier, kann es aber besonders gut. Die anderen haben eine ähnliche Fähigkeit, sie spionieren jedoch einen nur im Unterbewusstsein aus, zögern aber nicht, Gewalt jederzeit anzuwenden. Zwei von der anderen Variante mußten wir töten. Sie konnten die gepanzerte Stahltür mit Laserstrahlen zum schmelzen bringen.

Laserstrahlen, die sie aus den Augen und anderen Sensoren in den Händen abschießen konnten. Science Fiction pur. Bei der Obduktion der zwei Getöteten, stießen wir nur noch auf mehr Fragen, dessen Antworten auf sich warten lassen. Wie gesagt, wir können Sie nur mit Drogen im Schach halten und am liebsten wäre es uns, wenn sie gar nicht aufgetaucht wären. Noch etwas. Sie spüren Furcht. Sie dürfen auf gar keinen Fall ihnen das Gefühl geben, das Sie sich fürchten, sonst haben sie leichtes Spiel mit Ihnen. Seien Sie selbstsicher und konsequent. Haben sie eine Fragensliste aufgestellt?" frug der Doktor.

"Nein. Wie denn auch? Ich wußte ja nicht was auf mich zukommt. Doch ich werde mir was einfallen lassen." versuchte Patosh ihn zu überzeugen.

"Gut...Luisa, es geht los. Kameras laufen lassen und alles aufzeichnen....ach noch was Patrick. Sie lassen sich manchmal Zeit. Viel Zeit. Sie werden sehen."

Patosh erinnerte sich an all den Krimis, die er im Fernsehen sah, wenn Kriminelle in Verhörräumen ausgefragt wurden und man konnte den Delinquenten hinter einem Spiegel beobachten, ohne selbst gesehen zu werden. So ungefähr spielte es sich hier ab, nur, daß er das Verhör unbeobachtet führen würde, doch er war sich nicht sicher, daß er selbst unbeobachtet gewesen wäre, denn Außerirdische können durch Stahlwände schauen. Roselyn hatte es ihm einmal bewiesen. Zelle 34 erhellte sich etwas, doch außer zwei Stühle, einen Tisch und einer Pritsche konnte man nichts erkennen. Da saßen Sie nun minutenlang und kein Wesen aus einer anderen Welt war zu sehen, bis Luisa endlich ein Zeichen gab, daß die Infrarotsensoren der Kameras etwas aufzeichneten.

Rauch stieg nebelartig auf und als ob es nicht bereits gruselig genug wäre, erschien eine Silhouette durch den bläulichen Nebel. Patosh dachte an der Rockband Ramstein. Welch ein Auftritt. Doch als der Rauch sich löste, gefror sein Blut in den Adern, denn das was er vor sich sah, würde auch den Satan in der Hölle die blanke Furcht einjagen. Müßte er es beschreiben, wüßte er nicht wie. Die Gestallt hatte keine feste Form, jedoch manifestierte sich das Bild in Patosh`s Gehirn als das eines Insekten, dessen Kiefer mit sägezahnähnlichen Klingen bestückt war. Es hatte keine Hände, sondern Hufen. Die Augen waren mit Fassetten überhäuft, die metallicgrün leuchteten und kontinuierlich einen anstarrten.

"Sind Sie bereit Patrick?" frug Doktor Friegstaad.

"Wie kann man für sowas bereit sein?" flüsterte Patrick nur und nickte bejahend.

"Wenn sie reden wollen, nur auf die Milkrotaste drücken und danach loslassen.

"Wow...wie fortschrittlich." dachte sich Patosh nur.

Doch das Insekt, oder das Wesen, kam ihn zuvor.

"Patrick Van de Brog aus Belgien. Ehemaliger Gastwirt und nun arbeitslos. Geschieden lebt aber mit jemanden zusammen...ach ja...interessant....noch mehr Mutanten und Hybriden... aber sie ist ja noch nicht schwanger. Bemerke ich etwa Ratlosigkeit und Furcht.?" sagte es mit einer tiefen, synthetischen Stimme.

"Wie nennen Sie sich? Haben Sie einen Namen?" frug Patosh, der sein Selbstbewusstsein wiedergefunden hatte.

"Nein. Wir haben keinen Namen auf unseren Planeten. Nicht einmal unser Planet hat einen Namen und warum sich mit solchen Nebensächlichkeiten abgeben? Ihr allerdings braucht Namen, Nummern, Buchstaben und so weiter. Wir machen das alles mit unseren Sinnen. Aber ihre Kollegen dort, haben mir einen Namen gegeben. Caligula, nicht wahr? Dabei wissen sie nicht einmal ob ich weiblich oder männlich bin. Den Namen eines Irren zu erhalten ist ziemlich beleidigend, finden Sie nicht auch? Patrick Van de Brog?"

"Und? was sind Sie nun? Männlich oder Weiblich?" frug Patosh unbeeindruckt weiter.

"Wir haben keine Geschlechter. So wie die Venusianer sind wir nicht. Wir sind Zellenteiler. Weder männlich noch weiblich. Nicht gerade gesellschaftsfähig für diesen Planeten, was? Auch brauchen wir mit niemanden und mit nichts kompatibel zu sein. Wir nehmen uns was wir brauchen und wollen und leben am besten in der Einsamkeit."

"Warum sind Sie hier? Was wollt ihr hier auf Erden?"

"Euch ausrotten und diesen Planeten übernehmen, bevor es die Venusianer tun."

Patosh zuckte zusammen als er dies hörte und bemerkte, wie das Insekt-Wesen, Die Farben der Fasetten in den Augen wechselte .

"Warum wollt ihr das? Was haben wir Euch getan, das ihr uns vernichten wollt und warum wollen es die Venusianer ebenso."

"Wir brauchen keinen Grund. Ihr seid uns dermaßen unterlegen, geistig wie auch physisch, daß Ihr nichts weiter als Bakterien des Universums seid. Ihr steht uns im Weg."

"Warum wollen uns die Venusianer vernichten?" frug Patosh deutlich neugieriger.

"Sie wollen ihre Fehler vor der Konföderation nicht zugeben. Den Fehler, den sie vor 75000 Jahren begangen haben, als sie diesen Planeten, namens Erde verlassen haben und Euch die Führung dadurch übergaben. Euch, die nur das eine könnt. Sich selbst zu vernichten. Das wäre so, als ob man dem Schwächstem im Glied, die Führung seines Volkes geben würde. Einem Schiffskoch, die Führung über einem Atom U-Boot zu überlassen, wenn Du damit jetzt meinen Wink verstehst. Die Venusianer zogen in einem von dem Orion Clan fälschlich vorgetäuschten Krieg und hätten es sogar fast verloren. Alles stand auf dem Spiel und nur mit der Hilfe der Konföderation hatten sie das Schlimmste verhindern können. Das Gleichgewicht aus dem Gleichgewicht zu bringen. Doch ihr Würmer habt in der Zeit alles, was man Euch an Wissen und Technik geschenkt und gegeben hatte, verschleudert und habt ein Leben voll mit Gier, Eigennutz, persönlichem Ego und das schlimmste von allen, mit Emotionen geführt, anstatt mit dem was dem Leben Sinn ergibt. Die Venusianer sollen heute noch aus dem Sitz des Hohen Rates und aus der Konföderation, verstoßen werden, da sie mächtigen Druck von Seiten des Orion Clans bekommen. Aber Roselyn weiß ja bereits alles."

"ROSELYN?" schrie Patosh entsetzt.

"Ja natürlich. Roselyn. Sie ist Teil des Flops. Der Katastrophe. Was glaubst Du wie alt deine Roselyn ist Patrick?" frug nun das kosmische Insekt amüsiert,

"Sie gehört nicht hierher..."

"Ach nein? Was hat man dir erzählt? Die Sexgeschichte zwischen KXTLG und Mary Mitchell? Nein wie reizend. Die fand tatsächlich statt, doch Roselyn war bereits bereits drei mal Inkarniert. Alle 25 000 tausend Jahre wird ein Venusianer deaktiviert und durch Kompatibilität neu aktiviert. Doch im letzten Fall wollte KXTLG sein kleines Liebling in den Leib einer gewöhnlichen, irdischen Sklavin zeugen und paarte sich mit Mary, was nicht ungewöhnlich ist. Venusianer und andere, paaren sich mit Fremdwesen, manche mit Einwilligung, andere mit Zwang. Die Tochter der Haus-Magd Margareth Mitchell, somit Mary, wurde gegen ihren Willen entführt und durchgevögelt, daß einem die Lichter ausgehen, um es in Eurer Sprache zu beschreiben. Dabei setzte KXTLG den Keim seiner kompatiblen Tochter, die bereits dreimal inkarniert wurde, in den Leib Marys ein und siehe da, das Wunderkind erschien schonwieder. Aber warum nicht durch einer kompatiblen Art und Weise mit einem Venusianer fragt man sich. Roselyn sollte permanent deaktiviert werden. Sie hatte damals den Chaos mit dem Orion Clan verursacht und eine Panik auf eurer Erde ausgelöst. Durch die letzte Inkarnation, die sie zur gewöhnlichen sterblichen am Ende gemacht hatte, sollte die ganze Sache unter dem Teppich gekehrt werden, doch KTXLK, oder auch Roselyn, machte den nächsten Fehler. Sie floh, als sie erfuhr, das die Konföderation sie bereits verurteilt hatte.

KXTLG gab man die Chance aktiviert zu bleiben, sollte er sie einfangen und zurückbringen."

"Und was ist mit KTKFK? Dem neuen Oberhaupt? Warum hatte er Sie begnadigt?" frug Patosh weiter.

Diese Frage konnte auch "Caligula" nicht beantworten, denn sein Schweigen war lang.

"Sie sagen Ihr Planet hat keinen Namen, jedoch befindet sich Dieser in KROM-57.... " machte Patosh weiter, um keine Zeit zu verlieren.

"KROM-56." verbesserte ihn Caligula

"Verzeihung. KROM-56. Stammt der Name dieses Sonnensystems von Ihnen, oder haben es die irdischen Astronomen so benannt?" frug Patosh mit der Hoffnung einen Widerspruch zu finden.

"Eure Astronomen habe es so benannt."

"Könnten Sie mir sagen, wie viele Lichtjahre entfernt es liegt?"

"Wir haben keine solche Messung, jedoch in irdischen Einheiten entspricht es 59 Lichtjahre."

"Wie sind sie in Diese Verlegenheit geraten, von uns gefunden und hierher gebracht zu werden?" frug ihn Patosh weiter und beobachtete das Wesen genau, denn jede Veränderung in seiner Erscheinung, könnte einen Hinweis geben, ob Caligula lügt, oder die Wahrheit sagt. Doch bisher, war nichts zu erkennen, was solch einen Hinweis vermitteln konnte.

"Unsere Fahrzeuge, oder Raumschiffe wie Ihr es nennt, sind nicht für Wetterphänomene, die auf der Erde herrschen, konzipiert worden. Zumindest nicht die Ausführung, die ich pilotierte. Ich geriet in einem Gewitter und ein Blitz schlug ein, wobei alle systeme plötzlich ausfielen. Mein Raumschiff stürzte ab und ich habe es überlebt, auch Dank der ärztlichen Hilfe der Menschen."

"Sie sind also den Menschen dankbar, die Ihnen gerettet haben?"

"Nein!"

"Nein? Das verstehe ich jetzt nicht...."

"Wir haben keine Emotionen oder wie Ihr, Gefühle. Das solltest Du bereits wissen. Barmherzigkeit und Mitleid, kennen wir nicht. Hätte ich den Absturz nicht überlebt, wäre es kein Verlust für meine Sippe gewesen."

Für Patosh war dies bereits ein Hinweis, daß diese Spezies menschliche Züge oder Angewohnheiten nicht annahmen, so wie es bei den Venusianer der Fall war, wenn sie zu lange auf der Erde verweilten. Die Erdenergie hatte somit keine Kraft oder keinen Einfluß in ihren Bewusstsein Veränderungen vorzunehmen und somit machte diese Tatsache klar, daß es sich um eine gefährliche Spezies handelte.

"Kennen Sie Jesus Christus?" frug Patosh zur Überraschung Aller.

"Ja." kam kurz.

"Was können Sie uns über ihn erzählen?" und hier konnte Patosh eine Veränderung bei Caligula vornehmen, die anscheinend ziemliche Kopfschmerzen dem Wesen verursachte.

"Warum fragst Du nach diesem Wesen, den Ihr Jesus Christus nennt?"

"Wir wollen wissen, ob seine Geschichte die ist, wie es uns die Bibel erzählt. Wie nennt man ihn sonst in Euren Sphären?"

"Nun, er wird im Universum KAMRA genannt, aber wie gesagt, wir haben diesen Namen nur vom hören sagen übernommen, denn wir haben und kennen keine Namen. Er ist ein Wesen der achten Dichte und somit dem Schöpfer direkt unterstellt. Eure Bibel ist nur ein Bestseller der damaligen Zeit. Zu spät erschienen, viel zu oft revidiert, von Verlegern zensiert, die ihr Bischöfe nennt und zu sehr der eigentlichen Realität in vielerlei Weise verzerrt wiedergegeben."

"Glauben Sie an ihm?"

"Was meinst Du mit an ihm glauben?"

"Betest Du ihn an?"

"Nein. Das ist etwas, das Ihr besser könnt. Er war nur ein Bote. Ein Reisender wie viele andere. Von wenigen Verstanden und von vielen Mißverstanden. "

"Warum hatte er sich nicht beschützen können, oder wollen, als er von den Römern gefaßt wurde?"

"Das müßtest Du ihn selbst fragen, jedoch wird Dies wohl nie geschehen können. Ihr hattet die Chance und wie immer hat Eure Schwäche gesiegt. Ihr seid die Streptokokken des Alls."

"Kannst Du uns sagen aus welchem Sonnensystem er kommt?"

"Nein."

"Was ist mit der ungeschlechtlichen Vermehrung? Was stimmt daran? Seine Mutter Maria....."

"Können wir bald Schluß machen? Ich habe keine Lust solche Fragen zu beantworten, auch da wir nicht wissen wie es geschah. Doch ungeschlechtliche Vermehrung ist das falsche Wort. Du hast bereits erfahren, was Kompatibilität anrichten kann. Telepathische Kompatibilität war in dieser Sache eher im Spiel und zwar mit Jemanden aus der achten Dichte."

"Sie erwähnten das Wort "Schöpfer". Was meinen Sie damit?"

"Die Entstehung des Allen."

"Also eine Art Gott?" frug Patosh interessiert und doch verwirrt.

"Das ist Eure Auslegung. Ein Beweis dafür, wie wenig Ihr doch wißt. Doch ich kann Dich beruhigen. Wir wissen auch nicht alles, obwohl wir Euch um das millionen Fache an Wissen übertreffen. Das allein sollte Euch und auch uns zu denken geben. Mit Erfahrung kommt Wissen. Wir sind alle hier, um Erfahrung zu kreieren. Jeder für sich und in einmaliger Form."

"Gibt es ein Paradies und gibt es eine Hölle?"

"Ja, aber nicht wie es Eure Bibelverleger weißmachen wollen. Wir alle kreieren unsere eigene Hölle und unser eigen Paradies, durch die Taten, die wir während unserem Dasein verrichten."

"Hier aber sehe ich bereits ein Widerspruch in Ihrer Aussage. Sie behaupten Sie hätten keine Emotionen und keine Gefühle und doch vernehme ich allein durch die letzten Aussagen, daß Sie seelische Tiefen besitzen. Sie reden von einem Schöpfer, von der Hölle und vom Paradies, den man sich selbst auferlegen kann durch die eigenen Taten...."

"Für uns ist die Wahrnehmung dieser Phänomene anders als bei Euch. Sie läuft in uns anders ab. Wir kennen keine Verbote, keine Tabus, keine Einschränkungen und dies stellt für uns das Paradies dar. Das beste Beispiel für die Hölle, erlebe ich hier gerade in diesem Moment. Hier erst erkenne ich, daß wir als Spezies Fehler in unserer Genetic aufweisen, wie zum Beispiel eure Drogen, die mich Kampfunfähig machen. Mit all unserem Wissen und unserer Erfahrung habt Ihr Mikroben mich besiegt. Für den Augenblick zumindest. So ergeht es auch den anderen hinter der Roten Tür. Ich werde keine Fragen mehr beantworten. Ich bin müde und Ihr solltet mich im Frieden lassen."

"Ich habe auch keine weiteren Fragen. Zumindest jetzt nicht."

"Nimm Dich vor Ihnen in Acht. Sie sind nicht deine Freunde. Auch Roselyn kannst Du nicht trauen. Diesen Rat gebe ich Dir, denn es wird Zeit, daß jemand die Wahrheit über alles erfährt. Du kennst jetzt ein winzigen Teil davon. Lebe wohl, Patrick Van de Brog.

Zurück nach Connington on the Shyre

General Cooper und die anderen begaben sich in einem Raum,
wo es zu einer analytischen Besprechung über dieses Ereigniß
kam. Ein sogenanntes Briefing. Alle waren hell auf begeistert
von den Ergebnissen, nur nicht Patosh. Er wußte nicht, nach
dem Ratschlag Caligulas, wie er sich gegenüber Roselyn
verhalten sollte, würde er sie jäh wiedersehen. Er solle Sie nicht
vertrauen. Auch verwirrten ihm die unterschiedlichen Aussagen
von Charlie, hinter der grünen Tür, Tom, hinter der gelben Tür
und zuletzt Caligula, hinter der Roten Tür. Mit Charlie unterhielt
er sich telepathisch und Dieser schien auf der Seite Roselyns zu
stehen. Mit Tom wußte er es nicht genau zu wem Dieser hielt
und ob es sich nicht einfach, um einen verwirrten "Grey"
handelte. Caligula schien der ehrlichste von allen gewesen zu
sein, obwohl er in die gefährlichste Kategorie eingestuft wurde.
Charlie und Tom behaupteten, daß genetische Experimente
vorgenommen wurden, damit das Militär, unter General Cooper,
Supersoldaten entwickeln konnten, doch Caligula war kein
geklontes Ergebnis irgend welcher irdischen Experimente. Er
war ein Original. So etwas konnte man nicht durch das zur
Verfügung stehende KNOW HOW hier auf diesem Planeten
entwickeln. Ja, bestimmt würde man an solchen Experimenten
arbeiten und versuchen menschliche Wunderwaffen zu kreieren,
was Professor Farnham und Professor Curtiss zu einen Dr.
MENGELE gleich setzte, denn verschiedener waren die Nazis
mit ihren Versuchen nicht. Diese zwei "GENTLEMEN" sollten
sich selbst an der Nase fassen. General Cooper war dafür

einfach nur ein Zinn Soldat, der tausende von Zinn Soldaten unter ihm befehligte und sehr bald würde er die besten Zinn Soldaten der Welt auf die Beine stellen, sollte er Erfolg mit seiner Perversität haben. Patosh war, wie gesagt, nicht besonders glücklich. Er machte eine Erfahrung, die ihm lebenslänglich verfolgen würde, denn er hatte sie tatsächlich gesehen. Außerirdische, die wie die Menschen überleben wollen und doch verschiedener in ihrer Art und Spezies nicht sein konnten. Er machte für sich einen Entschluß und hörte Charlie im Hintergrund seines Verstandes rufen. "Spiele ihr Spiel mit...." und das genau ist es, was er machen würde.

"Nun Patrick. Was denken Sie? Sie haben einen ausgezeichneten Job da draußen abgelegt und wir beglückwünschen Sie. Also wenn Sie das nicht überzeugen kann, was dann?"

"Ich mach es. Ich werde für diese Institution arbeiten. Jedoch nicht für umsonst und ich meine ich will Geld sehen. Viel Geld."

"Geld spielt für uns keine Rolle. Also werden Sie unterschreiben?"

"Ja."

Patosh wußte, daß er sich selbst in einer Schlangengrube setzte, als er die Papiere unterschrieb. Er bekam zunächst eine geringe Sicherheitsstufe zugeteilt, bis man Vertrauen in ihm aufbauen konnte, was für ihm verständlich erschien. Eine intensive Befragung erfolgte danach und kein Punkt wurde ausgelassen.

Von seiner Geburt bis zur seiner Gegenwart, wurde sein Leben umgestülpt und mit dem verglichen, was Cooper bereits, durch den "BACKGROUND CHECK" wußte. Enttäuschender Weise hatte Patosh bisher ein sehr langweiliges Leben geführt, bis zu dem Tag, als er den Wohnwagen mietete und in den wohlverdienten Urlaub fuhr. Das Schicksal hatte danach sein Leben zur einer Achterbahnfahrt verwandelt und Mary, die jetzt Roselyn hieß, ihm vorgesetzt. War das, von wem auch immer dort oben, geplant? Alle Aliens erwähnten den "Schöpfer". Wer oder was war es? Ein Wesen? Eine aus Energie bestehende Plasmamasse? Ein Licht oder gar das "NICHTS"?

Wer wußte das schon.

"Jetzt kommen wir zum schmerzhaften Teil Patrick. Der Chip wird eingesetzt und ich muß Sie vorwarnen. Sollten Sie, oder irgend jemand auch nur versuchen diesen Chip zu entfernen oder zu deaktivieren, werden wir augenblicklich informiert und die Konsequenzen daraus könnten sein, Verfolgung, Inhaftierung, Isolierung und im schlimmsten Falle, Eliminierung. Unterzeichnen Sie hier, daß Sie darüber hingewiesen wurden."

Nach Unterzeichnung des letzten Blatt Papiers, nahmen alle wieder den Fahrstuhl und diesmal ging die Fahrt aufwärts. Wieder hatte Patosh mit dem Druckausgleich zu kämpfen, da der Lift spürbar schnell in die Höhe schoß. Der Gang, der sich nach Öffnung der Fahrstuhltür sich offenbarte, war nun hellerleuchtet und erinnerte einem an einer Klinik. Krankenschwestern und Männer, wie Frauen in weißen Kitteln, eilten wie Eisenkugeln eines Flipperautomaten durch die Hallen und Räumen und als die Männer ein Sprechzimmer betraten, erschien eine Ärztin mit einer Assistentin, die ein Edelstahltablett trug.

Da drauf lag eine Art Pistole und ohne eine Begrüßung oder ein freundliches Wort der Beruhigung, befahl die Ärztin Patosh das Hemd auszuziehen und das Unterhemd etwas anzuheben. Die Assistentin reichte der Ärztin einen Desinfektionstupfer, der sich Eiskalt spüren ließ und ohne Vorwarnung bekam Patosh den Schuß in die rechte Seite, wo sich normalerweise der Blinddarm befand. Ein Schrei, der Tote aufwecken konnte und durch die Gänge hallte, ließ wissen, das General Cooper recht damit hatte, das dies der schmerzhafte Teil sein würde und wenn Blicke töten könnten, so sollte die Ärztin auf der Stelle tot umfallen, so wütend schaute Patosh sie an.

"Sind Sie wahnsinnig? Ich war nicht darauf vorbereitet, Sie Metzger!"

Doch die Ärztin gab ihn nur ein müdes Lächeln und verließ, mitsamt Assistentin, das Sprechzimmer.

"So. Ich denke wir bringen Sie zurück zur Unterkunft, wo Sie sich ausruhen können. Morgen fliegt ein Privatjet Sie wieder zurück nach Luton. Sie dürfen dann wieder ein normales Leben führen und kein Wort hierüber zu niemanden. Aber ich denke, dies ist selbstredend."

"Roselyn will sicher wissen wo ich war." meinte Patosh berechtigt.

"Erzählen Sie Ihr, daß Sie von der Brüsseler Polizei für 48 Stunden in Gewahrsam genommen wurden, wegen Trunkenheit am Steuer. Sie haben nach Abschluß der Übergabe ihrer Kneipe, sich selbst einen genehmigt, um alte Erinnerungen los zu werden und dabei wurden Sie beim Fahren erwischt."

"Das wird Sie mir nie glauben..."

"Keine Sorge. Wir haben Alles unter Kontrolle." gab General Copper von sich zufrieden.

Patosch aber wußte, daß Roselyn über einen intergalaktischen Intelligenzquotienten verfügte und daß sie solch eine Lüge kein Glauben schenken würde. Er mußte sich was anderes einfallen lassen, denn er hatte ein Problem. Die Worte Caligulas gingen ihm nicht aus dem Kopf und ja, er fühlte sich durch ihm verfolgt, bedrängt und belästigt. Caligula brauchte anscheinend keinen Chip, um zu wissen, wie man Jemanden auf der Spur ist, denn eine innere Unruhe begleitete ihn und er konnte kein Auge zu tun, als er sich auf seinem Bett, in der Unterkunft, legte. Verkrampft im Geist und am Körper starrte er nur die Decke an und der Schmerz, der durch den eingebrachten Chip verursacht wurde, war das einzige Lebenszeichen, das er noch spürte.

Draußen war es bereits dunkel, als es an der Tür klopfte und als Patosh die Tür öffnete, standen zwei Soldaten der Air Force davor. Ein Sergeant und ein Captain dem Dienstgrad zur Folge.

"Wir sollen Sie zur Mensa begleiten und danach zurück zu Ihrem Quartier." sagte der Captain.

"Werden General Cooper und die anderen auch dort sein?" frug Patosh.

"General wer? Und welche Anderen?" bekam er darauf als Antwort zurück.

Die Welt schien in diesem Moment aus den Fugen zu laufen und bizarrer konnte die Situation für ihn nicht erscheinen. Er zog sich Schuhe und Jacke an, kämmte sich schnell die Haare und folgte den beiden Soldaten zur Mensa. Kein General Cooper, kein Professor Farnham oder Curtiss die ihm begrüßten und ebenso kein Michael Robertson waren zu sehen. Er setzte sich an einen Einzeltisch, nachdem er sich zwei Hot Dogs, eine Cola Zero und einen Tomatensalat aus dem Ausschank holte. Er schaute sich um und er fühlte sich wie der Hauptdarsteller in einem Science Fiction Film. Alle um ihn redeten kein Wort und schauten nur tief in ihre Tellern rein, als sie das entsprechende Besteck in den Mündern führten. Eine halbe Stunde später erschienen die zwei Soldaten wieder und brachten ihn zurück zur Unterkunft. An der Tür sagte der Captain, daß er, Patosh, nur drei Stunden zu schlafen hätte. Danach würde er wieder für seinen Flug nach Luton abgeholt. Natürlich konnte Patosh nicht einschlafen, doch das würde er im Flug nachholen können und so kam es, daß genau drei Stunden später die zwei Männer wiederkamen, um ihn abzuholen. Ein dunkelblauer Dodge Van fuhr sie dann vor einer parkenden Gulfstream 550, wo er von einer Stewardess in Empfang genommen wurde. Er stieg ein, doch er war nicht allein an Bord. Ein Mann saß bereits in einen der dunkelbraunen Ledersesseln und schänkte ihn ein Lächeln.

"Willkommen an Bord Mr. Van de Brog. Ich heiße John Miller."

Natürlich hieß er so, denn auch Michael Robertson besaß den selben Namen, als Patosh hierher entführt wurde und nun saß dieser Fremde da mit dem selben Pseudonym,

"Ist dies der einzige Name in eurem Repertoire?" Meinte Patosh da drauf sarkastisch.

"Es ist simpel und einfach zu merken Mr. Van de Brog. Ich soll Ihnen Dies geben."

Mr. "Miller" überreichte ihn einen Umschlag. Darin befanden sich Zwanzig tausend Dollar, eine 9 MM Sig-Sauer Pistole, ein Smartphone und diverse SIM Karten. Auch ein Diktiergerät, das er sich anhören sollte. Darauf die Stimme des Generals laut und deutlich mit Anweisungen, wie das Smartphone handzuhaben sei. Wenn der General nur wüßte, daß er, Patosh, über etwas hochwertigeres wie einen Vybe scanner verfügte, das alles in den Schatten stellte. Zum Glück hatte er es am Tage der Entführung nicht dabei gehabt, denn in den falschen Händen, hätte es die Welt innerhalb von Stunden verändert und diese Erkenntnis kam ihm erst jetzt. Die Folgen wären unbeschreiblich.

Die Einstiegstür des Jets verschloß sich, die Triebwerke liefen bereits synchron und die Stewardess brachte den Männern Caffè und kleinere Snacks zur Erfrischung. Kurze Zeit später hob die Gulfstream in die dunkle, aber sternenklare Nacht ab und ein Blick in den Himmel ließ tausende von Fragen in Patoshs Kopf erscheinen. Alle Sterne leuchteten besonders hell in dieser Nacht, so als ob das Universum ihn Glück auf seiner Quest wünschte und er frug sich, wie viele Aliens gerade in diesem Moment, eine Urlaubsreise auf die Erde antraten, denn nicht alle kamen um zu forschen oder um die Menschheit auszulöschen. Da waren welche wie Jonathan, Martha und Fred, die ihm im Herzen lagen und mit ihm befreundet waren. Er dachte an sie und dankte dem "Schöpfer", daß es auch solche gab wie sie. Doch welchen Platz würde nun Roslyn in seinem Herzen einnehmen, nach Caligulas Warnung ihr nicht zu vertrauen?

Was war Wirklichkeit und was nicht. Nicht zu vergessen, dieser Rat kam von einer Spezies, die nichts anderes vorhatte, als die Menschheit auszulöschen, also warum Caligula mehr Glauben schenken als die Person, die man über alles liebt?

Der Jet erreichte seine Dienstgipfelhöhe und Patosh konnte den Flugverlauf über einen Bildschirm verfolgen. Die Route verlief weit nördlich am Polarkreis entlang und die Ostküste Nordamerikas war erst nach viereinhalb Stunden erreicht. Danach ging es weiter über Grönland und den Rest des Atlantiks. Die Müdigkeit holte ihn ein und kein Traum, kein Schütteln und Rütteln hätte ihn aufwecken können und erst als die Räder auf britischem Boden aufsetzten, öffneten sich seine Augen. Der Jet rollte zur Parkposition und als die Tür sich öffnete, eilte Mr. "Miller" hinaus wo ein Wagen auf sie wartete.

"Guten Morgen Sir. Wir sind in Luton angekommen." sagte die Stewardess freundlich.

Seine Augenlider klebten noch, sein Atem roch nach kaltem Kaffe und als er die Hand um das Gesicht entlang gleiten ließ , vernahm er die Bartstoppeln, die in dieser Nacht aus ihm herauswucherten.

"Warum haben Sie mich jetzt erst geweckt?" frug er die Stewardess etwas eingeschnappt, doch sie ließ sich nicht dadurch verunsichern, sondern klappte nur den Tisch hoch und sagte.

"Es gibt keinen Grund zur Eile Sir. Frühstücken Sie erstmal und dann können Sie sich hinten im Waschraum frisch machen. Sie befanden sich im Tiefschlaf und keiner wollte sie stören. Der

Zoll kann warten da dieser Flug über einen Diplomatenstatus verfügt."

"Und Mr. Miller? Wo ist er hin?"

"Er fährt vor und deklariert alles beim Zoll. Keine Sorge, er kommt zurück."

Dreißig Minuten später saß Patosh bereits in einem Mietwagen und befand sich auf dem Weg nach Bedford. Er wollte zunächst bei William im Red Lion vorbeischauen und sich informieren lassen, was alles während seiner Abwesenheit geschehen war. Roselyn, so sehr er sich nach ihr sehnte, mußte warten. Zu viele Fragen rasten in seinem Kopf herum und vielleicht würde ein Guiness mit einem guten Freund seine Füße wieder auf dem Boden der Tatsachen zurückführen. Sein Plan jedoch verlief im Sand, denn Roselyn, Mary und Malcolm Jenkins, saßen im Pub des Red Lions und unterhielten sich mit William, der plötzlich in Richtung Tür blickte und staunte, so als ob er einen Geist erblicken würde.

"Patrick! Wo zum Teufel hast Du gesteckt? Wir haben seit fast 72 Stunden nicht geschlafen." schrie er vor Freude.

Roselyn sprang von ihrem Stuhl auf und rannte zu Patosh, der es ebenso nicht mehr abwarten konnte, sie in seinen Armen zu halten. Und doch war es wieder da. Diese Kälte, die ihm schon einmal in Spanien eingeholt hatte, als er sie verließ. Sein Körper schmachtete nach ihr, doch sein Geist hielt ihm zurück. Er durfte auf gar keinen Fall die Wahrheit erzählen. Zumindest jetzt nicht, bis er sich überzeugte, daß alles mehr oder weniger nur ein böser Traum war. Doch es war kein Traum, denn er spürte einen stechenden Schmerz. Es war der Chip, der ihn daran erinnerte dicht zu halten und gleichzeitig General Cooper informierte, das Patosh sich zu Hause befand.

"Oh mein Liebling wir haben uns solche Sorgen gemacht." flüsterte Roselyn ihm ins Ohr und küßte ihn ab, bis Patosh sie zurück schob.

"Ich bin jetzt da Liebste. Was muß man hier tun um einen Guinness zu bekommen?"

"Kommt sofort mein Freund." rief William euphorisch und es dauerte nicht lange, bis Patosh ihnen die Geschichte von seinen 48 Stunden in einem belgischen Knast, wegen Trunkenheit am Steuer, erzählte. William und Malcolm glaubten es sofort, doch Roselyn war sich nicht sicher und die alte Mary war zu abgefuchst, um davon nur ein Wort zu glauben. Doch sie hielt still, denn sie ahnte etwas.

Etwas an Patosh hatte sich geändert und ja, die anderen bekamen es nicht mit, nicht einmal Roselyn, doch der alten Mary mit all ihrer menschlichen Erfahrung entkam solch eine Veränderung nicht. Sie lächelte nur und wartete ab, denn die Zeit würde dieses Rätsel lösen.

Es waren mehrere Guinness später, bis man endlich wieder zur Farm nach Connington on the Shyre fuhr und trotz des halbwegs beschwipsten Zustand, hielt er sein Mund und sagte kein Wort über die Ereignissen der letzten drei Tage.

"Ich muß ein Bad nehmen und dann ab ins Bett, so erschöpft bin ich." entschuldigte er sich. Roselyn ließ das Badewasser in der

Wanne ein, schüttet etwas Badeschaum hinein und ließ Patosh alleine mit seinen Gedanken.

"Leg Dich hin mein Schatz und morgen kannst Du mir erzählen, wie es Georgette aufgenommen hat, daß Du ihr den "Goldenen Krug" überlassen hast. Davon hast Du nämlich kein Wort erzählt.

"Das werde ich tun mein Engel. Geh auch Du bald schlafen, denn Du siehst müde aus Roselyn."

"Du hast mir gefehlt und ich konnte nicht einschlafen. Ich bin nur nicht zur Polizei deswegen gefahren, weil Mutter mich um Geduld gebeten hatte. Sie hatte recht. Wie immer. Entspann Dich jetzt." und nach einem Kuß auf seiner Stirn, verließ sie das Badezimmer.

Patosh legte sich in das heiße Wasser und ließ alles Revue passieren. Von dem Moment seiner Entführung bis zur letzten Sekunde seiner Ankunft, ließ er nichts aus. Die fast unsichtbare Stichwunde, wo der Chip eingeschossen wurde, juckte noch stark und hatte sich etwas rötlich entzündet. Das durfte aber nicht sein. Er würde es ihr erzählen, jedoch mußte er zunächst sicher gehen wem zu vertrauen. Konnte er überhaupt noch jemanden vertrauen, und wie sollte dieser Albtraum überhaupt enden? Er frug sich, warum gerade er zu solch einen Schicksal ausgesucht wurde? Warum nicht ein anderer wie Jenkins oder sonst ein UFO Freak? Doch alles was in seinem Kopf bezüglich dieser Sache abging, führte immer wieder zu Roselyn. Sie war es, die ihm dieses Schicksal bescherte. Er war nur der Zugang zu ihr. Er war der Link. Man hatte ihm ausgesucht, weil er das Bett, das Herz und das Wissen mit ihr teilte. Wie sagte Charlie es bereits? Die Wesen in der Zelle hinter der roten Tür waren das Produkt der Experimente weniger Wahnsinngen, wie Professor Farnham und Professor Curtiss und warum durfte er die anderen hinter der roten Tür nicht sehen? War es vielleicht, weil es keine anderen gab und Caligula vielleicht nur ein Hologramm war, um seine Sinne zu täuschen? Ihm glauben zu lassen, daß es im Weltraum auch den Bösen Aliens gab und nicht nur die Guten? Eine Ablenkung, um ihm eine Gefahr vorzutäuschen, die es garnicht gab nur um an Roselyn`s Wissen zu gelangen und davon militärisch zu profitieren? Aber warum solch eine Milliarden Dollar schwerer Aufwand um etwas vorzulügen? War vielleicht die Mondlandung auch nur eine Lüge? Ein Test wie man damals, 1969, drei Milliarden Menschen belügen kann ohne erwischt zu werden? Kann das denn sein und was sind das für Individuen, die solch ein Verbrechen über die Menschheit anrichten, ohne Gewissensplagen zu erleiden und moralischen Konflikten zu erliegen? War der Mensch überhaupt fähig zur solch einer Niedertracht? Die Antwort kam über ihm, wie ein eisiger schwarzer Nachtnebel. Nein, der Mensch konnte das nicht, aber Aliens konnten das. Sie, die keine Emotionen und Gefühle aufbringen konnten würden so etwas ohne mit der Wimper zu zucken tun. Haben sie also bereits die Kontrolle über die Erde übernommen und wenn ja, wer von ihnen war es?. Die Venusianer? Der Orion Clan? Die aus KROM 56 ohne Namen? Wie lange konnte und sollte er dieses Geheimnis in sich tragen und mit wem teilen? Mit Jenkins? Auf gar keinen Fall. Er würde die Story aus puren Sensationsgründen verkaufen wollen, auch wenn er sich als zuverlässig und loyal erwiesen hatte. Aber für wie lang?. William? Auch er war auf Venus und auch er hatte es selbst mit angesehen und doch könnte er eines Tages alles im Suff seinen Logenbrüdern erzählen, obwohl er geschworen hatte dicht zu halten. Geheimnisse bewahren ist eigentlich das, was Freimaurer tun. Aber warum nicht zu Roselyn damit direkt gehen? Charlie, vom Corantio Planeten, hatte es dringendst empfohlen. Er war an sich der Vertrauenswürdigste von allen nach dem Besuch in der Mojave Wüste, jetzt wo Caligula eine Fälschung sein könnte. Patosh starrte in die Leere und spielte mit den lauwarmen Badewasser, als er den Schaum zur Seite schob. Blieb nur noch Mary. Die alte Mary, die selbst einst entführt und mißhandelt würde. Sie würde es verstehen und ihn beratend unterstützen. Sie war ebenso intelligent und verschwiegen auch gegenüber der eigenen Tochter, denn Roselyn erfuhr ebenso alles, erst nachdem er, Patosh, nach drei Jahren sich auf der Farm blicken ließ und sie, im Auftrage der drei fremden Venusianer, suchte. Welch Horrorstory an sich. Ja, Mary würde es sein, die es als erste erfahren wird, jedoch nicht heute und nicht morgen. Bald.

Die Hölle ist leer denn alle Teufel sind hier

...war Dies nicht was Shakespeare einst sagte in seinem Stück "The Tempest"? Aber auch die Sache mit Shakespeare war und ist am bröckeln, denn sein Talent wird bis heute angezweifelt und er als der Rosinenpflücker bezeichnet für die Arbeit anderer. Was ist überhaupt noch wahr und was nicht? Lebt der Mensch bereits in all diesen Millionen von Jahren in einem Sumpf der Lügen oder entstand die Lüge viel später, als der Mensch sich weiterentwickelte und sich der Teufel selbst in seiner Intelligenz einbettete? Wer wird das jemals wissen. Es vergingen Monate und nichts war, weder von General Cooper noch von KTKFK vom Hohen Rat auf Venus, zu hören. Ruhe und Frieden kehrte ein und die Narbe, wo man den Chip angebracht hatte, verschwand gänzlich. Roselyn war an diesem Tag beim Einkaufen und Jenkins bei William, da er ihn versprach beim Streichen der Wände am Gasthaus zu helfen. Patosh half Mary im Garten. Er mähte den Rasen und sie pflegte die Rosen. Ihr Gesundheitszustand verbesserte sich täglich, so als ob ein Wunder eintrat und so als ob der "Schöpfer" sie für weitere Dienste auf der Erde benötigte. Nein, er wollte sie noch nicht zu sich holen, denn ihre Aufgabe war nicht erledigt und somit der Vertrag mit dem Universum nicht erfüllt. Als Patosh den Mäher abstellte, da er fertig mit der Arbeit wurde, bat Mary ihm, sich um die Geranien nebst den Rosen zu kümmern und bei dieser Gelegenheit wagte sie ein Schwätzchen anzufangen.

"Was mir nicht ganz klar ist, Patrick, warum hattest Du uns nicht sofort angerufen, als Du von der Polizei verhaftet wurdest. Wir hätten einen Anwalt eingeschaltet."

"Sie ließen mich nicht...."

"Hör auf zu lügen. Trunkenheit am Steuer ist kein Staatsdelikt. Du bist kein staatlich gesuchter Terrorist, wo man sich der tagelangen Verhöre unterstellen muß, bevor ein Anwalt zugezogen wird. Was soll diese Geheimniskrämerei?"

Patrick wurde ertappt, denn wie gesagt, Mary war trotz ihres Alters, keine dumme Frau.

"Also gut Mary. Doch was ich Dir erzählen werde, wird Dich von den Socken hauen. Du wirst mich vielleicht mit anderen Augen sehen."

"Prüfe mich. Ich weiß, daß Dich etwas belastet."

"Nun gut. Aber dafür sollten wir uns Beide hinsetzen."

"Das trifft sich gut. Eine Tee Pause kommt uns Beiden zugute. Stell die Werkzeuge ab und laß uns reden."

Mary bereitete den Tee und brachte die typisch, englischen Eiersandwiches, die Patosh an sich nicht mochte, doch er hatte Hunger und Durst und die Pause würde ihm gut tun. Nach dem zweiten Biss in das weiche Brot fing er an zu plaudern und Mary hörte zu. Sie redeten eine Stunde lang, doch kein Zeichen der Verwunderung oder des Entsetzens war an Marys Gesicht zu erkennen, denn sie hatte keine Schwierigkeiten ihm zu glauben und zwar jedes Wort. Sie setzte ihre Tee Tasse ab und sagte.

"Es war gut, daß Du geschwiegen hast. Die Frage ist aber. Was sollen wir nun tun? Wie lange wird dieser General dort drüben warten und in wieweit können wir Roselyn tatsächlich vertrauen?"

"Was? Das aus deinem Mund zu hören, Mary, das....das verschlägt mir Worte..."

"Tut es das Patrick? Roselyn ist nicht die selbe Roselyn, die ich kannte, nachdem sie zurück kam von Spanien. Zunächst dachte ich sie sei so geworden, nachdem ihr Euch getrennt habt, doch dazu sollte sie nicht fähig sein als Halbvenusianer. Ja, sie verfügt über Emotionen und Gefühlen, jedoch ist da die anderen Hälfte in ihr. Die kosmische Hälfte, die Vernunft und Ausgleich ausbalancieren sollte. Nicht zu vergessen, sie war Mitglied des Hohen Rates und ein nicht zu kleines, sondern der direkte Nachfolger für das Oberhaupt. Ich weiß, was Du jetzt sagen willst. Die Umstände hätten sie geändert, ich sage jedoch etwas anderes ist geschehen. Etwas das ich nicht ohne weiteres erklären kann und dazu sollten wir Jonathan mit einbeziehen. Er weiß vielleicht etwas das wir nicht wissen. Roselyn hatte früher nicht solch ein Bedürfnis nach meiner Zuwendung und Zuneigung gehegt, wie sollte sie es auch als Alien der sie ist. Ihre menschliche Hälfte ändert daran nichts und die Schwingungen dieses Planets wirken nur auf reinrassige Außerirdische, verzeih diesen Ausdruck, aber ich kann keine andere Bezeichnung finden. Sie ist bereits seit Geburt "geerdet" sozusagen. Früher war sie kalt und unnahbar und nun diese Roselyn, die mir nicht fremder sein kann. Ich habe mir seit geraumer Zeit den Kopf darüber zerbrochen, was sie vorhat, jetzt wo KXTLG nicht mehr für sie verantwortlich ist."

"Vielleicht liegt da die Antwort Mary. KXTLG war ihre Energiequelle, ihr Meister, ihr Promoter wenn man so will und jetzt hat man ihn irgendwo verbannt. Ihr fehlt die Quelle, die sie motiviert und bewegt hat. Sie ist verloren, wenn ich es recht überlege. Es wäre gefährlich sie mit diesen neuen Erkenntnissen zu konfrontieren und deswegen müssen wir sie zunächst einmal im dunklem halten, da sie so gesehen keinen Zweck für Venus mehr erfüllt und die Schergen des Militärs, sich an ihr nur bereichern wollen."

"Den, den man Charlie nennt. Kommt aus Corantio sagtest Du?"

"Ja."

"Dann dürfen wir hoffen Patrick. Dann ist die Möglichkeit, daß es diesem Caligula aus KROM-56 tatsächlich nicht gibt, sondern es sich nur um eine Finte des Generals handelt. Im Kosmos gibt es kein Übel, denn so ist es nicht ausgelegt. Das Übel ist erst hier entstanden. Der Universum besteht nur aus bedingungsloser Liebe und die Venusianer vertreten nichts anderes. Somit kann ich Dir versichern, daß Du zum Opfer einer Lüge geworden bist und Du Verstand und Vernunft bewiesen hast, indem Du diese Angelegenheit bezweifelt und befragt hast. Du bist nicht hereingefallen."

"Doch welcher Lüge bin ich verfallen? Die des Generals oder die Roselyns?"

Dazu hatte nicht einmal Mary die richtige Antwort parat und als sie in Patoshs Augen schaute, fuhr der kleine Peugeot in den Hof rein, der Roselyn gehörte.

"Sie ist zurück. Laß uns gute Miene zum bösen Spiel machen Patrick."

Roselyn winkte von weiten und trug die Einkaufstaschen in das Hauptgebäude. Sie ahnte nichts und rief nur. "Heute wird gegrillt, denn ich habe gute Steaks und auch Würstchen eingekauft."

"Das klingt gut mein Engel." sagte Patosh nur und umarmte sie fest. Er liebte sie und dies war nicht gelogen. Eine Wahrheit, die zumindest für ihm Bestand hatte.

Die Tage vergingen und der Herbst kehrte ein. Goldbraun bedeckte sich der Boden mit den herabgefallenen Blättern der Eichen- und Ahornbäumen, die die Einfahrt zum Hauptgebäude Palmenartig schmückten. Patosh und Jenkins sammelten die Blätter mit elektrischen Gartensaugern ein und ein kühler Wind pfiff sein Lied, um den Winter anzukündigen, der nicht lange auf sich warten lassen würde. Patosh redete nicht viel mit Roselyn, doch diese Entfremdung schien ihr nicht zu stören. Ganz im Gegenteil. Sollte man es nicht besser wissen, so meinte man, sie wäre froh nicht auf unbequeme Fragen antworten zu müssen. Wie lange aber würde Patosh noch warten, bis ihm der Kragen platzt, denn seit Kurzem fing der General ihm Täglich, über das mitgegebene Smartphone, zu belästigen und täglich mußte Patosh ihn mit fadenscheinige Entschuldigungen vertrösten, doch davon wollte der General nichts wissen. Patosh wurde weiterhin ebenso verunsichert, wem er Glauben schenken sollte und wem nicht. Was ist wenn der General recht behalten würde und die Erde tatsächlich in Gefahr stände, von Außerirdischen überfallen und erobert zu werden und seine

Theorien sich als Traumtänzereien und Wunschdenken herauskristallisieren sollten? Warum sollten sich Außerirdische nicht ebenso wie die Menschen auf der Erde, beidseitig gepolt verhalten? Schlecht sowie auch Gut? Naivität wäre fehl am Platz wenn man denkt, daß das Universum nur aus purer Liebe besteht. Die Natur kann auch zubeißen und den Menschen schädigen, ja gar töten, siehe Tsunamis, Erdbeben, Hurricanes, Vulkanausbrüche, Klimawandel, etc, etc. Was heute ein Segen ist, kann morgen ein Fluch werden. Trockenheit und Dürre in einer Steppe kann ebenso zu einer Hungersnot führen, wie ein Monsun oder ein tropischer Hurricane. Siehe Katrina in New Orleans, Überschwemmungen in Bangladesh, Tsunamis in Japan und Malaysia. Alles hat ein Gegenpol, sonst funktioniert der Ausgleich nicht. Materie und Antimaterie, Licht und Dunkelheit, Liebe und Hass, Gut und Schlecht ist das was entscheidet und dem Leben erst einen Sinn gibt. Der Mensch ist selbst Entscheidungsträger, für welche Seite er sich berufen fühlt. Will er Diktator oder ein Priester sein? Warum sollten Aliens nicht ebenso empfinden, wenn auch gesagt wird, daß sie nichts empfinden? Ein Leben ohne Ziel wäre langweilig und Ziele können gute oder schlechte sein. Entscheidend ist dort anzukommen. Bei all diesen Gedankengängen, hatte Patosh plötzlich die Nase voll und stellte den Blattsauger ab.

"Ich mach eine Pause Malcolm. Ich muß mit Roselyn reden. Mach ohne mich weiter."

"Geht in Ordnung Pat."

Roselyn war dabei die Blumen in den Korridor zu gießen, als Patosh sie an der Hüfte packte, umdrehte und küßte, jedoch gleich danach sagte: "Wir müssen reden."

"Oh je. Was habe ich denn angestellt?"

"Das weiß ich eben nicht." sagte er ernst und Roselyn verstand, daß es ein längerer Abend werden würde.

"Ich weiß nicht wie ich anfangen soll..." versuchte Patosh die Unterhaltung zu eröffnen.

"Sag einfach was Dir auf den Herzen liegt."

"Fein. Ich habe Dich angelogen. Ich war nicht wegen Trunkenheit am Steuer verhaftet worden damals in Brüssel. Ich wurde entführt."

"Ich wußte es. Von wem? Von Venusianern?" frug sie nun doch aufmerksamer.

"Nein. Vom einem General Cooper. Ich soll Dich auch schön Grüßen von Professor Curtiss."

"Ach ja? Und warum kommst Du jetzt erst damit heraus?" Roselyn stellte die Gießkanne ab und suchte sich eine Sitzgelegenheit, denn jetzt konnte auch Patosh eine unbequeme Veränderung an ihr erkennen. Sie wirkte unsicher und wußte nicht wohin mit den Händen. Ihre innere Ruhe war gekippt.

"Das selbe könnte ich Dich fragen Roselyn. Ich habe es aber aus Rücksicht, aus Wut, aus Schock und vor allem aus Mißtrauen nicht getan. Ich kann an nichts mehr glauben, was aus deinem Mund kommt.

Ich soll Dich ausspionieren und herausfinden, was Du mit uns vorhast. Mit uns Menschen wohlgemerkt und diesem Gottverfluchten Planeten. Von mir aus könnte jetzt sofort ein Komet hier reinkrachen, dann wären diese Lügen und diese Niederträchtigkeit ein für alle mal aus der Welt geschaffen. Ihr seid nichts besseres als wir. Hier sitze ich nun mit gebrochenem Herzen und all meine Hoffnungen ein neues Leben mit Dir anzufangen sind wieder davon geblasen. Zeig Dich mir. Zeig Dich mir wie du wirklich bist Du Monster." Patosh schrie so laut, daß es auch Jenkins mitsamt Hörschutz und dem Sauger es hören konnte. Auch er stellte nun draußen das Gerät ab und bewegte sich zum Hauptgebäude, denn er wollte nachschauen was der Tumult bedeutete. Keine Minute später, traf sich ebenso Mary mit am Gang.

"Was ist mit den Beiden los?" frug Jenkins

"Das werden wir gleich feststellen Malcolm."

"Wie alt bist Du wirklich? Wie oft hast Du Diese Erde mit deiner Ankunft beehrt? Ich denke Du bist mir....Ach ihr seid auch hier.....uns allen eine Erklärung schuldig. Ich sollte eigentlich auch William dazu ziehen, denn er war unter uns, als wir Venus besuchen durften." Patosh drehte sich zu Mary und zu Jenkins. Sein Zorn war überwältigend und seine Adern drohten aus der Stirn zu platzen.

"Genug Versteckspiel Mary. Du bist mitverantwortlich und solltest ebenso einiges Erklären. Ihr seid beide Komplizinnen in diesem dreckigen Spiel, ist es nicht so?"

"Was ist mit Dir los Pat? Ich erkenne Dich nicht wieder." rief Jenkins entsetzt und versuchte seinen Freund zu beruhigen.

"Ruf William, Jonathan und seine Familie an Malcolm. Sie haben ihre Ärsche hierher zu bewegen, denn ich werde Euch allen erzählen, was mir widerfahren ist. EUCH ALLEN!"

Und sie kamen. Eine knappe Stunde später, nach Patoshs Ausbruch, standen oder saßen sie im Wohnsalon und hörten Patoshs Geschichte zu. William und Jenkins konnten ihr Staunen nicht verbergen, doch Jonathan, Martha, Fred, Rosleyn und Mary saßen nur da und hörten unbeeindruckt zu. Ja, sie erschienen gleichgültig.

"Und? Was hast Du mir zu sagen Roselyn, oder Mary oder wer auch immer du bist? Ich habe an sich ein Schweigeabkommen in diesem Moment gebrochen, das mein Leben kosten könnte, doch ich halte es nicht mehr aus, denn ich bin zum Sklaven geworden. Zu deinem und nun auch für die Amerikaner. Cooper will wissen, warum Du Dich hast nicht mehr blicken lassen, um mit ihnen weiter zu arbeiten."

"Weil das nicht mehr ging Patrick. Ich habe gesehen was sie mit unserem Wissen vorhaben und ich konnte es nicht mehr verantworten. Versteckt habe ich mich zurück auf Venus und nur Dank KXTLG, konnte ich meine Sinne wieder zurück erlangen. All diese Jahre haben wir eure Entwicklung mitverfolgen müssen, in der Hoffnung, daß ihr Euch insofern entwickelt, ohne Krieg, ohne Gier, ohne Macht zu existieren, doch in den tausenden von Jahren seid ihr nur noch grausamer, irrsinniger und rücksichtloser geworden. Mehr und mehr habt ihr Euch, wie ein Krebsgeschwür, über die natürlichen und universellen

Herrlichkeiten ausgebreitet und anstatt unser Wissen dazu zu verwenden, um mit dem Einklang des göttlichen zu wachsen, habt ihr Euch für die Wege des Orions Clans entschieden. Ihr zerstört und tötet Euch selbst. Alles was durch Physik und Chemie neu entedckt wird, dient nicht zum Wachstum, sondern der Zerstörung. Euer Militär und die damit verbundene Industrie ist das Krebsgeschwür von dem ich rede. Albert Einstein, Marie Currie, Werner von Braun und wie sie alle heißen mögen, mußten mit Horror erleben zu welchen Zwecken ihre Dienste und ihre Fähigkeiten benutzt wurden. Dann Eure Pharmaindustrie. Wege Krankheiten auf natürlicher Weise schnell und effizient zu heilen, werden vernichtet und aus der Welt geschaffen, ja gar mit Haftstrafen verboten. Naturheiler verschwinden, Ärzte die Berechtigung entzogen und die, die über die Mißstände reden mundtot gemacht. Den, den Cooper Caligula nennt, ist kein Mutant aus eurer Entwicklung. Er gehört zur Weltraumpolizei so lächerlich das für Dich klingen mag. Er gehört zur letzten Instanz, wenn ein Urteil von der Konföderation gefällt wird.

"Weltraumpolizei? Das ich nicht lache. Ein Robocop soll die Welt retten? Ist es das was Du sagst?"

"Nicht einer. Tausende mit einer Technologie ausgerüstet, die ihr nicht gewachsen seid. Ja, Eure Erde wird bald, in Zusammenarbeit mit der Konföderation, übernommen und leider müssen dazu die "Ausrichter", so nennt man diese Wesen, die von uns entwickelt wurden, zum Einsatz kommen. Sie wurden so weit weg von allen Sonnensystemen entwickelt, da sie auch für uns zur Gefahr werden könnten."

"Ach ja? Anscheinend haben sich aber einige soweit gewagt, um auf unserer Erde zu landen...."

"Das sind nur Späher. Versuchssoldaten, um festzustellen, wie viele eurer Lichtjahre solch eine von uns durchgeführten Operation benötigt, um anzukommen und mit welchen Problemen man noch zu rechnen hat."

"Und anscheinend ist eure Technologie und eure künstliche Intelligenz doch nicht ausgereift, denn nach Caligulas Aussage, hat ein Blitzschlag sein Raumschiff zum Absturz gebracht. Unsere primitiven Flugzeuge haben keine Probleme mit Gewittern. Zumindest nicht in solchen Maßen. Was macht Euch so sicher, daß bereits solche Nebensächlichkeiten eure Operation nicht gefährden kann?"

"Wir arbeiten daran."

"AHA. Du gibst es also zu. Du hast Dich jetzt selbst verraten." schrie Patosh lachend.

Den Anderen war es aber nicht zum Lachen zumute.

"Ja. Ich gebe es zu. Mein letztes Kommen war keine Flucht. Es war ein Befehl, den ich als Mitglied des Hohen Rates ausführen mußte. Nur das Eingreifen in meinen Freien Willen hatte KXTLG zum Fall gebracht. Vielleicht hatte er kalte Füße bekommen und wollte so meine Mission stoppen."

"Freier Wille? Auch wenn es um die Eroberung eines fremden Planeten geht? Gehört das auch zum Freien Willen? Kann also jeder machen was er will ohne Einhalt spüren zu müssen? Ihr seid krank, wenn Du mich fragst. So selbstzerstörend sind wir

Menschen also nicht, denn wir haben in den "Freien Willen" mancher Diktatoren eingegriffen, um das Leben anderer Völker zu retten. Wie wichtig ist diese Erde für Euch tatsächlich, daß Ihr zu solchen Maßnahmen greifen müßt einen Sandkorn in einer Wüste erobern zu wollen, denn die Erde ist nur eine Mikrobe, ein Plankton im Universum."

"Jeder Planet dient zur Ausrichtung und zum Ausgleich des Universums und wenn die Zeit des Planeten abgelaufen ist, erkaltet es oder es explodiert auf natürlichem Wege. Nichts ist für die Ewigkeit Pat."

"Und ihr leistet hier also Sterbehilfe für diesen Planeten? Habe ich es so richtig gedeutet?"

"Nein. Wir übernehmen die Kontrolle, denn ihr habt sie bereits verloren. Wir zerstören sie nicht, Wir retten sie. Vor Euch."

Mit diesen Worten kam das Schweigen, das so unüberhörbar war wie der Furz einer Grille.

"Soll das heißen, der Mensch wird vernichtet?" frug nun Jenkins sichtlich beängstigt.

"Nein. Nur modifiziert. Ihr bekommt, wie so oft, eine weitere Chance. Wir sind keine Mörder. Wir beseitigen nur diejenigen, die ihren eigentlichen Dienst nicht tun und den Orion Clan verfallen sind. Beseitigen ist das falsche Wort. Sie werden weggebracht."

"Wohin im Gottes Namen?" frug William außer sich.

"Die Antwort hast Du Dir selbst gegeben William. Zum Schöpfer. Dort werden Sie verweilen und zunächst zur zweiten

411

Dichte zurückversetzt, um sich innerhalb von Euren 75000 Jahre wieder zu entwickeln. Alle, die Schäden auf diesem Planeten zugefügt haben, befinden sich dort.

Auch sie bekommen eine zweite Chance und eine dritte und eine vierte und eine unendliche Chance sich neu zu entwickeln und zu verstehen. Alle von Euch haben solch einen Zyklus erfahren. Natürlich kommt solch eine Zeitspanne immer wieder als Schock. Oder wird als Solche aufgenommen, doch alles wird eines Tages für immer ausgelöscht sein, damit es wieder als etwas neues wiedergeboren wird. Ihr seht also, alles hat zwei Seiten."

"Warum klärt ihr die Menschen nicht einfach auf? Warum all dieses Theater? Warum macht ihr nicht kurzen Prozess mit den Orion Clan?"

"Weil sie mit zum Zyklus und zum Ausgleich dazugehören. Wenn es sie nicht gäbe, gäbe es auch den Freien Willen nicht. Die Entscheidung was man sein will, Gut oder Böse, wäre einem genommen." sagte nun die alte Mary,

"Was für ein Scheißspiel." fluchte William. "Und ganz schön pervers vom "Schöpfer" wenn ihr mich fragt."

"Was sollen wir nun tun Roselyn? Ich kann so nicht weitermachen. Ich trage einen Chip in mir und man hat mich in der Gewalt."

"Ich weiß Pat. Du wirst von sechs Satelliten überwacht. Auch befinden sich Drohnen hoch am Himmel, die das Anwesen abscannen. Zumindest können Sie uns nicht hören." sagte Roselyn.

"Was macht Dich so sicher? Und woher weißt Du das Alles?"

"Zum ersten, ich kann den Chip manipulieren, aber nur bedingt, sonst riechen sie den Braten und zum Zweiten, Charlie und ich kommunizieren telepathisch bereits seit Jahren. Er ist unser Maulwurf. Sein Absturz war beabsichtigt, sowie seine Festnahme. Wie Du siehst, mein Liebster, Ich wußte von Anfang an über alles bescheid."

"ROSELYN!" schrie Mary außer sich. "Das geht nun zu weit. So habe ich Dich nicht erzogen."

"Du haste ein Hologramm erzogen Mutter. Ich aber wurde von KXTLG ausgebildet und eingewiesen. Ich vermisse ihn, denn er verstand mich. KTKFK wird es nie tun, auch wenn seine Absichten gut sind."

"Und Ihr? Welche Rolle spielt ihr in diesem infernalen Theaterstück?" frug Patosh nun Jonathan und Martha.

"Wir? Wir hatten nur unserem Urlaub im Sinn. Wir sind hierher gekommen, um Ferien zu machen, doch die irdischen Schwingungen haben uns eingenommen. Wir haben nichts von all dem gewußt, was hier besprochen wurde und würden am liebsten nichts davon wissen wollen. Warum habt ihr uns überhaupt mit reingezogen?"

"Mitgehangen, mitgefangen. Ihr ward von Anfang an dabei, seit dem Moment, wo KXTLG Euch beauftragt hatte, mich zu suchen." Sagte Roselyn.

"Ja aber wir wußten nichts von solchen Plänen die Erde erobern zu wollen. Wir sind einfache Venusianer. All dieses

Erinnerungsprocedere war also für die Katz?" protestierte Martha entschieden.

"Beruhige Dich Martha."

"Nein, ich beruhige mich nicht, denn selten habe ich mich so verarscht gefühlt und das sage ich als ein Bürger dieses Planeten. Wegen Dir und Roselyn haben wir genug durchmachen müssen und auch Fred, der eine Möglichkeit hier auf der Erde hat etwas großes zu werden, wird sich keiner eurer Experimenten hergeben. Auf Venus sind wir gebracht worden, um alles zu vergessen, nur um wieder an alles erinnert zu werden und ja, ich muß Patosh hier recht geben. Wie krank sind wir selbst eigentlich? Ich bilde mir schon lange nichts mehr ein etwas besseres zu sein und je mehr ich dies Alles mitbekomme, desto mehr verabscheue ich unsere Herkunft. Du sitzt auf ein sehr hohen Roß Roselyn und kannst tief fallen, wenn dein Sattel nicht fest genug gebunden ist. Ich will raus hier und mit Euch nichts mehr zu tun haben. Jonathan, wenn Du mich liebst, dann laß uns gehen. Fred steh auf. Hier haben wir nichts mehr verloren."

Roselyn wollte sie am gehen hindern, doch Mary hilet sie zurück.

"Laß sie gehen. Sie haben ein Recht ihr Leben so zu leben wie sie es wollen."

Als sie das Haus verließen, wurde es nur noch depressiver im Raum. Gute Freunde hatten sie verloren und Patosh überkam eine Traurigkeit.

"Wie sollen wir nun vorgehen Roselyn? Wir sind in Gefahr."

Sternenkrieg ist möglich.

Patosh und Roselyn stritten sich regelmäßig in letzter Zeit, doch an einer Trennung war nicht zu denken Nicht weil Patosh einen Chip in sich installiert bekam um kontrolliert und ja gar auf direkten Wege getötet zu werden, sondern weil ihm sehr viel an Roselyn lag und auch sie fühlte das selbe für ihn. Doch etwas mußte getan werden, um ein paar Wahnsinnigen in Nevada und im All ruhig zu halten. KTKFK verlangte, nach dem was man ihn vorgetragen hatte, eine außerordentliche Sitzung aller Beteiligten und zwar auf Venus. Doch Roselyn hielt Dies für schwierig und wollte ebenso nicht nach Nevada fliegen, um die Nachricht durch ihre Erscheinung als ein Zeichen des Wohlwollens zu überbringen. Sie befürchtete eine Inhaftnahme durch die Organisation, die es nicht einmal offiziell gab. Verschwinden würde Sie wie die anderen. Wie Charlie, Tom, Caligula und die, die Patosh nicht besuchen durfte. Patosh aber versuchte Sie zu überreden, denn auf sie würden Cooper und die Professoren hören.

"Du stehst doch mit ihnen unter Vertrag, warum bemühst Du Dich denn nicht?" kam von ihr als Antwort.

"Es is etwas anderes, wenn ein Venusianer die Einladung überbringt."

"Du kennst diese Leute nicht und ich habe dort lang genug gearbeitet, um zu wsisen, daß ihr Wort nichts zählt. Damals vertrauten sie mir, doch heute würden sie mich nicht mehr in Freiheit leben lassen und auch an mich herum experimentieren.

Rufe Cooper an und bitte ihm nach Luton mit seinem Gefolge zu kommen. Hier in England verfügen sie über keine Haft- und Überführungsberechtigung.

"OK. Ich werde mich bei ihm melden und ihm wenigstens eine positivere Nachricht überbringen können. Zumindest will man an den Verhandlungstisch. Du versuchst den Oberhaupt ebenso zu überzeugen, die außerordentliche Sitzung nach Connington on the Shyre zu verlegen, Ich denke nicht das der General mit seinen Schergen nach Venus will."

"Beides wird nicht einfach sein. Denn Beide werden sich stur stellen. KTKFK und General Cooper."

"Wenn wir hier auf Erden kein "Starwars" haben wollen, dann sollen sie ihre Ärsche bewegen und Kompromisse eingehen. Ich rufe Cooper sofort über den Smartphone an."

"Ich werde mich mit dem Oberhaupt in Verbindung setzen." Sagte Roselyn darauf und holte den Vybe scanner, da sie für telepathische Kommunikation, wegen den Kopfschmerzen, die sie in den letzten Tagen plagten, nichts übrig hatte.

"ICH SOLL WAS???" schrie Cooper am anderen Ende des Hörers.

"Sie haben die Wahl General. Venus oder Connington on the Shyre. In Nevada findet diese Verhandlung nicht statt und ich würde mich wundern, wenn sich der neue Oberhaupt des Hohen Rates sich mit England einverstanden geben wird. Ich kann nur soviel sagen General. Die Wahrscheinlichkeit einer galaktischen Invasion ist hoch und ich würde mich nicht auf einem zu hohen Ross setzen und es ablehnen.

Die Verhandlung muß in einer Neutralen Zone stattfinden, wo sich alle sicher fühlen. Roselyn will nicht nach Nevada, da sie eine Verhaftung eurerseits befürchtet....

"Ach was denkt sie sich nur. Sie hat bereits solch gute Dienste für uns geleistet, daß wir uns niemals so undankbar zeigen würden. Auch wenn Sie sich verdächtig verhalten hat."

"Nichtsdestotrotz General. Ich denke eine andere Option gibt es nicht. Außer Sie würden eine Reise nach Venus zustimmen."

"NIEMALS! Geben Sie mir 48 Stunden Zeit mit der Antwort. Ich muß noch mit den anderen reden. Und Sie sagten das ganze soll in diesem Kaff stattfinden? Connington on the Shyre? Warum nicht London oder von mir aus Paris?"

"Weil es die Aufmerksamkeit unerwünschter Personen erregt. Ist doch nicht in ihrem Interesse oder?"

"OK. Ich habe verstanden. 48 Stunden." und General Cooper legte den Hörer hart auf.

"Was sagte er?" frug Roselyn.

"Wir sollen ihm 48 Stunden geben. Danach wird er uns antworten. Was hast Du erreicht?"

"KTKFK ist einverstanden. Die Farm und das Wellington Anwesen paßt ihm gut. Er wird ebenfalls mit seiner Entourage erscheinen. Zwei aus Venus, zwei aus Corantio und zwei Unabhängige die noch ausgesucht werden müssen. Hängt jetzt alles vom General ab."

Es dauerte keine 48 Stunden, denn bereits nach knappen 30, entschied sich der General für den Vorschlag nach Connigton on the Shyre zu kommen. Die Professoren, Michael Robertson und zwei weitere Abgeordnete aus dem weißen Haus, würden dabei sein. Diese Zwei zuletzt erwähnten unterstanden der strengsten Geheimhaltung und waren nur den Präsidenten der Vereinigten Statten auf direktem Wege verpflichtet, der insofern nicht bescheid wußte. Noch nicht.

"Jetzt brauchen wir nur einen Datum General und wenn möglich sollte das Ganze schnell geschehen."

"OK, ich rufe in 48 Stunden an." sagte der General.

"Was? Warum brauchen Sie jedes mal 48 Stunden, um solch eine Entscheidung zu treffen? Wir sollen und dürfen keine Zeit mehr verlieren General."

"Also gut Sie Nervensäge. Morgen Nacht werden wir in Luton ankommen. Sehen Sie zu, daß wir abgeholt werden. Ankunftszeit und andere Details folgen."

"Geht in Ordnung."

"Ach Patrick, wir wollen vor den Außerirdischen bei Euch erscheinen, denn ich laß mir die Landung des Raumschiffs nicht nehmen."

"Nun General, ich kann kein Spektakel versprechen und kenne das Protokoll der Venusianer in dieser Sache nicht. Sie könnten ebenso ganz woanders landen und sich einfach wo immer sie hin wollen, transferieren. Ein Taxi werden sie sicherlich nicht nehmen."

"Sie haben Humor Patrick. Sagen sie dem Oberhaupt, daß wir Amerikaner eine Show lieben. Er soll sich nicht so anstellen."

Einmal Cowboy, immer Cowboy, dachte sich Patosh, jedoch verstand er den General nur zu gut, der nur die Absturzstellen der Außerirdischen zu Gesicht bekam und nie eine waschechte Landung sehen durfte. Auch dachte Patosh, daß solch ein Erlebnis, den zwei Abgeordneten eine Demonstration ihrer Unterlegenheit somit vorgeführt werden würde und die Dringlichkeit einer friedlichen Lösung nur noch verstärken sollte. Roselyn besprach mit Mary, Patosh, Jenkins und auch William, die auf bitten des Oberhauptes KTKFK als Teil des Verhandlungsteam involviert werden sollten, die Anbringung des Landeplatzes für den Raumschiff. Auch die Verteilung der Gästezimmer und die Planung der Verpflegung wurde besprochen. Die Amerikaner wollen Steaks, die Venusianer eher nicht. Doch vor allem, wie kann man so ein Zusammenkommen geheim halten.

"Einfach so weitermachen wie bisher." sagte Mary.

"Einen Landeplatz werden Sie finden, denn es gibt reichlich Lichtungen in den Wäldern. Der General wird schon auf seine Kosten kommen. Ich mache mir nur Sorgen, wer die anderen Unabhängigen sein werden, die KTKFK mitbringen wird. Ich habe ein sehr mulmiges Gefühl dabei."

"Warum Mutter?" frug Roselyn und auch Patosh war sich nicht im Klaren, warum dies ihr Sorgen bereitete.

"Wenn sie zu den Ausrichtern aus KROM-56 gehören, dann können sie die ganze Verhandlung zum Negativen beeinflussen." sagte Mary mahnend.

"Das sind doch nur Polizisten...." versuchte Patosh zu widersprechen.

"Sie sind mehr als das. Sie sind Ausrichter, soll heißen ihre Verfügungsgewalt kann die der Konföderation übertreffen, wenn man nicht zum Abschluß und zu einer Übereinkunft kommen sollte. Sie sind die wahren Wächter des Schöpfers und des Universums, also können wir nur hoffen, daß es sich nicht um sie handelt bei den zwei Unabhängigen."

"Keine Sorge Mary. So oder so muß was geschehen und eine andere Wahl haben wir nicht. Was mir Sorgen macht, ist die Cowboyeinstellung des Generals."

Patosh bekam am Abend, die Ankunftsdetails des Generals übertragen. Ein ziviler Privatjet wird mit sechs Personen, eintreffen und alles was er zu tun hatte, war es sie abzuholen. William würde das übernehmen, da er einen Ford Transit besaß, der solch eine Anzahl an Personen transportieren konnte. Doch groß war der Schock, als der General den Transit sah. Er dachte mehr an Mercedes S Klasse, oder zumindest etwas ähnliches. In einem Transit Van sich einzuquetschen galt als Beleidigung und stand weit unter seiner Würde. Doch ihm blieb nichts anderes übrig. Was den General aber noch mehr nervte war, daß William nicht aufhören wollte während der Fahrt zu plaudern.

"Jetzt halten Sie endlich den Mund und bringen uns dort wo wir hin sollen." schrie er ihn an.

"Natürlich Sir."

Die Fahrt wurde zur Qual für aller Beteiligten, denn eine Baustelle nach der anderen verwandelten die Autobahnen, zu schmalen Pfaden eines Hindernisrennen. General Cooper und auch einige seiner Belegschaft, beschwerten sich über den Ford Transit. Er sei Unbequem und es roch nach vergammelten Lebensmitteln.

"Den Ford benutze ich meistens für den Einkauf. Lebens- und Reinigungsmitteln, Getränke und was man sonst so braucht um ein Gasthaus zu führen..."

"Sie führen ein Gasthaus? Na dann hoffe ich, daß wir nicht dort untergebracht sind, wenn es da ebenso vergammelt riecht..."

Nach dieser Bemerkung blieb für William nichts anderes übrig als beherzt auf die Bremse zu treten und siehe da, die Allianz, die anscheinend im zweiten Weltkrieg zwischen England und den USA bestand, wurde während dieser Fahrt zur Nichte gemacht.

"Ihr könnt auch hier aussteigen, und den Weg zur Farm zu Fuß beschreiten, Ihr arrogantes Pack. Wenn Ihr etwas besseres gewöhnt seid, dann ist Connington on the Shyre der falsche Ort für Euch Lackaffen. Es tut mir leid, daß ich nicht den Rolls Royce genommen habe um Eure Pussy Ärsche zu befördern, aber der befindet sich, neben meinem Ferrari und dem Lamborghini, bei der Inspektion!"

"Sie haben einen Lamborghini?" frug tatsächlich Professor Farnham, der den Sarkasmus nicht verstand.

"Nein, natürlich nicht Du Schlaumeier. So und jetzt Ruhe im Puff, denn wir sind in 20 Minuten da. Also Mund halten." schrie William.

Es herrschte danach Totenstille und William konnte sein Grinsen nicht mehr los werden. Was für ein Kindergarten, dachte er sich und schüttelte den Kopf. Da saßen nun sechs Männer in seinem Transit, die über einem erhöhten IQ verfügten, aber anscheinend darf sich jeder heutzutage General und Professor nennen dürfen, was bewies, das Akademiker auch nur Menschen waren und keine Götter. Endlich nahm die Fahrt ein Ende und man erwartete die Gäste mit größter Aufregung und auch Nervosität. General Cooper blickte als erstes zu Roselyn, als er den Transporter verließ und nach frischer Luft schnappte. Sein Blick verriet Enttäuschung und Bedauern, doch zur Überraschung aller sah man einen anderen General Cooper in dem Moment als er zu ihr schritt, sie lange ansah und väterlich umarmte.

"Du hast mir schlaflose Nächte bereitet Roselyn, aber ich freue mich, daß es Dir gut geht mein Kind."

"Schön Dich wieder zu sehen Freddy. Ich hoffe wir können Euch den Aufenthalt so bequem wie möglich gestallten." sagte sie lächelnd, worauf Cooper nun seinen Bick zu William richtete und sagte: "Die Fahrt hierher ließ uns bereits hoffen, daß alles was danach kommt nur besser sein könnte."

Williams Grinsen verschwand. Er drehte sich um und ging.

"Darf ich Dich mit Mr. Malcolm Jenkins bekannt machen?, Meine Mutter Mary, von der ich viel erzählt habe, William und Patrick kennst Du ja bereits."

An Jenkins verschwendete er keine Sekunde seiner Aufmerksamkeit weiter, denn er mochte keine Ufologen und Verschwörungstheoretiker,

die sich in den Medien breitmachten und jegliche Seriosität vernichteten, an der andere potentielle Forscher hart arbeiteten. Ja, General Cooper kannte Jenkins, denn er war es, der Interpol und andere Polizeikräfte gegen ihn ansetzte. Das jedoch wußte Jenkins nicht.

"Mrs. Mitchell, es ist mir ein Vergnügen und ich wünschte wir hätte uns unter anderen Umständen kennengelernt."

"Ich wünschte es mir ebenso General. Nun hier haben wir die Gelegenheit es trotzdem zu tun."

"In der Tat. Darf ich meine Belegschaft kurz vorstellen? Professor Alfred Farnham, Professor Richard Curtiss, Special Agent Michael Robertson, Abgeordneter David Melassio und Sonderberater Joseph Berger."

Mary nickte nur mit dem Kopf und bat die Herren, sie in das Haus zu folgen. Sie hatten alle nicht viel Gepäck dabei, obwohl man die Dauer der Verhandlung im Voraus nicht hätte ahnen können, doch man hoffte daß es nicht länger als drei Tage dauern würde. Mary zeigte den Gästen die Unterkunft und machte sie auf den Gang zum Wohnraum aufmerksam, wo man sich, nachdem man geduscht und sich frisch gemacht hatte, zum Tee treffen konnte. Danach traf sie sich mit Patosh, Roselyn, Jenkins und William im besagtem Teeraum und nahm zunächst etwas stärkeres zu sich.

"Mein Gott, was für ein steifer Haufen." meinte Jenkins.

"Ja. Und es überrascht mich trotzdem wie warm der General dich begrüßt hatte Roselyn. Gibt es etwas was ich wissen sollte? Die Professoren stattdessen, verhielten sich eher kalt Dir gegenüber." bemerkte Mary.

"Dies ist mir ebenso aufgefallen. Ich hätte eher den umgekehrten Effekt erwartet." bestätigte Patosh.

"Ihr malt Euch etwas aus. Kontrolliert Eure Phantasie, denn Cooper hatte mich immer gut behandelt. Ich war für ihm die Tochter, die er nie hatte, nachdem seine Frau und seine zwei Kinder bei einem Flugzeugabsturz ums leben kamen. Das Problem ist nur, daß man ihn nicht einschätzen kann, wenn er seine Arbeit macht. Zu den Professoren hatte ich nie eine gute Beziehung, denn sie sind es, die Cooper falsche Hoffnungen machten und weiterhin machen. Sie sind für die Experimente and den festgehaltenen Aliens verantwortlich, die mich schließlich zu den Entschluß brachten von dort zu verschwinden. KXTLG hatte damals dafür Verständnis aufbringen können als er meinen Bericht erhielt. Ich hoffe nun, daß ich Freddy von der Wirklichkeit überzeugen kann."

"Wir hoffen es ebenso. Bin gespannt, wie KTKFK sich bei den Verhandlungen benehmen wird." meinte Patosh und leerte das Whiskyglas mit einem Schluck aus.

Der Moment des Zusammenkommens trat ein und Frederick Copper erschien in ziviler Kleidung, die texanischer nicht hätte sein können. Bekleidet mit karierter Golfer Hose, die durch einen Gürtel und einer entsprechenden silbrigen Cowboy Schnalle nach oben gehalten wurden und untermalt mit Cowboystiefeln und einem Westernhut, vertrat er Texas im stilistischem Sinne. Die Anderen erschienen in der üblich zu erwartenden Kleidung, die aus Polohemd, Jeans oder Flanellhose und Jacke bestand. Mary konnte einen amüsierten Ausdruck nicht verheimlichen, doch dies nahm ihr der General, der darauf bestand von ihr Freddy genannt zu werden, nicht weiter übel. Dieses Privileg galt jedoch nicht für William und besonders nicht für Malcom Jenkins. Mary schenkte Tee in schönen Porzellantassen ein und überreichte jeden einen Teller mit dem üblich dazu servierten Gebäck.

"Schön haben Sie es hier Mary. Mir gefällt dieser Stil. Roselyn erzählte mir bereits, das Ihr verstorbener Vater ein Offizier bei der Royal British Army war. Sein Geschmack läßt sich nicht leugnen meine Liebe." und dabei schaute er Mary lächelnd an.

"Sie sind ein unverbesserlicher Schmeichler General..."

"Freddy für Sie. Nicht vergessen, denn wir wollen Freunde werden in diesem sonderbaren Spiel, nicht wahr?" verbesserte ihr der General.

"Natürlich. Freddy. Verzeihung. Ja, es wäre wünschenswert hier eine, so hoffe ich, produktive und seriöse Freundschaft aller zu schließen, denn es geht um vieles. Kaum zu glauben daß Wenige, das Schicksal dieses Planeten in diesem kleinen Raum in den Händen halten."

"Da sagen Sie was wahres Mary." sagte der General mit ernstem Blick.

"Ich weiß, das vieles nicht richtig läuft, jedoch ist dies seit tausenden von Jahren der Fall und solange es keine

Veränderungen geben wird, die einen ernstzunehmenden Kurs erfordert, steht es um das Schicksal dieser Erde schlecht."

"Ihr habt es Jahre lang sabotiert, diese Veränderung von der Sie da sprechen General." griff Jenkins laut ein.

"Die Wahrheit habt Ihr mit Füßen getreten und ein Zusammenleben mit den Aliens bis zum heutigen Tag behindert und verhindert, allein um die Energieversorgung so primitiv beizubehalten wie bisher, nicht zu sprechen von eurer militarisierenden Einstellung. Whistleblowers, wie ich es bin, werden verfolgt, ja regelrecht gejagt und entfernt, also kommen Sie mir nicht jetzt mit solch päpstlichen Sprüchen daher."

"Wir haben Fehler gemacht, das gebe ich zu. Doch damals hatte man die Informationen aus Sicherheitsgründen zurückgehalten, um eine Panik zu verhindern Mr. Jenkins, nicht um die Menschheit aus wirtschaftlichen Gründen zu täuschen wie Sie behaupten. Wir waren besorgt, denn ja, konfrontiert zu werden mit Wesen aus einen anderen Sonnensystem ist anfänglich sehr störend. Was glauben Sie was passiert wäre, wenn wir mit dem Erscheinen der Greys an die Presse gegangen wären? Wir hätten mit bürgerkriegsähnlichen Situationen zu rechnen, ganz besonders zur Zeit des kalten Krieges. Glauben Sie mir wenn ich Ihnen allen hier erzähle, daß die Soviets damals mit den gleichen Problemen zu kämpfen hatten. Auch Sie hatten regelmäßigen Besuch aus dem All."

"Das weiß man bereits. Doch warum blieben sie technisch noch weit im Hintergrund, verglichen zu der westlichen Welt? Unser Fortschritt ist derer um etliche Jahre voraus. Wie wären die

Folgen, wenn sich die Aliens für die Soviets entschieden hätten?"

"Hätte, hätte, Fahrradkette. Seien Sie froh, das Dies so nicht geschah. Die Aliens erkannten die Absicht der Soviets sofort. Ihre Politik der globalen und sozialistischen Freiheitsberaubung durch einer kommunistischen Idee und somit der Eingriff und die Kontrolle des Freien Willens jedes Einzelnen wären die Folge Mr. Jenkins. Was wissen Sie schon. Ja, wir haben aus dem Wissen Nutzen getragen, um unseren Fortschritt anzutreiben, nur leider haben wir nicht das Sagen, wie dieses weitergegebene Wissen verteilt werden darf und wie nicht. Wir haben es mit anderen Spezies gleichzeitig zu tun, die die Schwächen der Menschen nur allzu gut kennen und dies schamlos ausnutzen. Versprechungen, die korrupter nicht sein können und jegliche Moral und Ethik vernichten. Starke Politiker mit starken Persönlichkeiten, die ebenso eine schwere Zeit hinter sich in ihrer Jugend gebracht haben, sei es durch Kriege oder Wirtschaftsnöten, verstehen eher um was es geht, damit ihr Volk das Gleiche nicht wiederfahren muß, doch Diese Männer und Frauen sind schon lange ausgestorben und eine Generation der Gleichgültigen und Selbstliebenden folgte stattdessen. Ich kenne dieses Problem bereits Mr. Jenkins, doch nicht alle sind so. Es gibt Personen da draußen, die die Mißlage sehen und erkennen, doch sie werden beseitigt und zum stillschweigen gebracht. Wieviel wissen Sie über den Orion Clan?" frug der General wütend.

"Nur das was ich durch meiner jahrelangen Arbeit in Erfahrung gebracht habe und ich danke wem auch immer, daß diese meine Arbeit mich schließlich in diesem Kreis eingeschlossen hat.

Ganz zu schweigen von den Erniedrigungen, den Lügen und den finanziellen Ruin, den ich durchlaufen mußte, um die Menschheit die Augen zu öffnen, nur um von solchen wie Sie es sind, hinter Gittern gebracht zu werden. Wo sind überhaupt ihre Men in Black? Warum haben Sie diese Arschlöcher nicht mitgebracht zu diesem Treffen?"

"Mit dieser Abteilung arbeiten wir nicht Mr. Jenkins und wie gesagt. Die Aliens besuchen diesen Planeten bereits seit tausenden von Jahren. Es gibt viele, die es als selbstverständlich betrachten und sie Eher als Urlauber ansehen. Doch lassen Sie sich nicht täuschen. Nicht alle haben gute Absichten und um dies herauszufinden was genau mit unserem Planeten passieren wird, sind wir hier. Die Zeit tickt Mr, Jenkins und das Letzte was wir hier brauchen sind Fantasten und Verschwörungstheoretiker, die unsere jahrelange Arbeit zu Nichte machen. Die Seriosität wird mit Füßen getreten und somit siegt die Dummheit dank der Vermarktung von falschen Informationen über die "Social Media". Nichts is Rosarot und nichts sollte uns von Fakten entfernen, denn die Überraschung und die Wahrheit könnte weh tun. Ich habe verstanden, daß Sie, Mr. Jenkins, das Vergnügen hatten, mit nach Venus gebracht zu werden und trotzdem bitte ich Sie nicht alles Schwarz und Weiß zu sehen, denn vertrauen kann man keinen, Nicht einmal die Venusianer." sagte General Cooper ohne Umschweife.

Die erstickende Atmosphäre in Raum, machte ein Themawechsel notwendig und so kam Roselyn nun im Spiel.

"Wir haben einen Golfplatz ganz in der Nähe Freddy. Ich sehe Du hast deine Clubs nicht mitgebracht, doch keine Sorge. Papa hat seine noch irgendwo liegen. Vielleicht hättest Du die Zeit dazu."

"Heute wohl eher nicht meine Liebe. Doch ich hätte nichts dagegen, die Verhandlungen bei einem Golfspiel abzuhalten. Jedoch bezweifle ich, dies würde im Golfclub gut ankommen. Man stelle sich das nur vor. Ein Golfspiel mit Aliens:" meinte Cooper lachend und alle lachten mit. Sogar Jenkins.

"Ich denke das wäre das kleinste Problem, denn die Venusianer können ihr Aussehen molekular verändern." Meinte Roselyn.

"De Venusianer schon, aber wie stehts mit den Anderen?" widersprach Mary, die die Idee schlecht fand.

"Ich denke solch ein Treffen sollte hinter verschlossenen Türen abgehalten werden." sagte sie Roselyn anschauend.

"Ich habe nur gescherzt Mutter."

"Das weiß ich mein Kind. Ich habe unserer Köchin heute und für die nächsten Tage frei gegeben Freddy. Ich denke ein schöner Lammbraten und Röstkartoffeln wäre ein gelungenes Mahl für den heutigen Dinner. Was meinen Sie? Ich werde das Vergnügen haben es vorzubereiten und Roselyn wird mir dabei helfen. Nicht wahr Roselyn?"

"Oh ich stimme zu Mary. Ich bin überzeugt es wird ein köstliches Mahl. Wie wäre es jetzt mit einem Whisky? Ich bin nicht so der Teefreund."

"Aber natürlich Freddy. Ich denke wir können Alle einen gebrauchen." und jeder stimmte ohne Widerworte zu.

Der Abend nahm ein schönes Ende und der Lammbraten war, wie erwartet, köstlich. Hier und dort gönnte man sich einen Sherry oder einen Port und ja, der General durfte sich sogar eine Zigarre zum Abschluß gönnen.

"Ich denke wir werden alle müde sein und morgen wird ein spannender Tag. Wer weiß für welchen Landeplatz sie sich entscheiden werden, jedoch meine ich, wir werden kurz davor informiert." sagte Roselyn in der Hoffnung danach ins Bett gehen zu dürfen, denn sie war bereits seit Stunden müde.

"Ja unbedingt. Ich möchte die Landung nicht verpassen." Meinte der General.

"Apropo Landung." unterbrach nun Jenkins.

"Wie stehen Sie zu der Sache mit der Mondlandung General?"

General Cooper lächelte nur giftspritzend und sagte.

"Warum fragen Sie morgen nicht die Aliens Mr. Jenkins?"

Die Ankunft

Es war früh morgens, so gegen 4 Uhr, als Roselyn alle Gäste mit den Worten "Sie kommen", aufweckte. General Cooper schwang sich in die Uniform, denn solche Gäste mußte man mit den bestmöglichen Etiketten beehren, auch wenn die Aliens selbst keine Kleidung trugen und splitternackt, wie sie waren, nichts zu verstecken hatten. Die Anderen taten das gleiche mit Ausnahme der Uniform, denn als Zivilist verfügte man über solch ein Privileg nicht.

"Mary hat bereits Kaffe und Sandwiches in der Küche vorbereitet." meinte Roselyn.

"Ich dachte Sie kommen. Haben wir den Zeit zu einem Kaffe?" frug Professor Farnham hoffend.

"Natürlich. Sie werden in dreißig Minuten hier sein und soviel Zeit muß sein."

"Woher wissen das?"

"Sie haben es mir gemeldet. Telepathisch. Sie müßten jetzt an Pluto vorbeigeflogen sein. Haben Sie sich Fragen für die Sitzung notiert meine Herren? Der Hohe Rat wird nur einmal auf die Fragen antworten und wiederholte Fragen als Zeichen der Inkompetenz bewertet. Bitte auch Fragen über Jesus Christus und der Mondlandung am besten vermeiden, da sie nicht hierhergekommen sind, um Geschichtsunterricht abzuhalten."

"Ach nein? Aber das ist es doch was faszinierend sein könnte. Ich glaube nicht einmal die Hälfte unserer Geschichte ist so, wie man es uns erzählt und eingetrichtert hat. Die Wahrheit ist...."

"Die Wahrheit ist Vergangenheit Malcolm. Venusianer halten sich an die Gegenwart und klammern sich nicht an die Vergangenheit oder gar Zukunft. Die Fehler, die man in der Vergangenheit begangen hat, werden mental gespeichert, jedoch nie wieder angewendet. Also bitte lasst uns nur darauf konzentrieren, ob sie die Erde für sich in Anspruch nehmen und wenn ja, was können wir dagegen tun, oder ob die Gefahren noch höher liegen und wir für allezeit aus dem Universum verbannt werden indem man uns eliminiert. Reicht Euch bitte auch nicht die Hand zum Gruß, denn dieses Ritual wird als sexuelles Annäherungsversuch gesehen. Sex ist für die Außerirdischen, im Gegensatz zu uns, keine Sünde und dient zur Energiewiederherstellung des Seelenbereichs. Noch was. Spricht ihm, KTKFK, mit "Weisen" an. Das ist der Titel eines Oberhauptes, egal ob im Hohen Rat, oder in der Konföderation. Das wärs."

"Wo werden sie landen Roselyn?" frug General Cooper mit halbvollen Mund, nachdem er sich einen Sandwich ergriffen hatte.

"Keine zwei Meilen von hier ist eine gut versteckte Lichtung. Ein geeigneter und einigermaßen trockener Landeplatz. Sie kennen die Koordinaten bereits, denn ich habe es ihnen gegeben. Wir sollten losfahren und William`s Ford Transit sowie mein Land Rover sollten reichen."

"Ich fahre im Land Rover, daß dies nur klar ist." sagte Cooper, William anschauend.

"Also los."

Nebel schwebte über den feuchten Grund und noch herrschte Dunkelheit, obwohl es bereits 5 Uhr morgens war. Sie kamen an besagter Stelle an und es roch nach Wiese und Blumen und die Natur könnte sich nicht herrlicher zeigen. Hunderte von Vögel sangen bereits und hier und dort klopfte ein Specht und schrie ein Kuckuck. Ja, diese Erde ist es immer wieder wert gerettet und gepflegt zu werden und für die Menschheit beizubehalten, jedoch für eine Menschheit, die offen und mit der pursten Reinheit ihrer Seelen bestückt ist. Die Erde zeigte sich an diesem Morgen wie das wahre Paradies. War dies ein göttliches Zeichen dafür, daß man Zivilisationen aus dem Universum zusammenbrachte damit Liebe und Einheit wieder herrschte so wie es bestimmt ist, oder wurde man nur getäuscht, da sich das Universum auch mehrmals von ihrer grausamsten Seite zeigen ließ in Form von einkrachenden Meteoriten, die fast alles auslöschten? Keiner konnte in diesem Augenblick eine Antwort darauf finden und man gab sich hin an der frisch eingeatmeten Luft, mit all ihren Düften. Plötzlich hielt Jenkins seine rechte Hand in die Höhe und zeigte in den dichtbewölktem Himmel.

"Da!" schrie er

"Wo?" schrie der General.

Ein eigenartiges Licht bohrte sich durch den dichten Nebel und es wurde totenstill. Die Vögel hörten auf zu singen, der Kuckuck hörte auf zu schreien und der Specht legte ebenso seine Arbeit nieder. Das Licht kam lautlos immer näher und veränderte seine Farben von leuchtendem Hellblau zu einem grellen Gelb. Jetzt konnte man ebenso Konturen erkennen, doch wenn man meinte eine Scheibe anzutreffen, dann wurde man getäuscht. Zumindest der General, die Professoren und die Abgeordneten. Rosleyn, Mary und die anderen jedoch erkannten das Schiff wieder. Es war das Flaggschiff, das sie schon einmal gesehen hatten, als sie deportiert, oder besser gesagt, gerettet wurden. Die GALAXIA TITANICA.

Vier lange, beinartige Gestelle wurden ausgefahren, die als Fahrwerk dienten und als diese den Boden berührten, öffnete sich eine, man sollte meinen, Tür. Ein Loch erschien einfach in den Rumpf und eine metallartige Planke manifestierte sich daraus. Doch was war das? Jenkins zeigte wieder zum Himmel und was sie nun sahen, raubte ihnen die Worte, denn mehr und mehr Lichter erschienen aus dem nebligem Nichts und mehr und mehr kleinere Raumschiffe, nun in scheibenartiger Form, wie man sie schon immer vermutete, landeten. Die Bäume wurden einfach hologrammisch entfernt, um für die geschätzten dreißig Raumschiffe platz zu machen. Doch zurück zum Flaggschiff, von wo plötzlich mehrere Gestalten sich an der hellen Öffnung blicken ließen. Sie sahen alle gleich aus und von der Ferne konnte man weder Rang noch Stellung erkennen. Es mußte sich wohl für das am vordersten, stehenden Alien um den "Weisen" handeln, doch weit gefehlt. Der Vorderste war nur ein Verkünder.

Der am hintersten befindlichen war KTKFK und nun konnte man ebenso seinen Rang, in Form eines auf der Stirn angesetzten Edelsteines, ausmachen un ja, bewundern. Die Aliens vor ihm formierten einen Gang, damit "Der Weise" sich seinen Gastgebern nähern konnte und wie sollte es anders sein, General Cooper salutierte militärisch und hielt sich an der ihm jahrerlang eingetrichterten Etikette. Die Hand wurde, wie gebrieft, nicht gereicht.

"Es ist mir eine Freude, General Cooper, Sie hier anzutreffen und kennenzulernen." sagte KTKFK.

"....und sollte Ihnen unser Erscheinungsbild stören, so können wir menschliche Gestalt, wie Sie bereits wissen, annehmen."

"Das ist nicht nötig "Eure Weisheit". So können wir uns unterscheiden, denn nichts liegt mir ferner, als eine Maskerade."

"Sehr Rücksichtsvoll General. Darf ich Ihnen die anderen aus dem Gremium der Konföderation vorstellen? Der Weise aus Venus KTGGD, der Weise aus Venus KTUHF, der Weise aus Corantio der sich den Namen Konrad für diese Reise ausgesucht hat, der Weise aus Corantio George dessen Name ebenso für Eure Bedingungen angepaßt wurde und die zwei Unabhängigen, die über keine Namen verfügen jedoch zu der Gruppe der Ausrichter gehören."

Bei Mary und Roselyn fror regelrecht das But in den Adern ein, als sie dies hörten, denn nichts Gutes konnte es bedeuten und dies wurde durch das Erscheinen der zusätzlichen Raumschiffe bestätigt.

General Cooper, Patosh, William und Jenkins nahmen es jedoch nur als Teil des Protokolls auf, so wie es Staatspräsidenten tun, wenn sie sich mit all ihren Sicherheitsbeamten, Bodyguards, Kommunikationsoffizieren, Frisören, Schneidern, Dienern etc, auf diplomatischen Reisen begeben. Sie ahnten den Ernst der Lage nicht, oder vielleicht doch, wollten aber keine Paranoia von sich geben.

"Sie haben aber eine große Entourage mitgeführt, dafür haben wir keine logistische Unterbringung eingeplant, Eure Weisheit."

"Sie machen sich viel zu viel Gedanken General. Meine Begleiter brauchen keine Unterkünfte und wir hoffen diese Sitzung so schnell wie möglich hinter uns zu bringen. Ich sehe, Sie sind mit ihren Fahrzeugen hier. Wir wären direkt bei Ihnen in das Wohnzimmer erschienen, doch Roselyn sagte bereits, daß Sie sich auf einer Show unsererseits freuen würden"

"Und was für eine Show das war mein "Weiser". Werden wir nie vergessen denke ich. Nun gut. Wie sollen wir es mit dem Transport zur Farm bewältigen...."

"Fahren Sie nur vor. Wir werden dort sein und sie empfangen." meinte KTKFK trocken und was General Cooper nicht wundern ließ. Viel zu lange war er in diesem Alien- Geschäft tätig und viel zu oft hatte er Dinge gesehen, die besser ungesehen geblieben wären, doch eine originale Landung war das highlight seiner bisher gesammelten Erfahrungen. Er nickte und sagte. "Wir sehen uns dort."

Noch erschöpft von dem Abend zuvor, saßen Roselyn, General Cooper, Mary, die zwei Professoren und Abgeordneten auf der einen Seite des Verhandlungstisches und KTKFK mit den Seinen, auf der anderen Seite. Für Patosh, William, Jenkins und Mike Robertson, wurde ein anderer Tisch, etwas abseits des Geschehens, aufgebaut, da sie nicht im direktem Sinne, Einfluß bei der "Endlösung" nehmen hätten können. Doch die Verhandlung mit anhören, das durften Sie.

Flaschen von Mineralwasser, Kannen von Tee und Kaffe sowie Gebäck und das entsprechende Geschirr, reihten sich auf dem langen Verhandlungstisch, doch wurde es eher für die menschliche Seite erdacht, da die Außerirdischen nichts davon einnehmen würden. General Cooper schenkte sich Kaffe ein und ließ keine weitere Zeit verschwenden, und fing mit dem Reden an.

"OK. Wir wissen Alle warum wir hier sind also reden wir nicht um den heißen Brei herum. Ihr seid tausenden von Jahren hier auf der Erde ein und ausgegangen und habt unser Dasein, mehr oder weniger, beeinflusst und dies nicht nur zum Guten. Meine Frage nun, was wollt ihr? Die Erde gehört uns und mit uns meine Ich den Menschen. Ihr schickt uns ständig Berater und was weiß ich was Alles und droht uns mit einer Apokalypse, wenn wir das oder dies nicht tun. Hören wir ein für allemal auf mit dem Scheiß und reden Tacheles. Der Orion Clan muß hier weg, sonst hilft auch Eure Invasion nicht, die ihr hinter euren geschlossenen Gardinen plant. Ihr könnt und dürft nicht in den Freien Willen eingreifen, indem Ihr hier auftaucht und Gott spielt, denn seien wir mal ehrlich, heilig seid Ihr ebenso wenig.

Das Böse muß bekämpft werden und das ist unser Hauptziel, doch mit weiterer Zusendung Eurer Spionen, Ausrichter, Beratern die behaupten hier Urlaub machen zu wollen, wird der Sache nicht geholfen. Wenn das Universum es wirklich "LIEB" mit uns meint, dann gäbe es das Übel von Anfang an nicht und somit kaufe ich Eure "Liebesgeschichte" nicht ab, siehe KXTLG, der sich selbstständig machte und Chaos verursachte in euren Reihen. Ihr als seid nicht fehlerhaft meine Herren."

KTKFK klackerte etwas von sich und hörte sich die Meinung der anderen Aliens an und durch sein Klackern machte er deutlich, daß sie sich untereinander berieten.

"Verzeihen Sie, daß es etwas gedauert hat General, doch wir sind nur darauf bedacht, faktische Antworten auf solch ein emotional geladenes Plädoyer wiederzugeben. Wir sind hier auf diesem Planeten ein und ausgegangen, da es nicht, wie fälschlich von Ihnen behauptet wird, der Spezies Mensch gehört, sonder einzig und allein dem Universum. Es gibt daher kein Besitzanspruch Eurerseits und hättet Ihr unsere Hilfe damals angenommen und unseren Regeln unterstellt, so hättet auch Ihr über die Technologien verfügt, um das All zu erkunden, mit anderen Spezies Kontakt aufzunehmen und Freundschaften zu schließen, uneingeschränkt in anderen Sonnensystemen Urlaub zu machen und ein Leben in Harmonie zu führen und ja, wir haben auch Fehler, doch sind wir in der Entwicklung um weitere Dichten voraus als Ihr es seid. Das Universum bedeutet Ausgleich und der Freie Wille bedeutet entscheiden zu dürfen was man sein will. Seht den Orion Clan als Prüfung an, die ihr, bis jetzt, nicht bestanden habt.

Im Gegenteil. Ihr habt Euch korreptieren lassen, da Ihr den Freien Willen dazu verwendet habt, den Orion Clan, gegen Bezahlung versteht sich, zu folgen, euch materiellen Gütern unterzuordnen und Geld und Gold mit dem bereits vom Schöpfer gegebenen Reichtum der Natur zu tauschen. Die Erde gehört Euch nicht und ihr Alle, wie ihr hier lebt, gehört dem Universum. Eure DNA wurde auf diesem einst kalten Ball von weit weg hierher befördert und durch evolutionäre Prozesse, die hunderte von Millionen Jahren andauerte, zu das was ihr jetzt seid, entwicklet. Mit dem einzigen Unterschied, das ihr aufgehört habt aus der Natur zu lernen und mit ihr zu wachsen. Technischer Fortschritt ist notwendig, sollte aber zum Gute Aller eingesetzt werden und nicht Elitärer Gruppen dienen, die dem Orion Clan untergeordnet sind. Ihr könnt euren Planeten nicht mehr retten und somit kommen wir hier im Spiel. Die Frage ist nur, was machen wir mit Euch, da ihr eine schwache Spezies seid und dem All nicht viel nützt. Im Gegenteil, um es mit euren Worten zu beschreiben, seid ihr nichts anderes als ein tödlicher Virus und wir das dafür notwendige Impfstoff. Es wird ernst General und ich habe Ihnen versprochen, daß diese Verhandlung von kurzer Dauer sein wird, denn die ersten Siedler für unsere nun folgende Übernahme sind bereits hier. Die Begleitraumschiffe, die Sie gesehen haben, gehören nicht einer diplomatischen Eskorte, sondern der Ausrichterkonföderation an und sie werden die Vorbereitungen einer vollständigen Übernahmen durch uns Venusianer, treffen. Bereiten Sie die Menschen auf etwas vor, das sie zum Umdenken zwingen muß und glauben Sie mir, wenn ich hier sage, es geschieht zu Eurem Besten.

Wie Sie schon sagten General, reden wir nicht um den heißen Brei, sondern handeln und wir handeln. Die Landungen haben ebenso bereits weltweit begonnen, auch in der Mojave Wüste und auf Eurer Area 51. Unsere Befreiung beginnt jetzt. Ich gebe Ihnen einen guten Rat General. Fliegen Sie zurück nach Washington, setzen sie sich mit ihrem Präsidenten in Verbindung und vor allem, setzen Sie sich mit den anderen Diktatoren zusammen, die sich als Regierungschefs ausgeben. Machen Sie ihnen klar, daß Ihre Zeit abgelaufen ist und keine der hier entwickelten Waffen etwas gegen unserer Übernahme ausrichten können. Ein Teil des Freien Willen lieber General ist es ebenso gegen das Böse so weit zu gehen, daß Sondermaßnahmen eingesetzt werden dürfen und so wie wir hier sprechen, findet die Operation in vollen Zügen statt. Danke Ihnen für den Tee und den Kaffe, aber wir gehen jetzt und wünschen Euch den Segen des Schöpfers."

"WAS?" schrie General Cooper.

"Das darf doch nicht wahr sein...." rief Patosh.

"Was ist mit der Mondlandung?" schrie Jenkins und ein Echo erreichte Ihnen, als sie noch sahen, wie eine Energiequelle KTKFK und sein Gefolge fast gänzlich verschwinden ließ. Es klang eher wie ein Lachen. Ein Lachen das besagte wie klein die Menschen doch sind.

"Ihr schreit nach dem Mond, wenn Ihr das Universum hättet bereisen und erobern können. Ihr seid erbärmlich." und mit diesen letzten Worten verschwanden die Silhouetten und ein starker Lichtschein bestätigte das Vershwinden des Flaggschiffs.

General Cooper und sein Gefolge standen da wie angenagelt während Roselyn in Tränenausbrüchen auf die Knie fiel. Geplagt von Schuldgefühlen schrie sie: "Es ist alles meine Schuld." und trotz aller Trostversuche Mary`s, konnte man Roselyns Verzweiflung nicht mindern. Jenkins nd William schauten sich ängstlich an. Nur Patosh faßte sich und rief "Reißt Euch zusammen." Ruhe kehrte ein doch die Fassungslosigkeit war groß. Am größten bei General Cooper.

"General? Wie lauten Ihre Befehle?" frug Michael Robertson, doch der General war mental nicht ansprechbar.

"General? Wie lauten Ihre Befehle?" rief Mike Robertson lauter und endlich erreichte er Cooper, der anscheinend sich verloren und leer fühlte.

"Rufen Sie die Piloten in Luton an. Maschine auftanken und Flugplan für Washington DC aufgeben und Ihr kommt mit. Ihr Alle!"

Coopers Smartphone klingelte und die Nummer, die auf dem Display erschien kündigte an, daß die Scheiße am dampfen war.

"Mr. President......ich verstehe.....nein ich bin nicht in Ihrer Nähe. Ich bin in England......natürlich. Morgen früh. Werde dort sein." mit kreidebleichen Gesicht schaute Cooper Robertson an und befahl ihn.

"Sie bleiben hier Robertson. Ich brauche Sie hier als ein Link. Erstatten Sie mir Bericht über alles was hier geschieht, denn ich denke, daß dies nicht das letzte war was wir gesehen haben.

Man hat alle Außerirdischen in der Mojave Wüste befreit und die geheime Anlage zerstört. Area 51 wurde dem Boden gleich gemacht. Der Präsident berichtete mir eben von Todesopern. Wie viele wurde noch nicht bestätigt. Caligula verschwand in einer unserer Uniformen und wurde bei dem Massaker von einigen der Unsrigen wiedererkannt. Wir haben Krieg."

"Wie Sie wünschen General. Ich bleibe hier."

"Mary. Wir brauchen die Farm. Es wird als Basis für Mr. Robertson benötigt. Können Sie ihm mit allen was dazugehört versorgen?"

"Was meinen Sie damit? Mit was soll ich ihn versorgen?"

"Na Hausschlüssel. Informationen über die Anlage. Alles auf was er hier achten muß, damit er operieren kann und mit uns in Verbindung bleibt."

"Ja, ich habe jetzt verstanden. Natürlich kann ich das."

"General. Einer von der Gruppe sollte hier bleiben, denn ich brauche Jemand, der sich in dieser Gegend auskennt. William soll hier bleiben."

"OK. William darf hier in England bleiben und Ihnen unterstützen. Ist das OK William?"

"Was für eine Frage? Ich lebe hier und sie bemächtigen sich einfach so, mir nichts dir nichts über uns?. Warum kann Jenkins hier nicht ebenso bleiben und Patosh? Warum nicht Mary? Reicht Roselyn nicht aus? Sie hat uns das alles hier eingebrockt." schrie William außer sich.

"Ich entschuldige mich William. Natürlich kann ich nicht ohne weiteres darüber verfügen wer mitkommen muß und wer nicht. Ich weiß nur im Moment nicht wo mir der Kopf steht und mir liegt Eure Sicherheit im Herzen, besonders da jetzt jeder an Euch ran will. Ihr wisst zu viel und beim Präsidenten steht des Telefon nicht still. China und Rußland verdächtigen die USA für eigenartige Ereignisse, die gerade dort stattfinden. Er wollte darüber nicht weiter reden. Also nochmals. Ich wäre Euch dankbar wenn die übrigen mitkommen würden. Auch Sie Jenkins."

"Ich will hier keine Minute länger bleiben. Ich komme mit." sagte Jenkins mit zittriger Stimme.

"Wir kommen ebenso freiwillig mit. Ich suche nur Harry und Gonzi." sagte Mary.

"Wer sind nun Harry und Gonzi?" frug der General nervös, der nichts anderes wollte, als nach Luton und mit dem Jet zurück in die Vereinigten Staaten fliegen.

"Unsere Hunde. Sie müßen mit."

"Ist gut Mary. Nimm sie mit, aber schnell. Wir haben es eilig."

"Ist nur das Flaggschiff abgeflogen oder auch die Eskorte? bemerkte Patosh besorgt.

"Das kann ich nicht beantworten. Sie nehmen den Transit und Jenkins den Land Rover und fahren uns nach Luton zum

Flughafen. Robertson und William werden wieder in die Lichtung fahren und darüber Bericht erstatten, ob die Eskorte noch dort ist oder nicht."

Robertson nickte nur und Professor Farnham sowie Curtiss flehten Cooper an, sie nach Nevada zur Mojavewüste zu fliegen, doch Cooper lehnte dies ab. Der Präsident hatte Vorrang und alle sollten dort erscheinen, damit beim Protokoll im weißen Haus nichts ausgelassen wird.

"Sie werden sich an uns rächen." flüsterte Professor Farnham, doch dazu sagte keiner etwas mehr.

Sie erreichten Luton Flughafen und der Chaos der dort herrschte war unbeschreiblich. Alle reguläre Flüge wurden gestrichen und Polizei sowie das Militär sicherte das Gelände ab. Keiner wußte genau was geschehen war, weder Cooper und seine Truppe, noch die besorgten Bürger und die entsprechenden Regierungen. Etliche Straßenkontrollen mußten überwältigt werden und nur mit Mühen erreichten sie das Vorfeld, wo die Gulfstream vollbetankt auf sie wartete. Ein Triebwerk lief bereits, da der Pilot den Transit und den Land Rover erkannte, die mit hoher Geschwindigkeit sich den Flieger näherten. Auch hatte er, über den Smartphone, von General Cooper weitere Anweisungen und die Beschreibung der Fahrzeuge stichhaltig erhalten und noch bevor die Einstiegstür elektrisch hochfuhr und sich schloß, lief das zweite Triebwerk und als man sich in einen der Sesseln setzte, rollte die Gulfstream zur Startposition.

"November two three five Charlie, you`re cleared for take off." kam die Anweisung über Funk. Der Pilot schob die Leistungshebel nach vorn, so daß der Aluminiumvogel beschleunigte und in Richtung Westen abhob. Roselyn verfiel in einem Tiefschlaf, nachdem sie sich einen Brandy zur Beruhigung gönnte, doch die Anderen blieben wach, denn wer konnte schon nach einem solchen Erlebnis schlafen?

"Was nun General?" frug Patosh.

"Ehrlich gesagt, ich weiß es nicht."

"Sie müssen doch einen Plan B für solche Fälle erstellt haben." bemerkte Jenkins.

"Das haben wir auch, aber anscheinend hat Plan B nicht funktioniert und ebenso Plan C nicht...." und als der General weiterreden wollte, klingelte das Bordtelefon, das neben seinem Sitz installiert war.

"Cooper hier." langes Schweigen folgte und Cooper hörte aufmerksam zu. Mit versteinerten Ausdruck legte er das Telefon nieder, schnallte sich ab und lief zum Cockpit. Einer der Abgeordneten, David Melassio um genau zu sein, tat das selbe und folgte ihn.

"Wie könnte das Telefonat die Zwei aus der Fassung bringen?" frug Jenkins.

"Das werden wir bald erfahren hoffe ich." antwortete der zweite Abgeordnete Josef Berger.

"Sie scheinen sich nicht allzu sehr zu beunruhigen Abgeordneter." gab Mary von sich.

"Der Schein trügt Madam, doch von diesem Flugzeug aus können wir nichts ändern und warum den Piloten zu dritt nervös machen? Meinem Bauchgefühl zu Folge, werden wir woanders landen müssen." sagte er ruhig und schaute aus dem Fenster hinaus. Er behielt recht. Cooper und Melassio kehrten zurück und diskutierten laut miteinander.

"Könnten wir alle erfahren was Sache ist?" unterbrach Patosh.

"Wir landen in Goose Bay" sagte Cooper kurz und schmerzlos.

"In Goose Bay Labrador? Das ist doch kanadischer Boden und neutral soviel ich weiß."

"Nicht mehr Mr. Jenkins. Der Präsident trifft sich dort mit anderen Staatsoberhäuptern. Washington ist nicht mehr sicher und wir haben den direkten Befehl erhalten uns dort blicken zu lassen."

"Was noch General? Das war doch nicht alles?"

"Nein. Es sind Berichte erhalten worden, daß bei dem Überfall auf Area 51 und in der Mojave Basis, Personal von mehreren Ausrichtern entführt worden sind. Über ihren Schicksal weiß man noch nichts, jedoch handelt es sich um wichtige Wissenschaftler, die an verschiedenen Projekten gearbeitet hatten. Ich möchte nicht wissen was mit ihnen angestellt wird. Das selbe geschah in Rußland, China, Nord Korea, Indien, Iran, Israel und Pakistan. Scheint mir, daß unsere außerirdischen Freunde einen Schlußstrich ziehen werden mit all den sündigen Spielchen, die wir Menschen angerichtet haben."

"Was ist mit den anderen Wissenschaftler aus den Europäischen Ländern? Werden dort keine militärischen Projekte entwickelt die der Menschheit weiß Gott nicht dienen?" bemerkte Jenkins lachend.

"Sie finden das wohl witzig Sie Hohlkopf.

Wahrscheinlich sind die Projekte, die in Europa entwickelt werden nicht gefährlich und besorgniserregend genug für unsere Aliens, aber woher sol ich das wissen. Ich hätte nie gedacht, das es je soweit kommen würde. In all den Jahren dachte ich, wir hätten alles unter Kontrolle, trotz der bekannten Risiken. Wie schlecht wir in Wirklichkeit sind, erkenne ich erst jetzt. Milliarden, die in etwas sinnvolles investiert hätten werden können, haben wir darin verschwendet, um uns selbst zu zerstören. Uns werden gerade die Augen geöffnet meine Freunde und zwar von der Polizei Gottes, so makaber es auch klingen mag."

"Ich wußte nicht, daß Sie ein gläubiger Mensch sind General." bemerkte Mary nun, die sich einen Whisky einschenken ließ.

"Das bin ich Mary. Auch wenn ich den Anschein wiedergebe eine eiskalte, gefühlslose Kreatur zu sein, so hole ich mir des Öfteren durch Gebete meine innere Ruhe wieder. Ich frage ihn, ob das alles richtig ist, was wir hier tun und warum er manches zulässt was auch mir starke Kopfschmerzen bereitet. Ich erhalte zwar selten Antworten, doch manche Zeichen erkenne ich als die Sprache Gottes und auch die Aliens reden von einem Schöpfer auch wenn es sich von unserem unterscheidet. Wir haben uns tatsächlich selbst verkauft und uns dem Teufel untergeordnet. Die größte Qual für mich ist jedoch die Tatsache, daß ich nichts daran ändern kann. Zu viele Meinungen und zu viel geistige Verschlossenheit haben uns von den natürlichen

Quellen getrennt. Beweise immer wieder für alles zu fordern ohne den Glauben an das Übernatürliche zuzulassen, haben uns zu Maschinen verwandelt. Nichts kann man mehr erwarten, ohne dafür bezahlen zu müssen und nichts passiert mehr aus reiner Nächstenliebe Mary und soll ich ganz ehrlich mi Ihnen sein? Ich bib froh, daß dies alles gerade passiert, denn nur so können wir hoffen, das endlich erkannt wird, wie sehr diese Erde gerettet werden muß und wie sehr der Mensch dazu beitragen kann. Als erstes muß das Übel aus der Welt geschaffen werden, doch die genauen Verursacher dieses Übels zu erkennen und zu entledigen, wird schwierig. Wer uns in diese Richtung lenkt, dessen Kopf muß abgeschlagen werden, dann und nur dann finden wir Ruhe."

Roselyn hörte zu, jedoch behielt sie die Augen verschlossen. Die Worte ihres außerirdischen Vaters, KXTLG, erhallten wieder. "Du mußt Sie vor sich selbst warnen Roselyn. Der Freie Wille wird mißbraucht und der Orion Clan wird zu mächtig. Ich verrate den Hohen Rat mit meinem Eingriff, doch ich muß es tun und ich brauche Dich."

So hatte damals alles angefangen vor Tausenden von Jahren und die Realität erschien ihr wie ein Hologramm. Damals schon erkannte KXTLG wohin die Richtung der Menschen sie führen würde, doch die vermutete Bedeutungslosigkeit dieser Sache, nach Urteil der Konföderation, mit der Entschuldigung, nicht in den Freien Willen eingreifen zu dürfen, hatte alles noch schlimmer gemacht. Man hatte zu viel Zeit verstreichen und sich von einem künstlich erzeugten Krieg der Sterne mit dem Orion Clan ablenken lassen, damit dieses Abschaum des Weltraums sein Gift über die Erde vergoß und nun war es fast zu spät überhaupt noch etwas tun zu können. Zu spät hatte sie, Roselyn, auf die Bitten ihres kosmischen Vaters reagiert, Venus zu verlassen und im Geheimauftrag die Schienen des Ausgleichs gerade zu richten, da sie selbst mit sich zu kämpfen hatte. Die Regeln zu brechen war eine schwere Entscheidung und am Ende erschien sie als die Reisende namens Mary. So nahm diese Entwicklung ihren Lauf und so traf sie Patosh, der nun unverschuldet zum Komplizen ihrer Operation wurde. Sein Leben hatte sie dadurch aus den Fugen geworfen, ohne daß sie es wollte. Wie könnte sie mit dieser Schuld nur weiter leben?

Die Stunden vergingen und die Sonne ging am Horizont unter.

"Wir landen in zwanzig Minuten Sir." sagte die Flugbegleiterin, als sie die leeren Gläser und Tassen wegräumte.

Unsichtbarer Krieg

Der Gulfstream Jet landete als es bereits Nacht wurde in Goose Bay und als der Flieger an der Parkposition stand, warteten zwei schwarze Mercedes Sprinter Busse auf sie. Kein Zoll und keine Paßkontrolle wurde abgefertigt und ein Repräsentant, mit sonstigen Agenten in ihren typischen schwarzen Anzügen und Sonnenbrillen, drängten die wichtigen Passagieren in den Bussen zu steigen.

"Wir haben es sehr eilig General. Der Präsident ist außer sich vor wut." sagte der Repräsentant sichtlich aufgebracht.

"Daran kann ich auch nichts ändern." sagte Cooper gleichgültig und ebenso wütend. Sie fuhren los und Cooper wies alle an, den Mund zu halten und ihm das Sprechen zu überlassen. Sie sollten nur reden, wenn sie befragt wurden und er dazu mit einem Kopfnicken die Erlaubnis gab.

"Er ist außer sich. Na typisch. Wenn der Teppich brennt, dann reagiert man erst und schiebt die Schuld den anderen in die Schuhe. Ich weiß immer noch nicht wie die Sachlage sich entwickelt hat und was vor sich geht."

"Keine Sorge General. Wir werden es gleich erfahren und ja, Sie haben recht. Nur Einer sollte reden." sagte David Melassio, der bereits furchterfüllt in die Hosen machte, wohlwissend, daß mit diesem Präsidenten nicht gut Kirschen essen war. Josef Berger blieb, wie auf dem gesamten Flug, entspannt und belächelte sogar dieses Drama, das vor ihm sich abspielte. Irgend etwas ist eigenartig an diesem Berger, dachte sich Patosh.

Der Konvoi, das aus zwei Sprinter Busse und zwei Begleitfahrzeuge bestand, raste durch die Landstraße und fuhr zum circa 5 km entfernten Militärstützpunkt namens   5th Wing Goose Bay in Happy Valley. Das Tor zur Basis, das kurzfristig schwer bewacht wurde, wurde sofort geöffnet und nicht ein Blick wurde von der Wache verschwendet, um überhaupt zu kontrollieren, wer im Innenraum saß. Aber warum ist die Gulfstream nicht gleich hier gelandet? Auf diesem Militärflugplatz, der über alles verfügte inklusive einer langen Landebahn? Die Antwort des Repräsentanten war nicht anders zu erwarten. "Aus Sicherheitsgründen." was Jenkins ein spottendes Lachen verursachte. Sie kamen an. Doch bevor sie aus den Bus ausstiegen, sagte der Begleiter:

"Sie werden zunächst direkt zum Präsidenten geführt, da er einige Fragen zu stellen hat und danach fahren wir zum Hangar Nummer 7, wo die eigentliche Sitzung stattfinden wird. Wie gesagt, er ist nicht..."

"Jaja. Er ist nicht gut drauf, Sie brauchen sich nicht zu wiederholen Mann. Ich bin es auch nicht, so haben wir etwas gemeinsam der Präsident und ich. Patosh und die anderen folgt mir."

"Das geht nicht Sir..."

"Das muß aber gehen, sonst werden die Fragen nicht beantwortet. Nicht weil ich es nicht will, sondern weil ich mit

Sicherheit nicht alle Fragen beantworten kann. Also machen Sie keine Szene hier und lassen Sie uns rein zu ihm."

Der Repräsentant nickte nur und öffnete die Tür zum Raum, wo der US Präsident mit weiteren Generälen in einem Gespräch verwickelt war und als Cooper mit seinem Gefolge den Raum betrat, winkte ihm der Präsident arrogant zu.

"So meine Herren. Das war`s für jetzt. Wenn Sie mich bitte allein mit General Cooper lassen würden, ich folge gleich zur Sitzung, wenn ich hier fertig bin."

Die Generäle aller Waffengattungen gingen und manche von ihnen grüßten Cooper mit einem mitleidenden Gesicht.

"So General Cooper. Jetzt aber raus mit der Story..."

"Mein Präsident, darf ich Ihnen zuvor diese Herrschaften vorstellen...."

"Nein das dürfen Sie nicht. Es interessiert mich nicht im Geringsten wer sie sind, denn ich kann kein fremdes Gesicht mehr sehen. Wer hat Ihnen überhaupt erlaubt den Raum mit Fremden zu betreten?"

"Mein Präsident. Wenn Sie sich nicht die Zeit nehmen, um diese Herrschaften kennenzulernen, dann werden Ihre Fragen nur zur hälfte beantwortet. Sie waren dabei als dies alles anfing und ich rate Ihnen sie ebenso anzuhören." sagte General Cooper laut und sein texanisches Akzent ließ sogar den Präsidenten den Wind aus den Segeln nehmen, denn zwischen den Zeilen wurde ebenso in seinem Slang geflucht.

"Also gut. Was geht hier vor Cooper? Während meiner gesamten Amtszeit, werden mir Sachen vorenthalten, die anscheinend nicht für meine Augen und Ohren gedacht sind..."

"So ist es nicht...."

"Ach nein General? Wollen Sie mich nur noch verarschen? Die Rosarote Brille habt ihr mir ständig aufgesetzt auf Fragen bezüglich außerirdischer Phänomene und nun stellt es sich heraus, daß es keine Phänomenen sind, sondern eine bittere Wahrheit, die man mir, den Präsidenten der Vereinigten Staaten von Amerika und von einer nuklearen Weltmacht, vorenthalten hat. Wer denkt Ihr wer Ihr seid in eurem Geheimbund? Euer Verhalten ist Hochverrat und wo kommen die ganzen Milliarden her? Ich habe für solchen Budget niemals unterschrieben. Ich habe genug davon, daß man hinter meinem Rücken einen Krieg verursacht und nun einen mit fucking Außerirdischen Cooper."

"Was genau ist passiert General? Wurde Rußland oder China angegriffen?"

"Wir alle wurden angegriffen jedoch nicht mit Waffen. Die gesamte Software, die Diese Welt zum drehen bringt, sprich Militär, Satelliten, Finanzwesen, GPS, Energie und Medizinische Versorgung, ist lahmgelegt. Krankenhäuser können Ihre Patienten nicht mehr behandeln, Bürger ihr Geld aus den Automaten nicht abheben, Banken haben ihre gesamte Daten verloren und ich rede sogar von dem Back Up System und das Militär ist ebenso lahm gelegt. Ja, es gab Todesopfer, aber eher durch freundliches Feuer, verursacht durch Missverständnissen. China, Rußland und der Rest der Welt beschuldigt natürlich uns für den ganzen Schlamassel. Einige

Passagierflugzeuge mußten notlanden, da ihre gesamte Navigationsanlagen ausgefallen ist und wir sitzen im Dunkeln. Dann das hier..."

Der Präsident nahm eine Fernbedienung zur Hand und drückte auf die Abspieltaste. Ein fremdes Gesicht erschien, jedoch war es Patosh, Roselyn und Mary klar, wer das war. Es war KTKFK, der durch einen molekularen Eingriff, sich menschlich zeigte, jedoch zur Belustigung aller nicht als Mann, sondern als Frau. Cooper und der Präsident hielten es nicht für komisch und ein Blick, der die mitgebrachte Gruppe hätte töten können, erfror das herrschende Ambiente augenblicklich. Damit waren aber nur Roselyn, Mary und Patosh gemeint. Jenkins, die Professoren und Cooper erkannten die Figur, die am Bildschirm zu sprechen begann, zunächst mal nicht.

"Wer ist sie?" frug der Präsident.

"Wer ist es." verbesserte Cooper

"Er oder Sie, ist das Oberhaupt des Hohen Rates auf Venus." sagte Cooper weiter

"Ach ja? Und warum weiß ich das nicht General Cooper? Ist das zu hoch für mich? Ist es das? Bin ich nicht würdig genug, darüber mehr zu erfahren was außerhalb unserer Atmosphäre abläuft? Diese Anmaßung bringt mich schon seit Jahren auf Weißglut. Hören Sie sich an, was diese Kreatur uns zu sagen hat."

"Sei gegrüßt Mensch des Planeten Terrarion, oder wie Ihr es nennt, Erde. Ihr dürft mich, einfachheitshalber, Susan nennen. Wie Du es sicherlich bereits mitbekommen hast, haben wir

Venusianer dein gesamtes Netzwerk abgestellt, was zu katastrophale Konsequenzen auf deinem Planeten geführt hat. Wir haben ein Recht dazu, denn seien wir mal ehrlich, das Netzwerk beruht sich auf unserer Technologie und wir haben es Dir mit gutem Willen gegeben, damit Du dein Leben einfacher und fröhlicher führen kannst. Jedoch hast Du uns mal wieder, wie in all den tausenden von Jahren bewiesen, daß Du unsere Geschenke egoistisch und selbstzerstörerisch verwendest. Wir gaben sie Dir, damit Du verantwortlich damit umgehst und deinen Planet schonend und fortschrittlich weiterentwickelst. Dadurch sollte auch dein Wesen und deine Spezies sich weiterentwickeln, damit die nächste Dichte auch für Dich einläuten darf. Die vierte Dichte, die ein Leben ohne Krieg, ohne Geld und ohne Hass ermöglichen wird, jedoch hast Du mal wieder, die Dir auferlegte Prüfung nicht bestanden und so mußt Du die dritte Dichte für weitere 75 000 Jahre wiederholen, bis Du und deine Mitmenschen es begriffen haben, worauf es ankommt. Alte Fehler werden wiederholt, jedoch nicht weil Ihr nicht lernen könnt, sondern nicht lernen wollt und die Wenigen, die Euch führen sollen, unsere Technologien für den Eigenbedarf und für die Selbstbereicherung verwenden und obwohl das jedem bereits ersichtlich wird, unternimmt der Rest eurer Spezies nichts dagegen.

Wir, vom Hohen Rat und der Konföderation haben deshalb beschlossen Euch in Eurer Dunkelheit zu belassen, bis Ihr selbstständig zur Erleuchtung kommt und gemeinsam Euch aus Eurer Dunkelheit befreit. Wir werden keine Gewalt anwenden, denn dafür sind wir nicht berechtigt und es widerspricht unserer Ideologie. Jedoch seid gewarnt, denn die Ausrichter, die Eurer Entwicklung beiwohnen werden, sind befugt Subjekte, die sich nicht an die Regeln und unseren Gesetzen halten, sofort auf unserem Strafplaneten Centauro Magno zu transferieren. Es befinden sich bereits, seit unserem Eingreifen, 1456 Subjekte auf diesem Strafplaneten, Tendenz steigend.

Wir reden nicht von Kleindelikten, sondern von Delikten, die in unserem galaktischem Gesetzbuch als hoch strafbar verzeichnet sind. Delikte, die zur Vernichtung eurer Spezies und eures Planeten handeln. Seid also nicht überrascht, sollten hohe und bekannte Persönlichkeiten plötzlich aus euren öffentlichen Leben fehlen. Sucht nicht nach ihnen, da sie schwere Vergehen begangen haben und auf Centauro Magno verlegt wurden. Auch wir verfügen über Tribunale und auch wir können und dürfen verurteilen und glaub mir, Mensch, wir verfolgen dein Tun schon seid tausenden von Jahren. So rate ich Dir, verwende das höchste Geschenk was Dir seid Geburt mitgegeben wurde, mit vollster Inbrunst. Die Liebe. Denn Liebe wird Euch allen aus der Dunkelheit führen und wenn wir Eure Prüfung für bestanden halten, werden wir Euch bei der Entwicklung, wie bisher, helfen und alles zurückgeben.

Der Segen des Schöpfer sei mit Euch.

Es grüßt Dich.

Susan."

Dann schaltete der Präsident die Übertragung ab und schaute in die Gruppe.

"Und? Irgendwelche Vorschläge? Wenn ja, raus damit!"

"Kennen die anderen Regierungsmitglieder dieses Video bereits?" frug Patosh ohne vorher General Cooper um Erlaubnis gefragt zu haben.

"Sie sind?" kam vom Präsidenten schnippisch rüber.

"Für Sie, Monsieur Patrick van de Brog." bekam er als Antwort von einem wutentbrannten Patosh zurück.

"Wissen Sie nicht wer ich bin? Zeigen Sie mehr Respekt. Ich bin der Präsident der..."

"Sie sind nicht mein Präsident. Die ganze Angelegenheit haben wir Euch zu verdanken, also zeigen Sie mir den notwendigen Respekt. Ihr habt Jahre lang geschwiegen und die Welt in eurer Arroganz angelogen und nun haben wir den Salat. Also hören Sie uns gefälligst zu und kommen von ihrem Hohem Ross runter. Ich habe nicht verlangt hier zu sein."

"OK. Ok, Mr. wer auch immer. Nein. Die anderen Regierungen kennen es noch nicht, oder zumindest weiß ich es nicht. Sie alle sitzen in Hangar 7 und wurden heute morgen bereits hier eingeflogen. Vielleicht hat jeder sein individuelles Video bekommen, doch mir scheint eher nicht. Und ja, Sie haben Recht Mr. van de Brog. Wir müssen, nun den Preis für unsere langjährige Faulheit bezahlen, aber hauptverantwortlich sind die Generäle wie Cooper auf Ihrer rechten Seite, die alle Informationen für sich behalten und den Präsidenten nicht einweihen. Dies bereits ist Verrat und Behinderung der Beweisaufnahme, daß wir dieses Problem hätten schon seit Jahren lösen können."

"Wir waren nur um die........" versuchte General Cooper zu intervenieren, doch der aufgebrachte Präsident ließ sich nicht ins Wort quatschen,

"Kommen Sie mir nicht mit dummen Entschuldigungen Cooper. Das Volk unterliegt der Entscheidungsgewalt des Präsidenten und somit entscheide ich was richtig und was nicht ist. Panik wäre nicht ausgebrochen, wenn wir es über die Jahre langezogen hätten, die Menschen über Außerirdische zu informieren. Es wäre zu einer sanften Transformierung gekommen und wir würden heute viel glücklicher leben. Und die Sicherheit? Das war es doch mit dem Sie auftrumpfen wollten nicht wahr? Immer wieder die selbe Layer, ich könnte nur so kotzen mit diesem langweiligen Klischee. Die Menschen darf man nicht mehr anlügen Cooper, nur damit wenige Milliardäre ihre mörderischen Spielzeuge ausprobieren, um sich durch dem Staat durch das ihnen zugelassene Budget, was aus dem Steuergelder der Bürger besteht, noch mehr zu bereichern. Der kalte Krieg ist seit über 35 Jahren vorbei und wir versuchen den Frieden mit unseren Nachbarn beizubehalten, also sagen Sie diesen Vollidioten von Lobby Brüdern, daß ihre Zeit abgelaufen ist. Ich bin der falsche Präsident für Euch, denn, ich werde jeden Einzelnen bei den Eiern packen und in den Knast stecken, wenn es die Aliens nicht bereits tun, kapiert Cooper?"

"Ich bin in keiner Lobby Sir. Ich weiß nicht wovon Sie reden."

"Sie sind ein erbärmlicher Lügner Cooper. Sie widern mich an und diese Dr. Mengeles, die neben Ihnen stehen ebenso." Und er zeigte auf Pofessor Farnham und Curtiss. Dann richtete der Präsident seinen Blick auf Roselyn, Mary und Jenkins und frug.

"Und wer seid Ihr?"

" Ich bin Roselyn. Ein Venusianer aus dem Planeten Venus."

"Sie scherzen meine Liebe." antwortete Dieser ungläubig mit einem Grinsen der Hilfslosigkeit.

"Ich scherze nicht Mr. Präsident." sagte Roselyn ihm nicht aus den Augen lassend.

"Was ist Ihre Geschichte in all diesem Theater hier?"

"Ich bin die Verursacherin Mr. Präsident."

"Soso. Dann haben Sie mir vieles zu erklären vermute ich und ich bestehe da drauf, daß Sie bei Ihrer Beichte keine Sünde auslassen mein Kind. Ich will wissen, was hier abgeht denn wie sonst kann ich den Menschen Dienen?"

"Ich werde Ihnen alles sagen Mr. President."

"ROSELYN!" schrie Genral Cooper.

"Noch ein Wort Cooper und ich lasse Sie abführen. Meine Geduld ist am Ende."

Dann ging er zu Mary und frug.

"Und mit wem habe ich hier die Ehre?"

"Ich bin Roselyn`s Mutter Mr. President. Mary Mitchell."

"Also auch ein Venusianer?"

"Nein Sir. Ich bin, wie Sie, ein Mensch. Wurde aber einst ohne mein Willen entführt und mit einem Venusianer gepaart. Ich bereue es jedoch nicht, denn ich habe dabei meine Roselyn erhalten."

"Glauben Sie mir Mam, mein Erstaunen nimmt kein Ende und ich werde sicherlich eine Gänsehaut bei eurer Geschichte bekommen. Wo hat dieser Venusianer Sie vergewaltigt, denn nichts anderes ist es, wenn sie es nicht wollten Mrs. Mitchell. Das danach entstandene Resultat spielt keine Rolle. Ja, Sie bekamen Roselyn, aber ein Straftat war es dennoch. Wo kämen wir denn hin, wenn Außerirdische die Erde befallen und unsere Frauen befruchten? Wir leben nicht im Mittelalter und dies hier ist nicht England das von den Wikingern eingenommen wird."

"Die Paarung geschah auf Venus Sir!" sagte Mary lächelnd.

"Schade. Dann sind wir außerhalb des Gesetzesbereichs dieses Planeten. Wollen Sie nachträglich eine Anzeige erstatten Madam?" frug der President tatsächlich, wo keiner genau wußte, ob er sarkastisch scherzte, oder ob er es ernst meinte.

"Glauben Sie mir Madam, ich bin so außer mir, daß ich jeden einzelnen Außerirdischen, der es wagt hier seine Gesetze anzuwenden, beseitigen werde. Wir haben Krieg Mrs. Mitchell, denn unsere Infrastruktur ist lahm gelegt worden und die der restlichen Welt ist es ebenso." Dann drehte er sich zu General Cooper und sagte ohne umschweife:

"Und das haben wir solche wie Ihnen zu verdanken. Hätten Sie mit ihren Präsidenten zusammengearbeitet, hätten wir jetzt vielleicht eine bessere Welt und würden in Frieden leben, aber nein,.....wir Präsidenten sind nu Marionetten. Nicht mit mir Mister!"

Er ging zu Jenkins und man konnte bereits erkennen, daß er ihn nicht mochte. Malcolm Jenkins war keine Schönheit. Kurzgeratene Gestalt mit einem Bauch und fettigem Haar, strahlte er nicht gerade eine sympathische Aura aus.

"Ich habe Ihr Gesicht schon mal gesehen. Ich kann mir nicht erinnern wo. Wie heißen Sie`"

"Jenkins. Malcolm Jenkins, Mr. President. Ich bin Ufologe und hatte private Sendungen über MY Tube, ja gar im Fernsehen ausgestrahlt. Vielleicht haben Sie mich im Bildschirm bewundert. Wurde aber mehrmals verhaftet, angeblich wegen Verleumdungen und Verschwörungen."

"Ach ja. Jetzt kann ich mich erinnern. Mein Gott was habe ich beim Zuschauen gelacht. Nun, ich kann Ihnen versichern Mr. Jenkins, das solche wie Sie mir lieber sind, als die Bande hinter mir, die sich noch einen runter holen, wenn Sie ihren Präsidenten anlügen. NICHT WAHR COOPER?" dabei drehte er sich zu dem bereits niedergeschlagenen General und schaute ihm mit Verachtung an.

"Ich muß Ihnen aber trotzdem kritisieren Mr. Jenkins. Vieles war regelgerecht erfunden und erlogen. Sie wollten sich wohl das schnelle Geld und die Ferraris ergaunern, nicht wahr Jenkins?"

"Absolut nicht der Fall, Mr. President. Meine Berichte beziehen sich auf jahrelange Beobachtungen und der Zusammenarbeit weiterer Kollegen meiner Branche weltweit. Das, was nicht bewiesen werden konnte, haben wir als Theorie so verankert und glauben Sie mir, ich habe meinen letzten Penny investiert und dabei verloren. Ich bin arm und an Ferraris ist nicht zu denken Mr. President. Auch ich will den Menschen die Augen öffnen und daß habt ihr in den krummen Hals zu schlucken bekommen und habt mich danach verfolgt, verhört, verhaftet und ruiniert."

"So arbeitet die Demokratie Mr. Jenkins. Sie arbeitet meistens nur für die Politiker und alle Verfehlungen werden mit dem Slogan "STAATSSICHERHEIT" entschuldigt. Nun, ich habe Ihre Sendungen zumindest genossen. Und was ist Ihre Aufgabe nun hier?"

"Ich bin so reingerutscht. Lange Geschichte Sir. Habe aber Venus gesehen und ich denke die Lage ist sehr ernst."

"Das ist sie Mr. Jenkins, das ist sie. Nun denn. Laßt uns zu Hangar 7 fahren und den anderen das Fürchten lehren. Bin gespannt, wie die chinesische Delegation reagieren wird. Ihnen wird das hämische Grinsen noch vergehen. Um die Russen mache ich mir keine Sorgen."

Ein gepanzerter Bus fuhr den Präsidenten und seine neu dazugekommenen Begleiter zu Hangar 7.
Es waren keine 500 Meter zu fahren und trotzdem war der Bus von Motorrädern, GMC Yukons und anderen Fahrzeugen umlagert, die mit Leibwächtern und weiteren Sicherheitskräften befüllt waren. Auch wedelte ein Wimpel, die die Staatsflagge symbolisierte auf jedem Kotflügel der Fahrzeuge und der Präsidentschaftswappen mit seinem Adler durfte ebenso nicht fehlen. Etliche Apache Hubschrauber patrouillierten die Gegend und die Ambience eines Ausnahmezustands entstand.

Hangar 7 wurde schwer bewacht und als der Bus mit seinem Gefolge die Tore erreichte, wurde der US Präsident zunächst von dem kanadischen Premier in Empfang genommen, der jede Unterstützung in dieser Sache zusicherte. Wie erwartet ging es im Hangar drunter und drüber und wenn man meinte, daß man es mit erwachsenen Staatsdiplomaten zu tun hatte, so sollte man nochmals die Situation überdenken. Der US Präsident wurde nicht nur mit "BLUMEN BEWORFEN", nein, er wurde von den Meisten ausgebuht. Surrealistischer konnte es für Patosh und den anderen nicht gewesen sein, doch der US Präsident blieb gelassen und ließ sich nicht einschüchtern, als er den Rednerpult erreichte.   Er wartete bis Ruhe eintrat und begrüßte seine Konkurrenten freundlich und diplomatisch. Wie ein Chamäleon hatte er sich von den Choleriker, der er zuvor war, zu einem verständnisvollen Gentleman umgewandelt.

"Ladies and Gentlemen. Ich bedanke mich, daß Sie sofort auf meinen eindringlichen Zuruf reagiert haben und versichere Ihnen allen, daß ich ebenso mit den herrschenden Zuständen überrascht und überwältigt wurde wie Sie. Ich mache es kurz. Wir sind im Krieg, jedoch ist unser Feind mächtiger als daß was wir bisher kennen. Er kämpft nicht mit Waffen, sondern mit einer Technologie, derer wir mit nichts vergleichbares entgegenwirken können, außer Sie haben bereits etwas entwickelt, von dem keiner etwas weiß." und dabei schaute er die chinesische, sowie die russische Delegation an.

"Nichtsdestotrotz können wir diese Situation nur gemeinsam umwenden doch dafür zeige ich Ihnen dieses Video, was mir von diesem Feind zugespielt wurde."

"Wir kennen das Video bereits Mr. President!" schrie ein russischer Beauftragter, gefolgt von den chinesischen, japanischen, französischen nord- und südkoreanischen und anderen. Manche Staatspräsidenten bemühten sich sogar selbst in Goose Bay zu erscheinen, da der Fall für Sie als viel zu empfindlich galt. Ein Beauftragter war nicht genug und Rußland, sowie China, zeigten durch solch eine Maßnahme nur Beauftragte nach Amerika zu senden, ihre Respektlosigkeit.

"Gut. Ich möchte es trotzdem nochmals abspielen, um sicher zu gehen, daß wir Alle das gleiche Video erhalten haben."

Man stellte fest, daß jeder, das selbe Video erhielt und keiner sich sicher war, ob es sich um ein abgetakeltes Spiel der Amerikaner handelte, die Welt mal wieder mit einer Hollywood reifen Komödie zu veralbern. Um von einem Projekt abzulenken, daß größere Ausmaße beinhaltete und die anderen Mächte in die Knie zwingen könnte. Gelogen haben sie bereits des Öfteren und es wäre nichts neues gewesen, nur die Idee, Aliens dafür zu benutzen, wäre regelrecht unverschämt. Solch eine Lüge würde die Welt als die größte Beleidigung ihrer Intelligenz ansehen und beleidigt wurde sie bereits mit Viren und Impfstoffen, die eine Welle von Panik, Furcht, Gesellschaftstrennung und viel Leid hervorbrachte. Misstrauen ist der ausgleichende Pendel der Weltpolitik und man sollte froh sein, daß solch ein Misstrauen herrscht. Man schaut sich gegenseitig auf die Finger, um nichts vom großen Kuchen zu verpassen und besonders die Chinesen hatten es faust dick hinter den Ohren.

"Und wer sagt uns, daß die Vereinigten Staaten nicht an einem riesen Scam arbeiten, wie üblich? Welche Länder sollen nun dran glauben?" frug der russische Abgeordnete Ivan Kamarov.

"Ich versichere Ihnen Sir, daß wir an solch einer absurden Idee nicht arbeiten. Ziel der Vereinigten Staaten war es schon immer die Freiheit und die Rechte ihrer Bürger zu bewahren und ebenso am Weltfrieden maßgeblich beteiligt zu sein. Es ist mit Bedauern zu erwähnen, daß Ich als Präsident einer Weltmacht, nicht über alles informiert wurde und zugeben muß, daß ich von meinen eigenen Reihen im Dunklem gelassen wurde und dieses hier zugeben zu müssen, vor versammelten Regierungsvertretern der globalen Welt ist für mich bereits erniedrigend genug und sollte für Euch alle Beweis meiner Ehrlichkeit sein. Die Lage ist ernst und wenn wir nicht an dieser Sache global zusammenarbeiten, ebenso aussichtslos."

"Es ist schon erstaunlich und beschämend zugleich, solch ein Geständnis hören zu müssen, daß der Präsident der Vereinigten Staaten, nicht über alles informiert wird. Daß er sich auf die Informationen verlassen muß, die man ihn auf den Schreibtisch wirft, ohne sicher sein zu können, was wahr ist und was nicht. " strotzte der chinesische Abgeordnete mit Spott.

"So banal ist das nicht, Mr. Luan Han Li. Wir leben in einem anderem System, als den, daß Ihr eurem Volk anprangert."

"Ach ja? Unser Präsident wird über alles und jedes auf dem Punkt genau informiert und das Volk wird nicht belogen. Wir schweigen lieber als Diese zu belügen.

Ihr Geständnis beweist uns hier nur, daß Sie nichts anderes als ein Befehlsempfänger sind. Wir würden es nie wagen unserem Staatsoberhaupt im Dunklem zu lassen, denn dies wäre Hochverrat. Ich frage mich, wer hat bei Euch das sagen? Diese an Ihnen vorenthaltenen Informationen, haben die Welt zur solch einer Situation geführt."

"Ach ja?. Wenn China Informationen über Außerirdische verfügt, so wurde eurerseits ebenso wenig getan, um eine Lösung zu finden. Die Russen haben es zumindest teilweise zugegeben, daß sie Erfahrungen in dieser Angelegenheit gesammelt haben und uns sogar um eine Zusammenarbeit gebeten, die ich nur zu gerne genehmigt hätte, wenn ich nicht im Unklarem gelassen wurde. Ja, heute haben wir deswegen ein Problem. Jetzt mit den Finger auf jedem Einzelnen zu zeigen ist nicht hilfreich. Wie können wir hier vorgehen, ohne eine Panik zu verursachen die zur Anarchie führen wird? Wir müssen alle am selben Strang ziehen, sonst wir dieser Planet nicht mehr uns gehören."

"Dürfte ich dann vorschlagen, daß Sie die Personen, die solche wichtige Informationen vorenthalten haben zur Rede zwingen und daß ebenso alle Wissenschaftler von ihrem EGO runterkommen und gemeinsam an einem Tisch an einer Lösung arbeiten? Ich denke nur so können wir zumindest ein Fundament aufbauen. Sie haben recht Mr. Präsident. Wir alle haben am selben Strang zu ziehen, doch wie anfangen?" frug Kamarov

"Deswegen sind wir hier in Goose Bay und ja, ich werde es veranlassen, daß dieses Schweigen ein für allemal verschwindet.

Hier sehe ich die reale Chance an einer weltweiten Zusammenarbeit, die humanitäre Proportionen erfordert. Wir müssen schnell vorgehen, bevor weitere Personen von den Venusianer zu diesem Strafplaneten mit all ihrem Wissen befördert und wir ahnungslos gelassen werden. Ich bitte Sie alle Ihre im Land befindlichen Experten zusammenzurufen und sie zu beauftragen, damit wir als Konsortium zusammenkommen und dies ohne einer vorherigen Genehmigung der Vereinten Nationen zu beantragen, denn Zeit haben wir nicht." sagte der Präsident in die Menge schauend und zum ersten mal wurden die Medien und die Presse nicht an solch einer Sitzung beteiligt, sondern unter strengster Geheimhaltung so fern wie möglich gehalten. In der Zwischenzeit erreichte eine Hiobsbotschaft nach der anderen die Regierungsoberhäupter.

Das Finanzwesen stand kurz vor dem Kippen. Der Aktienmarkt brach ein und der Reiseverkehr kam zum Stillstand. Die Welt drohte zurück zum Mittelalter versetzt zu werden und weder Radar noch Satellit, stand dem Militär zur Verfügung. Das Schlimmste stand noch bevor, als Raumschiffe weltweit gesichtet wurden. Zu hunderten landeten sie nun für alle zu sehen und keiner konnte etwas gegen ihnen ausrichten. Es waren keineswegs Urlauber aus dem All, sondern Battalionen von Ausrichtern und ihr Anführer war "Caligula".

Abgrund

Ja, die Welt stand vor dem Abgrund, denn bevor auch nur angefangen werden konnte, um eine globale Zusammenarbeit auf die Beine zu stellen, verschwanden mehr und mehr Personen, die diversen Regierungen und Industrien zugehörten. Die Venusianer ließen Verhöre auf der Erde nicht zu und verfrachteten korrupte und rücksichtlose Staatsoberhäupter, Industriemagnaten, Militärs, Wissenschaftler, Finanzgurus, Menschen- und Drogenhändler und viele mehr, auf dem Strafplaneten Centauro Magno. Viele Präsidenten, die noch vor und während dieser globalen Zusammenkunft in Goose Bay auf dieser Erde regierten, verschwanden mitsamt ihren Schergen an Abgeordneten und korrupten Compagnons, die sie erst auf ihren Thronen verhalfen. Erstaunlicher Weise wurde der US Präsident verschont, jedoch verschwanden die chinesischen und russischen Oberhäupter gänzlich. Auch General Cooper, Professor Farnham und Curtiss und viele der Abgeordneten und Senatoren, die dem Präsidenten die Stange nicht gehalten hatten und sich über Umwegen bereichert haben, befanden sich unter den galaktischen Gefangenen und so blieben nicht viele Übrig, mit denen man ein "Fundament" aufbauen konnte. Auch Ivan Kamarov, Luan Han Li und viele sogenannte Entrepreneure, die weltweit Reden von sich gemacht haben und sich in der oberen elitären Liga befanden, verschwanden. Die Erde wurde gänzlich von dem Abschaum befreit und "resettet".

Doch dies löste das Problem nicht, denn wie sollte man jetzt vorgehen? Neue Präsidenten und Oberhäupter mußten gewählt und neue Industriemagnaten an das Ruder gelassen werden, damit man eine neue, reine Erde auf die Beine stellen konnte, um das Universum zu besänftigen.   Konnte man dies aber so ohne weiteres? Natürlich nicht, denn der Mensch ist das was er ist. Bestechlich, Machtgierig, Egoistisch und charakterlich schwach.

Patosh, Roselyn, Mary und Jenkins, waren schon längst zurückgekehrt auf Connington on the Shyre in England und arbeiteten als Botschafter mit direktem Link zwischen den Präsidenten, den neu gewählte Prime Minister Englands und KTKFK. Das Internet verschwand und man begnügte sich mit den Mitteln und den Zuständen der sechziger und siebziger Jahre. Die Zustände ind allen Ländern arteten aus und Armut und Bürgerkriege waren die Resultate der vollendeten Tatsachen. Die Menschen sollten wieder Verantwortung zeigen und nichts als selbstverständlich hinnehmen, so die Worte des Hohen Gerichts auf Venus und dies konnte man nur einrichten, wenn man das System auf Grundeinstellung wieder stellte, oder auf Computersprache, auf "default".

Neue Erde

Die Jahre vergingen und Mary, sowie William, verstarben. Mary
an ihrer Krankheit und William am Gram, da er ebenso verarmte
und sein Hotel "The Red Lion" an seine Gläubigern verlor. Er
vermachte seinen Land Rover an Roselyn, zusammen mit einem
langen Brief, worin er ihr versicherte, wie sehr er Mary und die
Familie schätzte und wie sehr sein Leben durch sie bereichert
wurde, denn wer konnte schon von sich behaupten, daß er auf
Venus war, auch wenn er es keinem erzählte. Es hätte ihm eh
keiner geglaubt. Sein Grab stand nicht weit entfernt als das von
Marys und so war es einfach sie beide zu besuchen. Roselyn und
Patosh heirateten, blieben aber Kinderlos. Auch hätten sie durch
ihre Arbeit nie die Zeit für die Erziehung eventueller Kinder
aufbringen können. Malcolm Jenkins zog in die Vereinigte
Staaten und wurde zum Leiter des Konsortium der
"Zusammenleben mit Außerirdischen" Stiftung aufgerufen und
ohne Zweifel leistete er wertvolle Arbeit, sehr zum Gefallen des
US Präsidenten, der zum zweiten Mal in Folge gewählt wurde
und seinem Land uneigennützig diente. Er war wahrlich ein
guter Präsident. Jonathan, Martha und Fred entschieden sich für
ein Leben zurück auf Venus, da ihnen am Ende die Entwicklung
nicht gefiel, auch wenn sie einen großen Beitrag hätten
aufbringen können.

Aus ihrem Urlaub wurde eine Lebensaufgabe, die sie nicht fähig waren zum Abschluß zu führen. Waren sie dieser irdischen Kraft am Ende doch nicht gewachsen?

Georgette ging es gut und der "Goldene Krug" im belgischem Lontzen, florierte, denn die Belgier blieben sich selbst treu und ließen sich nicht von den Gegebenheiten, die ihnen umgaben, beirren. Die EU verschwand, da neunzig Prozent ihrer Belegschaft nach Centauro Magno inhaftiert wurde und jedes Land gehörte sich wieder selbst, jedoch die Zusammenarbeit eine bessere Welt zu schaffen blieb. Kriege nahmen mehr und mehr ab und Menschen verstanden sich besser den je, da sie sich die Hand wieder reichten und den Korrupten und den Unerziehbaren, die Luft zum atmen, durch ihre neugeborene Liebe nahmen und somit ein neuer Mensch entstand. Der Orion Clan hatte keinen Zugriff mehr auf dieses neue Bewusstsein und somit verlor es das Interesse. Sie verließen die Erde mit ihren Raumschiffen und als dies geschah, wurde es auch Zeit, für die Venusianer sich aus diesem Planet namens Erde zurück zu ziehen und den Freien Willen des neuen Menschen erneut walten zu lassen. Ein neuer Fortschritt wird kommen. Eines, der die Erde wieder im Universum als den einzigartigsten Stern scheinen läßt.

ENDE

Remarks: